新 潮 文 庫

ドッグ・メーカー

警視庁人事一課監察係 黒滝誠治

深 町 秋 生 著

新 潮 社 版

10758

ドッグ・メーカー

警視庁人事一課監察係　黒滝誠治

1

黒滝誠治《くろたきせいじ》は周囲を見回した。

東村山市の新興住宅街。駅からは、バスで十分ほど離れたところにあるのどかなエリアだ。洒落《しゃれ》た家々がいくつも建っているが、野菜畑や空き地があたりを囲んでもいる。

夕方にはジョギングに励む中高年や、犬を連れて散歩する老婆《ろうば》を目撃したが、夜が更《ふ》けてからは東京とは思えないほど、あたりは静まり返っている。秋も徐々に深まり、鈴虫やコオロギの鳴く声がした。

黒のビジネスバッグをぶら下げて家に入った。キューブ形のスタイリッシュな二階建てだ。敷地自体は広くないが、小さいながらも庭とウッドデッキがあった。庭に敷きつめられた芝生は丁寧に刈り込まれてある。休日にバーベキューをしたので、芝生の一部が炭で黒ずんでいる。

玄関前にはコンクリートで打ち固められた駐車スペースがあり、大きなシボレーのSUVが停まっていた。

駐車場に近づくと、オレンジ色のライトに照らされた。屋根に取りつけられたセンサーライトが反応したのだ。ここは黒滝の家でも、友人知人の家でもなく、暖かく迎え入れられるいわれはない。そのまま玄関へと進んだ。

ライトがついたものの、家自体は暗闇《くらやみ》に包まれている。リビングの大きな窓には、厚手のカーテンが引かれ、二階の寝室にも灯りはない。家の持ち主の妻子は北区王子の実家に帰っている――高校時代の友人たちと飲み会があるという。

実家がそれほど遠くないため、妻は五歳の娘を連れてしょっちゅう王子に行っている。家主である旦那《だんな》は、仕事での泊まりこみがちょくちょくあるため、せっかくの新居ではあるのだが、留守にすることが多い。

黒滝は玄関の前に立った。ビニール製の使い捨ての手袋を嵌《は》めた手で、ドアノブを摑《つか》む。施錠《せじょう》されており、分厚い木製のドアはびくともしない。

コートのポケットから、マグライトと鍵《かぎ》を取り出した。鍵を差しこんで開錠する。合鍵を持参していた。家主と同じ署で働く情報提供者《エス》に、鍵を盗ませて作らせたのだ。黒滝はドアを開け、なんなく入りこんだ。

新しい建材と醤油《しょうゆ》などの調味料、芳香剤などが複雑にブレンドされた生活臭が鼻に届く。玄関の三和土《たたき》には、男性用の履き古されたスニーカーや、妻のものと思《おぼ》しき赤いパンプス、アニメキャラが描かれた女児用のズックなどが並んでいる。

マグライトのスイッチを入れた。夜が深まるまで、この家をずっと見張っていた。目はすっかり暗闇に慣れている。

靴は脱がなかった。革靴のうえに、ビニールカバーをかけて、板張りの廊下を踏みしめた。リビングに通じるドアを開け、マグライトを室内に向けた。妻と娘の家族三人全員が腰かけられそうなソファ。大型テレビの周囲は、子供番組やディズニー映画のＤＶＤが積み重なっていた。床には人形やおもちゃが転がっている。黒滝は一瞥《いちべつ》すると階段を上がった。リビングに用はない。

二階にはふたつの部屋があった。ひとつは夫婦の寝室、もうひとつは家主の書斎のようだ。迷わず書斎を選んだ。

入室する。書斎というより、趣味の部屋というべきだろう。家主はサッカーが趣味で、地元のフットサルチームに所属している。壁にはプロサッカー選手のサインが何枚も貼《は》られてあった。書棚で、ロボットアニメのフィギュアがポーズを決めている。

窓際《まどぎわ》にはビジネスホテル風の横長のデスクがあり、その中央には、ケーブルでつながれたノートパソコンがあった。

黒滝は、ひととおり部屋を見渡し、再び書棚に目をやった。ブツがありそうな場所の見当をつける。

サッカーを題材にしたコミックや、DVDがぎっしり並んでいた。ワールドカップの総集編、日本代表の活躍、名ゴール集など、百枚近くのパッケージで埋め尽くされている。棚のうえには、勤務先からもらった賞状が、黒の額縁入りで誇らしげに飾られてあった。

マグライトをくわえ、陳列されているDVDのパッケージを照らした。次々に開ける。パッケージとディスクの中身は一致している。

棚に触れてみると、スライド式であることが分った。さらに棚の奥からDVDのパッケージが現れる。名古屋グランパスを中心とした、Jリーグ関係のソフトが揃《そろ》っていた。家主が愛知県出身だったのを思い出す。

マグライトを手に持ち替え、奥の棚のパッケージを照らした。うっすらと埃《ほこり》をかぶったものもあれば、奥のほうにしまってあったにもかかわらず、きれいなものもある。後者のほうを手に取り、なかを開けてみた。まっ白なディスクが現れた。パッケージと中身の違う録画用ＤＶＤだ。ディスクには、鉛筆でアルファベットと数字が書き記されている。黒滝は独りうなずいた。

埃をかぶってないものを中心に、奥の棚に並んだＤＶＤソフトを調べた。パッケージと中身の異なる録画用ディスクが、十枚ほど出てきたところで、テレビとＤＶＤデッキのリモコンを手に取った。スイッチを入れ、録画用ＤＶＤをデッキにセットする。

テレビ画面に映し出されたのは、ビデオテープからダビングしたような、粗悪な画質の映像だった。どこかの団地みたいな建物をバックに、十歳くらいの少女が現れる。歯並びの悪いおかっぱ頭の娘で、暗い目をレンズに向けている。

リモコンで早送りをすると、少女は服を脱ぎ出した。カメラを持っている男はやおらズボンとパンツを下ろし、少女に男性器を舐《な》めさせた。黒滝はわずかに顔をしかめた。確認を済ませると、停止ボタンを押し、ディスクを取り替える。

別のＤＶＤも似たような内容だった。カメラを持った変態が、布団《ふとん》に寝ている小学生くらいの児童のパンツを下ろし、自分の性器を少女の股間《こかん》に押しつける。他にも、ラブホテルの風呂《ふろ》で少女の身体《からだ》をなで回したものなど。

隠されていたＤＶＤは、すべて十歳前後の少女の裸や性的イタズラを撮った児童ポルノだ。家主は、この手のものをいくらでも手に入れられる立場にある。

黒滝はビジネスバッグからデジタルカメラを取り出した。ディスクとパッケージ、それから家主の部屋を引き目に撮る。フラッシュが何度も瞬《またた》いた。

目標をノートパソコンへと変えた。肘《ひじ》かけのついた革椅子《かわいす》に腰をかけると、電源を入れてOSを起《た》ち上げた。パスワードを求められる。

電源を落として、USBメモリをノートパソコンに差しこんだ。USBメモリにはパスワード解析ソフトが入っている。ノートパソコンのメーカーを確かめ、再び電源を入れ直すと、すぐに「F2」キーを押してBIOSメニューを開いた。画面に英文が表示される。キーを叩《たた》いて、USBメモリから起動させるように設定した。

再び起動させると、パスワードの解析ソフトが起動し始める。パスワードの設定によって、解析が完了する時間は左右される。十桁《けた》以上ともなれば、十数分もかかるときもある。

腕時計に目を移した。そろそろ最終のバスがやって来るころだ。家主は、西武池袋《せいぶいけぶくろ》線から、たまにタクシーで帰ってくるが、たいていはそのバスで帰宅する。黒滝は部屋の壁のスイッチを押した。書斎の電灯をつける。

白色のライトが室内を照らした。暗闇に慣れた目にはまぶしすぎた。だが、闇にまぎれてこそこそする必要はない。目的はすでに果たしたも同然だ。むしろ、家主に自分の存在をアピールする必要があった。

解析ソフトは三分とかからずに仕事を終えた。画面にパスワードが表示される。英文小文字で〃ａｋａｓａｋａ〃とあった。勤務地をパスワードにしていたらしい。

ＯＳを起動させて、パスワードを入力すると、カナリア色のユニフォームを着たブラジル代表の選手が現れた。試合でゴールを決めて雄叫《おたけ》びを上げる姿をデスクトップの背景に設定していた。暑苦しい性格が画面からあふれ出ている。

パスワードを設けて安心したのか、それ以上のセキュリティをかけていない。無数のアイコンが表示された。所属しているフットサルチームの予定表、サッカー雑誌の電子書籍、動画や音楽のファイルが収まっている。

理解に苦しんだのは、数百枚にもなる家族のアルバムの隣に、少女たちのヌード画像やポルノ動画を入れたファイルがあったことだった。アルバムのなかには、家主と幼い娘が夏の海でたわむれているものもある。

微笑《ほほえ》ましい親子のバカンスの姿なのだが、そのすぐ横には、小児性愛者垂涎《すいぜん》の、えげつない画像集や動画がぎっしりつまっているため、ごく平凡なこの家族写真すら妖《あや》しく思えてしまう。家主は果たして、自分の娘をどんな目で見ているのだろうか。

ノートパソコンには、家主の露骨な欲望が凝縮されていた。棚の録画用ＤＶＤとは比較にならないほどの過激な画像だらけだ。ネットの海からかき集めたと思しき、サイズがバラバラのヌード写真。ロシアや東欧あたりの金髪少女たちが裸でたわむれる動画。裏で大量に出回った有名な援助交際モノや、ランドセルを背負った児童を、下校途中に襲うといったロリコン向けのポルノコミックなど。尋常ではない情熱さえ感じるコレクターぶりだ。

一見、児童ポルノを無分別にかき集めているように思えるが、家主の嗜好《しこう》は一貫していた。ＤＶＤでも動画・静止画でも、収集されているのは、十歳前後の少女が登場するものばかりだ。中学生以上はお気に召さないらしい。

再び腕時計に目をやった。家の近くにある停留所にバスが到着したようだ。ディーゼルエンジンのうなりが耳に届いた。カーテンの隙間《すきま》から外を覗《のぞ》く。バスの赤いテールランプが遠ざかっていく。

黒滝は待った。バスが停留所に着いてから、家主が家に戻ってくるまで、時間はほとんどかからなかった。停留所から家までは約八十メートル。家主はあわてて走ってきたのだろう。停留所からは自宅の二階が見える。妻子は実家に帰っているはずなのに、自分の部屋だけが煌々《こうこう》と灯りがついている――とても穏やかではいられなかったのだろう。

玄関の鍵を慌《あわ》てて外す音がした。玄関のドアが開けられると同時に、家主である木《き》根《ね》郁《いく》男《お》が声をあげた。

「皆《みな》実《み》！　菜《な》々《な》！」

職業柄だろう。木根の声はやたらと大きく、二階にいる黒滝にまで聞こえた。

返事の代わりにパソコンのマウスをいじった。ボリュームを最大にし、数あるコレクションのなかから、適当に動画を選んで再生する。どこかのスーパー銭湯における盗撮映像だった。従業員らしき人物が、小型カメラで女湯や更衣室を盗み撮りしたものだ。

動画に音声は入っていない。なぜか能天気なイージーリスニングがＢＧＭとしてくわえられていた。間の抜けた音楽が部屋中に響き渡る。一階から木根が、階段を踏み鳴らして駆け上がってくる。蝶番《ちょうつがい》が壊れそうな勢いで書斎のドアが開いた。

長身の男だ。フットサルチームに所属しているだけあって、贅肉《ぜいにく》はほとんどついていない。刑事らしく髪を短くカットしているが、茶色く焼けた身体と絞られた体型は、Ｊリーグのベテラン選手を思わせる——病的な性的嗜好の持ち主にはとても見えない。

「おかえり」

「なっ……」

黒滝は革椅子にもたれたまま出迎えた。

「なんだ、だ、誰だ、お前！　ここでなにをしてる！」

木根は目を大きく見開いた。

表情が複雑な形に歪《ゆが》んだ。憤怒《ふんぬ》と羞恥《しゅうち》と苦痛が入り混じっている。

木根は、椅子の黒滝とパソコンの画面を、交互に見比べた。歯をむいて敵意を示しながらも、強烈なパンチを見舞われたかのように眉《まゆ》を気弱にひそめている。

画面に目をやった。大きな湯船に浸《つ》かり、湯をバシャバシャとかけ合う女児の裸が映っていた。木根に告げる。

「いい趣味してるな」

その顔から血の気が引いた。荒っぽく呼吸をしながら強烈な殺気を放ってくる。拳《こぶし》を固く握りしめている。黒滝は気だるげに掌《てのひら》で静止する。

「やめたほうがいい。変態の烙印《らくいん》押されるだけじゃ済まなくなるぞ」

「誰なんだ、てめえは！」

殴りかかっては来なかったが、鼓膜が破れそうな大声で叫んだ。悲鳴に近い。「空き巣狙《ねら》いじゃねえだろう。どこの者《もん》だ！」

コートのポケットに手を入れた。警察手帳を抜き出す。旭日章《きょくじつしょう》と写真入りの身分証を見せる。

「わめくな。近所迷惑だろう。同じ警察《カイシャ》の人間《もん》だよ。警務部人事一課の黒滝だ」

「く、黒滝だと……」

木根の目が手帳に吸い寄せられている。黒滝は首を傾《かし》げた。たいていの警察官なら、名前よりも人事一課という所属部署に慄《おのの》くのがふつうだ。

警視庁人事一課は、警部以上の階級にある警察幹部や、それに相当する一般職員の人事、選考による昇任、昇職を扱うセクションだ。

〝警察のなかの警察〟と呼ばれる監察係もこの部署にある。警察職員服務規程や規律違反が疑われる者に対する調査――警察官の職務倫理の保持を目的とし、内部に対する取り締まりを行う。仲間から恐れられ、煙たがられ、蛇蝎《だかつ》のごとく嫌われる存在でもある。

警部補以下の人事を扱うのは人事二課だ。つまり人事一課の人間が、現場の警官に接触してきたとなれば、アメではなく、ムチを打つためにやって来たものと考える。声のトーンが落ちた。相手の素性がわかり、わずかに落ち着きを取り戻したようだ。

「おれを知ってるのか」

「あんたは有名人だ。所轄《しょかつ》の下《した》っ端《ぱ》にまで聞こえてくるくらいに。警務の人事一課だと……なにかの間違いだろう。飛ばされたはずじゃないのか」

「なんなら、あとで問い合わせりゃいい。とにかく、今のおれはそういう部署にいて、いろんなやつを見張ってる。ヤクザ《マルB》と仲よしのやつ、警察手帳《てちょう》をチラつかせて威張り散らかすやつ……それに、ガキに欲情して、押収品《おうしゅうひん》をちょろまかすやつとかをな」

木根は歯をガチガチ鳴らした。

「あ、あんたこそ、他人の家に勝手に入った空き巣野郎じゃないか。手続き踏んでやってんだろうな」

「手続き？」

黒滝は小指で耳をほじくった。「そんなもんを踏んでいようがいまいが、どのみち、お前がこれから肩身の狭い思いをしなきゃならないのだけは確かだ。うちの職場は寛容さに欠ける。とくに、女たちがどんな顔をするか、見ものだな」

木根の顔は汗でぐっしょり濡《ぬ》れていた。停留所から急いで走ってきたとはいえ、たかだか数十メートルの距離に過ぎず、室内は暖かくもない。

この男が所属する赤坂署生活安全課が警視庁保安課と、合同で赤坂二丁目のマンションにある違法ＤＶＤの製造工場を家宅捜索したのは約一か月前だ。

工場の主は関東系暴力団の印旛会《いんばかい》系の組織に所属する構成員だった。１ＤＫの狭い部屋で、十台以上のPCを使い、身を持ち崩した中国人留学生をこき使って、二十四時間体制でDVDをコピーさせていた。工場で焼かれた大量のポルノDVDは、複数のサイトを通じてネット販売されていた。

大量のPCと数万枚ものDVDが押収された。証拠品は署の保管庫や刑事部屋には収まりきれず、会議室や道場までが使用されていた。

「遅くまで働くのはけっこうだが、ときおり妙な残業に励んでるらしいな」

赤坂署の生活安全課ではもっとも若い木根は、押収品目録の作成などの事務作業を担《にな》わされ、毎夜のごとくデスクワークに追われていた。つまり、人のいなくなった真夜中の署で、押収品をいくらでもくすねられる立場にあったともいいかえられる。宿直にあたった黒滝の協力者が、事務作業をするふりをしながら、DVDのコピーに励む木根を目撃している。

木根は首を横に振った。

「誰がそんなことを」

「さあな。清き心を持ったお巡りさんだろ」

「おれは……違うんだ。ただおれは……そんな」

「捜査のためとでも言いたいのか。奥の棚といい、このファイルの多さといい、勉強熱心なんだな。ひとつ気になるんだが」

黒滝はディスプレイを見やった。裸の少女たちが、脱衣所で着替えをしている。ベンチに置かれた盗撮カメラが、ロッカー近くで下着を身に着ける姿をとらえている。

「嫁さんとの、夜の営みはどうしてるんだ」

「やめろ！」

木根は身体を震わせた。膝《ひざ》が揺れている。今にも床に崩れ落ちそうだ。黒滝は息を吐いた。

「お前にはふたつの道が用意されている。ひとつ、のちに開かれる監察委員会で弁解し、しかるべき懲罰を受ける。あわててコレクションを処分しようとしても無駄だ。署のお前のパソコンにはディスクを焼いた痕跡《こんせき》が残ってる。甘い処分を期待するなよ。血眼で集めていたのは、ただのポルノじゃない。肩身の狭い思いをするどころか、警察手帳《てちょう》を取り上げられる覚悟もしておいたほうがいいだろう」

「そんな……」

「すぐに再就職先が見つかるといいな。警視庁職員信用組合《けいいんしんようくみあい》から、限度額いっぱいに借りて、ローンを組んでるようだが、下手すりゃこのピカピカのマイホームも処分しなきゃならんだろう。あの燃費の悪そうなＳＵＶもだ」

木根は床に尻《しり》もちをついた。蒸れた中年男の靴下の臭《にお》いがした。すっかり蒼《あお》ざめている。

黒滝は畳みかけた。カタにはめるためには必要な作業だ。マウスをいじり、スーパー銭湯の画像を止める。代わりに家族の写真を開く。

「それと家族だな。お前のこの趣味を知って、警察《カイシャ》をクビになっても、ついてきてくれるかどうか」

木根の目は潤《うる》んでいる。

「もうひとつについて、教えてくれ」

「よく聞こえねえな」

「ふたつ道があるんだろう……もうひとつはなんなんだ」

「教えてほしけりゃ、その前に画面をよく見ろ」

木根はなかなか顔を上げられずにいた。画面に視線を向けようとするが、つらそうに目をそむける。何度も繰り返した。黒滝は言った。

「訊《き》かずともわかるだろう。おれの名を知っているのなら」

「……」

「死の宣告をしに来たわけじゃない。生きる道を用意してやったんだ。おれは、地獄に落っこちたお前を引き上げる蜘蛛《くも》の糸だ。助かりたければ、なにをすべきかわかるな。腐った亡者《もうじゃ》どもを蹴落《けお》として這《は》い上がってこい」

「ドッグ・メーカー……」

木根が恨めしげに顔を歪ませた。「今度はそうやって、仲間をイヌに仕立てる気なのか」

微笑を浮かべた。ノートパソコンを畳み、電源コードやケーブルを引き抜くと、それらを小脇《こわき》に抱えて立ち上がる。

「おい――」

言葉を発する前に、右手でその顎《あご》を摑んだ。顎の骨や奥歯の硬い感触が指先に伝わる。加減をせずに力をくわえた。プロレス技のアイアンクローのように、木根の顎を万力のごとく締め上げる。木根は苦しげに目をつむった。涙がこぼれ始める。顎の痛みから逃れようと、両手で引きはがしにかかった。

しかし、黒滝の右手はゆるぎもしない。指で押しつぶされた木根の歯茎《はぐき》が出血を起こしたらしく、やつの口からあふれるヨダレが赤く染まりだした。

「お前みたいな変態を仲間とは思わない。今からカミさんの実家に行って、義理の両親と娘に、このパソコンの中身を残らず見せてもいいんだぞ」

「は、放せ……歯が、歯が折れる」

「落ち着いて聞け。いかがわしい残業に励んでるお前の姿は、すでに署員にばっちり目撃されているんだよ。そいつを、なかったことにしてやると言ってる。お前は、おぞましいDVDを、チンポコおっ勃《た》たせながらダビングなんかしていなかったし、そんな姿は誰ひとり見ていなかった。地獄から引き上げてやるために、わざわざ言いに来てやったんだ。大ピンチを救いにきた恩人に、ふざけた口をきくのはどうかと思うんだが」

「そうだ……そうです。だから、放してくれ。い、痛い」

黒滝は右手の力をぬいた。手袋を嵌めた手は、木根のヨダレと血で、ぐっしょりと濡れている。

「ドッグ・メーカー。懐《なつ》かしい呼び名だ」

木根は顎に両手をあてて、床にうずくまっていた。顎と口内の痛みが抵抗力を根こそぎ奪ったらしい。刃向ってくる様子はなさそうだ。

ノートパソコンを掲げる。

「こいつは預からせてもらう。取りかえしたければ、イヌとなって必死に嗅《か》ぎ回れ。獲物を探り当ててくるたびに、なかのファイルをひとつずつ消してやる。でかい情報《ネタ》をくわえてきたら、このパソコンごと返して、お前のことはきれいに忘れる。こんな気味の悪いコレクションをいつまでも持っていたくない」

木根は、シワだらけのハンカチで口を押さえつけていた。黒滝は返事を待った。あまりの痛みに、発語すらままならないようだった。

ややあってから涙声で訊かれた。

「……誰を洗えばいい」

「お前の上司、それと仲間たち」

木根は赤くなった目を見開かせた。

「なぜ？　あの人たちは――」

手袋に包まれた掌をぬっと伸ばした。再び顎を摑もうとしたが、床を這って逃げる。

「つべこべ言わずにやれ。いいな」

黒滝はパソコンを抱え、去り際に言い残した。

「尻尾《しっぽ》を振る相手を間違えるなよ。今の暮らしを守りたいのなら」

黒滝は部屋を出た。

ビジネスバッグのなかにはレジ袋がしまってある。手袋を外すと袋に入れた。パソコンを押しこむ。木根は追ってはこなかった。

泣き声を耳にしながら、木根の家を後にした。住宅街は静まり返っている。玄関のドアを閉めてしまうと、獣の咆哮《ほうこう》に似た泣き声は、ほとんど聞こえなくなった。新築だけあって、防音がしっかりなされているらしい。

黒滝は、家から百メートルほど離れた位置まで歩いた。耳に届くのは、秋の虫の鳴き声だけになる。道端には警察車両のセダンが停めてあった。

パソコンで重くなったビジネスバッグを助手席に載せると、エンジンをかけてハンドルを握り、その場から走り去った。

2

東村山市を出ると、関越道の所沢インターから入り、東京の中心を目指して、セダンを飛ばした。

道はかなりすいていた。時計は零時を回り、日付をまたぐことになったが、予想以上に早く戻ることができた。

木根をイヌにするために内偵を進めていた。赤坂署地域課には情報提供者を飼っている。その報告で、押収した児童ポルノのＤＶＤをこっそりダビングしていた事実を摑んだ。調べていたのはそれだけではない。家族構成や妻子の行動、木根の抱えている事案や刑事生活、信用組合からの借入額、銀行口座の残高などを把握し、外濠《そとぼり》を静かに埋めていった。

木根の親や友人たちよりも、彼については詳しくなった。誰であっても叩けば埃のひとつやふたつはでてくる。木根の場合は、想像以上に大きな埃が舞いあがった。だが、油断はできない。今日のように首輪を取りつける作業こそが、もっとも難易度の高いミッションなのだ。〝詰み〟の状態まで持って行ったとしても、追いつめられた人間は、なにをしでかすかわからない。将棋盤ごとひっくり返して、襲いかかってきたりする。思考停止に追いこむのが常道だが、想定外の行動に出て、損得も考えられずに破滅へと向かってしまったイヌも、これまで何度も目撃している。

片側二車線の高速道路を走り続けながら考えていた。警察官こそが、イヌにするにはもっとも厄介な部類かもしれないと。ヤクザのように己の利益をまず考え、平気で親兄弟を切りすてるような狡賢《ずるがしこ》い連中のほうが話がしやすい。

警察は身内意識がきわめて強い。組織が巨大であるため、複雑な人脈が入り組んでいる。警察学校で同じメシを食った同期、学閥や県人会、スポーツクラブ、妻や子供を通じた交流……よくも悪《あ》しくも人間関係は濃密だ。

ひとまず木根に首輪をつけたものの、警察組織の仲間を頼って、無理に外そうとする可能性は捨てきれないのだ。従わせてゆくには、アフターケアが欠かせない。意外なところから横槍《よこやり》を入れられた苦い経験も有している。

首都高5号線から都心環状線内回りへ。霞《かすみ》が関《せき》ランプで降りた。警視庁本部の地下駐車場にセダンを停めると、職員玄関から庁舎へと入った。

警務部人事一課のフロアは、真夜中にもかかわらず人気《ひとけ》があった。刑事部などと違って、このセクションが夜遅くまで賑《にぎ》やかになるのは、人事異動の時期ぐらいのものだ。

状況が変わったのは最近のことだった。昨年の冬から春にかけて、地方の県警で不祥事が連続して発覚したのが始まりだった。取り調べ中のセクハラ、調書のゼロからのでっち上げ、被害届をロッカーにしまいこむといった職務怠慢。

今年初めには、東海地方のある県警で、警察署長が自家用車でゴルフに行って、その休憩中にビールを飲み、帰りに一般車に突っこむといった失態を犯した。

メディアが警察組織の腐敗とモラル低下を報じ、警察庁が綱紀粛正の徹底を全国に呼び掛けている最中、首都東京の治安と秩序を守る警視庁でも、青梅《おうめ》署の交番巡査長が、副業でマルチ商法に手を染めていた事実が判明。新宿署刑事課の警部補が、暴力団に捜査情報を大量に流すなど、服務規程違反が連続して見つかっている。

そして初夏には、組織の秩序を揺るがしかねない、ある事件が発生していた。危機感を覚えたトップたちは、綱紀粛正の名のもとに監察係の人員を五十人から八十人体制へと拡充させ、四万三千人にのぼる警視庁管内の警察官の素行を調べさせている。

病巣《びょうそう》の大きさにもよるだろうが、外部に漏れる前にそれをそっくり切り取ってしまおうというのが、トップたちの偽らざる本音である。そんな異例の事態でもなければ、島流しにあった悪名高き刑事が、奥の院と呼ばれる警務部の一員に加われるはずはないのだ。

人事一課監察係のデスクに戻った。日付が変わっていたが、一ダースほどの係員が残り、デスクワークに従事していた。残っているのは、主に黒滝が所属する相馬《そうま》班のメンバーだった。パソコンや大量の書類と格闘している。

係員たちの顔は脂《あぶら》じみており、目の下には疲労による隈《くま》が浮きでている。沼のような淀《よど》みきった気配を漂わせていたが、黒滝が入室したとたんに、ピンと張りつめたような雰囲気へと変わった。

同じ相馬班の木下鮎子《きのしたあゆこ》が、メガネのフレームをいじりながら鋭い目を向けてきた。

まだ二十代の若い係員で、地味な顔立ちの女だ。黒いセルロイドフレームのメガネが唯一《ゆいいつ》の特徴といえた。

「主任、どちらに行ってらっしゃったんですか？」

「そのへんをぶらぶらしていた」

ぶっきらぼうに答えると、鮎子は不服そうに口を尖《とが》らせた。学級委員長のような頭の固い女だった。

「監察官が捜してましたよ」

「そうか」

鮎子に限らず、相馬班のメンバーに疎《うと》ましそうに見られたが、気にすることなく椅子に腰かけた。

黒滝は班内で浮いた存在だった。警務で働いた経験はなく、警察人生の半分以上を刑事として過ごしてきた。なによりも規律を重んじる監察係とは正反対に、暴力団や犯罪者と取引しては、有力な情報を入手するなど、きわどい捜査も行ってきた。

崩れた雰囲気を醸《かも》し出しているのは自覚している。おまけに徹底した秘密主義を取っており、監察係に来てからは、他の係員と情報をシェアすることもなく、上司にのみ報告をしていた。鮎子らは、単独で動く黒滝を明らかに異物と見なしている。

「黒滝主任」
書類に目を通そうとしたとき、部屋の出入口から声をかけられた。制服姿の相馬美《み》貴《き》警視が立っていた。腕を組み、まっすぐに黒滝を見つめている。

長身ではあるものの、顔がモデルみたいに小さく、ウエストがやけに細い。濃く描かれた眉と、意志の強そうな目が特徴的な美形だ。三十代前半だが、見た目は実年齢よりも若く、警察大学校を出たばかりの新米にさえ見える。

黒滝は意外そうに眉をあげた。

「まだ、いらっしゃったんですか」

「あなたの帰りを待ってたの」

手招きされた。黒滝は大儀そうに首をひねり、戻ったばかりの部屋を出た。美貴の後ろについて歩いた。後姿をそれとなく見回した。

今日も……というより日付が変わったので、正確には昨日というべきだろう。第一方面本部管内の警察署の随時監察を行い、方面本部や警察署の幹部たちの恨みをたっぷり買ってきたはずだ。監察に入る日時を、事前に方面本部長や署長に知らせるという、茶番でしかない総合監察とは違い、美貴は抜き打ちでの随時監察を連日のように行っている。

随時監察の結果は速やかに警務部長に提出しなければならない。監察係の部屋で書類仕事に追われていたのは、美貴が抱えている監察従事員たちだった。監察に入られる署の関係者にとっては、青天の霹靂《へきれき》のような事態だが、調べるほうにとっても体力と気力が求められる。美貴にはその双方が備わっていた。

彼女もまた毎日夜遅くまで業務に取り組んでいる。だが、背筋を伸ばして歩く姿からはその疲れを感じさせなかった。ショートにした癖のない黒髪は、まるでこれから就職の面接に挑む学生のように、きっちりと整えられていた。蛍光灯の光を受けて、艶《つや》やかな光を放っている。

国家公務員Ｉ種試験に合格し、警察庁に入庁してから地方県警の課長のポストなどを経験している。いわゆるキャリア組で、黒滝の上司でもあった。

美貴はふいに足を止めた。鼻をひくつかせる。

「血の臭いがする」

目敏《めざと》く黒滝の右手を見やっていた。「その傷は、どうしたの?」

黒滝は自分の右手に目をやった。木根の顎を握りしめたとき、手首を引っ掻《か》かれたのだ。傷の存在に初めて気がついた。

「蚊に刺されてしまいましてね。思わずガリガリと掻きすぎてしまいました」

「蚊ね。秋も深まってきたのに」

美貴は鼻で笑った。彼の言葉をまったく信じていない。「見せないほうがいいと思う。誤解されかねない」

美貴は、制服のポケットからウェットティッシュの袋を取り出した。

「これはどうも」

袋から一枚抜き、手首についた引っ掻き傷を拭《ぬぐ》う。

美貴が再び歩きだした。

彼女は、同じフロアにある小会議室のドアをノックした。室内からは不機嫌そうな男の声がし、入るように促される。

十人分の椅子とホワイトボード、大きな一枚板のテーブルで占められた小さな部屋。上座《かみざ》には禿頭《とくとう》の男が座っていた。人事一課長の吹越敏郎《ふきこしとしろう》だ。

スキンヘッドに近い頭は、オイルをまぶしたようにてらてらと輝き、精力的な印象を与えていた。やけに古風な黒縁の大きなメガネのおかげで、トンボのようにも見える。テーブルの周囲は、クリップで留められた書類の束が山積みになっている。

黒滝の鼻を湿布薬のきつい臭いが襲った。ノートパソコンの横にはビタミンE入りの目薬や液体の肩こり対処薬。ブルーベリーやセサミンといった健康食品のサプリメントのボトルが、林立している。

吹越は健康オタクだ。下戸《げこ》ではないが酒もタバコもやらず、たまの飲み会の席でも、ノンアルコールの飲み物を選ぶ。テーブルにはサプリと書類に混じって、痩身《そうしん》を謳《うた》ったカテキン緑茶のボトルがあった。飲尿療法を信仰し、毎朝、自分のそれを飲み干しているという噂《うわさ》も一時期は流れていたという。

「お疲れ様です」

黒滝は一礼した。しかし、吹越は冷ややかに顎で椅子を勧めるだけだった。

百三十歳まで生きるのではないかと噂される吹越ではあったが、連日の激務に追われて、瞳《ひとみ》は疲労でドロッと濁っていた。ふだんは身だしなみにうるさい男だが、首元に剃《そ》り残しの白いヒゲがある。ミリ単位に伸びた灰色の頭髪が、側頭部を白カビみたいに覆《おお》っている。

美貴と並んで腰かけた。それとなく右手首を左手で覆い、椅子に座ってからはテーブルの下に右手を隠した。性格や相性はともかくとして、吹越の観察眼はあなどれない。

「君の言うとおり、私は疲れている」

吹越はメガネを外して目頭を指で揉《も》んだ。妙に芝居がかった仕草だった。「だから、ダラダラやっている体力も時間もない。短刀直入に訊くが、これがなんなのかを教えてくれ」

吹越は書類の山から、クリップで挟んだA４用紙の束を抜くと、こちらへと投げてよこした。紙束がテーブルを滑る。

目をやった。彼自身が書いた内偵の調査報告書だ。

「ご覧のとおりですが」

「二度も言わせるな。ダラダラやってる暇はない」

吹越はテーブルをノックした。「黒滝主任、君は今年でいくつになる」

「四十になります」

「入庁して何年だ」

「十七年ってところでしょうか」

「ほう」

黒滝はそっと息を吐いた。ダラダラやっているのは、どっちのほうなのか。吹越は声を荒らげる。

「それだけ年齢《とし》を重ねているのなら、書類の書き方を知らないわけじゃあるまい。その調査報告書には具体的な内容がなにひとつ記されていない。どこで、誰から、なにを訊きだしたのか。君がどう行動して、なにを知ったのか。さっぱりわからない。どういうことだ」

「書き直しますか」

吹越は神経質そうに頬を痙攣《けいれん》させた。

「どういうことかと訊いている。どうせ君のことだ。上辺だけ変えただけで、のらくらと同じような報告書を提出する気だろう。そんなものを読んでいる暇はないんだ」

「では、どうせよと」

「とぼけるな。今まではそれで通じたかもしれないが、ここは公安や組織犯罪対策部《ソタイ》じゃない。スタンドプレーは決して許されん。自分だけでゲームを進めるのを止めて、仕入れた情報はすべて報告してもらう。ここは警務だ」

またテーブルをノックし、〝警務〟という言葉を強調した。自分がいる部署こそが警察組織を支えていると信じている。強烈なエリート意識の持ち主なのだ。

警務部の幹部である彼は上層部の人事を握り、さらに監察という警察官が震え上がる強力なカードも持っている。日ごろから階級の上下に関係なく、彼にすり寄ろうとする警察官は、後を絶たないとさえいわれている。

吹越は美貴と同じく、我が国最高学府の法学部を出ている。最初に着任したのは警備部警衛課だ。

警衛課は皇居や東宮御所、首相官邸の周囲などを警備する部署だ。鹿児島の士族を祖先に持つという警察一家に生まれた吹越は、家柄の良さも評価された。

警衛課を手始めに、警察庁と警視庁の中枢《ちゅうすう》を渡り歩いてきた。脂っぽい禿頭と野暮ったいメガネのおかげで、見た目こそは田舎の小役人のようだが、警察庁関東管区警察局広域調整部、警視庁総務部会計課などを経て、人事一課長の座を獲得している。警察官というよりも、堅物の行政マンとしての評価が高く、規則や段取りを重んじ、海千山千の警官たちから怖《おそ》れられている。

それだけに、彼が黒滝の報告書に立腹するのは、ごく当然といえた。指摘のとおり、肝心な点をぼかしている。内偵のさいに接触した情報提供者の氏名や素性も記していなければ、調査のプロセスもかなり省略している。

有力な情報提供者を作るには、さまざまな手法があるが、いずれにしろ相手を丸裸にする必要がある。その上で弱みを握るのがもっとも手っ取り早い。性癖やコンプレックス、他人に知られたくはない過去といった類《たぐい》のものだ。その貴重な手札を、上司とはいえ簡単に見せるわけにはいかない。

今夜の木根と交わしたやり取りを包み隠さず打ち明ければ、吹越はどんな顔をするだろう。木根が行っていたのは押収品の隠匿《いんとく》であり、児童ポルノ等処罰法違反である。黒滝はそれを見逃したうえで、住居侵入と脅迫の罪を犯している。

組織犯罪対策四課に在籍していたときも、上役とはしばしば情報管理をめぐってぶつかっている。警察のなかの警察といわれる警務部の人間が、自ら法や規則を破っているのだ。

人事一課に異動となって二か月が経《た》つ。上司たちや同僚の性格は、まだ把握しきれていない。ただ確実なのは、課長の吹越が黒滝のやり方を理解する日は、永遠に到来しないということぐらいだ。

美貴が割って入った。

「課長のご意見はごもっともです。しかし、お言葉を返すようですが、型通りの調査では進まないがゆえに、黒滝主任をこの課に加えたのではないのですか」

「熱心に推薦したのは、君と白幡《しらはた》部長だ。私に賛成した覚えはない」

吹越は不快そうに眉をひそめた。白幡は警務部長で、吹越の上司にあたる。黒滝の人事一課への異動は、美貴のアイディアであり、白幡がそれを承認したのである。

吹越は再び黒滝の調査報告書を見やった。そこには美貴の印がある。

「そもそも君も君だ。直属の上司たる君が、安易に判をつくから、こんなふざけた報告書が上がってくるんじゃないのか。監察官が身内に甘くてどうする。我々が、しかるべき手順を無視すれば組織の規律は保てなくなる」

「手順ね」

黒滝は呟《つぶや》いた。

「なにがおかしい」

「おかしくはありませんが――」

横にいる美貴が目で注意してくる。黙っていろと。しかし、黒滝は続けた。

「しかるべき手順というのはなんでしょう？　監察に入る前に、わざわざ所轄に日時を知らせることですか。それとも、方面本部にひと声かけておくことですか。私には今ひとつわからない。暴力団《マルB》の事務所にガサかけるとき、前もってそれを知らせるバカはいませんし、連中のメンツなど知ったことじゃない。身内が殺《や》られたというのにおめおめ引き下がるのも、手順のひとつだというんですか」

吹越の目が冷たくなった。針のような視線を黙って受け止めた。部屋に重苦しい沈黙が降りる。

吹越は緑茶飲料のボトルを口にした。その間も、黒滝をじっと見据えている。

「大見得を切ったな。そこまで言ったからには、是が非でも結果を出してもらおう。

覚悟はできているな」

「無論です。こいつは書き直しますか」

調査報告書を持ち上げた。

「時間と資源の無駄だ」

吹越はパソコンのスイッチを入れ直した。目を画面に向ける。「その自信に免じて、今回は目をつむろう。話は終わりだ」

「ありがとうございます」

美貴がきれいに一礼した。黒滝は立ち上がって部屋を出ようとした。ドアノブに触れたところで、背中から声を投げかけられた。

「主任、君には娘がいるんだったな。五年生だったたか」

「六年です」

「別れて暮らしているとはいえ、今も同じ区に住んでいて、ちょくちょく顔を合わせるらしいな」

「よくご存じで」

吹越はキーを叩《たた》きながら言った。

「結果とやらが出なければ、娘さんと会う機会は減ると思え。我が東京都はなにしろ広い」

「肝に銘じます」

黒滝は肩をすくめた。

チンケな脅しだったが、本当にやりかねないのが吹越という男だ。失敗となれば文字通り、島送りにされるかもしれない。家族を脅しに使う手法に既視感を覚える。なにしろ黒滝も、木根に首輪をつけてきたばかりだ。やはり娘を材料にして。

小会議室を出た。

「勘弁してくれる？　肝が冷えたわ」

ドアを閉めた途端、美貴にわき腹を小突かれる。力のこもった一発だった。微笑《ほほえ》んで答える。

「ダラダラやる暇はないので」

軽く手を振り、人事一課の部屋へと足を向けた。

3

相馬美貴は、黒滝の背中を見送った。

背丈はそれほど高くはない。美貴がヒールを履いているときは、彼女の身長のほうが彼を上回る。

それでもこの部下には独特の威圧感がある。肩幅が異様に広く、背中の筋肉には厚みがある。上半身の筋肉が発達しており、両腕が人より長いため、スーツはオーダーメイドでなければ、サイズがまるで合わないという。

——腕が長いのね。

初めて会ったときに言った。黒滝は右腕をポンと叩いてみせたものだった。

——よく言われます。何度も何度も、首輪をつけようとしているうちに、だんだんと伸びていったんです。イヌに嚙《か》みつかれないために。

黒滝は誰が相手でもナメた口を叩く。たとえ相手が、交番勤務の巡査だろうと、組織の中枢にいるエリートであろうと関係ない。上下関係が厳しい警察社会では、そのような男は珍しかった。

「首輪ね」

美貴は呟いた。

さっきの右手首の傷を思い出した。誰かを締め上げたさいの傷だろう。その〝誰か〟については、彼の上司である美貴も把握していない。黒滝は、公安や組織犯罪対策部《ソタイ》にいたときも、情報を同僚と共有しようとせず、情報提供者を独占していた。

課長の吹越は、スタンドプレーを許さないと警告していたが、公安や組対にしても、一捜査員の独断専行など本来は許していない。

結果で周囲を黙らせてきたのだ。警視総監賞だけでも二十七度受賞。公安三課に属していた七年前、黒滝は警部補に昇任しているが、昇任試験を突破したからではない。選抜昇任制度によって、優れた能力が認められたからだった。悪質な政治テロを未然に防いでいる。

当時在籍していた公安三課は、右翼団体の監視を目的としたセクションだ。彼は、八王子市にある政治団体が、政権与党の国会議員に対する襲撃を企《たくら》んでいるとの情報を摑んだ。議員の殺害と邸宅の焼き討ちを目論《もくろ》んでいたという。

黒滝が得た情報をもとに、公安三課と八王子署は、実行予定日とされる二日前に、政治団体本部とメンバーの自宅などに対し、一斉家宅捜索を行った。

本部からは、ガソリンの入った十リットル携行缶三個と、数本の日本刀を発見した。また、実行グループの指揮官だった本部長の自宅からは、数丁の三十八口径のリボルバーと、狩猟用の二連式ショットガン、襲撃プランを記した文書ファイルや電子メールが保存されたパソコン機器類を押収している。

逮捕者は、政治団体のトップである会長を主犯として、十一人にも及び、彼らは凶器準備集合罪、銃刀法違反、殺人予備罪などで起訴された。

計画は大掛かりで、襲撃と焼き討ちは議員が帰宅する深夜に決行される予定だった。かりに実行に移されていれば、議員の家族に被害が及ぶ可能性は高かった。

襲撃の物々しさに比べ、動機自体はしみったれたものだったという。選挙対策やスキャンダルのもみ消しなど、その議員と政治団体には長年にわたってつきあいがあった。

しかし、政治団体の構成員の高齢化が進み、規模が縮小していくにつれて、議員は掌《てのひら》を返したように距離を置いた。会長を始めとして、逮捕された構成員の多くは、五十代から六十代の者ばかりだった。

政治団体の構成員のなかに関東系の広域暴力団に名を連ねる者がおり、議員側は度重なる無心に頭を悩ませていた。黒い交際などとマスコミに騒がれる前に、すっぱり関係を断っておきたいという思惑があった。襲撃計画は、議員に見くびられたと感じた政治団体側の憤《いきどお》りから生まれたものだ。

計画を摑んだのは黒滝だった。彼の地獄耳がなければ、今ごろ公安部はおろか、警視庁上層部の顔ぶれは全《すべ》て変わっていたかもしれない。議員が属する派閥には、警察OBの議員が名を連ねている。

どうして、その襲撃計画を知るにいたったのか。政治団体内部や周辺に、イヌを飼っていたのは確かだが、公安三課は情報源を明らかにしていない。

当の黒滝は、政治団体の襲撃計画を報告したさい、上司から情報提供者の名をしつこく尋ねられている。彼はそのとき、「ディープスロート」と真顔で答えたという。ただの噂ではあったが、いかにも彼が吐きそうなセリフだと美貴は考えている。

公安三課で手柄を上げた黒滝は、翌年に情報収集能力の高さを買われ、組織犯罪対策四課に異動となった。公安の幹部連は、恩人であるはずの実力者の彼を放出するのに、さほどためらわなかった。

公安部自体が秘密主義の見本のような部署だ。しかし、公安三課の幹部連は、黒滝のおかげで成績を上げた一方、情報を独占する手法に手を焼いていたらしい。

代わりに彼を欲しがったのは、組織犯罪対策四課だった。急速にマフィア化を進め、地下へ潜ろうとする暴力団から情報を得るためだ。結果を求めていた組対四課は、黒滝を広域暴力団対策係に配属させた。彼はそこでも多くの情報提供者を作るのに成功。やがて〝ドッグ・メーカー〟と呼ばれるまでにいたるが、在籍時にそれまでのキャリアをふいにし、上野署地域課へと左遷《させん》され、御徒町《おかちまち》交番勤務となった。

美貴は一階の職員食堂へと移動した。深夜の職員食堂は灯りもなく、ひっそりと静まり返っている。自動販売機が並ぶコーナーへと向かった。本部庁舎内の数少ないオアシスのひとつだ。

ワイシャツ姿の中年男がふたりいた。ともにいかつい身体《からだ》をしたコワモテの男たちで、自販機の前で缶コーヒーを飲みながら雑談をしている。刑事部か組織犯罪対策部あたりの人間と思われた。

男たちは、美貴を見かけると急に黙りこんだ。缶コーヒーをひと息で飲み干すと、苦々しそうに顔を歪《ゆが》め、そそくさとその場を離れていった。

美貴は男たちを知らなかった。しかし、彼らは彼女をよく知っているようだった。跳ねっ返りの女監察官として。よそよそしい態度を取られるのは慣れている。監察係の人員が増えてから、あるいは黒滝を部下として抱えるようになってから、よそよそしさは敵意へと変わりつつある。

監察係は忌《い》み嫌われている。そのうえ、現在は、綱紀粛正を目的とした取り締まりを実施している最中だ。連日のように行う抜き打ちの随時監察や、警察官に対する手加減のない調査に、上から下までが戦々恐々としているようだ。苛立《いらだ》ち怒っている者もいる。

課長の吹越が、このところずっと不機嫌なのも、方面本部や本庁のお偉方などから寄せられる苦情や抗議に、頭を悩ませているからに違いない。

ある方面本部長は、自分の縄張りにこれから何度も随時監察が入ると知り、人事一課に対して怒鳴りこんできた。あきれて二の句が継げなくなったのを覚えている。

方面本部の役割は、管轄《かんかつ》する警察署の監督と教育だ。随時監察のさいは、そのトップである方面本部長が監察執行官となる。所轄署員からは〝空爆〟と恐れられる随時監察だが、まったくの抜き打ちで行えているかどうかには疑問が残る。

所轄署幹部たちによる、心のこもった接待やゴルフコンペ、盆暮れの手厚い付け届けで、現場を監督するはずの方面本部が、骨抜きにされている事例もあるからだ。警察官としての能力に疑問符をつけたくなる人物でも、こと保身となれば異様な実力を発揮し熱意を燃やすものだと、美貴は監察官になってから知った。不祥事を明るみに出そうとする監察係に対し、あの手この手で抵抗を試みてくる。

自販機で冷たいウーロン茶を買った。長いこと椅子《いす》に座り続けていたため、缶を取り出すときに腰に痛みが走った。ひと口すする。できるなら、たっぷりと焼酎《しょうちゅう》を注いだウーロンハイが欲しかった。

深夜にまで及ぶ仕事には慣れているが、黒滝という爆発物のような部下と、プライドの権化のようなエリート上司。ふたりをいっぺんに相手にすると、小休止をとらなければ身が持たない。腰をひねって、ストレッチをする。

「お疲れのようだな」

後ろから声をかけられ、美貴はあわてて振り向く。

「……部長」

高級スーツを身にまとった五十絡みの男が、ぶらぶらと近づいてきた。一礼する。警務部長の白幡一登《かずと》だ。警察の奥の院たる警務部のトップにある。

「まだ……庁内にいらっしゃったんですか」

美貴は尋ねた。思わず時計を見る。時計の針は、深夜の一時を回っている。

「ちょっと寄っただけだ。喉《のど》が渇いたんでな」

白幡が美貴の横を通り過ぎた。アルコールの臭《にお》いが、ぷんと漂ってくる。芋焼酎をしこたま飲んできたらしい。白幡は、ワイシャツの襟のボタンを外し、ピンストライプのネクタイを緩めていた。

「いい香りがします」

「そうだろう。部下がてんやわんやしている間に、官官接待を楽しんできた」

白幡は自販機のボタンを押す。ミネラルウォーターのボトルを取り出すと、勢いよく喉を鳴らして飲みだした。声がかすれているところを見ると、二次会にスナックにでも流れて、何曲か歌ってきたのかもしれない。グビグビと水を飲み、大きく息をつくと、酒臭い息を吐いた。

課長の吹越が、酒を一滴も口にしない健康フリークなら、部長の白幡はウワバミの大酒飲みだ。顔には深いシワがいくつも刻まれているが、七三に分けた豊かな頭髪を黒く染め、茶色くゴルフ焼けした肌のために、精力的な印象を与えている。

顔の輪郭は野球のホームベースを思わせ、がっちりとした顎《あご》を誇っていた。ずいぶん飲んできたであろうにもかかわらず、その眼光や顔色は素面《しらふ》のときと変わらない。

「うらやましいだろう」

白幡は手で口元を拭った。美貴は微笑を浮かべる。

「ええ。私も、早く一杯やりたいと思っていたところでしたから」

「個性の強すぎる部下とガチガチ石頭の上司。その間に挟まれて気苦労が絶えない中間管理職って気分か」

「聞いてらっしゃったんですか」

「カマかけただけだ」

白幡は肩をすくめた。

「仕方がねえ。おすそ分けをくれてやる。部下たちが苦労してるときに、たらふく飲み食いしてただけじゃ、バツが悪いもんな」

「ありがとうございます」

「ともかく、こんなところじゃ話はできねえ……そこでだ。いい部屋を知ってるんだが、ちょっくら寄ってみないか？」

白幡はポケットをまさぐり、カードキーを取り出した。まるでホテルにでも誘うかのような、品のない笑みを浮かべる。カードキーは警務部長室のものだ。

背筋を伸ばしてうなずいた。身体を覆っていた倦怠感《けんたいかん》が消え失《う》せ、腰の痛みを忘れることができた。

ただ酒食に耽《ふけ》っていただけではなかろう。警視庁内外の幹部たちと顔を合わせ、情報収集に勤《いそ》しんだに違いなかった。

どの省庁にも当てはまることだが、縦割り行政というシステムのおかげで、警察においても部署同士の風通しは、きわめてよくない。他のセクションに関する情報がなかなか入ってこない。横の連携というものがほとんどないのだ。

好きこのんで監察係に近づきたがる者はいない。監察と接触したとわかれば、職場からは裏切り者の烙印《らくいん》を押され、村八分にされかねないからだ。

美貴が監察官となって半年以上が経つ。就任した時点で、すでに全国の警察では不祥事が相次いでおり、警察庁も綱紀の乱れに苛立ちを募らせていた。人事一課としては早急に成果を上げる必要があった。

首都東京を守る警視庁でも、マルチ商法に手を染める警官や捜査情報を暴力団に売る刑事が見つかっている。服務規程違反が霞《かす》むような悪質なケースがハイペースで発覚しているのだ。

顔の広い白幡を通じて、警察内部の動向を知る……本来ならば、本庁内部にもっとも精通しておかなければならない立場だが、思いのほか情報収集が進んでいない。監察係が本気だとわかると、他の部署は一斉に口を堅く閉ざすようになった。

エレベーターのかご室に乗りこむと、アルコールの臭いがさらに際立《きわだ》った。

「〝ドッグ〟はどうしてる」

「相変わらずです」

「あの野郎……」

白幡は鼻を鳴らした。

「ただ……今夜はどこか様子が違っていました。手首に傷まで作って」

「穏やかじゃねえな」

「感情の読み取りにくい男ですが、ついさきほど、高揚した顔で戻ってきました」

白幡は水を飲んだ。ゲップをしてから答える。

「首輪つけたか」

「おそらくは」

「困ったもんだな。鈴をつけねえまま、いつまでも野放しにしておいたら、あいつはFBIのフーヴァー長官みたいになっちまう。しまいにゃ、警視総監や総理大臣の秘密まで嗅《か》ぎ回ろうとするだろうよ」

「よろしくお願いします。万が一、黒滝主任の身になにかあれば」

「お宝級の情報《ネタ》を抱えたまま、あの世にでも行かれても困るしな」

白幡の目が冷たく光った。

職場はもっぱらゴルフ場と盛り場。職務そっちのけでコネ作りに励むゴマすり男。C調で遊び好きなバブル世代。白幡にまつわる評判はあまりよくはない。

悪評は決して的外れではない。午前中は、二日酔いで熟れた柿《かき》みたいな臭いを漂わせている。公務の間はかったるそうに過ごしながら書類に判をついているものの、夕方が近づくにつれて、元気はつらつになっていく。

出身地は新潟のはずだが、会員数の多い鹿児島県人会を始めとして、その他の県人会にも顔を出すという。ゴルフ同好会だけでなく、釣りや野球のサークルにも入っているらしい。

噂にひきずられ、白幡を堕落した幹部と見なしていた時期もあった。このような人物がよりによって警務のトップに君臨しているからこそ、組織が腐っていくのだと。

白幡は警務部長室のドアを開錠した。執務室に入るなり、わずらわしそうにネクタイをさらに緩めた。結び目が胸元へと下がる。帰宅したような調子で、応接セットのソファにどっかり腰を下ろした。

「見ろよ。あの紙の山。うんざりしてくる」

未決済のトレイには書類の束が積まれてあった。おもに監察結果の報告書だろう。

白幡は美貴にソファを勧めた。

「例の件だが、警視庁《うち》の刑事部長殿に話をうかがってきた」

「本当ですか」

「やっこさん、えらく口が堅いんだが、賭《か》けゴルフでの負けがかなりかさんでたりと、とにかくおれに借りが山ほどあるんでな。そのへん、なんとかしてやってもいいと言ったら教えてくれた」

美貴は腰をかけるなり尋ねた。

「捜査本部は」

「表向きには、怨恨《えんこん》と強殺《ごうさつ》の両面で調べていると言っているが、捜査本部《チョウバ》は端《はな》から強盗殺人の線に絞っているようだ」

「そんな……日下《くさか》さんは確かに財布を奪われてますが」

「強殺以外の線も捨ててはいないとは言っていたが、物証も目撃者も少なく、だいぶ手を焼いているようだ。警官殺しを逃がすようなら、警視庁《うち》は恥の上塗りだぞと、刑事部長《やっ》のケツを叩いてはきたがな」

人事一課監察係の日下祐二《ゆうじ》巡査部長が、町田市にある自宅に帰る途中、何者かに刺殺されたのは約二か月前。残暑厳しい晩夏のころだ。

熱帯低気圧による雨が都内を濡《ぬ》らしていた日の深夜。退庁した日下は、自宅の最寄《もよ》り駅である小田急線玉川学園駅で下車した。駅近くの居酒屋に寄り道し、数杯の生ビールと泡盛を空けてから、家路についている。惨劇《さんげき》はその帰り道で起きた。人目の少ない住宅街の路上で襲われたのだ。

ナイフで腹と背中を十カ所にわたって刺されている。電柱にもたれているところを、通行人に発見され、救急車で搬送されたときには、すでに意識を失っていた。病院に到着する前に失血性ショックで死亡している。

目出し帽をかぶった男二人組が現場近くから走り去る姿が目撃されている。スーツには物色された跡があり、財布は抜き取られていた。

監察係に七年も在籍しているベテラン警察官であり、美貴の部下でもあった。もともと刑事畑にいた頑健な五十男で、今年の春には長男が国立大学の法学部に合格している。口数は少なかったが、自分自身が高卒だったためか、酒が入るとしきりに難関で知られる国立大学に入った息子を自慢していた。勤務態度は優秀で課員からも慕われていた。

白幡や吹越、美貴を含めた監察係は、死亡した数日後に執り行われた日下の葬式に参列した。そのとき彼女は、参列者の多さにも驚かされている。嫌われ者の監察係に長く在籍していたにもかかわらず、警察学校の同期や、刑事畑にいたときの同僚、退職した警察OBらが多数集まった。近所の住人や飲み仲間なども多く、会場となった葬祭場の駐車場に車が入りきらなくなるほどだった。

その後、監察係は日下の信用組合や銀行の口座を確認している。玉川学園の中古住宅を購入、息子の教育ローンの支払いもあって、貯蓄は多くなかった。遊びはほとんどやらず、堅実な警官人生を歩んでいたことがわかった。家に帰る途中に、駅付近の居酒屋で一杯飲むのを楽しみとしているくらいで、プライベートでの、悩みやトラブルを発見できなかった。もともと、問題を抱えているような人物は、監察係になれはしない。黒滝は異例中の異例だ。

現役警察官が殺害されたとあって、警視庁は町田署に大規模な捜査本部を立ち上げた。強盗殺人として調べる一方、職務上のトラブルや怨恨の線をも考慮に入れた。人事一課の課員たちに日下の勤務態度や人間関係について訊《き》きまわっている。

上司である美貴も例外ではなかった。事件解決のために、数度にわたる事情聴取に応じている。犯人検挙のため、惜しみなく情報を提供したつもりだ。ただし、捜査本部は質問を浴びせるばかりで、捜査状況について聞き返しても口を濁すのみだった。

捜査員の間には確実に箝口令《かんこうれい》が敷かれている。日下が属する相馬班は、ある刑事を中心とした組織ぐるみの不正の調査を行っていた。

美貴はため息をついた。

「行きずりの強盗殺人の線で捜査が隘路《あいろ》に入りこんだら、胸をなで下ろす人間がたくさんいることでしょうね」

綱紀粛正の嵐《あらし》が吹くなかで起きた監察係員の殺害事件。日下殺しの犯人は同じ警察官ではないかという疑惑がつのる。

もし、そうであれば関与した人間はもちろん、警視総監にまで累《るい》が及ぶ。捜査本部が、強盗殺人の線で追いかけるのは、身内をかばいたがる警察組織の習性によるもののように思えてならなかった。

白幡はミネラルウォーターを飲み干した。

「まあ正直に言えば、おれだってそうさ。できることなら、同じ警察官《サツカン》なんかを疑いたくはねえ。自分が何十年と身を捧《ささ》げてきた組織が、そこまで腐っているとは思いたくないからな」

「はい」

「とはいってもだ。こっちはこっちでとっととオトシマエをつけてえ。捜査本部《チョウバ》は捜査本部《チョウバ》で熱心にやっていると信じたいが、こっちとしても、きっちり真実をおさえなきゃ日下の旦那《だんな》は浮かばれねえだろう」

だらしなくソファにもたれていたが、白幡の表情は厳しかった。

軽薄なお調子者のように見せているが、腹の据わった男なのは間違いない。肝っ玉が太くなければ、黒滝のような危険人物を、配下に加えるのを承認するはずがなかった。

監察係の人員を拡充するさい、美貴は膨大なリストから黒滝を選び出した。人事一課長の吹越を始めとして、当然のごとく多くの強烈な反対に遭った。

　警察のなかの警察である監察係においては、まずなによりもクリーンな人物であることが求められる。警察組織を取り締まる人間がトラブルまみれであったら、組織運営そのものが成り立たなくなるという理屈だ。

　その絶対条件を破って、強引な捜査で知られた曰《いわ》くつきの元刑事をリストアップしたのだ。人選会議で黒滝の名を出し、彼の過去や経歴を告げたとき、監察係のメンバーたちは、驚きを通り越して呆《あき》れた表情を見せた。

　反対意見があふれ返るなか、白幡の「おもしれえじゃねえか」のひと言でこの件は決着した。日下が殺害されたのは、それからまもなくのことだ。

　ふと、白幡が口を開いた。

「相馬女史、あんたも変わったやつだな」

「……と、仰《おつしや》いますと？」

「あんたにとって監察官なんて役職は、出世していくためのステップのひとつに過ぎん。これまでと同じく、一、二年もしたら別の職場が待っている。警察庁《サッチョウ》かもしれねえし、よその省庁に出向となるのかもしれねえ。キャリアってのは無駄に事を荒立てず、無難な組織運営を心がけるもんだ。せっかくこの立場にいるんだったら、周囲に恩をたっぷり売っときゃいい。警視正《セイ》に昇任したときはもちろん、将来にわたって円滑に仕事がやりやすくなる。綱紀粛正が叫ばれている今なら、なおさらだ」

「キャリアである前に私は警察官です。現場の経験は乏しくとも、真実を知りたいという気持ちは誰にも負けません。たとえ、それで周囲と摩擦が起きることになったとしても」

「なるほど」

「日下は尊敬できる部下でした。事実の解明こそが、彼の弔いになると考えています」

そう答えた。思わず口調に力がこもった。白幡は腕を組む。

「確かに、うちのご清潔なやつらは、どうにも頼りねえからな」

課長の吹越を始めとして、人事一課の課員は総じて堅物揃《ぞろ》いだ。ただし、総務畑や交通ひとりひとりの行政処理能力には目をみはるものがある。ただし、総務畑や交通畑畑を歩み続けた者、あるいは警備部出身者などが多く、捜査勘の働く刑事出身の人間は少なかった。平時であれば問題はないが、海千山千の者たちのガードを切り崩すのには心もとない。

捜査本部の見立てのとおり、見ず知らずの強盗犯に狙《ねら》われた可能性は否定できない。

犯行現場の側《そば》にある公園の茂みからは、現金だけを抜き取られた彼の財布が発見されている。クレジットカードやキャッシュカードの類は、そのまま財布に残されていた。肩さげ型のビジネスバッグも手をつけられていない。

強盗犯たちが日下の内ポケットに警察手帳があるのを見つけ、足のつかない現金だけを抜き取り、犯行現場からあわてて逃走したのではないか……事件当初から、そんな仮説が幅を利《き》かせているらしい。白のヴァンが猛スピードで立ち去るのも目撃されている。

ただし、疑問もつきまとう。日下は五十を過ぎたとはいえ、冷蔵庫のような厚みのある大男だった。肥満体ではあったが、若いころは柔道に勤しんでいた。

柔和な表情ばかり思い出される。日ごろは好人物として知られていたが、いざというときには鋭角的な視線を見せ、重みをともなう迫力もあった。高級時計やブランドもののスーツを身に着けていたわけでもなく、腕時計は数万円程度のもので、スーツにしても量販店のツルシだ。果たして強盗がターゲットにしようと考えるだろうか。

基本的には白幡と同じ意見だ。監察官とはいえ、むやみやたらと同じ警察官を疑いたくなどない。

だが、美貴は日下にある任務を命じていた。赤坂署の生活安全課に属する刑事の身辺調査だ。彼の能力を信頼しての起用だった。

　そして、調査を開始してから二週間後、彼は命を失うこととなった。因果関係はいまだ不明だ。町田署の捜査本部が情報を隠しているかもしれない。殺人事件と調査の関係の有無を明らかにするため、黒滝に日下の後を引き継がせている。

　美貴は尋ねた。

「部長はどうして黒滝を受け入れたのですか」

「あん？」

「真実を知りたい。それだけではないでしょう」

「そりゃ、ああいう男を入れたほうが退屈せずに済むからだ」

　はぐらかそうとした。美貴がじっと見つめると、彼は根負けしたように口を曲げた。

「おれは俗にまみれた人間だ。真実を知るだけで満足するわけじゃない」

　人脈作りに心を砕き、保身のために生きる小人物。

　そんな悪評とは裏腹に、彼は強い野心を隠し持っている。相次ぐ不祥事と今回の事件をきっかけに、ライバルを蹴落《けお》とす気でいるのだろう。警務部長という椅子には決して満足していない。

「失望したか」

「いえ」

白幡は立ち上がった。

「さて、寄り道はこれぐらいにして、愛する母ちゃんのもとに帰ることにしよう。黒滝は諸刃《もろは》の剣だ。下手を打てば、こっちの手をざっくり斬《き》っちまいかねねえ。それは決して忘れるなよ。やつが摑んだ情報は、近いうちにおれが直々に吐きださせる。日下の二の舞はごめんだからな」

「ありがとうございます」

美貴も椅子から立ち、白幡に頭を深々と下げた。かつて日下からも同じように言われたのを思い出しながら。

――相馬さん、あなたは変わった方だ。

4

黒滝が警視庁本部を後にしたのは、午前二時半を過ぎたころだった。

タクシーに乗りこむと、江戸川区の自宅に向かうよう、指示を出した。運転手は愛想よく返事した。口の軽そうなベテランに見えたので、黒滝はシートにもたれ、さっさと目をつむった。会話をするのは億劫《おっくう》だ。

　疲れ切っているわけではない。公安や組対にいたときは、張り込みや情報提供者《エス》との付き合いで、サウナや武道場での仮眠だけで何日もやり過ごしたこともある。そんな生活を続けているうち、妻子と別れる羽目になった。

　目の奥が熱かった。肩と腰が鈍い痛みを訴える。それでも木根の家に侵入したときの興奮が、ぴりぴりと身体を包みこんでいた。

　――君はコントロール・フリークだ。一度、医者に診てもらったほうがいい。

　組対にいたころ、関係が悪くなった上司から、面と向かって告げられたものだ。なんでもかんでも他人をコントロール下に置き、思い通りにことを進めなければ我慢がならない。一種の心の病だと。上司だけでなく、首輪をつけたイヌたちからも、サディストだの、悪魔だの、卑劣漢だのと、さんざん罵《のの》しられている。

　それらの指摘はある意味正しい。病気だという自覚もなくはない。調査対象者の秘密を探るのに悦《よろこ》びを覚える。今日の木根に行ったように、首輪をつける瞬間にはたまらなくゾクゾクする。木根の変態性を攻撃したものの、一方で自分がまともだとは思ってはいない。

　抱えている情報提供者の数や質がものを言う公安や組対は、黒滝にとって天職といえた。イヌに仕立てるため、警察が持っている情報を提供してやったケースもある。裏金が当たり前のように使えた時代では、領収書のいらない金で手なずけてもいる。泥まみれの手をした自分が、警官に睨《にら》みを利かせる監察係にスカウトされるのだから、人生なにが起こるかわかったものではない。

運転手側の窓がわずかに開いていた。河口の磯《いそ》臭さが鼻に届く。黒滝は目を開け、道順を説明した。

川添いの自宅にたどりついた。昭和の時代に建てられた十階建ての古いマンション。黒滝の部屋は八階にある。高層階に位置するが、1LDKの狭い部屋だった。先ほど忍びこんだ新居とは雲泥《うんでい》の差がある。

ドアを開けると、部屋は真っ暗だった。誰も待っている者はいない。

妻の理佐子《りさこ》と別れて二年が経つ。別離の理由はありふれたものだ。組対時代の上司は彼をコントロール・フリークと呼んだが、それは仕事に限った話でしかない。家庭はといえば、長らく放ったらかしたままにしていた。刑事になってからは家に戻らない日も増えた。

一方の理佐子は、警察官の妻を演じるのにストレスを感じていた。職員寮における窮屈なご近所関係になじめなかったのだ。上階に住む幹部の妻たちにゴマをすれず、休みなく催される一斉掃除や集会、ボランティア活動などにもついていけずにいた。

独立心旺盛《おうせい》な性格で、黒滝と知り合ったころには、いくつかの会社を渡り歩いた後に、小さな広告代理店で熱心に働いていた。共に二十代半ばのころだ。

そのころの黒滝は、渋谷署地域課の交番で働いていた。入庁当初から刑事志願者だった彼は、非番のときも自主的に管内のパトロールを行い、暴行や窃盗の現行犯を捕えている。

友人の飲み会を通じて知り合い、交際をするようになった。それぞれ休日を返上しては、ハードな毎日をこなしていたが、それがかえって良好な関係を維持させた。ふたりとも過去に何人かとつきあったが、仕事に目を向けているうちに愛想を尽かされたクチだ。

結婚して二年後、娘の千里《ちさと》が生まれたのを機に、江戸川区にマンションを購入した。貯金はそれなりにあった。警視庁職員信用組合《けいしん》から低利で購入資金を借り、マイホームを手に入れたのだ。警察村の濃密な人間関係と距離を置くことに成功したが、それでも理佐子は満足しなかった。千里を保育園に預け、再び働く道を選んだのだ。

育児を任せっきりにしていた黒滝に反対する理由はなかった。また住宅ローンの支払いで、生活に余裕がなくなったのも事実だった。手持ちの情報提供者に、ポケットマネーで情報料を支払うこともあったため、給料を減らしてしまうからだ。

理佐子は大手量販店に契約社員として働きだした。後に正社員に登用され、現在は千葉の本社へと通勤している。

水を得た魚のごとく仕事にのめりこんでいった。黒滝家の財政は改善されたものの、より一層の、すれ違い生活を送るようになった。

浴室に入った。三日ぶりの風呂《ふろ》だった。ヒゲ剃《そ》りや替えのシャツは本部庁舎のロッカーに常備してある。日頃から、水で濡らしたタオルで身体を拭《ふ》くなどして、身だしなみには気を使ってもいる。夏場ではとてもそれでは足りないが、気温が低くなった秋だから可能になった。昼夜を問わぬ激務には慣れている。しばらくこの部屋にも戻らず、警察車両の運転席や、人事一課の長椅子で仮眠を取っていた。

熱めのシャワーを勢いよく浴びた。肩こりと腰痛《ようつう》。ガチガチに凝り固まった肉体には心地よかった。しばらく突っ立ったまま、四十二度の湯を頭からかぶり続けた。髪からしたたり落ちる水滴をぼんやりと見つめる。

久しぶりに人の首に輪っかをつける作業ができたため、尋常ではない量のアドレナリンだのドーパミンだのが脳みそにあふれかえった。数時間後、それら分泌物《ぶんぴつぶつ》がもたらした興奮が去ると、世界の重力が変化したように身体が重くなった。フケと垢《あか》にまみれた肉体や頭髪を洗う気がなかなか起きなかった。

高校時代、水球に打ちこんでいたころを思い出した。足がつかないほど深いプールのなかを延々と泳ぎ続ける。少しでも動きが鈍れば、竹刀《しない》や竹竿《たけざお》で小突かれた。その後の警察学校での研修が天国に思えるほど、厳しい練習で知られた運動部だった。

体力が尽きて溺《おぼ》れ死にそうになったこともあった。理由をつけて、竹刀や拳骨《げんこつ》を振るう先輩やコーチが揃っていた。寮生活を送ったが、敬意が足りないだの目つきが悪いだのと、難癖をつけて殴られもした。高校での非人間的な扱いのおかげで、激務を激務と思わないほどの体力と気力が備わったのは確かだ。

理不尽なシゴキに支配されたなかで、数少ない楽しみだったのがシャワーだ。プールに長時間浸《つ》かり、芯《しん》から冷えきった身体を包みこむ温かな液体。そんな経験など長いこと忘れていたが、今日のシャワーはなぜかそれを思い出させた。

裸のままシャワーを出ると、キッチンの冷凍庫を開けた。冷やしたウォッカが入っている。ビールや酎ハイで喉を潤《うるお》すのもいいが、寝る前にぐいぐい飲めば、膀胱《ぼうこう》に小便が溜《た》まって睡眠の妨げになる。

現在手掛けているのは、黒滝の警察人生において最重要な案件である。課長の吹越から脅されたように、下手を打てば島送りだ。もしくは警察社会から追い出される……。

　トロトロのウォッカを、ショットグラスに注いであおった。冷たい液体が、食道から胃袋を燃やしてゆく。睡眠薬代わりに、立て続けに二杯注いで呑《の》み下す。熱い息が漏れた。

　軽い酩酊《めいてい》状態になり、心がほどけていく。この瞬間がたまらなく気持よくもあり、恐ろしくもあった。酒が入ってしまえば、おおむね仕事の続行は不可能だ。

　それゆえ刑事は、さっさと飲んで切り上げるタイプが多い。黒滝もずっとそうした飲み方をしてきた。監察係に異動してからは、もはや睡眠薬代わりに口にするだけだった。ウォッカを冷凍庫にしまう。明朝も早い。

　姿見に裸の自分が映った。顔をしかめ、目をそらす。下着ぐらいは身に着けるべきだった。

　背中からわき腹にかけて、大きなピンク色の擦過傷の痕《あと》が残っていた。下腹からは打撲傷の痕が去らず、紫色の斑点《はんてん》をいくつも形成している。胸には十数針縫った痕がある。どれも痛みや後遺症は残っていないが、彼の肉体に奇妙な模様をくっきりと刻みこんでいる。組対四課に在籍していたときに負った傷であり、これがきっかけで交番勤務へと飛ばされることになった。

背中の擦過傷の痕は、セダンで跳ね飛ばされ、アスファルトを何メートルも滑ってできた。着ていたスーツやシャツごと、皮膚を道路に擦《こす》りとられ、火傷《やけど》に似たダメージを負った。

セダンに轢《ひ》かれて動けなくなった黒滝は、さらに複数の人間から木製バットや木刀で滅多打ちにされ、ナイフで胸を裂かれた。

再び冷凍庫を開けて、ウォッカを取り出した。いつもは二杯だけと決めているが、瓶にじかに口をつけてさらに飲む。身体が火照《ほて》っていたので、エアコンで強めの冷風を浴び、眠気がやって来るのを待つ。

かつての上司からコントロール・フリークと言われ、後輩からは窃視症となじられた。他人を覗《のぞ》き見るのが好きな変態刑事だと。身体の傷はその覗き見とコントロールの末に負ったものだ。

下着姿で寝室のベッドに寝そべった。携帯端末をナイトテーブルに置いて部屋の電気を消す。

ウォッカで鈍らせた頭で考えた。思えば妻子に去られたのも、父親としての役目を放棄したからだ。娘の千里とはディズニーランドに連れていくと、約束を交わしながら、ついに同行することはなかった。授業参観日に一度も顔を出さず、誕生日当日に祝ってもやれなかった。悪党どもに首輪をつけるのに熱中しすぎていた。

重要な作業を忘れていた。寝そべったまま携帯端末を手に取る。暗闇《くらやみ》のなかでメールを打つ。

相手は木根だ。眠れぬ夜を過ごしているだろう。

〈署のお仲間に助けを求めようなどと、バカな考えだけは起こすんじゃないぞ。女房と娘に出て行かれたくなかったら〉

釘《くぎ》を刺した。自分でメールを打っておきながら、苦い気分に陥る。そのメッセージは黒滝自身にも突き刺さる。

木根はおとなしく従うだろう。家族の信頼を失うのをなにより恐れている。

あとはヤケを起こしたりしないよう、アメとムチで管理するのみ。イヌを飼い慣らす方法自体は、ヤクザだろうと警官だろうと変わらない。

黒滝は布団《ふとん》をかけ、かたく目をつむった。

5

携帯端末が震えていた。アラームが作動している。

ほんのわずかの間、目を閉じただけのような気がしたが、部屋は朝日ですっかり明るくなっていた。眠りが深かったようだ。

アクビをひとつして、ベッドから起き上がった。無茶な生活を送ってきたおかげで血圧が高めだ。そのせいか朝はやたらと強い。三時間程度の睡眠だったが、頰を平手で叩《たた》くと、それなりに意識がしゃきっとする。

キッチンの冷蔵庫を開けた。なかには食材がいくつか入っていたが、数日間帰らずにいたため、牛乳やヨーグルトをダメにしてしまっていた。食えるのは卵だけだ。冷凍庫にはウォッカとともに、カチカチに凍らせた食パンがある。オーブンレンジで卵のホットサンドをこしらえ、インスタントスープとともに胃に収める。

朝食を摂《と》りながら、端末をチェックした。木根から返信があった。着信時刻は午前四時過ぎ。やはり眠れなかったらしい。

〈仲間を見張れと言うが、どうしたらいいのか教えてくれ〉

窓に移動した。マンション前の公道を見下ろしながら電話をかける。呼び出し音が数十秒してから木根が出た。

木根の朝はとりわけ早いはずだ。東村山市の自宅から職場の赤坂までは、バスと電車を乗り継がなければならない。すでに出勤途中のようだった。どこかの駅で降りたのか、スピーカーからは駅のアナウンスや発車を告げるメロディが聞こえる。

〈もしもし……〉

木根の声はか細かった。周りの喧騒《けんそう》のおかげで、ひどく聞き取りづらい。

「普段どおりに出勤しろ。人気《ひとけ》のないところから、もう一度電話をよこせ。あわてる必要はない」

短く告げて電話を切った。

ぬるくなったインスタントスープで、数種類のサプリメントを流しこんだ。身支度に取りかかる。

消費期限の過ぎた食材を燃えるゴミ用の袋に放って固く縛る。いつ帰宅できるかわからない。秋で気温が低くなったとはいえ、何日も放っておけば悪臭が立ちこめる。

スーツを羽織っているときに携帯端末が震えた。木根からだ。黒滝は携帯端末を肩で挟んだ。洗面台の鏡の前で、ネクタイを締めながら電話に応じる。

〈もしもし……〉

声は相変わらず頼りないが、静かなところに移動したようだ。

「どこにいる」

〈赤坂二丁目だ。この時間なら人はいない。なあ、おれは――〉

二丁目には、韓国居酒屋や焼肉屋が立ち並ぶ歓楽街がある。朝のこの時間帯なら、路地にでも入ってしまえば、たしかに人目はなくなる。話を遮った。

「あわてる必要はないと言っただろう。そんな様子じゃすぐにバレる。昨日は眠れたか」

〈……眠れるわけがないだろう〉

木根の声が強まった。怒気が混じる。

「だろうな。お前のツラもひどいことになってそうだ。しこたま酒も飲んだだろう。酒臭い息がこっちまで届いてきそうだ」

〈あんたが狙っているのは田所《たどころ》さんだろう。こっちは捜査本部から、さんざん事情を訊かれたうえ、監視までされていたんだ。署内は二か月前からピリピリしっ放しだ。スパイがいるんじゃないかと勘繰ってるやつさえいる。下手に動けば――〉

「まずはその臭い口を閉じろ。おれの渾名《あだな》を知ってるんだろう。お前は首輪をつけられた犬っころだ。おれが座れと命じたら、お前は黙って座る。あれこれ考える必要はない。言われたことだけをやればいい」

木根は言葉をつまらせた。黒滝は続ける。

「おれたちはポリ公だ。すでにしつけられた犬っころなんだよ。黙って命令に従うのは得意中の得意だろう。飼い主が少しの間、変わるだけだ。署の上司から、このおれになな。無理難題を課す気はない。お前がバカなことをやらないかぎり、家族はお前を今までどおり、一家の大黒柱として敬ってくれるはずだ」

黒滝は、〝家族〟という言葉を強調した。効果があったらしく、木根は黙りこんだ。

「理解できたのなら、わかったと言え。敬語は不要だ」

〈……わ、わかったよ〉

木根は悔しさをにじませながら答えた。

「本題に入るぞ。お互いに時間がない。まず第一に、ふだんどおりに仕事をこなせ。どうせひどいツラをしてるんだろう。同僚に訊かれてもいいように、うまい嘘《うそ》を用意しておけ。第二に、心療内科のクリニックへ行け。睡眠薬と安定剤をたっぷりもらって、今晩から無理やりにでも睡眠を取るんだ。いつまでもやつれた顔でいたら疑われる。保険証は使うな。診療代ぐらい払ってやる。わかったか？」

〈あ、ああ……〉

「まちがっても、酒に溺れて、つまらぬトラブルを起こすな。なにがあっても、今日中にクリニックへ出向いて、薬を処方してもらえ」

〈保険を使わないとなると、かなりカネがかかるが……かまわないのか？〉

髪型を櫛《くし》で整えた。鏡には、不気味な目つきをした中年男が映っていた。

「あんな立派な家を建てたんだ。お前の懐《ふところ》がさみしいことは知っている」

ある程度ではあるが、上司の美貴が捜査費を確保している。課長の吹越は嫌がったが、警務部長の白幡が判をついている。美貴と白幡は、黒滝にかなりの期待を寄せている。かりに捜査費が出なかったとしても、自分のポケットマネーからひねり出していただろうが。

黒滝はビジネスバッグを手にして玄関へと向かった。靴べらを使い、革靴を履きながら会話を続ける。

「第三に、ケータイには必ずロックをかけておけ。家族にも見られないようにするんだ。すでにロックしているのなら、パスワードをもっと複雑なものに変えろ」

〈昨晩変えたさ〉

「その調子だ。淡々と仕事をこなせば、大事なノートパソコンはすぐに戻ってくるし、平穏な日々に復帰できる。お前も刑事《デカ》ならわかるだろう。情報提供者《エス》を飼うときの鉄則はなんだ」

木根はうなってから答えた。

〈……情報提供者《エス》の安全を確保すること〉

「そうだ。おれはお前を破滅から助けてやった、大切な味方だ。おれ以外のやつらに、お前のイタズラが見つかっていたらどうなっていたかを想像するといい。指示されてムカムカするだろうが、そのたびに想像力を働かせろ。お前がガキの裸でしこる変態であると知った妻と娘の目を。署の連中の侮蔑《ぶべつ》しきった顔を。とてもじゃないが、警官のままじゃいられんだろうな。刑務所《ムショ》じゃ、ガキを弄《もてあそ》んだ変態が一番コケにされるんだ」

〈やめてくれ！〉

「そうならずに済んだのは誰のおかげなのか。まともな警官ヅラを続けられる幸せを、じっくり噛《か》みしめろ。また連絡する」

電話を切る間際につけたした。

「もうひとつ忘れていた。これまでどおりに仕事をしろと言ったが、残業のフリをしてDVDのコピーをするのだけは止《や》めておけ」

木根は腹でも殴られたような、苦しげな声を漏らしながら電話を切った。

携帯端末をポケットにしまって外に出た。冷たい風が吹きつけてくる。

スーツだけでは背筋が震えるほどの冷たさだ。しかし、身体《からだ》は興奮で熱くなっている。晩秋の川風が心地よい。天気予報によれば、今日の東京都内の昼間は気温が急上昇するという。コートは必要なさそうだった。

木根と会話をするたびに心が昂《たか》ぶった。コントロール・フリークなる言葉が頭をよぎる。木根を罵るたびに、自分の胸に痛みが走る。だが、彼を操るためには必要なプロセスだった。

自己啓発セミナーや新興宗教の洗脳の手口と同じだ。まずは対象者の人間性やプライドを徹底的に踏み砕く。今にも破滅が迫っていると脅す。対象者をどん底に突き落とし、冷静さを失わせ、方向感覚を狂わせるのだ。

次に一条の光を照らして、新たに進むべき道だと示してやる。破壊者のくせに、唯《ゆい》一《いつ》の味方のような態度で、今までと異なる価値観を植えつける。

イヌの飼育方法はいろいろとあるが、これがもっとも有効なやり方だった。赤坂署生活安全課の面々の中で、もっとも大きな隙《すき》を見せていたのが木根だった。証拠品の横領をする根性はあっても、課員のなかではもっとも脆《もろ》そうに映った。

木根が言うとおり、黒滝の狙いは彼の上司だ。

田所稔《みのる》警部補。

赤坂署は、百を超える所轄署のなかでも有数の激戦地である。田所はそこで一目置かれる現場捜査官だった。署の上層部からも重宝がられている。同署に五年在籍しているが、警視総監賞、方面本部長賞、それに署長賞……獲得した表彰状の数は四十以上。優れた警察官として名を馳《は》せる一方、何者かに殺害された監察係の日下が、ひそかに追っていた怪しげな人間でもある。

玄関に鍵《かぎ》をかけた。手にしたビジネスバッグはずしりと重い。なかには木根から取り上げたノートパソコンが入っている。こんな重要なお宝を、自宅に置いておけるはずもない。かといって、本庁にあるロッカーやデスクに持ち込む気もむろんなかった。

黒滝はエレベーターへと歩き出した。風は依然として冷たかったが、やはりスーツだけで充分だった。

6

新橋駅で降りた。

本部に出勤する前に寄り道をする。大勢のサラリーマンたちに交じって、駅前のビルの密集地帯を歩いた。駅から目的地までは、まっすぐ向かえば三分とかからない。十分ほどかけて周囲を徘徊《はいかい》し、尾行や監視者の有無を確かめてから、とあるビルへと入る。

カプセルホテルの一室分ほどの大きさのトランクルームを借りていた。監察係に異動したさいに契約している。借りるのに必要な身分証明書は組対部時代のコネを使った。かつて飼っていたイヌのひとりに〝道具屋〟がいた。そいつに偽《にせ》の運転免許証を作らせたのだ。

道具屋とは、闇社会の人間相手に仕事道具を売りさばいている裏の職人の総称だ。取引相手が闇金業者や詐欺師《さぎし》なら、架空の銀行口座やトバシの携帯電話を供給する。車の偽造ナンバーや盗難車を扱って、強盗グループを顧客に持つ者もいるし、偽の土地登記簿や株券を得意とする経済型もいる。

黒滝がイヌとしていたのは、偽造IDを専門としている道具屋だった。免許証、住民票、公務員、大手銀行の社員証などを得意にする。客の多くは不法入国した外国人、前科のあるヤクザ、悪質な犯罪者などだ。

その道具屋に久々に連絡をして、運転免許証を譲ってもらった。そんな危険な橋を渡らずとも、美貴に相談すれば、捜査用のIDを用意してもらうことも可能だったろう。

ただし追う相手は犯罪者や闇の住人ではなく、同じサクラの代紋を背負った警察官だ。同じ権力を保持しており、警察手帳《てちょう》や令状を振りかざせば、どこにでもアクセスできる。このトランクルームに踏みこむのも朝飯前だろう。

彼は監察係自体をまだ信用していなかった。警務部長と監察官がスカウトしてくれたとはいえ、部署全体で歓迎してくれているとは言いがたい。むしろ、厄介者と見なす者が多数を占めている。

人事一課監察係が、警官にとって恐怖と嫌悪《けんお》の対象になっているのはまちがいないが、警官の不正を摑《つか》んだところで、必ずしも粛清に踏み切るとは限らない。

不正が次々に発覚している現在は、監察係員は休みなく随時監察や、不正の疑いがある警官を探ることが出来ている。ある程度の手柄は上げ、世間に対してゴキブリ退治の成果を知らしめなければならない。

しかし、警察の威信を揺るがしかねないような、大きな不祥事になりそうだとわかれば、事情はおのずと変わってくる。体面を重んじるため、逆のベクトルに突き進む。真実の解明から隠ぺいへと。

警務部長の白幡は、バブル世代の無責任男などと陰口を叩かれ、その場しのぎで生きているような男に見せているが、じっさいのところはギラギラとした野心という爪《つめ》を隠し持っている。日下の死を捜査している捜査本部に不信を抱き、美貴や黒滝を使って調べさせている。結果次第ではメディアにリークし、トップを蹴落とす機会とする気でいるとしても不思議ではない。

主任クラスの自分でも、その意図に気づくのだ。権力闘争に慣れた警察官僚たちは、白幡の考えをすでに見抜いているだろう。

日下の死の真実が明らかになることによって、不利益を被《こうむ》るかもしれない警察内部の人間が、黒滝の行く手を阻《はば》もうとする可能性は否定できなかった。

一方、美貴は黒滝を監察係に引き入れた張本人だ。日下の死の真実をもっとも欲しており、明晰《めいせき》な頭脳の持ち主でもある。

キャリアのくせに茨《いばら》の道を突き進むのもためらわない変人だ。監察官という立場にいれば、いくらでも上層部に恩を売れるだろうに、課長の吹越の不興を買うなど、わざわざややこしいやり方を選んだ。

彼女自身は信頼できるとしても、その危機管理能力まではわからない。現場の恐ろしさを肌で感じたことのないエリートだ。黒滝は情報を報告した途端何者かに漏えいされ、これまでの苦労を台無しにされたケースを、幾度となく経験している。

日下の死に関して不透明な部分が多いうちは、川魚を捕えた鵜《う》のようにおとなしく情報を吐きだす気にはなれなかった。

トランクルームに、ビジネスバッグごと木根のノートパソコンを預けた。もっとも利用期間は短い。隠し場所は定期的に変えるべきだ。

新橋から地下鉄で霞が関へ。本部庁舎の人事一課に顔を出した。監察係の部屋では昨夜と変わらず、一ダースほどの人間が机に向かっていた。

ホワイトボードに目をやった。たいがいは所轄署《しょかつしょ》への総合監察で出払っている。部屋に残っているのは、随時監察を終えて書類作りに追われている相馬班ばかりだ。昨夜と同じく、黒滝が入室すると部屋の気配が変わった。雑談していた者は口を閉じ、パソコンを睨んでいた係員たちの背筋はすっと伸びる。

机の虫たちを尻目《しりめ》に、黒滝はカメラ機材と警察車両を借りる手続きを済ませた。警察車両のキーをポケットにしまい、望遠レンズとカメラが入ったジュラルミンケースのベルトを肩にかける。

「昨日の夜、なにやらあわてて帰ったみたいね」

出し抜けに後ろから声をかけられた。振り返ると意志の強そうな視線が飛んできた。美貴だった。

「ええ、まあ」

「デート？」

「そんな艶《つや》っぽい用事だったらよかったんですがね」

美貴は、部屋の隅にある長椅子《ながいす》に目をやった。

「出勤したら、珍しくあなたの寝姿が見えなかったもんだから」

「そいつはお互いさまでしょう。あんたのほうこそ、この部屋のヌシみたいにずっとこもってる。たまには早めに仕事を切り上げて休養を取られたほうがいいですよ。上司様が帰ってくれないと、部下は帰りづらい」

班員らが、チラチラとふたりを盗み見ている。自他に厳しいエリート女監察官に、面と向かってふざけた口を利《き》く係員は、黒滝ぐらいだ。

美貴は肩を揉《も》んでみせた。

「私は好きで居残ってるわけじゃないし、暇を作って婚活のひとつぐらいしたいところよ。誰かさんがいい情報《ネタ》を報告してくれたら、安心して合コンにも行けるんだけど」

「課長にあれだけの大見得を切っちまったんです。でかい土産を持って帰りますよ」

「……日下さんも同じことを言ってた」

「そうですか」

「もっとも、彼はあなたみたいに威勢よく啖呵《たんか》を切ったりはしなかった。でかい土産より、小さな飴玉《あめだま》でいいから、ちまちまと持ち帰ってくれると嬉《うれ》しいんだけど」

軽口を叩きあっているが、美貴の目は笑っていなかった。彼女は、部下たちが耳をそばだてているのに気づき、廊下へと歩き出した。あとへと続いた。声をひそめる。

「残念ながら、おれが見つけてくるのは飴玉じゃない。劇薬レベルの危険物だ。あんたに渡した途端、爆《は》ぜてバラバラに飛び散ってしまう。そういう類《たぐい》のもんなんです」

「見くびられたものね。女じゃ情報管理ができないとでも」

廊下に人気《ひとけ》がないのを確かめ、黒滝は距離をつめた。息が届くくらいに。

「あの口うるさい課長から、なにかとかばってくれているのには感謝してます」

「それはどうも」

「情報《ネタ》をどう扱うつもりですか。ここの保存庫の段ボールにでもしまいますか。ロックをかけたパソコンやデスクにでも？」

「私がそうすると思う？」

鋭い眼差《まなざ》しで見返してくる。瞳《ひとみ》には仄暗《ほのぐら》い怒りの炎がくすぶっている。クールでお高く留まった美人エリートという評判に反して、内面には激しい情念が渦巻いている。その上、信頼する部下ひとりを失っているのだ。

彼女は口を歪《ゆが》めて笑う。

「なんにせよ、ひとりでいつまでも抱えてはいられないとだけは言っておくわ」

「わかってます」

黒滝は肩に下げたジュラルミンケースを叩いてみせた。

「今日はカメラマン？」

「パパラッチってところです」

美貴は不思議そうに眉《まゆ》をひそめた。上司を煙《けむ》に巻くと、手を振って歩き去った。

7

黒滝はセダンを走らせた。

向かった先は豊洲《とよす》の湾岸エリア。晩秋とは思えぬほど日差しが強いため、サングラスをかけてハンドルを握った。朝の出勤時にも感じたが、昼になってからも風は冷たいらしく、歩道を往《い》く人々は寒そうに背中を丸めて歩いていた。

勝鬨橋《かちどきばし》を渡り、晴海《はるみ》通りを走る。平坦《へいたん》な湾岸の一般道を走行した。

いくつもの信号に行く手を阻まれた。停車している間に、助手席に置いたカメラに手を伸ばす。カメラに望遠レンズを装着し、レンズの汚れを布で拭き取った。ときおり後ろを振り向いては、ファインダーを覗き、尾行がないかを確かめながら、田所稔の住居へと向かった。豊洲には、彼とその家族が暮らす高層マンションがある。田所こそが真のターゲットだ。

赤坂署の優秀な捜査官として知られる田所が、たちの悪いレゲエバーに出入りしている。そんな告発の手紙が、人事一課監察係に届いたのは三か月前のことだ。

赤坂二丁目、繁華街のビルの地下一階。内装は白で統一されているものの、ブルーの照明やネオンで飾られた、ケバケバしい店だったという。ターンテーブルが二台置かれ、週末になれば外国人でぎっしり埋まり、夜遅くまで繁盛《はんじょう》していた——すでに閉店し、新しいテナントが入っているが。

手紙によれば、レゲエバーは大麻やドラッグ売買の取引の場となっていたらしい。客を装《よそお》った密売人が入りこみ、クサやクスリを不良外国人やジャンキーに販売していると。

警官である田所はそれを取り締まるどころか、店と結託して、密売人からリベートを受け取っていたという。告発は具体性に富んでおり、監察係を動かすほどの力を有していた。

そもそも、レゲエバーの店長をしていたのは、傷害やクレジットカード詐欺などで逮捕歴のあるチンピラだった。暴力団員や愚連隊などと広いつきあいがあり、関東の広域暴力団である印旛会系の企業舎弟の社員としても名を連ねていた。

密売人からリベートを受け取る対価として、赤坂署が持っている情報を店に流している。金以外にも情報を見返りとして受け取り、それをもとに捜査を展開し、手柄を独り占めにしている。手紙にはそこまで記載されていた。

監察官の美貴は部下の日下に調査を命じている。田所本人、レゲエバーの店長と店員はもとより、常連客まで洗うように。

同時に相馬班は、手紙の送り主を特定しようと動いた。封筒と手紙を極秘裏に科捜研へ送り、指紋や付着物がないかを調べさせた。腕利きの刑事ともなれば、その手の陰湿な嫌がらせをしょっちゅう受けるからだ。

かつて黒滝も何度も罠《わな》を仕掛けられた。捜査や検挙の過程で、ヤクザや裏社会の人間の恨みを買う。弁護士を通じて法廷で会おうと息巻く野郎もいれば、思いつき同然のでっち上げ話をこしらえて、メディアや人権団体を通じて騒ぎ立てる者もいる。あちこちに偽りのタレこみを行い、怪文書をばら撒《ま》く人間など、なんでもござれだ。どうにかして、面倒な警官を排除しようとする。

仕掛けが功を奏して監察係が動けばしめたもの。監察係がもみ消しを図り、マスコミや世間にまで知られなかったとしても、左遷《させん》や停職に追いこめれば、ひとまず意趣返しにはなる。依願退職に追いこめればしめたものだ。暴対法や暴排条例で動きが取れなくなった今の暴力団が、好んでとるやり方だった。

　警察も似たようなものだ。「火のないところに煙は立たない」と、他愛もない偽情報に惑わされ、表に出ては大変だと慌《あわ》てふためいたあげく、充分な調査もしないまま、さっさと内部処理を行い幕引きを図ろうとする。

　美貴と日下は、それをわきまえたうえで慎重に調べていた。対象者は幾度も表彰を受けている盛り場担当の現場捜査官だ。恨みを持つ悪党は腐るほどいるだろう。功績を妬《ねた》む同僚による怪文書の可能性もある。

　けっきょく、手紙からは送り主に関する情報は得られなかった。日下が路上で殺害された後、捜査本部は日下の調査対象者である田所と赤坂署に対し、事情聴取を行っている。

　田所本人はレゲエバーに出入りしているのをあっさり認めた。常連客のなかに、自分の情報提供者《エス》がおり、情報交換の場として同店を使用していたと答えている。

　そもそも、ドラッグ類が実際に売買されていたのかさえ不明なのだ。赤坂署はレゲエバーの実態を把握していなかった。日下の殺害後、捜査本部は店内を捜査しようと動いたが、すでに手遅れだったのだ。

毎夜のごとく多くの客で賑《にぎ》わっていたレゲエバーは、日下の死後三日目に突然閉店し、店を任されていたチンピラは忽然《こつぜん》と姿を消した。田所にとって都合のいい展開ではあり、おまけに彼にはアリバイもあった。

運転をしながら、日下について思い出した。同じ監察係で過ごした日々こそ短かったが、刑事畑出身だったためか、孤立していた黒滝に親身になってくれた、数少ない同僚だった。

――相馬さんも、エラい男をスカウトしてきたな。

赴任したばかりの黒滝に言ったものだ。皮肉を口にしたのかと思ったが、日下は真顔になって続けた。

――ドッグ・メーカーなら、ここの空気を変えられるかもしれん。相馬さんを助けてやってくれ。

そう告げて頭を深々と下げている。

もう少し同じ時間を共有していたら、親しくなれたかもしれない。しかし、打ち解ける前に、彼は刺殺されてしまった。

今になって考えれば、日下は自分が追っていた事案が、キナ臭いものであるのを知っていた可能性が高い。

黒滝は豊洲の道路脇《わき》にセダンを停車させた。整然と区画された新しい街。まっすぐに伸びた公道と、たっぷりと幅のある歩道。その間には街路樹が一定間隔で植えられていた。人工的で無機的に見える。銀座からごく近い場所にあるが、どこかの地方都市の郊外に入りこんだような感じがする。

約五十メートル先に、田所一家が暮らす高層マンションがあった。一階には、椅子やテーブルが置かれたラウンジが設けられている。値の張りそうな住処《すみか》だったが、地下鉄の駅からは徒歩で十五分ほどかかる場所にある。また、田所の部屋は低層階にあり、警官の給料だけで購入するのは不可能ではなさそうだった。

死んだ日下は、田所の信用組合の口座や、妻の銀行口座を調べているが、これといったあやしげな金の出入りは確認できていない。田所は月給のなかから、地道に毎月の住宅と教育ローンを支払っている。もとより、密売人から受け取ったリベートを、足のつく口座に振り込むはずはないだろうが。

田所の年齢は、黒滝よりひとつ上の四十一歳だ。早婚を奨励する警察社会の習わしに従い、二十代前半で結婚した。すでに高校生の長男と、中学生の次男がいる。なにかと物入りの時期だ。多くの中年警官がそうであるように、借金の額は決して少なくはない。

カメラを膝《ひざ》のうえに置き、時間が過ぎるのを待つ。エンジンを切っているが、とくに寒さは感じない。

わずかに窓を開けた。強い海風を横顔に浴びる。きつい潮の香りがした。粒ガムをふたつ口に放りこんで空腹をごまかす。

単独での行確や監視には慣れている。公安や組対にいたころもこうしてきた。たとえ胃がからっぽだったとしても、集中力を切らさないでいる方法を身体に覚えさせている。

腕時計に目を落とした。時間は十二時十五分。スケジュールどおりなら、そろそろ動きがあるころだった。マンションの玄関の自動ドアが開いた。

黒滝はカメラを構えた。ファインダーを覗いて、シャッターを切る。

玄関から出てきたのは、田所の妻の梢《こずえ》だ。カメラの液晶画面で確かめる。ベージュのコートに赤いショールを合わせている。美容院にでも行ったのか、カフェオレ色の長い髪には、きれいにウェーブがかかっていた。ショールと同じ色の赤いヒールを履いている。

マンションの隣にあるタワー型の立体駐車場のボタンを操作していた。自家用車で移動するらしく、エレベーターが車を搬送するのを待っている。

再びファインダー越しに梢に目をやった。望遠レンズをズームアップし、彼女の顔を注視する。眉毛を丁寧に描き、マスカラのおかげで目がくっきりとしている。化粧が濃いわけではないが、外見に気を配っているのがわかった。耳のイヤリングが海風で揺れている。

思わず呟《つぶや》いた。

「めかしこんでやがる」

年齢は黒滝と同じだが、美容院でのトリートメントや入念な化粧、スレンダーな体型のおかげで十は若く見える。もともと、目鼻立ちのくっきりとした女だった。

脳裏に理佐子の姿がよぎった。彼女も頭髪を明るいブラウンに染めていた。二十代で知り合ったころ、広告代理店で働いていたときは、好んでイヤリングをつけていたものだった。

大柄で肉感的な理佐子と、華奢《きゃしゃ》で小柄な梢は、似ても似つかない。しかし、なぜか目視するたびに別れた妻のことが思い出された。現在の梢は専業主婦で、理佐子のようなワーカホリックではない。

共通するものがあるとすれば、警察の官舎暮らしになじめそうなタイプではないという点ぐらいだろうか。

夫の役職や上下関係がもろに家族に反映する官舎で生きていくためには、濃厚な人間関係に順応しなければならない。それがいかにも苦手そうに見えた。

立体駐車場の自動ドアが開くと、彼女は車に乗りこんだ。赤のプジョー。洒落《しゃれ》た形のコンパクトカーだ。国産の同型車より高くつく。ゆっくりとハンドルをきると、晴海通りを北へと向かった。

彼女のプジョーが視界から消えても、黒滝はしばらく動かなかった。あわてる必要はなく、目的地もわかっていた。ガムを包み紙に吐き捨てると、プジョーが進んだ道を、ゆっくりとたどり始めた。

はるか先に車が見えた。彼女の行き先は銀座だ。東雲橋《しののめばし》、晴海大橋、勝鬨橋。湾岸エリアの橋をいくつも越えて、都心へと進んでいく。ドライブの時間はそれほど長くはなかった。

プジョーは、東京メトロの京橋駅付近にある地下駐車場へと入っていった。区営のパーキングだ。駐車場のうえには、区民会館が入ったビルが建っている。

地下駐車場の入口を通過して、近くのコインパーキングにセダンを入れた。あの駐車場に停められるのは五十台程度で、スペースはたいして広くない。近くに停車する羽目になってしまったら、距離を取って尾行した意味がなくなる。

コインパーキングに車を停めると、地下駐車場へゆっくりと徒歩で向かった。出入口の自動販売機でコーヒーを買い、それをちびちび飲んで口を湿らせつつ、様子をうかがう。

駐車に手こずっていた。梢は窓から顔を出し、おそるおそる愛車をバックさせたり、何度も切り替えしを行ったりしては、一台分のスペースにプジョーをうまく収めようと頑張っている。運転は、お世辞にもうまいとはいえなかった。

ようやく停め終えると、彼女はくたびれたようにシートに背を預け、大きく深呼吸をした。バックミラーでヘアスタイルや化粧を確認すると、バッグを手にして、プジョーから降りた。一階へとつながる階段を上がる。

黒滝はここでもすぐに後を追わなかった。自動販売機の陰に隠れ、ポケットを漁《あさ》った。掌《てのひら》サイズの黒いプラスチック製の四角い塊を取り出す。塊の片側には板状のマグネットがついている。梢が戻ってくる様子はない。

プジョーに近づいてしゃがみ込み、助手席側の底部に手を伸ばすと、GPS発信機を取りつけた。マグネットの強い磁力が働き、ごつんと音をたてて貼《は》りつく。

発信機を取りつけると、梢が上がった階段へと向かった。一階はガランとしていた。古めかしい喫茶店以外は、空きテナントばかりだ。託児所があるのか、小さな子供たちの声が聞こえる。梢の姿を探す。

本来なら夫である田所稔を引き続き洗うべきだった。しかし、前任者である日下は、それを行った末、町田の路上で殺害されている。それから二か月。かりに田所が殺しに関係しているとしたら、証拠を隠滅《いんめつ》しおえるには充分すぎるほどの時間が経《た》っている。現に捜査本部も犯人逮捕にまで至っていない。

きっかけとなった密告の主から、その後続報はない。クロいのは田所だけではない。多かれ少なかれ、共犯者がいるはずだ。

自分が田所の立場であれば、しばらくはナリを潜め、なおかつ周囲に細心の注意を払いながら、日々を過ごすだろう。うかつに尻尾《しっぽ》を出すとは思えない。田所に知られることなく、外濠《そとぼり》を埋めていく必要がある。

課長の吹越に大口を叩いたものの、調査の前に立ちはだかる壁は高い。身の危険も感じるうえに、真相にたどり着けなければ、監察係からあっさり放り出されるだろう。我ながら貧乏くじを引いてしまったと思う。おそらく吹越は、失敗した部下をどこの島に流してやろうかと、すでに計画を練っているだろう。

だが、この任務に携わってからは、交番勤務のときにはなかったような高揚に包まれていた。ずっとこの感触に飢えていた。それゆえ、勝算が低いとわかっていても任務を承諾したのだ。

一階に梢はいなかった。ビルを出て銀座二丁目へと歩く。再び腕時計に目をやった。時計の針は午後十二時四十五分を指していた。街路樹が植えられたマロニエ通りを歩く。場外馬券売場がすぐ側《そば》にあるため、上品な装いの女性に混じり、競馬新聞を握りしめたおっさんたちもうろついている。

そのマロニエ通りに梢の姿があった。ブティックのショーウィンドウに、ちらちら目をやりながら、五階建ての雑居ビルに入ってゆく。黒滝はスーツの胸ポケットをいじる。

人通りの多い銀座の路上で、望遠レンズつきのカメラを使うわけにはいかない。携帯端末のカメラで、雑居ビルに入っていく梢を撮影した。彼女がこのビルを訪れるのはわかっていた。

三階にフランス語教室がある。ビルの出入口の壁には教室のチラシが何枚も貼られ、フランス語と日本語の二か国語で、生徒を募集しているとの旨《むね》が、手書きで記されてあった。フランス人講師が少人数に懇切丁寧に教えていると謳《うた》っている。梢は週に一回、この語学教室に通っているのだ。

ブティックのショーウィンドウを眺めているふりをしながら、ビルの出入口に注意を払った。受講生と思《おぼ》しき中高年の女性が次々に入っていく。美醜や年齢差はともかくとして、みな梢と同じく、よそ行きの格好をしていた。午後一時から約二時間のレッスンがある。ひとりひとりをチェックした。

与えられた時間は少ない。調査対象者の女房を追っかけるにしても、すでにわかりきっている行動を、わざわざおさらいしている余裕はなかった。それでも彼女を尾《つ》けるべきだと、経験が判断を下していた。

黒滝は目を細めた。ひとりの中年男が、語学教室のある雑居ビルへと向かう。黒のタートルネックのうえに厚手のジャケットを着用、黒縁のメガネをかけ、口ヒゲをたくわえている。長いウェーブのかかった髪が特徴的なインテリ風の二枚目だ。

中年男は急いだ様子で、雑居ビルのなかへと入っていく。午後一時をわずかに過ぎている。

ショーウィンドウから離れ、雑居ビルにそれとなく近づくと、出入口にそっと目をやった。男がエレベーターに乗りこむところだった。エレベーターのドアが閉じる。それを横目で見送る。

表示板を見やると、エレベーターは三階で停まった。つまり語学教室の受講生、もしくは関係者だ。中年男は教師や大学講師にも見えるし、自営業者に見えなくもなかった。どちらにしろ、平日の昼間にうろつける身分だ。サラリーマンとは思えない。黒滝は先週の同じ時間に、この地を訪れている。本日同様、受講生は女性で占められていた。男性がまったくいないわけではなかったが、あのメガネの二枚目を目撃するのは初めてだった。

ピンと来るものを感じながら、雑居ビルから離れた。道路を挟んだ斜め向かいのビルの二階にカフェがある。黒滝はそちらへと向かった。

英国風の古めかしい木製家具が並んだ紅茶専門店だった。棚には、茶葉が入った銀色の缶が仰々しく飾られていた。メイド風の黒い制服を着た女性店員が、わずかに眉をひそめつつ、座席に案内してくれた。

店内は八割程度の混雑ぶりだ。客の全員が女性で、銀の盆に載せられたプチケーキやスコーンを齧《かじ》り、凝った造りのティーカップで茶をすすっていた。小金を持ったマダムたちのサロンといった趣だ。

「窓際《まどぎわ》でよろしかったですか」

若い女性店員は、先週訪れた黒滝を覚えていたようだった。そのさいに窓際を強く要望していたのを記憶していたらしい。

うなずいた。

「頼むよ」

テーブルには、白いテーブルクロスが敷かれている。女性店員が分厚いメニューを持ってきたが、それを手にすることなくダージリンをオーダーした。

窓からは、語学教室のある雑居ビルの出入口がちょうどよく見渡せる。ポットに入った紅茶をカップに注ぎ、少しずつ紅茶を飲んだ。

先週とまったく同じ座席で、同じ種類の紅茶を飲んでいる。違いがあるとすれば、前回は冷たい雨が降りしきっていたことぐらいか。

梢の後をつけたのは、その雨の降りしきるなか、今日と同じようにめかしこんだ彼女が、受講を終えてからも、雑居ビルの前でしばらく立ち続けていたからだった。身体を震わせながら、名残惜しそうにその場に留まり、何回も携帯電話で会話していた。

そのときの哀《かな》しげな表情が印象に残っていた。フランス語の知識を得た充実感ではなく、あてが外れたような失望がありありとうかがえた。

窓越しに雑居ビルの出入口を監視し、レッスンが終わるのをじっと待つ。三階の窓にはブラインドが下ろされているため、語学教室の様子をうかがえない。

人の出入りは極端に減っていた。アパレル関連企業のオフィスがあるらしく、社員証をぶらさげた私服姿の女性社員やネクタイ姿のサラリーマンがたまに出入りするぐらいだ。

待つのは苦痛ではない。黒滝は手をあげて店員を呼び、スコーンを注文すると、それをかじって空腹をしのいだ。ドッグ・メーカーなどと妙な渾名《あだな》で呼ばれているが、自分もまた一匹のイヌに過ぎないと思っている。

獲物に喰らいつくためなら、いつまでもいつまでも機会をうかがって待ち続ける。だらだら、ヨダレを垂らしながら。

午後三時を過ぎたのを機に、席を立って精算を済ませ、外に出た。再びショーウィンドウを眺めているフリをし、ビルから出てくる受講生たちをチェックする。レッスンは三時ぴったりに終わるが、受講生が外に出てくるのは、それから二、三十分ぐらいしてからだ。

雑居ビルから中高年の女性たちの集団が出てくる。値の張りそうなコートを着た女たちが、わいわいと賑やかに喋《しゃべ》りながら、さきほどまで黒滝がいた喫茶店へと入っていった。風下に立っているせいで、彼女たちの香水が鼻に届いた。デパートの化粧品売り場みたいな匂《にお》いがした。

先週もまったく同じメンバーが、同じ時間に喫茶店へと向かっているのを目撃している。しかし、いずれも、その集団のなかに梢はいない。粒ガムをふたつ噛んだ。梢が雑居ビルから出てきたのは、レッスンが終わってから、二十分ほど経過してからだ。彼女はひとりだった。黒滝は目を細める。プジョーを停めてある京橋の駐車場へと歩んでいく。足を停めて後ろ姿を注視する。

梢の表情は見えなかったが、寒さを感じさせず、シャキッと背中を伸ばしている。歩くスピードは遅く、先週とは雰囲気が異なっていた。

続いて、雑居ビルからあのインテリ風の二枚目が出てきた。梢の後をつけるように歩いた。黒滝は男から、さらに距離を取って尾行し始める。

間隔をあけてマロニエ通りの角を曲がった。すると男のほうが早足になって、梢の横に並んだ。

彼女のほうは、とくに驚く様子を見せなかった。示し合わせていたように、ともに歩調を落とし、ゆっくりと京橋方面へと向かう。

ガムを強く嚙んだ。さらに体温が上がったような気がし、顔を掌でぬぐう。

ふたりは雑居ビルから別々に出てきた。語学教室を後にするタイミングがずれただけかもしれない。

さっきまで座っていた喫茶店を思い出した。集団で受講生たちが入っていった。ゴシップが三度のメシよりも好きそうな連中だ。彼女たちに知られたくないため、時間差で退出したとも考えられる。

ふたりの様子を見るかぎり、後者が正しそうだった。並んで歩く梢と男は、あれこれと会話を楽しみはじめたが、なによりも注目すべき点は、ふたりの距離にあった——肩が触れ合うほどの近さ。受講生仲間というには親しすぎる。

中央通りに出たが、他の受講生らと異なり、どこかへ寄り道する様子はなかった。歩調はゆっくりだが、ブティックやショーウィンドウには目もくれない。

黒滝は携帯端末を操作した。レンズをズームアップさせ、寄り添って歩くふたりを撮影する。

京橋のビルへと入った。地下には彼女のプジョーがある。地下駐車場の出入口へと迂回《うかい》する。

コーヒーを買った自動販売機に移動する。再び缶コーヒーを購入すると、一服しているサラリーマンを装いながら、自販機の陰に隠れた。プジョーを視認できる位置を確保する。

梢がプジョーに戻って来るのは早かった。男が乗りこむのは想定の範囲内だったが、意外なのは運転席に座ったことだろうか。

シートを慣れた手つきで調整し、まるで自分の車のようにスムーズにエンジンをかけた。さも暗黙の了解とでもいうように、梢は自然に助手席に座っている。なるべく先入観は抱かず……と言いたいところだが、めかしこんで語学教室へと向かう梢を見たときから、オトコがいると勘が告げていた。

並んで歩く様子といい、それぞれのシートに落ち着く姿といい、昨日今日の仲ではないのは明らかだった。講師のフランス人あたりとできているのではないかと思っていたが、その予想は外れていたようだ。

プジョーが走り出した。ゲートの精算機で支払いを済ませ、公道へと出ていくのを待ってから動いた。近くのコインパーキングに停めていたセダンに戻る。GPS発信機を設置しておいたのは正解だった。銀座の通りは混雑していた。プジョーの姿は視認できない。

携帯端末の液晶画面に目をやり、プジョーの行方を探った。黒滝のセダンから三百メートルと離れてはいなかった。北東へ進んでいる。京橋から八丁堀へ。後を追う。永代橋《えいたいばし》を渡って墨田区へといたった。銀座が似合う格好のふたりだったが、錦糸町《きんしちょう》駅近くの雑然としたエリアへと入っていく。最終目的地の予想がついた。

銀座周辺に、ちょうどよく逢引《あいびき》ができる場所はない。せいぜい、安っぽいレンタルルームぐらいだ。港区にまで出れば、その手のホテルがあるだろうが、あいにく亭主の勤務地だ。

ＧＰＳ発信機のついたプジョーは、とあるビルの敷地内で停まっていた。黒滝が慎重に近づいてみると、そこは西洋の城を模したようなファンシーじみた形のラブホテルだった。

出入口から約五十メートルほど離れた位置まで近寄ると、セダンを路肩で停車させた。望遠レンズをつけたカメラを膝に置き、ラブホテルに目をやる。

今ごろふたりでシャワーでも浴びているのではないか。いや、身体《からだ》も洗わずに熱情に任せて抱き合っているのか。くだらない妄想が湧《わ》き、窃視症《せっししょう》なる言葉が頭をよぎる。

自嘲《じちょう》気味の微笑を浮かべる。いくら仕事だとはいえ、対象者の人妻を半日かけて追いかけ回し、間男との熱愛現場を押さえているのだ。晩秋の太陽は早くも沈みつつあり、車内の温度は下がりつつあったが、エアコンは切ったままでいた。身体は依然として熱を持ち続け、掌にじっとりと汗を掻《か》いている。

こうして出入口の近くで見張っているのではなく、もっとダイレクトに迫りたかった。ホテルのなかに侵入し、情事そのものをこの眼で見て、その現場を撮りまくることができたなら。抱き合っているあられもない姿を画像として収められたら――それだけ対象者には頑丈な鎖がつけられる。従順なイヌに仕立て上げられる。

あたりは闇《やみ》に包まれていったが、代わりにマンションの灯りや、居酒屋や飲食店の電飾看板が、まわりを明るく照らしはじめた。

このホテルもブルーのネオンに加え、ピンクの照明でライトアップされ、外観はさらにいかがわしさを増してゆく。

腕時計を見やった。かつて刑事だったころは、逢引の現場をよく見張ったものだった。公安在籍時も、組対在籍時も。とくに暴力団員の女性関係は複雑かつ入り乱れていたため、首輪をつけるのによく利用させてもらった。

兄貴分や親分が懲役に行っている間に、その愛人や妻を寝取ろうとするヤクザたち。子分や弟分が刑務所で苦労しているときに、彼らの家族の面倒を見るといって妻だけでなく、娘までいただいてしまったスケコマシの幹部もいた。抗争などよりも、よほど刃傷沙汰《にんじょうざた》に発展しやすい。

親分の逆鱗《げきりん》に触れ、アセチレンバーナーで男性器を焼き切られるといった悲惨な事例もある。セックスの際に覚せい剤を使う者も多い。そのような情事の現場を押さえてしまえば、ふだんは警察相手にもひるまない暴れん坊も、黒滝に屈する。組内の者に知られるのが恐《こわ》いのだ。

女関係が乱れているのは、ヤクザだけではない。公安時代に監視対象としていた政治団体でもそうだった。同じ政治信条を共有する硬派な同志たちの結合も、若い女が混じることで昼メロのような展開をみせ、あっさりと結束を崩していったものだ。

カメラの露出補正機能を調整し、明るさを確保した。シャッタースピードが遅くなるため、手ブレが発生しやすい。レンズの補正機能を使う。

腕時計に目を落とした。午後六時を過ぎたところだ。入室してから約二時間が経つ。そろそろというところか。

いくつもの浮気現場に立ち会っていると、逢引のパターンをある程度読めるようになってくる。ふたりは語学教室を後にすると、寄り道もせずに車に乗り、まっすぐここへと直行している。

梢にはふたりの子供がいる。仕事は内職程度だ。なにか特別な理由でもないかぎり、夜遅くまで家を空けられるとは思えない。

ラブホテルの出入口の側にあるフェンスには、看板が掲げられていた。平日での二時間利用ならば、特別料金で部屋を提供するといった内容が記されてあった。つまり、入室してから二時間を少しでも過ぎれば、延長料金が発生する。

黒滝はカメラを抱え持った。窓を開けると街の雑音が耳に入った。エンジンをかける音も。レンズをラブホテルの出入口に向けた。アーチ状の門には、しっかりとホテル名が刻まれ、その横には割引サービス云々《うんぬん》が記された看板もある。

姿を現わしたプジョーに、シャッターを連続して切った。ラブホテルの前の公道は、それなりに交通量があった。アーチの下で停車せざるを得ない。黒滝にとっては好都合だ。ズーム機能を調整する。

車内のふたりと、ラブホテルの名がついたアーチ状の門、それにあれこれと割引サービスを謳った横の看板。それらを一枚に収める。絵に描いたような浮気現場だ。ひたすらシャッターを切り続ける。

ハンドルを握っているのは、先ほどと同じ中年男だ。梢は助手席にいた。恥ずかしそうにうつむいている。きっちりと整えられていたその髪型には、わずかな崩れが見られた。男は片手でハンドルを握りつつ、仲むつまじげに梢の頰をなでた。その様子もクリアに収める。

プジョーが走り去った。黒滝は液晶画面で撮影データを確かめた。車内でふたりきりでいる姿。ラブホテルから出てきたところ、男が梢の頰をなでる仕草もしっかりととらえている。

画像の出来に満足感を覚えると、セダンのエンジンをかけた。カメラを置いて、携帯端末の電源を入れる。再び地図が表示された。

プジョーは北上していた。錦糸町から東京メトロの押上《おしあげ》駅付近へと移動している。後を追った。プジョーは、押上駅付近の路肩で停まった。ハザードランプを点灯させる。黒滝のセダンもすぐに追いついた。眼前には、紫色に輝く東京スカイツリーがそびえ立っている。

カメラを掲げて、離れた位置からふたりの様子を覗《のぞ》いた。男が、運転席のドアに手をかけている。ここでお別れとなるらしい。名残惜しいらしく、なかなか車を降りようとしない。

あたりを見渡した。小さなコインパーキングを見つけた。一台分のスペースが空いている。セダンを移動させると、バックで駐車した。カメラをビジネスバッグにしまってセダンを降りた。

プジョーのふたりも、ちょうど車から降りたところだった。互いに手を軽く振り、別れの挨拶《あいさつ》をした。男は地下鉄の階段をリズミカルに降りて行く。

迷わなかった。車と梢には目もくれず、地下鉄の階段を降り、男の後を追った。

8

黒滝《くろたき》は粒ガムをふたつ噛《か》んだ。

三日ぶりの豊洲だった。前回と同じく、真新しい道路の路肩にセダンを停めた。運転席から時折カメラを使いつつ、高層マンションを見張っていた。

太陽は厚い雲に覆《おお》われていた。どんよりとした鈍色《にびいろ》の空は、今にも雨を降らせようとしている。街路樹の落葉と砂埃《すなぼこり》が、強い海風によって宙を舞っている。

集団下校をする小学生たちが、強風で身体をよろめかせる。かぶっていた帽子を吹き飛ばされる者もいた。埃が目に入ったのか、子供たちを見守るボランティアの老人が、顔をしかめて目をこすっていた。

エンジンは長いこと切っている。車内の温度は、もはや外気と変わらなかった。今日はセダンの窓を閉じ、濃紺のトレンチコートを着用して、防寒対策としていた。助手席に置いたビジネスバッグのなかには、数枚の使い捨てカイロを用意していた。

腕時計を見やった。四時を過ぎている。そろそろ梢が動く時間だ。

彼女の行動パターンはおおむね把握している。もともとは、それほど外に出たがるタイプではないらしい。子供たちが大きくなり、子育てが一段落した現在は、企業の会議録や講演内容のテープ起こしといった内職をしていた。

密会を目撃したのち、日を改めて他人の噂話《うわさ》が好きそうな語学教室の生徒と接触して聞いた。一日中、ヘッドフォンをつけて家にこもり、カタカタとパソコンのキーボードを打っているという。

その証言を裏づけるかのように、彼女のプジョーは立体駐車場で眠ったきりだった。車の底部に取りつけたGPS発信機の情報からは、三日前の通学と情事のさいに使われたきり、移動した形跡は見られない。

マンションの自動ドアが開いた。黒滝は膝に抱えていたカメラを構えた。ファインダーを覗いた。目をこらす。メイン・エントランスから現れたのは梢だった。一瞬、別人と間違えかける。

三日前に見かけたときは、やたらめかしこんでいた。今日の彼女は違う。顔半分をマスクで覆っていた。着古したブラウンのダウンジャケットに、スキニージーンズ。プラスチックの安そうなフレームのメガネをかけている。衣服を何枚も重ね着しているのか、華奢に見えた体格がいくらか膨れて見える。カフェオレ色の頭髪をゴムで縛っていた。

変装でもしたつもりなのかと訝《いぶか》ったが、今日こそが普段の格好なのだと思い返した。レンズをズームアップし、彼女の顔を見つめる。スッピンに近い。

初めて目撃したときは、洒落たマダム気取りに映り、とても刑事《デカ》の女房には見えなかったものだが、今日の彼女からは生活感がにじみ出ていた。手に空のエコバッグを握り、首をすくめて歩いている。徒歩圏内にあるスーパーに買い物へ出かけるらしい。別人に見えたのは、単に格好や化粧のせいだけではない。銀座に向かうときのような高揚感が感じられず、四十女相応の倦怠《けんたい》を漂わせていた。

粒ガムにはまだミントの味が残っている。しかし、包み紙に吐きだした。

黒滝はビジネスバッグを携えてセダンを降りた。潮の匂いを含んだ強風が吹きつけてくる。トレンチコートの襟を立てて歩道を進む。正面から彼女へと近づく。

梢は彼に気づいて顔を上げた。警戒の色がありありと浮かぶ。軽く会釈《えしゃく》をした。とくに笑顔は見せず、ぶっきらぼうに言う。

「冷えますね」

「あの、捜査本部の方ですか」

梢は怖々《こわごわ》と彼を見回した。

警官の妻だけあって、すぐに職業を見抜いてきた。捜査本部と訊《き》いてきたのは、何度か日下殺しの件で、捜査員から訊きこみを受けているからだろう。捜査本部の刑事たちは、日下の調査対象だった田所を洗うため、妻である梢からも事情を訊きに足を運んでいる。

「似たようなもんです」

梢は眉《まゆ》をひそめた。

「ご所属先と氏名を教えていただけますか」

ふたりの脇を、下校する小学生たちが駆けた。無邪気に、きゃあきゃあ騒ぎながら通り過ぎていく。

胸ポケットから警察手帳を取り出した。縦開きのそれを広げて提示する。ただし、彼女に見せたのは下半分のバッジだけだ。

上半分には顔写真と氏名、階級や識別番号が記されている。身分証明書として肝心なのは、その部分だったが、掌で覆って隠した。梢は眉をしかめる。

「なにを――」

「名乗りはしない。ある警官とだけ理解してもらえれば」

「なんですか。冗談はやめてください。本当の警察を呼びますよ」

梢は後じさりした。ダウンジャケットのポケットに手を入れた。携帯端末を取り出す。

「名乗れないが、名刺代わりにこいつをどうぞ。差し上げます」

彼は警察手帳をコートのポケットにしまった。代わりにL判サイズの写真を取り出した。

おそるおそる写真に目を落とした。顔からみるみる血の気が引いていく。黒滝の手から写真を奪い取ると、目を剝《む》いて凝視する。

「どうして……」

渡したのは、三日前に撮影したものだ。

田所家のプジョーを運転する中年男。そのうえには、ラブホテルの名が記されたアーチ状の門。片手でハンドルを握る男に、頬をなでられている助手席の梢。車の横には利用案内の看板。不倫の現場を押さえた、決定的な一枚だった。

黒滝は告げた。

「お相手の男性は、辻元文也《つじもとふみや》さん。四十五歳。ヨーロッパのワインを中心に扱う輸入業者の社長さんだ。本社は港区南青山にあるビルの四階。自宅は文京区小石川のマンション。彼にはあなたと同じく配偶者がおり、ふたりの子供が――」

「やめて」

梢は写真を握りしめて遮った。マスクで声はくぐもっていたが、叫びに近い音量だった。歩道を往《い》く人々が振り返る。

「落ち着くんだ」

口に人差し指をあてた。彼女が声をあげるのも無理はない。

三日前の夜、黒滝は男を追った。梢と別れた後だ。東京メトロの押上《おしあげ》駅から尾けた。男は半蔵門線の地下鉄に乗った。シートに座るとタブレット型の端末を忙しそうにいじっていた。だらしない表情から一転し、仕事人の顔へと変貌《へんぼう》していた。

表参道駅で下車した。梢と別れがたそうにダラダラといちゃついていたが、いざ別れると、きびきびと行動していた。

男はやがて、表参道駅から徒歩八分ほどの距離にある南青山のビルへと消えていった。いくつかの事務所が入っていたが、彼と関係がありそうな会社を見つけるのは容易だった。

株式会社エルドール・トーキョーという、フランス語を用いた会社名のオフィスがあった。ネットで検索してみると、輸入ワインを扱う同社のサイトがすぐに現れた。エルドールとは、黄金に輝く翼を意味するフランス語だ。

サイトには、いくらか修整を施した男の顔写真とともに、企業理念や社長の挨拶が記載されていた。辻元文也、エルドール・トーキョー社の代表取締役だった。そこまで判明すれば、個人情報を調べ上げるのは簡単だ。本籍地や住所、家族構成から、本人の評判までをざっと把握できた。

商社マンとして海外で食材の担当をしていた辻元は、十年間の勤務を経て、十一年前に現在の会社を起《た》ち上げた。ヨーロッパ産のワインを中心に、チリやカリフォルニア産も扱っている。社員数十名程度の小さな会社だが、昨年には大阪に支社を設けるなど、業績を伸ばしているという。

ネットによる情報発信が趣味のようで、辻元自身がSNSで毎日のごとく、自社の宣伝をかねた雑記や写真をアップしていた。プライベートな情報も惜しげもなく発信しており、愛犬のウェルシュ・コーギーだの、子供の姿だのが、携帯端末ひとつで閲覧できた。

その日記によれば、仏語の能力を錆《さ》びつかせないために、語学教室へと通っているのだという。

「こんなところじゃ風邪を引く。落ち着いた場所で話がしたい」

黒滝は、田所のマンションに目をやった。梢はマスクを外し、顔を歪《ゆが》める。

「こ、困ります」

「そうだろうな」

「息子たちだって帰ってくるころですし、食事の準備とか、いろいろやらなきゃならないことも――」

黒滝は舌打ちした。

「ひとつ忠告しておく。つまらない嘘《うそ》はつかないほうがいい。写真がほうぼうに出回ることになりかねないぞ」

彼女は息を呑《の》んだ。

「息子たちは、まだクラブ活動で汗を流しているはずだ。帰宅するのは夜六時ごろ。時間は取らせない」

ひときわ強い海風が吹きつけた。ゴムで束ねた彼女の髪が揺れる。冷たい雨がポツポツと降ってきた。

「なにが目的なんですか」

唇を嚙み、掌で顔を拭《ぬぐ》った。

突然の事態にどう対処すべきか。必死に思考をめぐらせている。黒滝は携帯端末を取り出し、見せつけるようにして振った。口調を荒っぽいものに変える。

「ダラダラやってる暇はねえんだ。彼氏のフェイスブックに書きこもうか。語学教室で覚えてくるのは、言葉だけじゃなく、火遊びもだろうと」

梢の顔色は白くなっていた。ガチガチと歯を鳴らす。

「……もう一度、警察手帳《てちょう》を見せてください」

胸ポケットから警察手帳を取り出した。今度も、上部に〝POLICE〟と書かれたバッジのみを見せる。

ため息をついている。少なくとも、本当の警官であるのは理解したようだった。

「安心しろ。危害を加えるつもりもなければ、あんたや彼氏との情事に興味があるわけでもない。少しばかり会話に応じてくれれば、すぐに帰るよ」

うなずきも拒みもしなかった。

いきなりやって来た人間に、安心しろと言われたところで、信じられるはずはない。おまけに危害なら、盗撮という形で充分に加えられている。

彼女はマンションへと引き返した。肩を落としながら。その後を黙ってついていった。オートロック式の玄関の自動ドアを潜《くぐ》り、エレベーターへと乗りこむ。互いに口は利《き》かない。

部屋のある三階フロアへ到着すると、早足になった。一緒にいるのを、近所の誰かに目撃されたくないのだろう。玄関のドアの鍵《かぎ》をあわてて開け、黒滝を部屋に招き入れると、すぐにドアを閉める。

玄関には、ポプリの匂いが漂っていた。息子たちが履き潰《つぶ》したスニーカーや、使い込まれたジョギングシューズが並んでいる。銀座で履いていた赤いヒールは、棚にでも収納されているのか、その場にはなかった。

リビングへと通される。梢の趣味が反映されているのか、洒落たカフェのようだ。オレンジ色のカバーをかけられたソファに、大きな一枚板のテーブル。壁には、南仏を思わせる牧歌的な農村の風景画が飾られ、戸棚のうえには、小さな人形が飾られていた。ブックエンドには、フランス語タイトルの写真集が立てかけられてある。言いかえれば、主人であるはずの田所の色が希薄なのだ。警察官の家の居間ともなれば、たいてい賞状や楯《たて》を誇らしげに掲げているものだ。それら家長の勲章が全く見うけられない。

リビングの隅には、デスクトップのパソコンがあり、ヘッドフォンのコードが挿さったままだった。仕事の途中だったのか、キーボードの横には大量の書類が積まれている。床のカーペットには、折りたたまれた洗濯物が置かれている。

来客を想定していなかったため、室内は生活感であふれかえっていた。一枚板のテーブルにも、飲み残しのカップと、テープ起こし用と思しき資料があった。食べかけの煎餅《せんべい》の袋に、輪ゴムで封がされていた。隅にはフランス語の教材やノートが何冊も積まれている。

戸棚のうえに、小さなフォトフレームを見つけた。複雑な模様をあしらった高そうな代物《しろもの》だ。写真自体は日光をさんざん浴びて、色がすっかり褪《あ》せてしまっている。田所夫妻とふたりの息子。数年以上前に撮ったものだろう。江ノ島らしき海岸で、一家揃《そろ》って写っていた。

田所と小さい子供たちは、海水パンツ一枚だ。ワンピースを着た梢はツバの広い帽子をかぶっている。妻はさほど変わらない。夫の田所はまるで別人だ。現在は前頭部が禿《は》げ上がっているが、写真の田所の頭はまだ黒々としており、無骨な角刈りにしている。

フォトフレームを摑《つか》んだ。かつての田所を見つめる。制服警官時代は、得意の逮捕術でひったくりや泥棒、街の鼻つまみ者を取り押さえたという。

たしかに、写真の彼は分厚い胸板と太い腕の持ち主だった。格闘家のように筋肉を発達させている。今の彼とは大きく異なる。

黒滝はこの任務を引き受けたさい、まっ先に調査対象者である田所本人を目視している。遠くから望遠レンズを使用して。

現在の田所はかなり痩《や》せている。胸や肩の筋肉は落ち、腰もひと回り細くなっている。激しいトレーニングをしてきた人間ほど、いったんそれを怠ってしまえば、すぐに体型に現れる。そういった年頃であるし、激務である刑事であればなおさらだ。

とはいえ……。しばらく見つめてから、フォトフレームを元の位置に置いた。

黒滝はソファに腰かけた。キッチンに向かう梢を手招きする。

「茶などいらない。用件を済ませよう」

梢はテーブルを挟んで座った。怒りを表すかのように、ソファに勢いよく尻《しり》を落とす。

「夫のことね」

彼女はエアコンのスイッチを入れた。さっきまで部屋にいたためか、室内は暖気が残っていた。それでも、ダウンジャケットを着たままの梢は、身体をわずかに震わせている。

「ああ」

「知っていることは……捜査本部に話をしました。知っていると言っても、あの人がどこでなにをしていたかなんて、私にはさっぱりわからない」

「なににつかれて、どう答えたんだ」

彼女は首を横に振った。深呼吸をすると、砕けた口調で答える。

「わかってるんでしょう。町田で監察係の人が殺された件についてよ。事件が起きた時間に、あの人がどこにいたのか。事件が起きた前後に、なにか変わった様子はなかったかとか。ふだんは家でどう過ごしているのか。主人が誰かと会っていなかったかとか……そんなことをあれこれと訊かれたけれど、ほとんど答えられなかった。なんにも知らなかったし、そのときになって、初めてトラブルが起きてると知ったぐらいで」

「青天の霹靂《へきれき》ってところか。あんたら夫婦、もう冷え切ってるんだな」

梢は眉間《みけん》にシワを寄せた。

「白々しい。それだってよく知ってるんでしょう。そうよ。あの人はしばらく家に寄りつかないときもあるし、帰ってきてもいつも深夜だから、家族で食事をすることだってめったにない。最近はロクに口を利いてもいない。子供たちだってそう」

部屋が徐々に暖まると、梢は忌々《いまいま》しそうにダウンジャケットを脱いだ。ソファから立ち上がり、キッチンへと向かう。

「茶はいらんと言っただろう」

「私が飲みたいのよ」

思わず笑ってしまった。やけっぱちな態度だが、恐怖とショックでいつまでも口が利けないままでいるよりは、はるかにマシだ。

ティーポットとふたつのカップを盆に載せて、リビングに戻ってきた。アールグレイの柑橘《かんきつ》系の香りが鼻に届いた。盆をテーブルに置く。動作が手荒だったため、ガチャンと陶器が音をたてる。

彼女は再びソファに腰かけた。

「息子たちが大きくなったら、離婚を本気で考えてる。あの人も気づいてるはず。あっちだって、浮気相手のひとりやふたり、いてもおかしくないから」

「そのわりに、写真を見たときのあんたは、今にも気を失いそうな反応を見せていたがな」

梢はティーポットの茶を、ふたつのカップに注いだ。黒滝のほうにもカップを差し出す。

「一応、警察官の妻よ。驚くに決まってる。私のことよりも、辻元さんに迷惑がかかるのが嫌なの。あの人にも家庭があるから」

「迷惑がかかるかどうかは、あんた次第だ。話を元に戻そう。旦那《だんな》とは関係が冷えてるらしいが、捜査本部の連中に訊かれたからには、さすがに会話くらいはしただろう」

「ええ。刑事にあの人のアリバイを訊かれたわ。そのときのショックときたら、今日とは比べものにならないぐらいだった。だから尋ねた。監察に目をつけられるようなことをしていたのって……」

「あいつはなんて答えた」

「なにも。これだけ」

梢は平手打ちをするフリをした。会話にはならず、頬を叩《たた》かれただけだという。彼女は肩をすくめて続けた。

「あなたが何者かは知らないけど、夫の身辺を探っているようね。わざわざ盗み撮りまでして、身内から情報を得ようとしたんでしょうけど、残念ながらなんにも知らないの。私のほうが知りたいぐらい」

「あんたの口から情報を得られるとは思っちゃいない。おれは協力してくれと言ってる。たとえば、旦那のケータイを覗き見てくれと頼むときもあるかもしれない。妻であるあんたにしかできないことが、いろいろあるんだ」

「ケータイは無理よ。パスワードがかけられていたから」

「かけられていた……つまり、覗き見ようとしたわけだ」

頬を歪めて笑うと、梢はむっつりとした顔で、カップの紅茶をすすった。

黒滝はビジネスバッグに手を入れる。取り出したのは、型取り用のポリエチレン樹脂が入ったパッケージだ。どこのホームセンターでも売っている。本来はプラモデルのパーツや手芸のボタン、機械部品などの複製を目的とした製品だった。

無造作にテーブルのうえへと置いた。梢は気味悪そうにそれを見つめている。

「これは」

「使い方はパッケージに書いてある。旦那が持ってる鍵の型を取ってくれ」

「え?」

「署のロッカーだの、デスクのキーをコピーさせてもらう。あんたはその型さえ取ってくれればいい。小学生でも出来る」

パッケージには、平たい板状の素材が二枚入っている。温めると柔らかくなり、冷めるとカチカチに硬化するという特徴がある。

やり方は簡単だ。湯で軟化させた二枚の素材で、キーを挟みこんで型を取るだけ。十分もしないで素材は固まり、作業は完了する。

黒滝はその素材を受けとり、知り合いの鍵屋に持ちこんで、合鍵を作らせる。ディンプルキーのような特殊な鍵のコピーまでは難しいが、通常のものならわけなく作ってくれる。

梢はパッケージを手にした。不審そうにポリエチレン樹脂の素材に目を落とす。

「こんなスパイみたいなこと――」

「できるだろう」

弱音をかき消した。前のめりになり、再びコートに手を入れると、写真を撒《ま》きだした。すべて、梢と辻元の逢瀬《おうせ》を写したものだ。印画紙を床やテーブル、ティーポットを載せた盆へと次々に放つ。

「やめて！」

梢はソファから身を乗り出し、散らばった写真をかき集めた。床を這《は》い、写真を握りつぶす。紅茶で濡《ぬ》れた印画紙をつまみ上げ、泣きそうな顔でくしゃくしゃに丸める。

「裏切るのは初めてじゃないだろう。辻元とは、どれくらいのつきあいになる。旦那や子供の目を盗んで、今日まで男と火遊びしてきたんだ。それに比べたら、こんな作業はマッチで火をつける程度のもんだ。おれは無理難題を押しつける気もなければ、あんたの恋路を邪魔する気もない。ごくたまに協力してくれれば、これまでどおりの生活をいとなめる」

梢はカップを掴むと、いきなり紅茶を浴びせてきた。まだ、湯気が立つほどの熱さがあった。まともに顔に浴びた。ひりつく痛みが顔中に走る。

息を吞んでいる。自分のしでかしたことに慌《あわ》てたのか、ティッシュペーパーの箱を持ち出し、手渡そうとする。掌《てのひら》を向けて拒んだ。熱を持った液体がしたたり落ちる。スラックスの太腿《ふともも》まで濡れている。

ハンカチで顔を拭った。ぴりぴりと皮膚が痛む。軽い火傷《やけど》を負ったようだ。だが、表情も変えなければ、慌てる素振りも見せない。紅茶色に染まったシャツや、濡れたスラックスをハンカチで黙って叩く。イヌに首輪をつけるさいに、牙《きば》を剝かれるのはよくあることだ。限度内なら好き放題に嚙ませてやるが、常に最終的には誰が主人なのかを思い知らせてきた。

黒滝は笑みを浮かべる。

「もういいのか？　ポットごと浴びせてもいいんだぞ」

梢は首を横に振った。

「ごめんなさい……わかったわ」

「長く続きはしない。すぐに終わる」

「終わったときは、あの人が捕まるかもしれないときね」

濡れた部分をハンカチで拭い取り、鼻をすすった。湯が鼻の奥にまで入り、つんと痛む。

「思い当たるフシでもあるのか？」

「充分すぎるほど。質問攻めにあったかと思えば、あなたみたいな正体不明の人がいきなりやって来る。ふつうじゃない」

梢は肩を落とした。熱い紅茶を浴びせられても、平然としている黒滝に圧倒されたようだ。

「質問がある。旦那と最後に寝たのはいつだ」

「え？」

「セックスだ」

「……本当に警官なの？」

「好きでセクハラしてるわけじゃない。答えてくれ」

梢が胡散《うさん》くさげに見てくる。

「ここ一、二年はないわ。寝室も別にしているから」

「旦那の体臭に違和感を覚えたことは？」

「どういうこと？　泊まりこみ帰りに、臭《にお》うときぐらいあるけど」

黒滝はフォトフレームに目をやった。矢継ぎ早《ばや》に質問を続ける。

「あの写真は何年前のものだ」

彼女は少し考えこんでから答えた。

「七年前よ」

「まるで別人だな」

質問の意図を理解できないようだった。しかし、黒滝にも説明する気はなかった。彼女もフォトフレームを見ている。

「髪の毛が薄くなったし、体重も八キロぐらい減らしたから……そう見えるかもしれないけれど。急にダイエットに目覚めて、痩せだしたみたい」

田所のプロフィールを思い起こした。これといった病歴はなく、ここ数年はろくに休暇を取っていない。せいぜい叔父の葬式に参列するために休んだくらいだ。風邪ひとつ引かない頑健な身体の持ち主だからこそ、大きな繁華街を抱える所轄《しょかつしょ》署の刑事に抜擢《ばってき》されたのだ。

「ダイエットね」

フォトフレームに写った田所は、見事な身体つきだった。とくに無駄な肉はついていない。痩せようと考える理由が見当たらない。

黒滝はソファから立ち上がった。

「旦那の部屋があるだろう。どこだ」

ポケットからビニール製の手袋を取り出した。梢はある部屋のドアを指さした。

「荒らしたりしないで」

黒滝は手袋を嵌《は》めた。ビジネスバッグを担《かつ》いで移動した。部屋のドアを開ける。

六畳程度のフローリングの部屋だ。書斎兼寝室というべきか。

黒滝は目を細めた。リビングとは正反対に、そこはいかにも警察官らしい部屋だ。

壁の上部を、やつの功績を表した賞状がぐるりと取り囲んでいる。床の大部分はベッドが占めていた。

大きな書棚が壁際《かべぎわ》に配置されていたが、その半分に楯やトロフィーが飾られている。窓から入る光によって、トロフィーが輝きを放っていた。

数えきれないほどの手柄の証《あかし》は確かに見る者を圧倒するが、その一方で窮屈さと男の孤独を感じさせた。家長の偉大な功績のすべてが、ひとつの部屋に押しこめられているところに、田所家の事情が現れている。

書棚の残りの半分には、暴力団事情を記したノンフィクション、あるいは業界から足を洗った親分や半グレの手記、法律書や部外秘のマニュアルブックがぎっしり詰め込まれている。趣味の匂《にお》いがしない。いかにも、仕事にのめりこんでいる男の居室といえた。

一見、ごちゃごちゃとして見えるが、仕事に関連したものばかりで、無機的な印象だ。古い型のＣＤコンポと、やけに立派な書斎用のデスクが、警察や犯罪関連のものだらけのなかで、個性を放っていた。

他人事《ひとごと》ではない。家族とともに暮らしていたころの黒滝も似たようなものだった。現在、暮らしている部屋にしても、おもしろみがあるとは決して言えない。つい、自分の警察人生と重ね合わせてしまう。

再び部屋を見回した。目立つ電化製品といえばＣＤコンポぐらいだ。スイッチを入れたが、さほど使っていないらしく、デジタル時計やラジオ局の登録もされていない。ディスクトレイには、廉価版《れんかばん》のジャズのＣＤが入っていた。他の電化製品といえば、ベッドの床に敷かれた電気毛布と、枕元《まくらもと》に置かれたランプぐらいだ。

部屋を出た。梢は床まで垂れた紅茶を布巾《ふきん》で拭い取っている最中だった。彼が部屋から出るのと同時に、作業を止めて直立不動の姿勢を取る。

黒滝は尋ねた。

「ブレーカーは洗面所か」

「……そうだけど」

どういう意味か確かめようとする彼女を置いて、洗面所に足を踏み入れた。ドラム式の大きな洗濯機が置いてあり、カゴには洗濯物が山をなしていた。息子たちはバスケや野球に真面目に取り組んでいるらしく、練習着がきつい汗の臭いを放っている。

壁の上部に設置されているブレーカーを見上げた。スイッチの下にはエアコン、冷蔵庫、寝室、リビングと親切に梢の文字で記されてあった。手を伸ばして、田所の部屋のブレーカーを落とすと、そちらへと戻った。CDコンポは電力を失い、ディスプレイに浮かんでいたデジタルの表示は消えている。

ビジネスバッグから工具を取り出した。マイナスとプラスのドライバー、それにニッパーだ。

黒滝は作業を開始した。床にしゃがみこんで、壁のコンセントと向き合った。さしこまれていた電気毛布のプラグを外し、マイナスドライバーをこじいれて、コンセントカバーと外枠を取り外す。

プラスドライバーでネジを回し、コンセントと周囲の金属パネルを引きずり出した。白と黒のコードがついてくる。コンセントの裏側の溝についているコードに、マイナスドライバーを強くこじ入れて外す。

電気工事士の資格がなければ、やってはならない作業だ。ブレーカーを落とさずに行えば、家庭用の電流とはいえ感電死にいたる場合もある。

コードの先端の銅線が露《あらわ》になる。ビジネスバッグから盗聴器を取り出した。黒いマッチ箱サイズのものだ。盗聴器にコードを挿しこみ、コンセントとつないだ。電気が通っているかぎり、受信可能距離はせいぜい二百メートルに過ぎないが、いつまでも機能し続ける。受信機は梢に預けるつもりだ。

受信機には、ＶＯＲ機能が備えられており、音を感知すると自動録音を始める。つまり、この部屋に誰かが足を踏み入れたさいに、自動的に音を記録する仕組みとなっている。

コンセントを取りつけ直し、外枠とコンセントカバーをもとに戻した。再び部屋を出て、ブレーカーのスイッチを入れる。主である田所は、単に寝る場所として使っているだけのようだが、気を許せる場には違いないはずだ。

受信機を取り出し、コンセントの近くで指を鳴らした。自動的に作動するのを確認し、取り付け作業が完了したのを確認した。

次にデスクに注目した。下の引き出しから確認する。書類の束や冊子が入っている。ざっと確かめたが、講習や研修で配布されたらしい資料ばかりだ。

上段に手をかけた。鍵のついた引き出しで、ロックがかかっていた。

黒滝は口元を歪めた。ビジネスバッグに手を伸ばすと、十センチ四方のプラスチック・ケースを取り出す。なかには二本の小さな針金が入っている。

両手に一本ずつ持ち、引き出しの前にしゃがみこんだ。鍵穴に針金を挿した。ガチャガチャと金属同士が触れる音がする。簡素なデスクの錠前だ。一分もせずにロックが外れる音がした。針金を引き抜いて、引き出しのなかを確かめる。

息を呑んだ。施錠《せじょう》されていた時点で、ピンと来てはいたが、思わぬ量に面食らった。透明な粉粒が入った小袋《パケ》が山ほどある。鑑定してみないかぎり断定はできないが、状況を考えると覚せい剤の可能性が高い。

小袋には約〇・五グラムの粉粒。ざっと数えて三十袋はありそうだった。末端価格で約百万円というところだろう。

もとはといえば、この部屋の主である田所が、匿名《とくめい》の手紙によって告発されたところから始まっている。

大麻やドラッグ売買の取引の場となっていたと言われる管轄内のレゲエバー。田所はそこで、ドラッグで得た利益の一部を、懐《ふところ》に入れていたという。また、暴力団の印《いん》旛会《ばかい》系の息がかかった店長に、赤坂署の情報を売っていた。監察係に届いた手紙には、田所の悪行がそう書き記されてあった。

監察係の日下が調査に乗り出したが、手紙の内容を裏づける証拠を得る前に殺害された。レゲエバーも同時期に閉店している。目の前の覚せい剤は、彼の悪行を示す重要な証拠といえた。

リビングで見たフォトフレームの写真を思い出した。筋骨隆々だったころの田所。あれから体重を大きく落としている。妻の梢にセクハラまがいの質問をぶつけたのも、彼の体型が、別人のように変わっていたからだ。

覚せい剤は、中枢神経《ちゅうすう》を興奮させ、一時的だが心身の働きを活性化させる。疲労感を麻痺《まひ》させ、一晩や二晩の徹夜もやすやすと可能にし、そして食欲を減退させる。発汗作用が活発になり、やがて饐《す》えたような甘酸《あまず》っぱい体臭を漂わせる。長期にわたって連用した場合、重篤《じゅうとく》な薬物依存症に陥る可能性が高い。

ドラッグの売人には、その危険性を把握し、自分では一切手をつけない者もいる。その一方で、商品を味見しながら、深みにはまっていく者もまた多い。田所は後者と考えたほうが自然だ。

そのとき、ポケットに入れていた携帯電話が震えた。部屋の出入口から顔を出し、リビングにいる梢の様子をうかがってから、携帯電話に出た。梢は呆然《ぼうぜん》と立ち尽くしていた。

「はい」

〈今、よろしいかしら〉

電話の相手は、上司の相馬美貴《そうまみき》だった。

「手短に、でしたら」

〈手短に、ね〉

美貴は皮肉っぽく言い返した。相変わらず可愛《かわい》げのない野郎だと言いたげだ。

〈今夜、顔を貸して。時間は六時三十分。場所は船橋市の割烹《かっぽう》料理店よ。店名と詳しい場所はメールするから〉

早口で告げると、電話を切ろうとした。

「待ってください」

〈なに〉

腕時計を見やった。午後五時を過ぎている。携帯電話を口で押さえ、小声で話を続けた。

「例の調査の真っ最中ですよ。重要な局面に差しかかっているところです。後日というわけにはいきませんか。時間にしたって、あと九十分もない」

〈無理ね〉

美貴はぴしゃりと言い放った。

〈重要な局面というのがなんなのか、私はあなたからなにも聞かされていない。そろそろタイムリミット。どこにいるのか知らないけれど、九十分もあれば充分でしょう?〉

美貴は、彼が豊洲にいるのを見越しているようだった。県境をまたぐことになるが、船橋までの距離はそう遠くない。

〈遅刻は厳禁よ。白幡《しらはた》警務部長も同席されるから〉

抗《あらが》おうと試みたが、その前に電話が切られていた。覚せい剤を発見したさいの高揚感が、急激に失《う》せていく。

タイムリミットなのはわかっていた。上司として業《ごう》を煮やしたということだ。情報をいつまでも独占できるわけではない。

黒滝は携帯電話の液晶画面を睨《にら》んだ。頭では理解しつつも、受け入れがたかった。他人と情報を共有したがために、貴重な情報提供者を失った。その過去をいつまでも忘れられずにいた。

9

美貴は携帯電話に目を落とした。

液晶画面には、午後五時四十五分と表示されている。目の前には、二階建ての日本家屋があった。指定された割烹料理店だ。

白い縦長の暖簾《のれん》と、玄関の前に飾られた花々が、高級感をかもし出していた。白木のメニュースタンドに置かれた品書きは、細い筆で達筆に記されてある。

訪れるのは初めてだった。この店を選んだのは警務部長の白幡だ。どちらかといえば、大衆居酒屋が似合いそうな男だけに、店の前に到着したときは、上品な店構えに驚かされた。

もっとも、ただの会食ではない。極秘の打ち合わせを行うのだ。開放的なビアホールや、会話が筒抜けとなるような安酒場というわけにはいかない。白幡が、わざわざ千葉県の店を指定したのは、警視庁の人間の目を避けるためだ。

死亡した日下の顔が思い出される。身内を疑うのが仕事である監察係にいながら、多くの仲間や友人に愛された好人物だった。熊《くま》のような巨体と柔和な笑顔が忘れられない。

ただし、ただの好漢ではなかった。監察係に長く所属していたが、多くのなれ合いや隠蔽《いんぺい》、政治決着を目撃し、警察組織に絶望しかけていた。

――相馬さん、あなたは変わった方だ。

約二か月前、日下に真意を告げると、彼は目を丸くしたものだ。田所の調査を命じてから、数日が経《た》ってからのことだ。

――変わっているのは、ここの論理のほうよ。私は妥協などするつもりはないし、腐った連中にいつまでも警察手帳《てちょう》を持たせておきたくないの。

日下とは新宿の個室居酒屋で語り合った。

田所の信用組合の口座や、妻の銀行口座を調べ、あからさまな金の出入りこそ確認できなかったものの、勤務外での派手な遊びっぷりを把握し、彼が密売人からひそかにリベートを受け取っていたのを示す状況証拠を入手した。

赤坂署生活安全課全体として、彼の不正を知りながら、田所からおこぼれを得ている可能性が高い。組織的な関与が疑われ、ただのゴキブリ退治では済まない展開になりそうだと、自分の推測を教えてくれた。

日下はジョッキのビールを勢いよく飲み干した。

——返り血を浴びることになりますよ。

——腹はくってる。

美貴もまたビールを飲み干し、日下と固い握手を交わした。彼が玉川学園で腹と背中をメッタ刺しにされたのは、それから五日後のことだ。

日下を思い出すたびに、身体《からだ》が震えてしまう。彼が殺されたのは、美貴のせいかもしれなかった。捜査本部は強盗殺人の線で動いているものの、これといった成果を挙げていない以上、日下の監察としての仕事が死につながった可能性はぬぐいきれない。彼女の行動次第では、黒滝にも危険が及ぶかもしれない。部下を失う。そんな経験は二度とごめんだった。

玄関の引き戸を開けた。開店したばかりらしく、店内にはまだ客がいない。いくつかの小上がりの席とカウンター席がある。海鮮を売りにしているだけあって、店内には磯《いそ》の香りが漂っている。カウンターのガラスケースには魚介類が並べられてある。板前や仲居が声を張り上げて出迎えてくれた。

五十絡《がら》みの仲居から尋ねられた。

「白幡さんですか？」

美貴はうなずいた。二階の階段へと案内される。どうやら贔屓《ひいき》の店らしい。琴のB

ＧＭが静かに流れている。

二階は個室になっていた。奥にある入口の前に、一組の革靴が揃えられていた。高そうな代物ではないが、きれいに磨かれてある。白幡の靴だ。

黒滝には六時三十分と告げていたが、白幡とは三十分前の六時に約束してあった。さらに十五分前に着いたわけだが、警務部長は彼女よりも先に到着していた。

仲居がふすまを開けると、六畳間の部屋に大きな造りの座卓と三人分の座椅子《ざいす》が並んでいた。

床の間を背にして、白幡がくつろいだ姿で胡坐《あぐら》をかいていた。スーツは壁にかけられていた。ネクタイをゆるめ、ベストとシャツ姿で、生ビールのジョッキを握っている。ジョッキはすでに半分ほど空いている。

悪戯《いたずら》っぽく笑った。ジョッキを掲げる。

「よ、遅かったじゃねえか」

「早すぎますよ」

「暇なんでな」

座卓には、すでに突き出しやナスの漬物、イワシの造りが置かれている。

白幡は漬物を口に放ると、腕時計を見やり、時間を確認した。

「どうせやっこさんも、もうすぐやって来るころだろうしよ」

「でしょうね」

美貴は座卓の右側に腰かけた。同じく生ビールを頼み、白幡から革表紙のメニューを受け取る。

「好きなものを食え。ここを経営してんのは、おれの高校時代のダチだ。そこいらの高級料亭にも負けないもんを出す。長くつきあってる分、サービスもしてくれる」

「ありがとうございます」

「肩が凝る毎日が続いてるだろう。せめて今晩ぐらいは、うまいもん食って疲れを癒《い》やせ」

美貴はひっそり笑った。

「味わってる暇があるかどうか。相手が相手ですから」

「そりゃそうだな」

生ビールと突き出しが運ばれたころ、誰かが入店してきたようだった。階段を上がる音がし、ふすまが開く。

現れたのはやはり黒滝だった。顔を出すよう命じたのは約一時間半前だ。にもかかわらず、約束の時間よりも三十分早くやって来た。もともと表情に乏しい男だが、急に呼び出されたのが不愉快なのか、むっつりとした顔をしている。

「よ、早かったじゃねえか」

白幡は再び悪戯っぽく笑った。さすがの黒滝も目を見開いている。

約束の時間より、ずっと早くに入店したにもかかわらず、すでに一杯やっている上司らを見て、面食らったようだ。

早々に訪れるのは予想済みだった。彼は他部署の人間はもとより、上司をも信用してはいない。自分以外に誰も信じていないだろう。

なにも上司に敬意を払うために早く訪れたのではない。この個室を調べるためだ。盗聴器や小型カメラの有無を確かめるため。もしくは自分で仕掛けるためだった。トイレでわざと中座し、白幡と美貴の会話を盗み聞く。この男ならそのくらいやりかねない。

白幡が座椅子を勧めた。

「急で悪かった。こんだけ早く来れたってことは、近くにいたのか」

「ええ……まあ」

黒滝は座椅子に座った。おしぼりで手を拭《ふ》き、仲居にウーロン茶をオーダーした。

美貴が尋ねる。

「車？」

「はい。それに勤務中ですから」

彼はふて腐れた子供みたいに、うつむきながら答えた。

「代行で帰れ。今日は仕事を切り上げろ」

白幡はビールを一口飲んで告げた。

気軽な口調だったが、有無を言わさぬ力がこめられている。個室に緊張が走った。

美貴は素知らぬ顔で、突き出しのイカに箸を延ばす。

ややあってから、黒滝が答えた。

「わかりました」

仲居に注文をし直した。ウーロン茶を取り消し、芋焼酎《いもじょうちゅう》をロックで頼んだ。アルコール度数が三十七度もある鹿児島産の原酒だった。

白幡は満足そうにうなずいた。

「六時三十分の予定だったが……三十分早まっちまったな。お前と飲むのは初めてだが、どうやらゆっくり飲《や》れそうだ。そういやお前、もっぱらビール党だと聞いていたが」

「昔の話です。トイレに行く回数が増えるのが我慢ならないので、そのうち強いやつを一気にやるクセがついてしまったんですよ」

白幡は彼を指さして美貴に笑った。

「どうだい、これだよ。生き方自体が刑事《デカ》なんだ。便所とうたた寝は張り込みの敵だしな。おれも相当飲《や》るほうだが、お前も底なしらしいじゃないか。歓迎会のときは、たいして飲んじゃいなかったようだが」

「私だけじゃありませんでしたよ。課のトップが下戸《げこ》じゃ飲《や》りづらい」

「吹越《ふきこし》もいい男だが、酒の席じゃあれほどつまらん男もいないからな。今日はこんな調子で、腹割って話をしようじゃねえか」

仲居が、焼酎と刺身の盛り合わせを運んできた。ビールと焼酎で乾杯する。黒滝は高度数の焼酎を勢いよく流しこんだ。豊かな芋の香りが美貴の鼻にまで届いた。

大きく息を吐いている。しかし、とくに表情は変わらない。それとなく目を動かし、室内をチェックするのがわかった。コンセントや床の間に視線を向けている。

美貴はコンセントを指さした。

「なんだったら、ゆっくり調べてもかまわん。そうですよね、部長」

白幡はベストのボタンを外した。芝居がかった仕草でベストの内側を見せる。

「ボディチェックをしてもいいんだぜ。納得するまで調べてみりゃいい」

「滅相もない」

黒滝は苦い表情で笑った。

「料理のほうも安心していい。ここは刺身もいいが、貝盛り焼や土瓶蒸しもイケるんだ」

しばらくは白幡が中心となって雑談に興じた。警察庁《サッチョウ》のお偉方と那須《なす》高原のゴルフ場でプレイをしたものの、強風とミゾレに見舞われて風邪を引きそうになったこと。某署長がFXで大損し、妻子にも逃げられたこと。

美貴もそれに合わせて、プライベートについて話した。今年の夏に、母親が苦労して持ってきた見合い話をすげなく断ったため、実家と折り合いが悪くなったことなどを。

ゴシップやプライベートな話題を肴《さかな》に会食は進んだ。黒滝は同じ芋焼酎の原酒を三度、お代わりをした。だが、顔色は変わらず、目つきも鈍っていない。

たとえ上司であろうと、隙《すき》あらば、首輪をつけてイヌにする。そんな危うい気配を隠しきれずにいる。白幡はそれを承知で、呑気にバカ話を披露していた。

白幡が六杯目のビールを飲み干した。酒を芋焼酎の湯割りに変えたところで、本題について単刀直入に切り出す。

「それで大将、どこまで掴んでる」

美貴が警告する。

「とぼけるのは勘弁ね」

「田所稔の件ですか」

「当たり前じゃねえか」白幡は刺身を口に入れて答えた。

「一介の警部補《ブケホ》に、ここまで気を使う部長さまなんて、そうはいねえぞ。ドッグ・メーカー」

表情を変えないという点では、白幡も同じだった。悪戯っぽく笑い、砕けた口調で話を続けているが、要所要所で独特の圧力を加えている。刑事の経験はないはずだが、その話術はベテランの取調官を思わせた。

「お前が、誰も信用したがらねえのはわかる。あんときは死人まで出ちまったからな」

黒滝は顔をうつむかせ、黙ってグラスに口をつけた。

黒滝は自分のマル暴時代を思い出していた。白幡が言う〝あんとき〟とは、黒滝が本庁の組織犯罪対策四課に在籍していたころを指す。

二年前に公安三課から組対四課の広域暴力団係に異動となった。急速に地下へ潜ろうとする暴力団から情報を得るための措置だと、上司にいわれた。

暴力団のマフィア化は、警察の予想以上に速いスピードで進行していた。どの団体も暴対法や暴排条例の締めつけによって、規模の縮小化が進んでいるが、巧みに一般社会に溶けこみ、徹底した秘密主義を選んで生き残りを図ろうとしていた。

警官との接触を完全に禁じ、一切の情報交換も許さない組織もある。もはやそれが当たり前と言ってもいい。かつてのように、ヤクザが警察のメンツを立てて、抗争のヒットマンだとして若手組員を出頭させた牧歌的な時代は終わっている。むしろ、鉄砲玉を全力で隠避《いんぴ》しようと企《たくら》む。抗争に加わった襲撃犯が捕まれば、組のトップたちはもちろん、上部団体にまで累《るい》が及ぶ可能性が高いからだ。

警官と会ったというだけで、破門処分を下す組織もある。その堅い守りにどの地域の警察組織も手を焼いていた。暴力団に対する情報収集能力は劣化しつつある。

警視庁も例外ではない。刑事のサラリーマン化が進んだためか、所轄署の暴力団担当の刑事だというのに、管内の極道の顔も知らなければ、暴力団事務所に近づくのを怖がる者さえいるという。組織の内情を把握するどころではなかった。

広域暴力団係の黒滝が担当したのは、関西系暴力団の華岡組《はなおかぐみ》。神戸を本拠地とした日本最大の暴力組織で、メンバーは準構成員を含めると約三万人にもなる。

同組織は、生存競争に敗れた中小規模の暴力団を次々に吸収。現在では日本の暴力団員の半分が、華岡組系の組員と言われている。

警察との対決姿勢を露骨に打ち出しており、悲願である東京進出も着々と進めている。二〇〇八年には六本木など、都内有数の繁華街を縄張りとする老舗《しにせ》団体の東堂会《とうどうかい》を傘下《さんか》に収めた。

華岡組五代目の琢磨栄《たくまさかえ》組長は、妥協を許さぬ実力者として知られている。名古屋の小組織からのしあがった彼の目標は、すべての暴力組織を傘下に置き、全国統一を果たし、警察と五分に渡り合えるほどの組織力を構築することにあった。そのためには、巨大なマネーが動く首都東京を落とす必要がある。

当時の黒滝の任務は、この巨大グループの一員となった東堂会を通じ、侵攻の手を緩《ゆる》めない華岡組内部の情報を、出来得るかぎり収集することだった。

警官とは会わない、どこかで遭遇しても喋《しゃべ》らない、事務所には絶対入れない。徹底した〝三ない主義〟を取っている華岡組系の組織から、情報を仕入れるのは容易ではない。

警視庁は華岡組系列に入った東堂会に対して、集中的な取り締まりを行ったが、同会にも鉄の掟《おきて》は浸透しており、逮捕した組員に首輪をつけようと試みたが、死にもの狂いの抵抗に遭った。

組側としても、そのころ右腕である若頭が恐喝容疑で逮捕され、組織内部の引き締めに躍起になっていたのだ。

華岡組系の組員たちは鉄の掟を恐れ、警察のスパイと思われぬように必死だった。なかには舌を噛《か》んで、取り調べから逃れようとしたヤクザもいるほどだ。

緊迫した状況のなか、黒滝は東堂会の理事のひとりに首輪をつけた。六本木に賭場《とば》を持っていた新島信吉《にいじましんきち》だ。

新島は極道生活四十五年の老博徒であり、東堂会最古参のひとりだ。華岡組傘下となるのに反対する者を代弁し、貧乏くじを引かされた男でもあった。

もともと六本木以外にも、新橋や赤坂にカジノを所有。バブル期は総会屋や地上げで大儲《おおもう》けし、東京を代表する経済ヤクザとして知られていた。

だが、東堂会が華岡組系列に入ったことで、警視庁の締めつけにあった。新橋や赤坂の賭博場は軒並み摘発を喰らっている。彼の最後の城である六本木も、潰《つぶ》されるのは時間の問題と言われていた。

麻布署は摘発の準備を着々と進めていたが、そこに黒滝ら広域暴力団係が割って入った。麻布署に計画をストップするように話をつけ、新島に取り引きを持ちかけたのだ。最後の城を失いたくなければ警視庁に協力をしろと。

もともと気骨のある博徒として知られていた。たとえ城をすべて失っても、警察にすり寄る真似《まね》はしないと、要請を頑《かたく》なに拒んだ。六本木へのガサも予期しており、懐には引退届の封書を入れていたという。極道から足を洗い、隠居するつもりでいたのだ。

新島を時間をかけて説得したのが黒滝だった。関西の組織に組みこまれた新島の怒りに理解を示し、次々とシノギを潰しにかかる警察への不満を辛抱強く受け止め、彼を口説き落とした。

黒滝は新島を通じて、東堂会内部の情報を入手した。華岡組が要求する上納金に兄弟分が苦労していること。東堂会が禁じていた覚せい剤の密売に手を出す者が増え、やはり上納金集めに汲々《きゅうきゅう》としているトップの会長が、それを黙認していること。その会長自身も振り込め詐欺《さぎ》グループのケツを持ち、詐欺師が得た金の一部を巻き上げ、シンガポールのカジノを通じてマネーロンダリングをしていることなど。

上部団体である華岡組の動向も摑《つか》んだ。東京葛飾《かつしか》区を中心に活動している一本独鈷《いっぽんどっこ》の業平《なりひら》一家を狙《ねら》っているというのだ。

新島は、主流派から外れたとはいえ、東堂会の幹部しか得られない確度の高い情報を提供してくれた。信頼関係が築かれると、小出しではあるものの、一冊の告白本が出版できそうな量の情報を提供した。長年、所属していた会への忠誠心もあり、新島は葛藤《かっとう》のため苦悩しつつも、現状の東堂会と華岡組への不満を述べた。

情報提供者になったのを知っていたのは、黒滝と組対四課の一部だけだった。引退したがっていた老極道を、無理を言って現役に押しとどめ続けたのだ。

新島には、五人の子供と多くの孫がいた。正妻だけでなく、愛人との間に設けた者もいたが、子女全員がカタギの生活を送っている。ヤクザのくせにきちんと国民年金まで納めていた。極道社会から足を洗っても、生活に困るわけでもない。東堂会が華岡組入りした時点で、渡世への未練はないはずだった。

情報提供者の安全は絶対に守らなければならない。敵は裏切り者に対して容赦ない粛清を断行する華岡組だ。新島から聞きだした情報をもとに、情報源を悟られないよう、東堂会のシノギを少しずつ干上がらせる戦法を選んだ。

ターゲットは、関西の仲間入りを望んだ東堂会会長だった。黒滝が担当したときは、華岡組の若頭補佐にして、関東ブロック長という肩書きにあった。

まずは、東堂会会長のシノギである振り込め詐欺グループを検挙。覚せい剤売買に手を出している東堂会理事の名を、華岡組本家へとひそかにリークした。華岡組は表向きには、覚せい剤売買をご法度《はっと》としている。覚せい剤で莫大《ばくだい》な稼ぎを得ていた理事は破門処分となった。東堂会会長も関東ブロック長を辞任せざるを得なくなり、本家から謹慎処分を受けた。会長を失脚に追いこみ、米櫃《こめびつ》を奪い取ったのである。

そうして東堂会と華岡組の勢力を徐々に削り取った。黒滝と広域暴力団係はその過程で警視総監賞を四度獲得している。彼にとって、刑事時代の黄金期といえた。華岡組の牙城《がじょう》をも切り崩す男。ドッグ・メーカーの名を警察内に知らしめたのも、そのころからだった。

白幡は焼酎の湯割りを飲んだ。特徴的な笑みを消し、黒滝の上半身に目をやっている。

「身体のほうはいいのか。たしか、病院送りにされたんじゃなかったか」

「たまにうずくことはありますが、とくに問題は……」

口を濁した。

刑事として黄金期を築けたのも、新島がきっかけなら、組対四課から飛ばされるきっかけとなったのも、やはり新島絡みの一件だった。

昨冬のある夜、墨田区にあるマンションで、新島は愛人とともに焼死した。

四十代の愛人が使っていたアロマキャンドルが、カーテンに燃え移ったのが出火原因とされた。部屋は全焼。火は隣室をも焼き尽くした。

本部に詰めていた黒滝は、サイレンを鳴らしながら警察車両で火災現場に急行した。駆けつけたときは、マンションの十階部分は炎と黒煙に包まれていた。すでに消防隊が消火活動を行っている最中だった。ただ放水を受けながら炎をあげる部屋を茫然と見上げるしかなかった。

新島と愛人の長門《ながと》えり子の遺体は、浴室で見つかった。煙と炎から逃れるためか、水を張った浴槽で抱き合いながら絶命していた。死因は煙による一酸化炭素中毒。その後、消防庁と捜査一課の調べによって、えり子の火の不始末による火災事故と断定された。

黒滝は信じなかった。華岡組には、自殺や事故に見せかけて、人を殺害できるプロ集団が存在する。それをシノギとして、保険金をせしめる凶悪グループさえいるほどだ。この手の処理はお手の物と言ってもいい。どこからか情報が漏えいし、新島が警察のスパイになったのを華岡組に勘づかれた。彼はそう判断した。

新疑ったのは、東堂会や華岡組ではなかった。同じ広域暴力団係に属する身内だ。新島との情報交換には、つねに細心の注意を払ってきた。新島にしても、華岡組に一矢《いっし》を報いるため、完璧《かんぺき》に身内を演じきった。

いつ狙われてもおかしくないと、えり子との住処《すみか》を変えるよう、アドバイスをしたのも黒滝であり、新島は素直に従った。

引っ越し先の物件を選定したのも、やはり自分だった。つまり、えり子の部屋を知っている人物は、きわめて限定されていた。新島に数十年も仕えている運転手か、もしくは黒滝たち広域暴力団係、それに組対四課課長ぐらいのものだった。

一匹狼《いっぴきおおかみ》と化したのは、このときからだ。新島は、華岡組によって処刑されたものと判断。情報が漏れたのは内部に原因があるのではと疑念を抱き、チームの身辺をひそかに調べ上げた。彼の調査対象者には広域暴力団係の同僚たちはもちろん、上司である組対四課課長まで入っていた。同僚や上司たちの人間関係から家族構成、趣味、経済状況、出入りしている飲食店などを軒並み洗った。

監察係でもない者が身内を疑う。警官にとっては禁忌同然の捜査を断行した結果、ひとりの刑事が黒滝の目に留まった。鈴木陽平《すずきようへい》。同じ広域暴力団係の若手で、黒滝の部下だった。月に何度も、横浜の高級クラブに出入りしているのを突き止めた。

警官の給料は世間が思うほど安くはない。公務員の給料はなにかと槍玉《やりだま》にあがるが、危険がともなう警察官の賃金は、その公務員のなかでも、とりわけ高めに設定されており、福利厚生面も充実している。独身寮で過ごせば家賃にも悩まされない。

鈴木は三十歳の独身貴族だ。高級クラブで遊ぶ金ぐらい持ち合わせていてもおかしくはない。マル暴刑事には、敵であるヤクザの文化に自然と染まり、宵越しの金を持たずにネオン街で費す者もいる。ただし、あまりに金の使いっぷりが激しく、さらにわざわざ横浜で遊んでいる点に黒滝は注目した。

ある夜、関内の焼肉店で鈴木がひとりの男と接触するのを目撃した。華岡組系武州《ぶしゅう》理心会《りしんかい》に所属していた米良《めら》なる元暴力団員だった。八王子や横浜でペットショップやスーパー銭湯を経営する企業舎弟だ。米良は極道出身者には珍しく大卒で、鈴木とは同じ大学柔道部に属していた……。

翌日、横浜でふたりの接触を目撃した黒滝は、本庁の剣道場に鈴木を呼び出し、完膚なきまでに痛めつけた。大外刈りを放ち、板張りの床で後頭部を打った鈴木の腹に蹴《け》りを入れた。

黒滝の投げ技や蹴りに、柔道三段の鈴木はまるで太刀打ちできなかった。長い腕から繰り出したパンチで、鈴木の顔を派手に変えた。

鉄拳《てっけん》を主軸とした事情聴取により、広域暴力団係の重要人物である新島を、米良に売ったことを告白した。米良から現金を受け取っていた事実も。

大学時代の先輩にあたる米良に、土下座までされて断れなかったとほざいた。華岡組に恩を売って内部情報を引き出したかった、まさか新島が殺されるなんて――。鈴木は弁解を重ねたが、黒滝は殴打《おうだ》を止《や》めなかった。

その結果、鈴木は前歯と奥歯の二本を失い、鼻骨を折られている。剣道場からの悲鳴に気づいた本庁職員たちが止めに入らなければ、殺していたかもしれない。鈴木の顎《あご》を鷲摑《わしづか》みにし、万力のごとく締め上げ、奥歯をへし折った。

黒滝の私的制裁は言うまでもなく大問題となった。鈴木による情報漏えいは事実だったものの、だからといって部下を病院送りにしていいはずもない。

暴力以上に問題視されたのが、同僚や上司に対する監視や調査だった。仲間や上司に疑いを向ける黒滝の思考に周囲は慄然《りつぜん》とし、恐怖と嫌悪《けんお》の念を抱かれるようになった。身辺調査の対象者は、鈴木だけではなかったからだ。ドッグ・メーカーの刑事人生は、ここでピリオドが打たれた。減給十分の一の懲戒処分を受けた。期間は三か月。

部下に私的制裁をくわえ、病院送りにしたわりには、ごく軽い処分といえる。これまでの黒滝の功績が際立《きわだ》っており、暴行を受けた鈴木が、暴力団関係者に情報を売っていたという事情も考慮された。

情報提供者だった新島の死因が、あくまで火災事故であると判断された以上、華岡組の口封じという仮説も成立せず、放火殺人の疑惑は残ったものの、捜査一課はそれを立証できなかった。米良は贈賄容疑《ぞうわい》で逮捕されたが、事を大きくしたくない警視庁は彼を不起訴処分とし、収賄と公務員法違反に問われていた鈴木も罪を免れ、退院後に依願退職という形で警察を去った。

黒滝にもすみやかに警察社会から去ってほしい。それが、当時の上司の本音だった。

──再就職先ならいくらでもある。厚生課にうまい話がいくつも来ているらしい。

猫なで声で依願退職をほのめかされたが、固く拒むと態度を翻《ひるがえ》した。

──刑事《デカ》には決して戻れないと思え。おれたちの家族や私生活まで洗いやがって。お前は骨の髄まで病気だ。

懲戒処分と左遷《させん》だけでは済まなかった。組対四課で引継ぎ業務を進めている最中、帰宅途中に何者かの襲撃を受けた。

自宅マンションの最寄り駅である都営新宿線の船堀《ふなぼり》駅を降り、駅近くの牛丼《ぎゅうどん》屋で夕食を取った。店を出たときには午後十一時を過ぎていた。

マンションが林立し、寺院や保育園もある静かな住宅街。重たい足取りで歩いていた。命がけで情報を提供してくれた新島への罪悪感、鈴木の裏切りに対するショックと怒り。刑事畑から退かなければならない無念──。

ひとまず拒否はしたものの、依願退職という言葉が脳裏に浮かび、精神は疲労の極致にあった。不審車が背後から迫っているのにも気づかぬくらい。

背後から猛スピードで迫る大型セダンにはねられた。身体を約三メートルほどはじき飛ばされ、アスファルトの路面でスーツごと皮膚と肉を削り取られた。背中からわき腹にかけて、火傷《やけど》にも似た大きな擦過傷の痕《あと》を抱えて生きているのは、その車による一撃のせいだった。

大型セダンから、黒いスウェットと目出し帽をかぶった男たちがぞろぞろと降りてきた。その人数は思い出せない。車との衝突で、視覚と平衡感覚があやしくなっていた。

三人か四人、あるいはそれ以上か。わかっているのは木製バットや木刀を握っていたこと。木製バットの先には、無数の釘《くぎ》が打たれていたことだけだ。

男たちの攻撃は素早かった。立ち上がれずにいる黒滝を、無言のまま木製バットや木刀で滅多打ちにした。バットの釘がスーツやシャツをびりびりに引き裂き、皮膚を破り、肉を抉《えぐ》り取った。短時間ではあったが、彼を即座にノックダウンに追いこんだ。

トドメはジャックナイフだ。覆面のひとりが折り畳まれた刃を開いた。長大な刃で胸を斜めに切りつけてきた。

足腰立たなくなるほど痛めつけ、黒滝を血みどろに変えると、覆面の男が刃物でアキレス腱《けん》を切ろうと構えた。

すんでのところで救われた。華岡組に情報提供者を飼っている組対五課の捜査官が、ジャックナイフで踵《かかと》を切り裂かれようとする黒滝を発見。男たちは大型セダンで立ち去っている。

二分にも満たない凶行だった。しかし、徹底的に打ちのめされ、今度は自分が病院に送られる羽目となった。事件現場に防犯カメラは存在せず、犯行はごく短時間だったので目撃者もいない。

葛西《かさい》署は、周囲の建物に設置された防犯カメラの映像を収集。容疑者らを乗せた大型セダンを捉《とら》えていたが、ナンバープレートは偽造されたものだった。犯人は明らかに暴力のプロで、現在まで捕まってはいない。

同署は鈴木や米良を容疑者として睨んだが、ふたりにはそれぞれしっかりとしたアリバイがあった。米良は、取引先の会社経営者と八王子の割烹で食事をし、鈴木は自宅近くの居酒屋で飲んだくれていた。

容疑者は二人だけとは限らなかった。彼のミスに激怒した新島の子分たち。過去にシノギを潰され、彼に恨みを持つ暴力団など、キリがなかった。

最後まで辞表を出さなかった黒滝は、病院のベッドで異動先を聞かされた。上野署地域課の御徒町《おかちまち》交番へ。ケガ人の復帰先にしては、ハードな職場だった。

美貴は冷酒を飲みながら、黒滝の顔に暗い翳《かげ》が差すのを見逃さなかった。苦そうに焼酎を口にしている。

白幡は腕組みをした。遠い目をして、過去を懐《なつ》かしむように天井を見上げている。

「あれから……もう一年か。早いもんだ」

黒滝は沈黙した。原酒だけあって、さすがの彼の顔色も赤くなっている。白幡は膝《ひざ》をぴしゃぴしゃ叩《たた》いて続けた。

「あんときは、お前もボコボコにされて大変だったろうがよ。おれたち警務もきつかったんだぜ。お前をフクロにした連中のなかには、鈴木や組対四課が絡んでいるんじゃないかと、監察係を動かしたんだが、こっちはまじめが売りの人間ばかりだ。尾行のやり方ひとつわからない温室育ちが多いうえに、相手は暴力団《マルB》を相手にしている海千山千の連中だ。むしろ、一致団結して抵抗してきやがった。さんざん尽くしてきたお前を切り捨てて、犯人捜しに協力するどころか、黒滝と同じ目に遭いてえのかと脅しをかましてきたくらいだ」

黒滝は苦笑している。

「組対が絡んでいるのかはわかりませんが、どうりで犯人《ホシ》が捕まらないはずだ」

「情けねえ話さ。おれは監察係を叱《しか》り飛ばしたもんだ。身内や村八分がそんなに恐《こわ》けりゃ、さっさと異動願いを出しやがれとな。定年退職まで無事に勤め上げることだけを目標にしているやつや、マル暴にビビっちまうガキどもばっかだったんで、相馬みたいにガッツのある女を呼んだわけだ。お前も加わってくれて鬼に金棒だよ。お前だけじゃない。人事権を使って、もっと人材をかき集めたかった。たとえば、羽場《はば》なんかも欲しかった。組対が頑として譲っちゃくれなかったけどよ」

「羽場を……」

黒滝は目を見開いている。

美貴もその名は知っている。〝ドッグ・メーカー〟こと黒滝が、組対四課を代表する捜査官なら、羽場佑高《ゆうこう》は組対五課の中心人物だった。

暴力団や密売グループから押収《おうしゅう》した銃器の数と違法薬物の量はトップクラス。結果を出すエースとして知られていた。黒滝と同じく、多くの情報提供者を抱え、裏社会に精通している。黒滝と羽場はかつて公安三課時代にコンビを組んでいる。

国会議員の殺害を目論《もくろ》む政治団体のテロを未然に防ぎ、金星を獲得した。一匹狼型の黒滝が唯一《ゆいいつ》認めている捜査官だとも噂《うわさ》されているが、彼の反応を見るかぎり、噂はあながち嘘《うそ》ではないらしい。

　白幡が湯割りをぐいっと飲み干した。大きな息を吐く。

「おもちゃ屋に来たガキみたいに、あれこれとねだったもんだから、今だって組対のやつらは、おれに挨拶《あいさつ》ひとつしやがらねえ。会議の席上だろうと、廊下だろうと、ぷいっとそっぽ向きやがる。女学生じゃあるまいしよ。組対部長なんてな、未《いま》だに副総監やらOBやらにぴいぴいわめいて、機会あるごとにおれの悪口を吹きこんでやがるくらいさ」

「そりゃそうでしょう」

　黒滝はグラスの氷に目を落とした。

「例の騒動から、一年も経たないうちにあなたたちは問題人物である私を、よりによって監察係なんかに配属させた。こっちはようやく、久々の交番勤務に慣れてきたところだったっていうのに。トラブルの元凶をわざわざ呼び寄せるなんて、正気の沙汰《さた》じゃない。組対のやつらに正面切って唾《つば》を吐きかけたようなもんです。そのうえ、あっちのエースまで引っ張ろうとした。無茶苦茶ですよ。組対に限らず、今じゃどこも戦々恐々としてます。あなたが綱紀粛正を名目に、憲兵隊でも作る気でいるんじゃないかと」

「そんなにびびってやがるのか。どっちがヤクザかわかんねえような荒くれ者どものくせに、肝っ玉の小せえやつばかりだ」

「どうして、私を監察に」

「理由はたった今、お前が言ってくれた。おれにあるのは低い低い志だけだ。ただの私怨《しえん》さ。おれをナメた女学生どもに嫌がらせがしたいのさ。あんまりおれをイジメると、ドッグ・メーカーに首輪をつけさせてイヌに変えちまうぞとな」

白幡は下品な笑い声をあげて、天ぷらをひとつ口に放った。黒滝は首を横に振っている。

「私がドッグ・メーカーなら、あなたはトラブル・メーカーだ」

「おもしれえ。座布団《ざぶとん》一枚くれてやりたいところだ」

白幡はニヤニヤ笑いつつ、黒滝の顔を見つめている。

「お前、釘バットと木刀でさんざんやられて、医者から入院するように言われたらしいな。診断じゃ全治三週間だったか」

「……五週間です」

「だが、検査を終えると、さっさと病院から抜け出した。手首の骨にヒビが入ったまま、全身打撲で三十八度以上の熱があったにもかかわらずだ。たった一週間で復帰して、激戦区の交番で勤務についた。平気なツラをしてな。身体に包帯をぐるぐる巻いて、激痛に耐えながら、二十四時間勤務の当番もこなしてる。それはあれか、意地ってやつか？」

「暇だったからです。医者も病院も嫌いですし、家じゃとくにやることがなかったもんですから」

黒滝は真顔で答えている。

白幡部長と同じく、誰に対してもふざけた口を叩く男なのを美貴は思い出した。しかし、その心の奥深くでは、昏《くら》い炎を燃やし続けている。

白幡の目が光った。

「ほれぼれするような答えだな。大ケガした暇人のくせに、着任早々、MDMA《バツ》や大麻《クサ》持ったガキや不良外国人を次々としょっ引いたそうじゃねえか。お前のような、ひねくれたタフ野郎をうちに呼べば、なんかおもしれえことをやれるんじゃねえかと思ったのさ」

二人のやり取りを見ながら思った。

やたらとお喋りで、ゴルフ場と盛り場を行き来し、政治家のように巧妙に立ち回る白幡。ターゲットを静かに追い続け、情報を得るために関係者に首輪をつける黒滝。性格も体格も、立場や視点も異なるふたりだが、根っこから似たような臭気を漂わせている。

「少しは納得できたか」

「……ええ」

「相馬も同じ考えだ。警察のなかに漂うあやしげな臭《にお》いに、もう鼻が曲がりそうになってる。おれの低い志に共感してくれたばかりか、お前みたいな生きた爆弾を抱えることを進言してくださった。キャリアとしての将来を棒に振るかもしれないってのによ。こんな奇特なお嬢さんはなかなかいねえ」

白幡は、美貴にウインクをすると表情を引き締めた。

「……というわけでドッグよ、お前がひとりであちこち嗅《か》ぎ回るのには目をつむる。ただし、相馬には結果を必ず報告しろ。かりに、それでまた情報漏れが起きるようなら、今度はこのおれを道場で叩きのめせばいい」

ここで自分からも釘を刺しておくべきだろう。

「今度は、きっとバットや木刀なんかじゃ済まない。警官相手に腹をブスッとやる輩《やから》よ。あなたまで失ったら、日下さんのせっかくの奮闘も泡となって消えてしまう」

「まるで、私が任務中にくたばるものと、決めてかかっているような言い草だ」

「あなたが頑丈なのは知っている。だけど、こちらは日下さんを失っているの。せっかく手にした極秘情報を抱えて冥土《めいど》に持ってかれては困る」

黒滝はむっつりとした顔を向けてきた。

冷酒の四合瓶を手にして、美貴のグラスについだ。縁までなみなみと注ぐ。

「わかりました。情報管理にはくれぐれも気をつけて下さい。かりに情報提供者《エス》になにかがあれば、私はあなたがたを許さない」

黒滝の目を直視した。かなりの酒を飲んだはずだが、瞳《ひとみ》には素面《しらふ》のときと変わらぬ光がある。

「言われるまでもない。あなたにこの調査を任せたときから、保秘にはさらに気を使ってるつもりよ」

その目を見つめながら、冷酒が満たされたグラスを掲げた。わずかにこぼれ、手を濡《ぬ》らしたが、勢いをつけ、かまわずにきれいに飲み干す。魚料理に合わせた、淡麗な味わいの純米酒だ。水みたいに胃に滑り落ちていく。

泡盛が欲しかった。死んだ日下がなじみにしていた居酒屋は、アルコール度数が四十度を超える古酒《クースー》を置いていた。ビールやサワーを数杯飲んで、泡盛の古酒でしめるのが日下の流儀だった。あいにく、この割烹《かっぽう》料理店に泡盛はない。

グラスを逆さに振った。酒の滴《しずく》を切ると、グラスを突きつける。黒滝は当惑気味に眉《まゆ》をひそめた。

「ご返杯」

美貴はグラスを握らせると、冷酒を荒っぽく注いだ。黒滝がしたように、縁のギリギリまでつぐつもりだったが、ダラダラとこぼれ、黒滝の右手の甲を濡らした。彼はなにも言わずに、グラスの冷酒を一気に空ける。

白幡は顎をなでた。

「まるで兄弟盃《さかずき》みたいだな」

「兄弟かどうかはともかく、運命共同体には違いないでしょう。お互い、どちらかがヘマをしでかした時点で終わりですから」

「違いねえ。おう、ドッグ。捨てる神あれば、拾う神ありってやつだ。幸運に思え。こんな変わった上司、うちの警視庁《カイシャ》にゃ、めったにいねえ」

「ええ、まあ……」

黒滝は答えた。相変わらずむっつりとした表情ではあったが、仕方ないとでも言いたげに、肩を落とす。

「で、田所への調査はどこまで進んでるの」

「さっそくですか」

「〝さっそく〟じゃなくて〝ようやく〟よ。これが今夜の本題なのだから」

黒滝はチェイサーの水を口に含んでから答えた。

「覚せい剤《シャブ》を見つけました」

「どこで」

「豊洲にある田所の自宅マンションです。野郎の女房に首輪をつけて、部屋に上がりました。書斎を洗ったところ、デスクの引き出しに小袋《パケ》がありました。三十袋はあるでしょう。本人が食ってる可能性が高い」

「なっ……」

思わず絶句した。白幡の顔色も変わる。

訊《き》くべきことは山ほどある。どうやって、妻を情報提供者に仕立て上げたのか。覚せい剤に間違いないのか。田所自身も使用しているとなぜ言える……。そもそも、美貴たちを煙《けむ》に巻くための嘘ではないのか。

現役警察官が、覚せい剤の売買にタッチしただけでなく、常用しているかもしれない。事実だとすれば、それだけでも大不祥事だ。しかも、その警官の調査にあたっていた監察係の人間が何者かに刺殺されてもいる。

黒滝が、決意を確かめるようにふたりを見回す。

「ホントにおもしれえことになったな」

白幡が呟《つぶや》いた。これまでにないほど真剣な声色だった。美貴は静かに命じる。

「続きを聞かせて」

10

黒滝は、助手席に乗っていた。運転しているのは、井筒時雄《いづつときお》という痩《や》せた老人だ。六十半ばぐらいだろう。薄くなった頭髪を黒く染め、禿《は》げた頭頂部を七三分けにして隠している。今どき珍しいスダレ頭だ。背が低いのと、地味な紺色のブルゾンという格好のせいで、さらにしみったれた印象を与えている。精力的な臭いをぷんぷんさせる白幡とは対照的に、枯れた雰囲気を漂わせている。白幡が代行運転をさせるために呼び寄せた男だ。なんでも古い友人なのだという。

けっきょく、目一杯酒を飲まされる羽目となった。肝臓には自信があるが、白幡は噂どおりのウワバミであり、美貴も同じく底なしだとわかった。やたらと速いペースで飲み続けたが、酔っぱらった様子をまるで見せない。

ふたりが顔色を変えたのは、黒滝が調査の途中経過を打ち明けたときだ。白幡と美貴が揃って猛禽類《もうきんるい》じみた視線を向けてきた。情報こそ最大の武器だったが、黒滝は強盗に身ぐるみ剝《は》がされたような喪失感を感じていた。

情報共有の必要性を説かれた。彼女たちに理がある。頭ではわかっていた。死人さえ出ているのだ。むしろ率先して、美貴に状況を逐一報告すべきだった。彼女の言うとおり、ひとり極秘情報を抱えたまま、冥土に旅立つことにもなりかねない。

江戸川を市川橋で越え、東京都へと戻る。見慣れたエリアのはずだが、助手席のサイドウィンドウから見える風景は新鮮だった。江戸川の河口と東京湾の黒い海が広がっている。

あの日の光景がふいに蘇《よみがえ》る。マンションの最上部を舐《な》めつくすような巨大な炎と、噴火にも似た大量の煙。暗闇《くらやみ》に包まれた海がスクリーンとなり、新島たちを死に追いやった火災現場が映し出される。

映像が切り替わる。顔を血と涙だらけにした鈴木が許しを乞《こ》うている。目をかけていた部下だった。顎を握りしめると、タコのように口をすぼめ、血の混じった泡を吹いた。

シャツのボタンを外し、胸の皮膚を掻《か》いた。アルコールを大量に摂《と》ると、身体《からだ》が熱くなり痒《かゆ》みを訴える。とくに大型セダンの一撃による擦過傷、それにジャックナイフで切られた胸の傷の縫合痕《こん》が顕著だ。

あの覆面野郎たちを思い出すたびに頭が沸騰《ふっとう》する。しかし、なによりも新島たちを死なせた自分自身に腹が立つ。鈍器とナイフで負った傷は、ドッグ・メーカーなどと呼ばれて驕《おご》っていた自分への罰だ。それゆえ、傷が癒《い》えないうちに交番勤務に戻った。

自宅マンションはもう目と鼻の先だ。井筒に尋ねた。

「あんた、元警官だろう」

「んだ。よくわがったなや」

井筒は、きつい東北訛《なま》りで返事をした。

「わかるもなにも……」

酒酔い運転は言語道断だが、かといって民間人が警察車両を運転するのも大問題だ。にもかかわらず、白幡からこうした依頼をちょくちょく受けるのか、運転するのが警察車両だと知っても、平然とハンドルを握った。白幡もそれを平気で許した。

「山形か」

「んだ」

黒滝に言い当てられると、井筒は驚いたように軽く目を見開いた。キャリアの白幡は、警察庁やあちこちの県警に在籍していた。たしか十年前くらいに、山形県警警備部長の任にあったはずだ。

「公安《ハム》か？」

「どごさ停めたらいいべ」

井筒は質問をはぐらかし、ブレーキを踏んだ。マンション前に到着する。地名までは教えていたが、詳しい番地やマンション名までは伝えていない。マンションから五十メートルほど離れたコインパーキングに駐車させる。

「送ってくれて感謝するが、どうしておれの住所を知ってる」

「白幡さんから聞いたからだず」

「薄気味悪いな。あんた、何者《なにもん》だ」

井筒はエンジンを切ると、車のキーを預けた。答えずにドアを開けて降りようとする。黒滝は彼のブルゾンの袖《そで》を摑む。

「おい」

井筒はとくに表情を変えなかった。

「住所だけでねえ。あんだがやたら疑り深《ぶけ》え人だってごども聞いでだ。おれが自己紹介しても、あんた信用しねえべ」

「黙って消えることもないだろう」

井筒は面倒臭そうに口を曲げると、ブルゾンのポケットに手を突っこんだ。取り出したのは名刺だ。名前とともに、便利屋の社名があった。鉢巻を締めた男の子のキャラクターがプリントされている。

「白幡さんから世話になってる者《もん》だず。なんかあったら、また呼んでけろや」

腕を振り払うと車を降りた。

「おい」

「こう見えてもけっこう忙しいんだわ。次の依頼が待ってだがらよ」

井筒は掌《てのひら》で髪型を直した。駐車場から歩き去ろうとする。シートベルトを外し、助手席のドアを開けたときには、すでに姿をくらましていた。

黒滝は車を降りてあたりを見た。

コインパーキングに人気《ひとけ》がないのを確かめてから、携帯電話を取り出した。液晶画面に時刻が表示されている。十時半を過ぎたところだった。

嫌になるくらいに飲んだような気がしたが、たいして遅い時間ではない。おもしろくもない時間ほど、ゆっくりと流れていくものなのだ。約束の三十分前に現れる黒滝の行動を見越し、上司ふたりがさらに早く店を訪れたため、スタート自体が早かったせいもある。

一軒の店で過ごしたわりには、朝までつき合わされたかのような疲労感が、肩にずっしりとのしかかっている。頭もずきずきと痛む。

電話をかける。美貴と白幡の急な呼び出しによって、すっかり予定が狂ってしまった。

呼び出し音がしばらく鳴り続けた。一分以上経過してから、ようやくつながる。

〈もしもし……〉

赤坂署生活安全課の木根《きね》だった。

帰宅途中だったのか、駅のアナウンスや雑踏の音がする。本来なら体育会系出身の刑事らしく、耳を塞《ふさ》ぎたくなるほど地声の大きな男だが、今晩の声は周囲の雑音にかき消されそうなほど頼りない。

声を張り上げてみせた。

「いいぞ」

〈な、なにが〉

「シカトせずに電話に出たことだ。あと一分、出るのが遅ければ、お前の警官人生は終わっていた」

〈無視なんてするもんか。電車のなかじゃ出るに出られなかった〉

「おれは疑り深い。レスポンスが遅ければ、お前のコレクションがまずまっ先に女房のところに配達される」

〈もう脅しはたくさんだ。早く用件を言ってくれ〉

木根は苛立《いらだ》った様子で吠《ほ》えた。

「亀戸《かめいど》に来てくれ」

〈い、今から？〉

「そうだ」

〈明日にしてくれないか……もう家まで目と鼻の先だ。亀戸なんて、まるっきり逆方向じゃないか〉

「お前は激戦地帯で働く刑事《デカ》だ。急な呼び出しなんて、珍しくないだろう。なにをモジモジしている。部屋でガキのハメ撮り動画を早く見たいのか？　ガキと一緒に風呂《ふろ》にでも入りたいのか？」

くぐもったうめきを漏らした。掌で口を覆《おお》い、叫び声を押し殺している。黒滝はため息まじりに告げる。

「ひどい言葉を投げかけるたびに、それなりに自己嫌悪に襲われるんだ。だが、お前は自分の立場をまだ理解していない。お前は首をヒモでくくられた鵜《う》だ。いつでも引っ張られて魚を吐きだす義務がある」

〈情報提供者《エス》の安全を確保してくれるんじゃないのか。あんたのおかげで毎日が地獄だ〉

「被害者ぶるなよ。本当に地獄で苦しんでるのは、お前みたいな変態のズリネタを作らされている子供たちだろ。四の五の言わずに、さっさと来い。カプセルホテル代くらいは出してやる」

黒滝は亀戸駅近くのハンバーガーショップを指定した。午前零時までに来るよう命じて電話を切った。

一旦《いったん》、自宅に戻った。浴室でシャワーを浴び、トニックシャンプーを多めに頭に振りかけた。アルコールで濁っていた意識をクリアにする。歯を磨いて、マウスウォッシュで口を洗う。

酒と料理の臭いが染《し》みついたシャツを洗濯カゴに放りこむと、クリーニング済みのスーツとシャツに袖を通した。そろそろ、ワイシャツをクリーニング店に持っていかなければならない。洗濯カゴは着用済みのシャツや下着でいっぱいだった。

なじみにしているタクシー会社に電話をし、一台回してもらうように頼んだ。コートを着用して部屋を出た。マンションのエントランスで待機していたタクシーに乗る。

亀戸駅近くのハンバーガーショップでタクシーを降りた。二十四時間営業のため、周辺のチェーン居酒屋や牛丼店に交じり、店内や看板に煌々《こうこう》と明かりがついている。

腕時計に目をやった。十一時三十分。タクシーのなかでは何度となくあくびが漏れた。少なくとも今日は、就寝前のウォッカは必要なさそうだった。

ハンバーガーショップのカウンターは、テイクアウトの客で混み合っている。ホットコーヒーとコーラのＬサイズを頼む。喉《のど》が渇いていた。

五十席はありそうな二階席はすいていたが、深夜特有の淀《よど》んだ空気が漂っていた。隅の席では、複数のショッピングバッグを抱えたホームレスが、コーヒーだけを頼んで、夜をやり過ごそうとしている。窓際には携帯ゲームの対戦プレイに熱中している大学生。一杯やった後のシメとして、赤ら顔でハンバーガーに食らいつくサラリーマンの姿もあった。

肉と脂《あぶら》の匂《にお》いにくわえ、酔っ払いとホームレスの体臭が鼻についた。店内自体が清潔とは言いがたく、床にはポテトやケチャップ、パンくずが落ちている。脂でぬめっており、うっかり足を取られそうになる。

ホームレス近くのテーブル席に陣取った。うとうとしている。シナモンと生ゴミが混じったようなきつい体臭がした。垢《あか》じみた衣服を大量に着こんで、ダルマみたいに体型を膨らませている。紙ナプキンでテーブルの汚れや食べかすを拭《ふ》き取り、シートに腰かけた。少なくともこの男がいてくれるかぎり、他に客が来たとしても、周辺に座りたがる者は現れないだろう。五分もするうち、臭いにも慣れた。

午前零時をわずかに過ぎたところで、コートを着たままの木根が階段を上がってきた。日焼けした肌と短く刈った頭髪。引き締まった身体。見た目だけは爽《さわ》やかなスポーツマンだ。

セットメニューを注文したらしく、両手で抱えているトレイには、大きなバーガーとポテトが載っていた。

もともとげんなりとした顔をしていたが、黒滝の近くにホームレスがいるのを見て、顔を露骨に歪《ゆが》ませた。こちらへ歩みよってきた途端、臭気が鼻に届いたらしく、泣きそうな表情に変わる。

木根が耳もとで囁《ささや》いた。

「また嫌がらせかよ。別の場所にしてくれ」

テーブルを指でつついた。

「ここで充分だ。近寄ってくるやつがいなければ、話を盗み聞きされる心配もない。話をするために来たんであって、メシを食いに来たんじゃない」

「あんたにいきなり呼び出されて、夕飯を食いそびれたんだよ」

「食欲があってなによりだ。とにかく座れよ。ここじゃ食えないのなら、話を終えた後でゆっくり食えばいい」

顔を見上げ、彼の目を見すえて命じた。木根は肩を落としながら椅子《いす》に座った。眠っているホームレスを一瞥《いちべつ》し、手で鼻を押さえる。

ホットコーヒーを飲んだ。

「心配するな。五分で慣れる」

「なんでこんな場所なんだ。カラオケボックスのほうが適してる」

「お前と密室でふたりきりになるのはごめんだ。とても仲良しといえる関係じゃないからな。そのたくましい脚で蹴り殺されちまうかもしれんだろう」

「よく言うよ」

木根はげんなりした様子で顎をさすった。「あんたこそ、リンゴを握りつぶすプロレスラーみたいだった。あのアイアンクローのせいで、二、三日は柔らかいものしか食えなかった。殺されると思ったのは、こっちのほうさ」

改めて木根を観察した。顔全体に疲労が見られるが、病的とまではいえない。こんな時間にバーガーをパクつこうとするのだ。なんとか日々をしのげているようだ。黒滝に首輪をつけられたことで、ノイローゼに陥る者もいる。犬の様子は折に触れ見ておく必要がある。

「ひとまず、指示には従ってくれているようだな」

木根も早くも臭気に慣れたのか、ポテトを口に入れ始めた。まずそうに噛《か》みしめている。

「必死だよ。無理やり何事もなかったように振る舞ってるだけさ。あんたの言うとおり、時間を作ってクリニックに行って、睡眠薬やら精神安定剤をたっぷりもらった。嫁の目を盗みながら薬を呑《の》んでる。おかげでなんとか正気を保っていられる」

おれの目から見れば、お前はとっくに正気じゃない。喉元までこみ上げるセリフを呑みこんだ。娘の千里の顔がちらつく。幼女のヌードや性行為でこいつは興奮しているのだと思うと、ホームレスが放つ臭気以上に気分が悪くなる。

木根は財布から領収書を取り出した。クリニックと調剤薬局の名前が記されている。保険を使っていないこともあり、診療代と薬代を合わせると二万円近くなっていそうだ。

「払ってくれる約束だったよな」

「ああ」

ビジネスバッグから封筒を取り出した。なかには三万円が入っている。領収書は美貴に押しつけるつもりだった。その上に課長の吹越という難物が控えているが、白幡がついているかぎりなんとかなるだろう。封筒をテーブルに置いた。代わりに領収書をクリアファイルに入れ、ビジネスバッグにしまう。

「釣りはいらない。今日の宿代も含まれてる。このへんの宿に泊まって、入眠剤呑んでぐっすり眠れ」

木根は封筒をひったくった。胸ポケットにねじ入れる。

「言われなくとも、その気だったさ。仲間を裏切らなきゃならないと思うと、頭がどうにかなっちまいそうだ。あんたがうちにやって来た日は、取り乱してバカ飲みしちまったが、あれ以来、酒もほとんど口にしてない。うっかり妙なことを口走りそうになるからな」

鼻を動かしながら、黒滝の姿をじろじろと見つめている。刑事らしい絡《から》みつくような視線だ。

「あんたみたいに、しこたま飲《や》れるような余裕はないよ」

「ほう」

眉を上げた。「一杯やってきたのがわかるのか?」

「一杯どころじゃないだろう。おれだってクソ忙しい部署で刑事《デカ》やってんだ。それぐらい気づくさ。風呂に入ったうえにマウスウォッシュで消した気でいるだろうが。そのでっかいコーラのカップもそうだ。酔い醒《ざ》ましってところだろう。刑事《デカ》になる前は、自動車警ら隊《じらたい》にいた。あやしい野郎を見分ける目ぐらいはある」

木根はけっきょくハンバーガーの包みを開け、むしゃむしゃとヤケクソ気味にパクつき始めた。ホームレスが音を立てて屁《へ》を放つ。露骨に舌打ちしつつも、ハンバーガーを口に押しこむ。

コーラを一口飲んでから静かに言った。

「それなら、田所《たどころ》がシャブやってるのも見抜いていたよな。その自慢の観察眼とやらで」

木根はハンバーガーを口に入れたまま息をつまらせた。無理やりコーヒーで流しこむ。その様子を見つめながら告げた。「とぼけて、おれをむかつかせるなよ」

「ちょ、ちょっと待ってくれ……」

つま先で木根の脛《すね》をきつく蹴とばした。木根は痛みで姿勢を崩した。あやうくドリンクのカップが倒れかける。

「どうなんだよ。それとも、お前までシャブ食ってるんじゃねえだろうな。検査キットならいつも持ってる。そこの便所で検査してやろうか」

　木根は脛をさすった。涙をにじませている。

「待ってくれ。たしかに知っていたさ」

「率先して報告しろよ。なんのために苦労して首輪をつけたと思う」

「はっきりとわかってたわけじゃない。生活安全課《セイアン》の人間はみんな知ってるが、課長すら恐くて問いただせずにいるんだ」

「それでも、やっこさんは今でもバリバリ活躍中だ。公然の秘密ってやつで、好き放題にやらせているということか。お前の課はやばい人間ばかりだな」

　黒滝は冷やかに見下ろした。胸の皮膚が痒みを訴える。シャツのボタンを外して、血が滲み出るほど掻きむしりたくなる。

「田所はできる刑事だ。あいつが赤坂に来てから、署長賞、方面本部長賞、警視総監賞……合わせりゃ四十やそこらじゃ足りないだろう。課長クラスも意見できずに、見て見ぬフリをしてるわけだな」

「そうさ……なにも言えない。あの人がバリバリ成績を上げてくれたおかげで、おれたちまで評判があがった。今はどこの暴力団《マルB》もガードが堅いうえに、大企業のサラリーマンがネット使って管理売春に手を染めていたりする。こんな時代でも、あの人は今でも裏社会のなかに太いパイプを築いてるし、質のいい情報屋も飼っている。刑事時代のあんたと同じさ」

鼻を鳴らした。

「太いパイプか。いいように取りこまれて、シャブ漬けにされたとも言うな。ミイラ取りがミイラになっただけの話だ。お前ら生活安全課《セイアン》の連中は、上から下まで田所の恩恵に与《あずか》っていたんだろう。成績だけじゃない。あいつの顔で賭場《とば》や売春窟《ばいしゅんくつ》に出入りしていた者もいたんじゃないのか？」

木根は視線をそらした。黒滝はテーブルを指でつつく。

「課のエースがシャブにまみれているとなれば、そりゃ誰だって口は挟みにくい。開ければ破滅するパンドラの箱だ。実態が明らかになりゃ、田所本人はもちろん、お前らも無事では済まない」

前かがみになって、顔を近づけた。小声で囁く。「その田所を監察係の者《うちのもん》がマークしたら、なぜか町田の路上で死体《ロク》になっちまった。どう考えればいい」

「信じてくれ、おれは――」

木根は声を張り上げた。人差し指を口にあてる。

「ボリュームを下げろ」

「おれが……変態なのも認める。田所さんがアレをやっていたのも気づいてた。だけど、監察係の人間が殺されたことについては、なにも知らない。本当に知らないんだ。捜査本部のやつらからも訊かれたが、おれみたいな下《した》っ端《ぱ》は知りようがない」

「つまり、『おれはシロだが、他のお仲間はクロかもしれん』というわけだな」

木根は紙コップをせわしく口にやった。

「田所さんのおかげで、みんないい思いをしていた。それは事実だ。本来なら、おれたちの給料なんかじゃ入れない高級クラブで高い酒喰らったし、いい女抱いたやつもいる。うちの課長にしても、ガキの学資ローンのせいで、年がら年中ピーピー言ってたのに、いつの間にか自宅をリフォームしてやがった。田所さんの汚れっぷりが知られたら左遷《させん》程度じゃ済まないだろう。だからと言って――」

「殺しはしないってのか」

「おれたちは木《こ》っ端《ぱ》役人だ。いつか悪事がバレるんじゃないかとビクビクしている、小心者の集まりでしかない。監察に目をつけられたと知っただけで、小便を漏らしちまう人間ばかりだ」

「そういう気の小さい野郎ほど、保身のために大胆なことをやらかすもんなんだよ。まだ、わかってないようだな」

右手を伸ばした。アイアンクローをするフリをすると、木根は露骨に顔をしかめた。

「よせって。本当に大胆になれるとしたら」

「田所本人だな」

木根は肯定も否定もしなかった。うつむきながら、テーブルに目を落とす。

ビジネスバッグからメモ帳を取り出した。

「こんな夜中に、呼びだしたのは他でもない。お前のと同じく、やつのPCやケータイの中身を覗《のぞ》きたい。自宅にはなかった」

「自宅だって。田所さんのところか。どうやって――」

「お前には関係ない。やつは情報管理をどうしている」

口を開こうとするのを掌でさえぎった。「くれぐれも言っておくが、『わからない』『知らない』は勘弁してくれよ。今後につながる情報だけを教えてくれ」

先回りして警告すると、木根は困惑したように押し黙った。視線をあちこちに彷徨《さまよ》わせる。

黒滝はうながした。

「言え。お前はもうこっち側の人間だ。今さら戻れやしない」

「そりゃ職場のパソコンで管理していると思うが……」

ややあってから木根が小声で囁きはじめた。

「あの人がもっぱら活用してるのは、モバイル型の小さな古いパソコンだ。スマホは使いたがらない。おれが配属される前から手帳替わりに愛用してる。どこでも使えるからという理由だが、他人に知られたらやばい情報《ネタ》は、それに書きこんでいると思う」

「そのモバイルPCは、いつもどこに置いてる」

「手元のカバンに入れて肌身離さず持ってるか、カバンごとロッカーに入れているか……まさか」

「盗《と》ってこい」

「冗談よしてくれ。バレたら殺されちまう」

「よしてほしいのは、こっちのほうだ。お前はまだ状況を理解してないな。なにが殺されるだ。すでに死んだも同然なんだよ。お前につけられた首輪は特注品で、小型爆弾がセットされてるようなもんだぞ。おれの気分次第で頭ごと吹き飛ぶ。おれに殺されるか、ここでチャレンジして、命を取り戻すかのどちらかだ」

「無理難題を課す気はないと言ったじゃないか……」

木根はうつむきながら目を固くつむった。目頭から涙をこぼし、鼻筋を濡らした。こらえきれなくなったのか、しゃっくりみたいな嗚咽《おえつ》を漏らし始めた。

二階にいる客たちが、露骨に好奇の視線を向けてきた。近くで眠りこけていたホームレスまでが目を覚まし、ぎょっとした表情で見つめている。

「場所を変えよう」

木根は、ハンカチで鼻水や涙を拭うのに忙しかった。やつの分のトレイを持って、ハンバーガーの包み紙や紙コップをゴミ箱に投げ捨てる。

彼が自身の人生において、重要な岐路に立たされているのは確かだ。しかし、まさか人前でめそめそ泣くとは思わなかった。

顔を伏せて歩く男を連れて通りに出た。最終電車も出たらしく、通りは閑散としている。暗がりに引っ張る。

「な、なにを」

「黙ってろ」

コートのうえから身体を叩《たた》いて、ボディチェックをする。

従わせるのに充分な情報《ネタ》は摑んでいるが、それがかえって暴発を招くことにもなりかねない。

人目もはばからずに涙を流す男が、腕ずくでかかってくるとは思わなかったが、感情が不安定な人間ほど恐ろしいものはない。わき腹から腰に触れたが、拳銃《けんじゅう》や警棒の類《たぐい》はない。刃物もなければ、ＩＣレコーダーも所持していない。持っていたビジネスバッグを開けて中身を覗いた。あやしいものは見当たらない。

「お前の言うとおりだ。こっちにしておけばよかったな」

木根をカラオケボックスに連れこんだ。たしかに、人目を避けて情報提供者と会うには適した場所だ。防音性に優れているため、周りを気にせず会話ができる。

ただし逃げ場はない。冗談めかしてはみたものの、生命の危険を感じるというのはあながち嘘《うそ》ではなかった。カラオケボックスには、武器になりそうなブツがごろごろしている。マイクやコード、楽器や食器類。インターフォンで危機を伝えられなければ、店員だって気づかない。病院送りにされるのは一度で充分だった。

受付で一部屋をレンタルした。この時間帯ともなれば、飲み会の二次会や三次会にも利用されるらしく、涙で顔を濡らした男を見かけても、泣き上戸とでも思ったのか、店員はとくに興味を示さなかった。

部屋に入った。モニターとスピーカーから、アイドルグループのＣＭが流れている。

リモコンで消音にし、店員に二杯分の生ビールを頼んだ。数分後、テキパキとジョッキが運ばれてくる。

首でも吊《つ》りそうなツラの木根に勧めた。困ったような顔を見せる。

「睡眠薬を呑まなきゃならない」

「テキーラやウォッカを一気飲みしろと言ってるんじゃない。一杯やって気持ちを落ち着けろ。めそめそ泣かれちゃかなわん」

ジョッキを無理矢理ぶつけて、ビールを口にした。

メニューには生ビールと書いてあったが、じっさいは発泡酒だった。すでにアルコールをたっぷり摂取している身にはつらい味だが、木根はグラスを手に取ると、勢いよく喉に流し込みはじめた。一気に空ける。

黒滝はすかさず立ち上がると、インターフォンを取り、発泡酒を追加注文した。木根は口を歪ませる。

「入眠剤を呑まなきゃならないと言ったじゃないか」

再び店員が分厚いドアを開け、生ビールと称する発泡酒をテーブルに置いた。

「嫌なら無理に飲まなくていい」

声をかけたが、彼は口をへの字に曲げながらも、ジョッキに手を伸ばし、今度はちびちびと飲み出した。

　酔っぱらわれるのは論外だが、ここからはとりわけ腹をくってもらう必要がある。

　自分のバッグに手を突っこんだ。木根はグラスを手にしつつ、不安げな目つきで、黒滝の一挙一動を見つめている。隣の部屋からは、流行《はや》りのアイドルソングを、調子っぱずれにがなる若者の歌声が不愉快なほど大きく聴こえる。

　ビジネスバッグから取り出したのは、小指サイズのＵＳＢメモリだ。テーブルに置いた。木根は訝《いぶか》しげに目を細める。

「それで……どうしろと」

「こいつは、お前の秘密の趣味にアクセスさせてくれた偉大なキーだ。自宅のノートパソコンに設定していたパスワードは、英語の小文字で〝ａｋａｓａｋａ〟だったよな。ＰＣに挿《さ》してから、三分とかからずに教えてくれたよ」

　彼は頰を歪めた。道端に落ちた排泄物《はいせつぶつ》でも踏んだかのように、げんなりした表情で机上を見やっている。

　ＵＳＢメモリには、パスワード解析ソフトが入っている。製作者は、大麻好きのコンピューター技術者だ。クサを見逃すかわりに、ＩＴ絡みのアイテムを作らせている。

　ＵＳＢメモリを、木根の手に握らせた。

「たいていのパスワードを、数分で解析してくれる優れものだ。安心して、田所愛用の小型パソコンの中身を盗んでくるんだ」

「あんた、さっきの話を聞いてなかったのか」

「肌身離さず、だろう？　後生大事に抱えているか、ロッカーに入れているか……」

木根はヤケクソ気味に発泡酒をあおった。

「もちろんロッカーは施錠《せじょう》されている。いくら監察係にマークされたといっても、赤坂《うち》の署には田所のシンパだらけだ。生活安全課《セイアン》は、全員がそうだといってもいい」

「そりゃそうだろう。やつの汚れた金で好き放題に遊んできたんだ。だが、田所たちは泥舟で沈んでゆく狸《たぬき》みたいなもんだ。お前ひとりだけでも、きちんと作られた木製の舟に乗り移れ。なにもジェームズ・ボンドみたいに、無鉄砲なスパイアクションをやれと言ってるんじゃない。俺がやりやすいようにバックアップしてやる」

木根はいつの間にか、グラスを空にしていた。今度は彼が立ち上ってインターフォンを取ると、ウイスキーのロックを勝手にオーダーした。もっとも値の張る国産ウイスキーだ。

眉をひそめる。

「おい」

「これで、入眠剤がなくても眠れる」

店員が三度《みたび》やって来る。

マイクを握る様子のないふたりをぼんやり見やりながら、琥珀色《こはくいろ》の液体のグラスを置いていった。木根は乱暴に指を突っこみ、氷を掻き回した。うまそうに口をつける。

「……こんな上等な酒にお目にかかるのは久しぶりだ。生活費だの家のローンだので、うちはカツカツだからな。ふだん飲んでるのは、すぐ悪酔いする安酒ばかりだ」

日焼けした顔が赤らんでいる。

「嘘をつけ。田所に高級クラブへ連れてってもらったことはあるだろう。それこそ、おれたちの給料じゃ通えない店に。これよりもっと上等な酒を口にできたはずだ」

「……バランタインにナポレオン。長ったらしい名前のワイン。下っ端とはいえ、しっかり飲ませてもらったさ。だけど、味なんかさっぱりわからなかった。後ろめたさがいつもつきまとっていて……いくら飲んでも心はほぐれねえ。そもそも髪を派手に盛った厚化粧の年増《としま》なんかに、ぴったり横につかれても……嬉《うれ》しくもなんともない。仲間同士の結束を強めるための儀式だから、仕方なくついていっただけだ」

「なるほど」

神妙な表情を作ってうなずいてみせた。

セクシーなドレスを着た、世間の男がヨダレをたらすような美人ホステスであろうと、そんな女が好きになれない彼にとってはうざったい存在でしかなかっただろう。ほどほどに酔っぱらったのを見て、突っ込んだ質問をぶつけた。

「女房とはどうしてるんだ。勃《た》つのか」

木根はうっそり笑った。

Jリーガーのような引き締まった身体をした若手捜査員だが、このときばかりは、急に老《ふ》けこんだような顔つきになった。苦そうにウイスキーを舐める。

「勃たせるのさ。ガサ入れした風俗店のなかには、レビトラやシアリスを常備してるところがある。摘発のドサクサにまぎれて、何錠かをくすねておく。夜のお勤めの際には、そいつを隠れて飲むんだ」

レビトラもシアリスもED治療薬だ。木根はテーブルに肘《ひじ》をついて顔を覆う。

「愛してはいるんだ。尊敬もしているし、頼りにしている。あいつが俺の前から去るなんてことは考えられない。子供もそうだ。愛してるんだ。だけど、あんたの言うとおりだ。自分が恐ろしくなるときがある。ここらで見つかっていなかったら、おれはもっと……恐ろしいことをやらかしていたかもしれない。もし、この件が無事に済んだら、カウンセラーに行ってでも、どうにかするつもりだ。覚悟を決めたよ」

「そうしたほうがいい」

木根は顔を上げた。再び涙で頬を濡《ぬ》らしている。すがりつくような目でこちらを見上げる。

「だから、できるだけ早く、ゴーサインがほしい。田所さんの勘は鋭い。シャブで疑り深くなってる。急がないと裏切りに気づかれそうで恐ろしいんだ」

「わかった」

インターフォンを取り、木根と同じウイスキーをロックで頼んだ。

店員が持ってきたウイスキーグラスを掲げた。自棄《やけ》のような勢いでまたグラスをぶつけ合う。

カラオケのモニターを顎《あご》で指した。

「気晴らしに一曲歌っていったらどうだ」

木根は首を横に振った。

「ド下手なんだ。あんたの前で喉を披露したら、そいつを録音されて脅しのネタにされそうだし」

「そうするつもりだった」

木根は泣きながら笑った。

しばらく、ウイスキーを舐めながら、やつのグチにつき合った。イヌの頭をなでるのも仕事のうちだ。脅し一辺倒では飼いならせはしない。

11

喉がしきりに渇いた。

胃が少しムカムカする。携帯端末が震えたのをきっかけに、なんとかベッドから這《は》いだした。

軽い二日酔いだった。便所に駆けこむほどではないが、頭がどんよりとする。自宅に戻ったのは午前三時過ぎだ。

ミネラルウォーターを飲みながら、携帯端末を操作した。液晶画面に表示された時間は、朝の六時三十分を指している。着信履歴が残っていた。

田所梢《こずえ》からだ。旦那《だんな》にあやしい動きがあれば、電話かメールで知らせるように指示していた。

相手は数コールしてから出た。

「どうした。こんな朝っぱらに」

〈好きでかけたわけじゃない〉

苛立った声が返ってきた。

「やっこさん、昨日は自宅に帰ってきたのか」

〈夜遅くにね。すぐに部屋にこもって、仮眠取ったら出て行ったわ。自分の車で〉

「ほう」

田所の勤務表は頭に叩きこんである。

休日でもないのに、署には向かわずに、マイカーでドライブに出かける。普段とは異なる動きだった。興奮が酔いを吹き飛ばす。

「ちょっと、待ってくれ」

〈朝は忙しいんだけど〉

「口ごたえするな」

自宅のデスクトップのスイッチを押した。

昨日、田所の自宅や車に色々と細工をさせてもらった。書斎に盗聴器を取りつけ、彼の愛車のアウディにも、GPS発信機を取りつけた。GPSに対応するソフトを起動させ、ディスプレイを睨《にら》む。

「どこに行くつもりだ」

〈さあ〉

答えを期待してはいなかった。

やがて画面上に地図が表示される。発信機は、職場のある赤坂とはまったく正反対の方向を指し示していた。田所は、自宅のある豊洲《とよす》から首都湾岸を千葉県方面に走っている。

「昨夜はすぐに自室にこもったらしいが、やっこさんだってシャワーのひとつぐらいは浴びただろう？　やってくれたか」

〈……とりあえずは〉

思春期の少女みたいなふて腐れた声が返ってくる。

不機嫌なのは黒滝も同じだ。寝不足で目の奥がちりちりと痛む。大きな咳《せき》をひとつして、喉にからんだ痰《たん》をティッシュに吐きだした。

「他人事《ひとごと》みたいに言うじゃないか。こんな平日の朝っぱらから、おれと口を利《き》かなきゃならないってのは、たしかに災難だろうさ。そのへんは同情してやる。しかし、あんたはダブル不倫をやらかしてるし、夫は見事なシャブ中だ。夫婦そろってまっ黒なんだよ。被害者ヅラをするのは止《や》めてくれ」

口汚く脅されて、梢は息を吸いこんだ。だが、口答えや罵詈《ばり》雑言《ぞうごん》は返ってこない。

電話を切ろうとする様子もない。地図上の田所は舞浜あたりを移動している。

語気を強め、改めて訊《き》いた。

「やってくれたんだろうな」

〈……やってみたけど、あんなので本当に合鍵《あいかぎ》なんて作れるの？〉

「あんたが心配する必要はない。あとで取りにいく」

仕掛けは、ＧＰＳ発信機や盗聴器だけではない。梢にはポリエチレン樹脂を渡している。

田所は、モバイル型のパソコンを施錠されたロッカーで保管しているという。昨夜、木根はデータを盗むのに難色を示した。

「次はＩＣレコーダーのデータを送ってくれ。今朝の作業はそれで終わりだ」

根負けしたようなため息が流れてきた。

〈わかった〉

「やつは千葉を走ってる。心当たりは」

彼女は間を置かずに答えた。

〈あるわけないでしょ〉

通話が切られた。

忙しいのは梢だけじゃない。グズグズしてはいられなかった。洗顔をしてからマウスウォッシュで口をゆすぐ。寝癖がつき、一日分のヒゲが生えているが、そこまで構ってはいられない。スーツに着替えると、ビジネスバッグを抱えて玄関を出る。

エレベーターを降りて、マンション近くの駐車場へと小走りに向かった。昨晩、井筒が停めた警察車両へと乗りこむ。エンジンをかけ、パーキングを出る。

赤信号を待っている間に、携帯端末の液晶画面を覗き、アウディの位置を目で追った。田所のアウディは東関東自動車道路を走り、東京湾沿いに千葉市の南に向かっている。

携帯端末が震えた。梢からのメールが届いていた。ＩＣレコーダーの録音データが添付されている。口もとが少し緩んだ。

録音されているのは、田所の部屋の盗聴器がＶＯＲ機能でとらえた音声だ。受信機と接続したＩＣレコーダーを梢に預けていた。

携帯端末にイヤホンのジャックを挿し、両耳にパッドをつけて内容を確かめる。

田所と梢の関係は冷えこんでおり、彼女から聞いた様子では昨夜も、これといった会話はしてはいないようだった。帰宅したのは零時過ぎ。電話で誰かと会話する時間帯ではない。

とはいえ、ひと通り確認しておく必要はある。田所の行き先を考えると、長いドライブになりそうだった。首都高速の葛西インターから乗り、同じルートをたどる。

朝のラッシュが始まりつつあるが、下り線とあって渋滞までは発生していない。多くの車両とともに、東京を背に車を走らせた。カラフルで巨大なディズニーランドの建築物、大型ホテルや駐車場に並んだ観光バスが目に飛びこんでくる。

ハンドルを握り直しながら、耳に神経を集中させる。部屋のドアが開く音がした。部屋の主の帰還を告げる音だとわかった。中年男のため息が聞こえ、衣服を脱ぐ音と一緒に、苦しげなうめき声が続く。深夜まで働けば、いくら体力自慢の刑事といえど、へとへとに疲労するものだ。しばらく亡者《もうじゃ》を思わせる不気味なうなり声が続いた。深いため息が聞こえたかと思えば、ランニングをした直後のような浅い呼吸も耳に届く。

この手の声は、組対時代によく耳にした。部屋のデスクのなかにあった覚せい剤を脳裏に浮かべる。発見されるリスクを考え、カメラの設置は見送ったが、長年の経験から、シャブ切れを起こした中毒者のそれによく似た声を出しているとは感じる。覚せい剤は気分を高揚させ、万能感を生み出す。バイタリティに満ち溢《あふ》れ、脳が冴《さ》えわたるような錯覚を与える。空腹を覚えないという理由で、若い女たち向けに〝ダイエット効果バツグンの薬〟として売りつけるケースもある。

当然ながら、ろくに食事もせずに、狂ったように動き続ければ、身体《からだ》や脳にとてつもない負担をかけることになる。体力や気力を高利で前借りしているようなものなのだ。効き目が切れてしまった瞬間から、大きなツケを払わされる。

万能感を失った心はどん底へと沈んでゆく。身体も錆《さ》びついてゆくような感覚に襲われ、腕一本動かすのさえとてつもなく苦しくなる。その絶望的な落ちこみや疲労感から逃れるために、また覚せい剤へと手を伸ばし、耐性を得て、その量も増えていく。泥沼から抜け出すのは容易ではない。

彼が、今でも覚せい剤を常用しているのかはわからない。いずれにしろ、長いこと使用してきたのだ。監察係の日下《くさか》にもマークされた。彼の死によって、捜査本部からも目をつけられた。さすがに、しばらくは使用を控えているだろう。

とはいえ、簡単に断てるものではない。禁断症状との戦いが待っている。急な断薬はかえって身を滅ぼしかねない。

田所は、自分が瀬戸際《せとぎわ》にいるのをよく知っているはずだ。自室の机に溜《た》めていた覚せい剤は、慎重に断薬を行うためのものかもしれない。使用量を少しずつ減らし、最終的に足を洗う方法だ。いや、それは深読みのし過ぎであって、単純に止められていないだけなのかもしれない。

しばらくはうめき声しか聞こえなかった。テレビをつけてくつろいだり、ビールやチューハイの缶を開けたりする様子もない。部屋から出て、風呂《ふろ》に入ろうともしなければ、夜食にありつこうともしない。

ベッドがきしんだ。腰かけているのか、横たわっているのか。入室するなり衣服を脱ぐだけで、じっと動かずにいる。

十分ほど経《た》っただろうか。梢の話では、昨晩はシャワーを浴びているはずだ。だからこそ、彼女はキーに樹脂製の素材を押しつけることができたと言っていた。

目の前の風景が、浦安の非現実的な風景から、千葉市のベッドタウン風の街並みに変わっていく。ここ数日は曇りがちの天気が続いていたが、今日は青空が広がっている。朝日がやたらまぶしく、東へ向かう黒滝の目を焼く。

サンバイザーを下ろし、胸ポケットからサングラスを取り出した。アクセルを踏んで速度をあげる。田所のアウディとの距離を縮めなければならない。

携帯端末が震える音がした。黒滝のものではなく、録音された田所の携帯電話だった。

田所は面倒臭そうに舌打ちしている。一分ほど虫の羽音みたいに震え続けたが、切られる様子はなかった。しつこく呼び出し続ける。田所も苛立《いらだ》った声をあげるばかりで、なかなか出ようとはしない。

枕《まくら》かなにかを叩く音がした。ドスッという音がした後に、電話に出た。

〈なんだ〉

威圧的な低い声が響いた。たった今まで、苦しげにうめいていた人物とは思えない張りがある。

〈しばらくは、連絡してくるなと言ったはずだ〉

耳を澄ませた。今のひと言で赤坂署の同僚や上司たちではないと悟った。ずしりとした手応《てごた》えを感じる。

〈ほとぼりが冷めるまでおとなしくしてろ……なぜじっとしていられない。お前、〝弁当持ち〟だろうが。今度パクられれば、老いぼれになるまで出てこれねえぞ……何？……お前の立場なんぞ、知ったことか〉

電話相手は男性で、かなり大声でわめいている様子だった。相手の言葉までは聞き取れないが、先方も上機嫌とは言いかねるようだった。

正体を特定するまでには到《いた》らないものの、田所の言葉から推測することができる。会話の相手は裏社会に属する人間だろう。弁当持ちとは、執行猶予《ゆうよ》付きの判決を受けた者や仮釈放中の状態を指す。どうやら、今日のドライブと関係しているようだ。

笑みがこぼれた。公安三課時代にも盗聴器を仕かけ、大きな成果を上げたのを思い出した。八王子に本部を構える大日本義同会《だいにほんぎどうかい》が、金銭トラブルの果てに国会議員襲撃を企《たく》んだときのことだ。

黒滝に情報を提供したのは、襲撃計画の現場指揮を命じられた本部長の妻だった。夫を重罪人にしたくはなかった彼女は、同会に情報提供者を多数飼っていた黒滝に、恐るべき襲撃計画を打ち明けた。

黒滝は相棒である羽場を引き連れ、妻の手引きで本部長が留守の間に、八王子にある自宅に侵入した。いくつもの盗聴器を持って。

「間男にでもなった気分だ」

羽場はぶつくさ文句を言いながらも、コンセントカバーを外した。

「外で待ってても構わないんだぞ」

黒滝は、盗聴器を取りつけながら、相棒に忠告をした。

「やるよ、やってやるさ」

羽場は額に汗を掻《か》きつつも、テキパキと盗聴器をコードにつないだ。

黒滝も一歳下の羽場もまだ駆け出しだった。どちらも似た者同士であり、黒滝の手段を選ばぬ手口に呆《あき》れつつも手を貸してくれた。令状がないままでの盗聴行為にさえも。

ふたりがマークしていた大日本義同会は、暴力団とのつながりが深い仁俠《にんきょう》右翼であり、かつて企業恐喝であぶく銭を手にしたらしく、本部長宅はやけに広く、各部屋に盗聴器を仕かけるだけでも骨が折れた。書斎から寝室まで盗聴器だけではなく、火災報知器に似せた隠しカメラを取りつけ続けた。

盗聴器の設置は、当然ながら主である本部長が留守にしている時間を選んだ。その日は、政治家へのテロ実行を心に決め、関東近辺にいる親戚《しんせき》たちを泊りがけで回り、別れの挨拶《あいさつ》をしに行っているという話だった。そのため、人の目につかない深夜に家に侵入したのだ。

だが、本部長の古いベンツのエンジン音を耳にし、心臓が凍りつきそうになった。羽場が窓に駆け寄り、外を見下ろした。

「まずいぞ。亭主が戻ってきやがった」

「道具を片づけて、部屋をきれいにしろ」

「大変！　戻ってきちゃった！」

本部長の妻が、ふたりを寝室のクローゼットへと押しこんだ。防虫剤とドライクリーニングの臭《にお》いがする衣服に囲まれた。羽場はそこで声を震わせたものだった。

「おいおい、本当に浮気の現場みたいなことになってきちまったじゃねえか」

黒滝はひっそり笑った。指でピストルの形を作る。

「やっこさんは切羽つまった状況だ。たぶん、持ってるぞ」

と羽場。

「ケツに鉛玉を喰らうぐらい、なんでもねえさ。おれが怖《おそ》れてんのは、ここで連中が芋引いちまうことだ。ここらでデカい手柄を立てねえと、いつまでも小僧扱いだからな」

「お前もいい根性をしてる」

息をひそめ、クローゼットに隠れ続けた。家の主である本部長は、親戚宅を訪問したものの、そこで振る舞われた酒を飲みすぎ、運転手の若い衆に担《かつ》がれ、自宅に戻ってきたのだ。

妻が玄関の革靴を隠した。飲み過ぎていた本部長は、ふたりの存在はおろか、家に仕かけられた盗聴器にも気づかず、リビングのソファで眠りこけてしまった。テロの実行犯になるかと思うと飲まずにはいられなかった。後に本部長は妻に打ち明けている。

家中に仕かけた盗聴器から、決起日を特定できた。

監察係に配属されてから、羽場のときのような相棒を未《いま》だに見つけられずにいた。混みあう高速道を走りながら思った。もしかすると、日下とならばうまくやれたかもしれない。後から考えたところで意味などないが、相棒によって警察人生を左右されてきた己の境遇を思うと、つい過去に思いを馳《は》せずにはいられなかった。

12

千葉市に到達したが、田所は高速道路を降りようとしない。稲毛区の宮野木《みやのぎ》ジャンクションで、東関東自動車道から京葉道路下り線へ入り、内房方面に走り続けた。京葉道路を南下し、館山《たてやま》自動車道にまで到達した。

ＩＣレコーダーに録音された田所の声を聞いたが、とても長時間の運転ができるほど、体力が回復しているとは思えなかった。その場しのぎのために、デスクのなかの覚せい剤を使ったのかもしれない。

運転は慎重だった。罪を犯している自覚があるのか、法定速度を守ってクソまじめに走行している。

むしろ危ういのは、まだアルコールを抜き切れていない黒滝《くろたき》のほうだった。千葉県警の高速道路交通警察隊に呼び止められて、アルコール呼気検査でもされてしまえば、面倒な事態に陥る。

田所との距離を縮める必要があり、やむを得ず、百四十キロの速度で飛ばした。危険を冒した甲斐《かい》があり、蘇我《そが》IC付近でアウディを視界にとらえた。視認できる位置まで迫ると、スピードを落とし、走行車線を法定速度を維持しながら追走した。

アウディは館山自動車道の市原サービスエリアに入った。間を置いてから黒滝もサービスエリアへの脇道《わきみち》に入った。

平日とあって、駐車場に停車している車の数はまばらだ。警察車両のセダンを、目立たぬように、入口に近い隅のスペースに停めた。業務用のハイエースに身を隠す形となる。

双眼鏡を取り出した。

田所のアウディは、出口近くのガソリンスタンドにあった。セルフ方式のため、ドライバー自身が給油ノズルを持って、ガソリンを注ぐことになる。

黒滝は双眼鏡を通じてその周囲を探った。

ウィンドブレーカーを着た短髪の男。田所だ。頬骨が浮き出ており、顎が細く削《そ》ぎ落ちている。腰回りの肉も失なわれており、病み上がりのようにも見える。目の下には紫色の隈《くま》がくっきりとできていた。地肌が露出した前頭部に、剃《そ》り残しのヒゲのような頭髪が伸びている。

一見、仕事に疲れた中年男といった風情《ふぜい》だが、サービスエリアにいる観光客やサラリーマンとは異なる気配を漂わせていた。カタギとは異なる臭いがする。二の腕は細く、胸板まで薄くなったとはいえ、眼光の鋭さは相変わらずだ。

かったるそうに給油をしているが、表情までは弛緩《しかん》させていなかった。顔色は青白く、妖気《ようき》のようなものさえ感じさせる。

よほど残量が少なかったらしく、給油ノズルを持って長々とタンクにハイオクを注いでいる。

捜査官の習性として、運転するさいは燃料に気を使う。肝心のガソリンが尽きてしまった時点で、尾行や追跡が不可能になるからだ。田所のようなベテランほど、マメに補給を行うものだ。隣県へ移動しただけで、燃料の残量が心もとなくなってしまうとは。やはり予定にない急なドライブに思えてならなかった。

ドライブ中に聴いた田所の発言を思い出した。

〈なぜじっとしていられない。お前、〝弁当持ち〟だろうが。今度パクられれば、老いぼれになるまで出てこれねえぞ――〉

双眼鏡であたりを見渡した。レストランのなかでは、トラックの運転手らしき作業服の男が、どんぶり飯をかっこんでいる。バイクの駐輪場では、ハーレーにまたがったバイカーギャング風のヒゲ面がエンジンを吹かしている。あやしめばキリがない。けっきょく、田所が接触した者はいなかった。自動精算機で支払いを済ませると、再びアウディに乗りこんで、本線車道へと戻っていく。

黒滝は、施設の売店でガムとブラックコーヒーを買いこみ、再びセダンに戻った。田所の走行速度を考えると、それだけの間隔を開けなければ、すぐに追いついてしまう。

警戒しているようだ。ゆっくりと走るのは、なにも安全を心がけているからではない。尾行の有無を確かめるためだろう。低速の車の後を追うのは、なかなかにストレスが溜まる。法定速度を無視して突っ走る車を追うほうがよほど楽だ。

サービスエリアを離れて、再び田所の追走を試みた。バックミラーを調整する。尾行の有無を確認しなければならないのは、こちらも同じだった。ミラーにときおり目をやり、後方に不審な車両がいないかを確認した。

房総半島をさらに南下した。ゴルフも釣りもやらない黒滝にとってはなじみのない土地だ。館山自動車道を走り、木更津《きさらづ》市に至る。車を走らせながら、ガムをいくつも嚙《か》み潰《つぶ》す。

海側には東京湾アクアラインの巨大な橋脚が見えたが、田所は木更津ジャンクションを南西に進んだ。木更津南インターを降り、国道に合流し、のっぺりとした海沿いの工業地帯の道を走った。火力発電所や鉄工所といった巨大な建築物の横を通り過ぎる。

目的地は富津《ふっつ》港だった。港には多くの漁船が停泊しており、周辺には釣り船の船宿や民宿、海鮮料理店が軒を連ねている。

平日の午前中とあって、閑散としたムードに包まれている。ランチを摂《と》るにはまだ早く、海鮮料理店や寿司《すし》屋も開いていない。空をカモメがゆったりと飛び、歩道を野《の》良《ら》猫がうろちょろしている。

GPS発信機でアウディの位置を確かめた。港の近くで停まっている。

黒滝は富津港を通り過ぎ、岬にある富津公園の駐車場にセダンを停めた。こちらも港と同じく閑散としている。

約百ヘクタールの広さがある広域公園で、夏場は、ウォータースライダーなどを売り物にした巨大プールと海水浴場目当ての客で賑《にぎ》わうらしい。宿泊所や野外劇場、多目的運動場も併設されている。

双眼鏡を手に車から降りた。アウディの停車位置を確かめる。形が特徴的なだけに、肉眼ですぐに発見できた。駐車場の脇に植えられている木々に身を潜めた。

アウディは、船宿『三舟丸《さんしゅうまる》』の駐車場にあった。彼我《ひが》の距離は約三百メートルだ。田所はシートに身体をもたせかけたまま、携帯電話で誰かと会話している。ただでさえ、険しい形相だというのにさらに難しい顔をして、話しているのが見えた。

会話の内容は推測できる。昨夜と同じで愉快な話題ではなかろう。通話を終えてからも、ヘッドレストに頭を乗せたまま、動こうとはしなかった。疲労の色が濃い。クスリの効能を失い、カラカラに身体が干からびている。そんな状態に映った。

車内の田所は、特効薬を炙《あぶ》りや注射もせずに、じっと耐えるようにして、シートにもたれている。

五分ほどそうしていただろうか。船宿のほうで動きがあった。小奇麗な四階建てのマンション。その一階フロアが船宿となっている。玄関には、ローマ字で宿名が記されている。洒落《しゃれ》たカフェかレストランに見えた。マンション自体が、船宿の関係者の所有物らしく、『メゾン・ド・サンシュウ』なる珍妙な名前が冠されている。

目を引くのは、船宿の前に停まったSUVだ。後部のバンパーには、〝三舟丸〟と記されたステッカーがいくつも貼《は》られていた。

ベンツGL。メルセデスベンツ製の最上級SUVだ。新車ともなれば、千三百万は下らないだろう。オーナーの羽振りのよさを主張するために生み出されたような代物《しろもの》だ。

船宿から出てきたのは、黒いゴム長と赤の水産合羽を着た中年男だった。赤銅色《しゃくどういろ》の肌と、がっちりとした体型に、パンチパーマ。身長は低いものの、いかにもベテラン漁師のようないかつい気配を漂わせている。漁師風の男は首を振って、あたりを何度も確かめた。

田所と同じように渋い顔をしながら、人目をはばかるようにして、駐車場のアウディへと小走りに近づいた。はるばる東京から訪ねてきてくれた客人を、歓迎している様子ではない。

漁師風の男はアウディの助手席にすばやく乗りこんだ。シートに座るなり、なにかを訴えるように、田所に対して強い口調で語りかけている。

双眼鏡を覗きながら奥歯を噛みしめた。あの車にも盗聴器を仕かけるべきだったと後悔する。

よろしくない商売に手を染めている連中としか思えない。おそらく、ドラッグの密輸に関わってきたのだろう。覚せい剤と漁師となれば、〝瀬取り〟がまっ先に疑われる。

東南アジアや香港《ホンコン》、南米などからやって来る貨物船やタンカーの船員が、ビニールでくるんだブイつきのドラッグを海に流す。それを機動性に優れた日本側の小型船舶や漁船などが、すばやく拾い上げるというやり方だった。むろん、背後には暴力組織がいる。

ドラッグの輸送はもっぱら、船舶か航空機と相場が決まっていた。しかし少量しか持ち運べず、障壁の高い航空機での密輸よりも、現在は瀬取りがメジャーとなりつつある。

GPS機器の精度が、飛躍的に向上したため、洋上のブツはほぼ確実に拾い上げることができる。百キロ単位の大型取引が行われるケースもある。一時、壊滅的なダメージを受けたといわれる北朝鮮ルートも、この瀬取りによって息を吹き返している。

二〇一三年には、末端価格にして四十八億円相当のドラッグが、横須賀《よこすか》の海岸に打ち上げられた。漂着したのは約八十キロのコカインだ。

二〇一六年には、鹿児島市のフェリーターミナルで、暴力団員が約七十億相当の覚せい剤を所持していたとして逮捕されている。ヤクザらが捕まった数日後、遊漁船で覚せい剤を運搬していたと見られる漁師が、洋上取引に関わったとして逮捕されている。その量は約百キロという大規模な密輸事件だった。

さらに沖縄県では、那覇《なは》ふ頭に停泊中のマレーシア船籍のヨットから、覚せい剤約六百キロが発見された。日本の周囲の洋上で、大きなドラッグ取引が行われているのを示した事例だ。田所と漁師風の男も同じくタッチしている可能性が高い。

一旦《いったん》、車に戻り、後部シートに載せたカメラケースを開ける。カメラに望遠レンズを装着し、双眼鏡と共に首から下げて、駐車場の脇の木々へと戻った。

望遠レンズをアウディに向けると、漁師風の男がまだ怒鳴っていた。赤銅色に焼けた顔は、アルコールでも含んだかのように、赤く充血している。田所の頰や肩に、男の唾《つば》が大量に降りそそぐのが見えた。

シャッターを切り、その様子をデータファイルに収める。ふたりだけではない。船宿『三舟丸』とマンション、ベンツGLの外観も記録した。

漁師風の男に怒鳴られ続けても、田所は無表情のままだった。じっと前を見すえたまま、気だるそうに聞いている。ヒステリックな妻のグチをやりすごす夫のようだ。

田所はエンジンをかけた。怒る男を乗せ、黒滝のいる富津公園へと向かってくる。黒滝は木の陰に身を潜める。

アウディが富津公園へ入ってくる。広大な敷地の同公園内には三つの駐車場がある。黒滝が車を置いた駐車場を通過し、屋内プールのある第二駐車場へと走っていく。

漁師風の男は人目を気にせず話をするために、公園に場所を変えたらしい。黒滝は徒歩で後を追った。

田所のアウディは屋内プールから離れたところに停まった。駐車場には幼稚園のスクールバスや観光バスも停車している。バスの隣にセダンを滑りこませた。

アウディとの距離は約百五十メートル。それでも車内から、ある程度は確認できた。

ふたりの様子はとくに変わらない。暴力沙汰《ざた》にでもなるのではないかと期待していたが、漁師風の男が一方的に話をし、田所が気だるそうに答えるのみだ。

やがて、漁師風の男が車を降りた。苛立たしげにタバコをくわえて火をつける。つづいて田所がゆっくりと降りる。周囲には車も人気《ひとけ》もない。

カメラを助手席に置いた。後部シートから別の道具を摑《つか》む。パラボラ型の高性能集音器だ。拳銃《けんじゅう》のような形をしており、もっぱらバードウォッチングなどに使われるが、盗聴好きな出歯亀《でばがめ》野郎にも愛用されている。

集音器に接続されたヘッドフォンを耳にあてた。

運転席の窓を開けた。パラボラ型のマイクを、アウディの方角へと向ける。ほとんど海風の音しか耳に入らない。

漁師風の男の苛立った様子は収まらない。タバコを矢継ぎ早にスパスパやり、半分も吸いきらないうちに地面に捨てる。忌々《いまいま》しそうに吸い殻をゴム長で踏みしめる。

黒滝はヘッドホンに神経を集中した。

〈やれるわけねえだろう。あんただって、相当ヤバいことになってるんじゃないか。おとなしくしとくって話はどこに行ったんだよ〉

風の音がひどかったが、漁師風の男の声がどうにか耳に届いた。

反論する田所の音声は拾えなかった。ただし、周りを警戒しているのが見て取れる。険悪なムードで、ふたりは車内に戻った。

昨夜の田所も揉《も》めていた。〝弁当持ち〟の人間と。ほとぼりが冷めるまでおとなしくしてろ……なぜじっとしていられない。

そのとき、駐車場に一台のセダンが入ってきた。ブラックのレクサスだ。威圧感のある車体が、田所のアウディに近づく。

「ほう」

思わず声を漏らした。

運転しているのは、黒いジャージを着た短髪の若僧。後部シートにいるのは、所有者らしいダークスーツを着た男だ。四十過ぎだろうが、肩までかかった長い髪をオールバックにしている。

ダンサーのように肉体が引き締まっている。唇のうえには丁寧に整えられた口ヒゲが見える。

レクサスはアウディの隣に停まった。若い男がすばやく降りて、後ろのドアを開ける。後部シートにいたダークスーツが悠然と降りた。二人とも、到底カタギには見えない。

例の〝弁当持ち〟の男か、あるいはその関係者の可能性が濃い。ダークスーツの男が姿を現すやいなや、派手にわめいていた漁師風の男は、驚いたように目を大きく見開き、口を引き結んだ。すばやくアウディを降りる。急にまじめくさった顔を作り、男を出迎える。集音マイクを用意するまでもない。

「ク、クラシマさん、おはようございます！」

腰を深々と折って、大きな挨拶をした。

ダークスーツの男は笑顔を作って、親しげに漁師風の男の肩を叩《たた》いている。ただし、目は笑っていない。猛犬に似た獰猛《どうもう》な気配を、黒滝は早くも嗅《か》ぎ取っていた。

「クラシマ……」

名前を小さく呟《つぶや》きながら、組対部時代の記憶を漁《あさ》った。クラシマと呼ばれた幹部風の男に見覚えはない。しかし、名前と姿を確認できただけでも収穫といえる。

クラシマはタバコをすすめた。漁師風の男は恐縮したように頭を下げつつタバコを一本受け取る。すかさずカルチェのライターで火をつけてやり、彼自身もくわえて自分で火をつけた。

クラシマはにこやかに接していたが、若い運転手のほうは、漁師風の男に露骨に険しい視線を投げかけていた。今にも飛びかかりそうな怒気を漂わせている。

ヤクザの基本的な交渉術だ。田所は車を降りて、彼らのやり取りを黙って見つめている。うんざりしたような表情をして。

疑いが確信に変わる。クラシマが例の〝弁当持ち〟の人間だろうと。

集音マイクをそっと向ける。

クラシマは、漁師風の男の肩に腕を回し語りかけている。風の音がひどかったが、地声が大きいために、なんとか音声を拾えた。

〈コウちゃん、どうした。なんか、びびってるんだって？〉

〈いや、そんなわけじゃ……〉

コウちゃんの様子が一転していた。クラシマと視線を合わせようとせず、がっちりとした身体を縮めている。

〈びびってないんだ。安心したよ。これまで通り、どうか頼むわ〉

クラシマに肩をなでられたコウちゃんは、腹痛でも起こしたように弱々しい表情に変わる。

〈だけど、まだやばいんじゃ……〉

言い訳しようとしているところに、運転手の若僧が割って入った。コウちゃんの背中をいきなり突き飛ばす。

〈どっちなんだ、コラ。やる気あんのか、ねえのか。てめえがはっきりしねえから、こんなド田舎まで来る羽目になったんだろうが〉

若僧は手加減しなかった。足腰の強そうなコウちゃんがつんのめっている。

クラシマが運転手に声をかける。

〈ヒグチ〉

〈はい〉

ボディブローを運転手に見舞う。容赦がまったくない。集音マイクは音を拾わなかったが、クラシマの右拳《みぎこぶし》が胃袋に突き刺さる音が想像できた。膝《ひざ》をガクガクと揺らし、ヨダレを垂らす。

ヒグチと呼ばれた運転手は身体をくの字に折った。

〈お前のような三下が、なに出しゃばってんだ〉

ヒグチは腹を押さえながら頭を下げる。コウちゃんが顔を凍《い》てつかせた。

身内の人間を殴って、カタギを委縮させるのは極道の常套《じょうとう》手段だ。手垢《てあか》のついたやり方と言ってもいい。田所もつまらなさそうにふたりのやり取りを見やっている。

それでも、コウちゃんには効果充分のようだ。さきほどまで、顔を紅潮させて田所に怒鳴っていたが、今はすっかり蒼《あお》ざめている。

〈ごめんね。コウちゃんは、大事なビジネスパートナーだってのに。あとでゆっくり叱《しか》っておくから〉

クラシマはポケットからハンカチを取り出し、芝居がかった仕草でゆっくりと拳を拭《ふ》いた。

〈おれたちはパートナーだよな〉

クラシマはコウちゃんに語気を強めて言った。

コウちゃんは、極道のやり口に嵌《は》まり、視線を合わせずにうつむいた。その気になれば、極道をふたりまとめて殴り倒せそうな、ごつい身体つきをしている。しかし、まるで不良学生にカツアゲされるいじめられっ子のように見える。

クラシマはゆっくりとあたりを見回した。周囲に人気がないとわかるといきなり地面に跪《ひざまず》いて、コウちゃんに土下座をした。駐車場のアスファルトに額を押しつける。見るからに金のかかったダークスーツに、砂粒がびっしりとつく。

〈頼む。もうひと勝負だけつきあってくれ。ここが踏ん張りどころなんだ〉

〈ク、クラシマさん――〉

コウちゃんは身体をのけぞらせた。

〈よ、よしてくれ。こんなところで……若頭《カシラ》頭を上げてくれよ〉

黒滝は口のなかで呟く。

「若頭《カシラ》のクラシマ……か」

コウちゃんはクラシマへと近寄った。彼の肩や背中をさすり、なんとか起き上がらせようとする。クラシマは微動だにしない。武道家の礼のように、やけに様《さま》になっていた。

狼狽《ろうばい》しているのはコウちゃんだけだ。ボディブローを喰らった手下のヒグチは、顎《あご》についたヨダレを拭き取りもせず、コウちゃんにじっと鋭い視線を向けている。田所は冷めた表情で、ヤクザと漁師のやり取りを静かに見守っている。

田所がコウちゃんに言った。

〈ちょっと前までは、商売道具の船を売り払わなきゃならないほど追いつめられていたお前が、今じゃマンションのオーナー様だ。おれもあんなベンツを乗り回したいよ。さぞ、いい気分だろうな〉

〈しばらく、おとなしくするって話じゃ……〉

田所がヒグチに向かって、タバコを吸う真似《まね》をした。ヒグチはコウちゃんを見すえたまま、田所にタバコのパッケージを差し出す。一本取り出してくわえると、ヒグチがうやうやしくジッポーで火をつけた。

田所がゆるゆると煙を吐く。

〈状況が変わった。やばいことなんかなにもないと言っただろう。じっとしているべき時期は終わったんだよ。本当にまずいのは、これから先も動かねえことだ〉

〈はあ？　ど、どういうことだよ〉

〈ほとぼりが冷めたころには、なにもかもが終わっちまってる。一度、流通を止めてしまえば、よその誰かが抜け目なく後釜《あとがま》に座っちまう。乗っ取られたとしても文句は言えない。流通を止めてしまった者《もん》が負けなんだよ。クラシマは貴重なシノギを失うし、お前は二度と大金を摑めなくなる。肝心の船はまだオンボロのままだろうが。クラシマと手下たちも路頭に迷う。お前を恨むやつも出てくるかもしれないな〉

田所は、自室で電話していたときとは正反対の意見を、とうとう述べている。

昨夜は〝弁当持ち〟の男に対して、コウちゃんと同じく抗弁していたというのに。もはやヤクザの完全な使いっぱしりと化している。脅迫の文言を織り交ぜながら、不良漁師を口説いているのだ。

若頭《カシラ》ことクラシマは、その間、土下座の姿勢を崩さなかった。コウちゃんは音《ね》をあげる。

〈わかった、わかったから……頼むから顔を上げてくれ〉

頑《かたく》なに動かずにいたクラシマが顔を上げた。上目遣いでコウちゃんを見つめている。

懐疑的な表情だ。

〈本当かい？〉

〈やるよ。とりあえず……あと一回。とにかく、早く立ってくれよ〉

クラシマの顔がパッと明るくなる。

砂だらけのスーツで立ち上がると、両手でコウちゃんのごつい右手を握りしめた。

上下に振る。有権者に投票をうながす候補者みたいだった。

コウちゃんは弱った顔で握手に応じていた。若僧のヒグチが当然だと言わんばかりに大きくうなずく。田所はといえば、白々しいツラで煙を吐いている。たしかにクラシマの土下座を見ていると、心がうすら寒くなってくる。

コウちゃんと呼ばれるこの漁師が、シャブの瀬取りに関わっているのは間違いない。この悪徳刑事とヤクザに、過去にも危ない橋を渡るよう強要されたのは疑いようもない。

コウちゃんは「あと一回」と、しぶしぶ応じていたが、それで解放されるはずもない。ヤクザは獲物の骨までをしゃぶる生き物だ。

いずれまたコウちゃんはグズるだろうが、今度は土下座ではなく、本来の得意技である暴力が行使されるはずだ。ベンツがいくら頑丈といっても、オシャカにするには三十秒とかからない。ガソリンをぶっかけて、ライターで火をつければ丸焦《こ》げだ。せっかく建てたマンションも同様だ。あるいはコウちゃんの商売道具の船や家族に手を出すかもしれない。一度喰いついたら、簡単には離さない。それがヤクザの流儀だ。

〈無理を言って本当にすまない。おれとあんたは兄弟同然だ。なにかあったら遠慮なく言ってくれ。マンションのオーナーなんて序の口だ。儲《もう》け話はまだまだいくらでもある。悪い噂《うわさ》を流すやつがいたら、そのへんは任せてくれ。すぐにとっとと見つけ出して黙らせてやる。こういう田舎には、人の成功をひがむバカが必ずいる。ペットか作業小屋のひとつでも焼いちまえば、悪口なんかぴたっと収まる。そういうもんだ〉

クラシマは機嫌よさそうに言った。ひときわ大きな声で。

コウちゃんは口の前に人差し指を立てて、声のボリュームを落としてくれとジェスチャーで訴える。

ヒグチがレクサスの車内からブラシを取り出し、若頭のスーツについた砂粒を払い落としはじめた。ボディブローが効いているのか、ときおり膝をガクガクと震わせている。演技ではなさそうだった。相変わらず顎にはヨダレが付着したままだ。

〈ボタンの掛け違いってのか。とにかく、誤解が解けてなによりだ〉

クラシマはコウちゃんの両肩を親しげに叩いた。そのぬけぬけとした態度は、幹部らしく堂に入ったものだ。コウちゃんがおそるおそる尋ねる。

〈今度は……いつごろになりそうなんだ〉

〈今日明日じゃねえのは確かだ〉

肩を落とした。クラシマがその腰を叩いた。〈大船に乗った気でいろ。こっちには

コレがついているんだ。なんの問題もないだろ？〉

クラシマは、指でマルのマークを作り、額のあたりに掲げた。警官を示すサインだ。その対象である田所がうなずく。

〈いつものように、海上保安庁《カイホ》のダチが情報《ネタ》をよこす。漁に出るつもりでリラックスしてやればいい〉

ヤクザと刑事の両方から迫られ、コウちゃんはすっかり反抗する気力を失っていた。クラシマは田所を指さす。

〈話はこんなところか。コウちゃん、先に戻っててくれ。おれはこの人と話がある〉

コウちゃんはなおもなにか言いたげだったが、ヒグチに半ば無理やりレクサスの後部座席へと押しこめられた。クラシマが軽く手を振って見送る。レクサスは滑るように、公園の駐車場を離れた。

黒滝は膝に顔がつくほど背を丸めた。レクサスのナンバーを脳内で復唱し、脳に刻みこむ。

駐車場にはヤクザと刑事が残された。レクサスが見えなくなると、クラシマは一転して、暗く陰気な顔つきに変わった。噛みつく相手を探す野犬みたいなツラだ。

やつの本来の表情なのだろう。田所のアウディのサイドミラーを鏡代わりにし、オールバックにした髪や額についた砂粒を不愉快そうに払う。ダークスーツの胸ポケットから櫛《くし》を取り出すと、土下座で乱れた髪を整える。

髪型をいじりながら神経質そうにサイドミラーを睨《にら》み、だらだら髪を整えている。じれったくなるほど、長々とした動作だ。刑事にまるで敬意を払う様子はない。

田所が苦々しそうに口を開いた。

〈コケにしやがって〉

〈あん？〉

〈お前が出張ってくるのなら、おれがわざわざ足を延ばす必要などなかった。刑事《デカ》をパシリにしておもしろいか〉

クラシマは歯を覗かせた。

歯科医か口腔《こうくう》外科に大金を支払っているのか、不気味なほど歯並びがよく、真珠みたいに白く輝いていた。見た目にこだわるのはヤクザの習性だ。

〈パシリなんてとんでもねえ。あんたが来てくれたおかげで、あいつを口説き落とせたんじゃねえか。サクラと蛇の目の代紋で挟みうちにすりゃ、誰でも黒いもんも白いと答えるようになる。海の男にはまだまだ元気に頑張ってもらおうや〉

クラシマは背伸びをした。

サクラは警察の旭日章《きょくじつしょう》を指す。印旛会《いんばかい》の代紋は、青の二重丸の形をしていることから、蛇の目と呼ばれる。

確信した。〝弁当持ち〟の男とはやはりクラシマなのだと。印旛会内のどの組の人間なのかはわかりかねるが、羽振りの良さを考えると、けっこうな顔なのは予想がついた。クラシマはポケットに手を突っこみ、金色のマネークリップを取り出した。紙幣が挟まっている。無造作に田所に差し出した。

〈こんなところでそんなもんを出すやつがあるか〉

田所があたりを見回す。

〈いらねえのか？〉

クラシマは目を細めた。

〈受け取れるか……それに、なんだか嫌な予感がしてならねえんだ〉

〈どんな？〉

〈監視されてるような気がする〉

慌《あわ》てて背中を丸め、車のドアに隠れる。連中とは距離を充分に置いているが、心臓の鼓動が跳ね上がる。

ひとしきり周囲に目をやってから、クラシマの手が動いた。田所のネクタイを摑むと、無理やり引っ張り寄せる。ドラッグのせいで痩《や》せたとはいえ、田所の身体つきはがっしりしている。優男風のクラシマとは比較にならないほどの体格差があった。

しかし、田所は足元を頼りなさげにふらつかせた。クラシマにネクタイで喉を締め上げられ、苦痛で顔を歪《ゆが》ませる。

〈シャブ中の刑事《デコスケ》が！　今日もクスリ食ってるわけじゃねえよな。それとも急な薬《ヤク》断ちして、おっ死《ち》んだ警官の幻でも見たんじゃねえのか。漁師と一緒になって芋引きやがって〉

〈おい〉

田所が凍りつく。クラシマはマネークリップごと、田所のシャツの胸ポケットに押しこんだ。

〈あんたがシャブ断ちするのはけっこうなことだ。まだまだ働いてもらわなきゃ困る。ただし、おれが動けと言ったら、四の五の言わずにすぐ動け。銭を受け取れと言ったら、黙って受け取るんだよ。こいつはあんたへの小遣いじゃねえ。嫌な予感がすんのなら、せめて部下や上司に金を撒《ま》いて、しっかり飼いならしておけ〉

息をひそめ、集音器の音声に聴覚を集中させた。全身が熱くなる。やはり連中は関わっている、日下殺しに。

クラシマはネクタイから手を放すと、田所の胸をついた。

〈漁師のオヤジにまでナメられるようなら、あんたもすっかりヤキが回ったってことだ。そうなりゃ、あいつがまた来るぞ。次はあんたがくたばることになる。脅しじゃねえのは、あんたが一番わかってるだろ。あいつは警官《ポリ》だろうと、誰だろうと――〉

クラシマが口をぴたりと閉じた。

駐車場に大型バスが入ってきた。黒滝は思わず舌打ちをした。射精寸前までに至ったセックスを邪魔されたような気分だ。

クラシマが口走った〝あいつ〟なる人物が気になった。そいつが日下殺しの実行犯なのだろうか。そう口にしたクラシマの顔は厳しかった。田所を脅しているようでいて、自分に言い聞かせているようにも見える。

大型バスの登場を潮時に、クラシマは田所のアウディに乗りこんだ。先に行かせた若僧たちと合流する気だろう。アウディが駐車場を出る。

運転席の窓を閉め、集音マイクを後部シートに置いた。アウディが富津公園の敷地から出て行くのを確かめ、エンジンをかけた。窓を開けっ放しにしていたせいで、車内は外と同じく冬のような温度にまで下がっている。

暖房はつけなかった。頭も身体《からだ》も充分に温まっている。暑く感じるくらいだ。

富津くんだりまで、はるばるやって来た甲斐があった。ヤクザに骨抜きにされている刑事の姿を目視できた。富津の漁師にシャブの運び屋をやらせていることも確認した。田所を追っていた日下も、この事実を摑んでいたのかもしれない。

問題は日下を誰が殺《や》ったのかだ。暴力団は過激派と違い、警察には暴力で刃向かったりはしない。法律で勝負を挑んでくるか、金や情報をネタにしての籠絡《ろうらく》を図るかのどちらかだ。とくに関東ヤクザは、寝技を使う傾向が強く、荒事をなるべく避ける。

いくら貴重なシノギを守るためとはいえ、現役の警官を消したとなれば、上部団体のトップまで揺るがす大事件になる。それだけに、クラシマの脅し文句は驚きだった。

黒滝はアクセルを踏みこんだ。田所とクラシマからは、鼻が曲がりそうなほどの腐臭が漂ってくる。もっときついのを、もっと腐敗が進んだきつい臭《にお》いを嗅ぎたかった。

13

富津公園内の道路を出口に向かって走った。

そのときだった。出入口付近の駐車場から、シルバーのセダンが飛び出してきた。

黒滝の行く手が阻《はば》まれる。反射的にブレーキペダルを踏む。アスファルトがうっすらと砂粒で覆《おお》われているため、タイヤがロックされても、車はしばらく滑り続けた。

バンパーの約三十センチ手前で停車した。熱くなっていた脳が急速に冷えていく。

セダンの運転手を睨みつける。

乗車しているのは二人組だ。クラシマと同じくスーツ姿だったが、量販店で売ってるようなドブネズミ色のスーツを着用していた。白のワイシャツに地味な黒地のネクタイを締めている。

ひとりは五十代くらいで、もうひとりは三十代前半か。どちらも柔道の重量級選手みたいな、暑苦しい体型をしていた。セダンの座席がいかにも窮屈そうだ。ハンドルの横に無線機やマイクが備えられている。

運転席から降りると、二人組も同時に降車した。セダンは多摩ナンバーだ。黒滝は横柄《おうへい》な口調で訊《き》いた。

「誰だ、お前」

「あんたは？」

三十代の男が威圧的に尋ねてくる。

刑事の習性だ。自《みずか》ら行く手を阻んだくせに、さも当然とばかりに、名乗ることなく居丈高に質問をぶつけてくる。眉《まゆ》が太く、目の大きな顔つき。ヒゲはきれいに剃っているが、顎のあたりまで伸びたモミアゲが暑苦しさを倍増させている。

三十代の男としばし睨みあった。ヤクザのクラシマとは正反対に、瞳《ひとみ》にはギラついた熱っぽい光が宿っている。

「しょうがねえ」

根負けしたように、わざとらしくため息をついた。

胸ポケットに手を突っこむ。二人組はその様子を注意深く見つめている。取り出したのは身分証明書ではなく、粒ガムのパッケージだ。粒ガムを指で弾《はじ》いた。

「うわっ」

男の額に当たる。意表をつかれたのか、蠅《はえ》でも叩き落そうとしているかのように手を振る。

「さっさと車をどかせ」

「この野郎」

男が拳を握る。でかい手だった。

黒滝は無視して、メガネをかけた五十代の刑事を見やった。体格は三十代の男と同じく、カボチャのように膨れていたが、灰色の短髪を七三にわけ、黒縁のメガネをかけているため、若いほうに比べて、知的な雰囲気がかもしだされていた。

「竹崎《たけざき》さん、こいつはなんの真似ですか。ちゃんと若い者の躾《しつけ》ぐらいしておいてください。「あまりに久しぶりなんで確信が持てなかった。まさか、お前がこんな田舎をうろついているとは思わなかったんでな」

竹崎徳男《とくお》は、参ったとばかりに後頭部を搔《か》いた。

警視庁捜査一課のベテラン捜査員だ。黒滝が若僧の交番勤務だったとき、同じ池袋署の刑事課に在籍していた。あれから二十年近くが経《た》っている。竹崎が黒滝を見極められなかったのは、あながち嘘《うそ》とは言い切れなかった。

車両のナンバーを見るかぎり、オラオラと迫ってきた若いほうは町田署の刑事だろう。日下殺しの捜査本部に出向している捜査員と思われた。

竹崎は若いほうの背中を叩いた。

「五十嵐《いがらし》、こちらは黒滝誠治警部補。同じ警視庁《カイシャ》の方だ」

五十嵐と呼ばれた刑事が、黒滝の名前を聞いてひるんだ。

「黒滝……ドッグ・メーカー」

竹崎はメガネのフレームをいじった。

「組対《ソタイ》のやり手が、今は監察係だったたな」

「そちらは日下殺しの捜査員でしょう。強盗殺人《ゴウサツ》の線で追っていたんじゃないですか」

竹崎と五十嵐の顔が強張《こわば》った。

「まったく……捜査本部《チヨウバ》には、きつい箝口令《かんこうれい》が敷かれてるんじゃなかったのか」

竹崎は天を仰いだ。黒滝が訊いた。

「そちらこそこんな田舎まで来て、なにをしてるんです」

「目的はお前と同じさ。なにも強盗殺人《ゴウサツ》一本に絞って捜査しているわけじゃない」

「竹崎さん」

五十嵐が諌《いさ》めようとした。

竹崎は相棒を目で制した。タバコを一本取り出して火をつける。うまそうに煙をゆるゆると吐く。昔からヘビースモーカーだったが、今も変わらず愛煙家のようだ。このご時世に、歯がヤニで黄ばんでいる。

「監察係は、暴力団《マルB》と仲睦まじげな赤坂の男を調査しているってことか」

「ええ」

ため息まじりに答えた。

箝口令が敷かれているのは監察係も同じであり、警官を洗うだけあって秘匿《ひとく》性が求められるが、追っている対象者が同じであれば、ぶつかり合うのは時間の問題だった。とはいえ、嫌なところを見られたと苦々しい気分に陥る。

竹崎はあたりを見渡した。

「ひとりか」

「そうです」

彼は呆《あき》れ返ったように首を振った。

「殺られたのはお前のところだろうが。監察は、係員に単独で対象者《マルタイ》を追いかけさせて、また死体《マンジュウ》でもこさえる気なのか」

「竹崎さん、まるで、あの赤坂の男を追いかけていると必ずブスッとやられちまうって言い方だ。それが捜査本部《チョウバ》の本音ってことですか」

竹崎は答えずに耳を小指でほじった。

捜査本部は今も田所を監視している。かりに田所自身にアリバイがあったとしても、あの男が闇《やみ》社会とズブズブの関係にあるのは今見たとおりだ。

幹部たちは頭を抱えている最中だろう。田所が実行犯ではないにしろ、警視庁の威信を揺るがす爆弾である事実に変わりない。

警官が容疑者ともなれば、捜査員は慎重にならざるを得ず、なおかつ外に情報が洩《も》れないように細心の注意を払わなければならない。警察回りの記者にでも知られたら一大事だ。そのさなかに監察係の人間が、渦中《かちゅう》の人物である田所の周りをうろちょろし出したのだ。

竹崎はほじった耳カスに息を吹きかけた。耳カスは風下の黒滝のほうへ飛んだ。

「とにかく、こっちの邪魔をするな。赤坂に勘づかれる。見てのとおり、覚せい剤《シャブ》までやってやがる」

「邪魔するなとまで言うからには、あのシャブ中を逮捕《パク》る気まであるんでしょうね」

「その質問はそっくり返そう。お前ら警務こそ、あのシャブ中をどう始末する気だ」

黒滝は耳をほじってみせた。竹崎は鼻で笑う。

人事一課長の吹越の禿頭《とくとう》が脳裏をよぎる。警察社会のエリートである彼は、迷うことなく警視庁の威信を守るために動くだろう。日下殺しの犯人が田所絡みとなれば、シャブ中刑事に静かに退職を勧め、真相を闇に葬《ほうむ》ることぐらいやりかねない。

吹越がおかしいのではない。美貴《みき》や白幡《しらはた》のように、真相まで残らず暴《あば》けと指示するキャリアが、きわめて珍しいのだ。

彼らのセダンを顎で示した。

「車をどかしてくださいよ。文句は上に言ってください。こっちは上司様の命令で動いているだけですから」

「そうしよう」

竹崎は笑みを浮かべてうなずいた。捜査一課の刑事らしく、目の奥に冷たい光をたたえていた。黒縁のメガネの奥に、不気味なきらめきがある。

セダンをどかすように五十嵐に指示した。五十嵐はセダンに乗り、ふて腐れた顔でバックさせる。黒滝は遮るものがなくなると、すかさず運転席に乗りこんだ。

竹崎が軽く手を振った。

「今度はケガじゃ済まんぞ。ドッグ・メーカー」

「貴重な助言、感謝します」

アクセルをいっぱいに踏んで、その場を立ち去った。

警官になって身に染《し》みて理解したのは、この世でもっとも恐ろしいのは同じ警察官だということだ。さっきから胸の古傷がうずいていた。

14

国道16号線を走った。

再び田所の追跡を開始した。助手席に置いたパソコンは、房総半島の地図を表示している。田所のアウディは東京湾アクアラインを走っている。都内へ戻る気でいるようだ。

木更津市に到達したところで携帯電話が震えた。美貴からだ。運転をしながらヘッドセットをつけて電話に出る。

「おはようございます」

〈昨夜はお疲れさま〉

「どうも」

〈魚料理があまりに美味《おい》しかったから海釣りがしたくなった、わけじゃなさそうね〉

「できれば、まだ眠っていたかった」

〈あなたの仕事への熱意には頭が下がるけれど、くれぐれも運転には注意して〉

「むろんです」

美貴が小さく笑う。

〈私たちと飲んで勢いづいたの？　夜中に亀戸《かめいど》くんだりまで足を延ばして〉

「あんたらのような呑兵衛《のんべえ》とは違う。すべて調査のためですよ」

〈それは失礼〉

彼女はさっそく部下の行動を分析したようだった。GPSを活用しているのは、なにも黒滝だけではない。昨夜、割烹《かっぽう》料理店から出るさいに発信機を手渡された。常に持ち歩くように命じられている。

さっそくこちらの行動履歴を調べたらしい。朝早くから房総半島を走っているのも知っている。

館山自動車道の木更津南インターへと入った。ETCのゲートを通り抜ける。

「二日酔いと睡眠不足を我慢して、ドライブに出かけた甲斐《かい》がありました。いろんな情報《ネタ》を入手しましたが、おもしろくないニュースと、クソおもしろくないニュース、どちらから報告しますか」

わずかに間が空いた。美貴の声のトーンが低くなる。

〈一気に話して〉

今朝の出来事を順を追って報告した。

調査対象者の田所が早朝から房総半島へと移動したため、彼の追跡を行ったこと。彼が富津港近くの船宿の主人と面会し、印旛会系の暴力団幹部と共に、覚せい剤らしきドラッグの瀬取りを行うように強要したこと。

田所自身がドラッグの取り引きそのものに関与していた可能性が高いという分析も

加えた。

〈なるほど……たしかにクソおもしろくないニュースだわ〉

美貴が答えた。その声は震えていた。湧《わ》き上がる感情を、無理に押し殺しているようだった。

黒滝はバックミラーに何度か目をやった。後ろに車はいない。

「申し訳ありませんが、クソおもしろくないニュースは、これからなんです」

美貴がうなった。

〈一気に話してと言ったはずよ〉

「捜査本部の連中と出くわしました」

彼女は再び沈黙した。かまわずに続けた。「日下さん殺しの捜査班を名乗ってました。私が確認できたのは二名です」

二名の捜査員らの名前を告げた。美貴がペンを走らせる。

〈もっぱら強盗殺人の線で進めていると聞いていたけれど、やっぱり田所をひそかに洗っていたのね〉

「そうなります」

〈殺されたのは監察係《うち》の人間だというのに……〉

「殺しに関与したのも、やはり同じ警視庁《カイシャ》の人間かもしれませんから。捜査本部《チョウバ》が慎重になるのもうなずけます。結果次第によっては、くさいものにフタをするほうを選ぶかもしれない。捜査本部《チョウバ》にとっては受け入れがたいオチでしょうが、警視庁《カイシャ》の上層部にとっては、田所の行状が全部めくれるほうが恐ろしいでしょう」

〈私が知りたいのは、日下さんを殺した犯人だけよ。政争など関係ない。捜査本部が犯人《ホシ》を捕えたいのなら、こちらとしては協力は惜しまないつもりだった。あなたの話を聞いていると、手を組む気はなさそうね〉

美貴の口調が強まった。相変わらず冷静さは維持していたが、言葉の端々には怒気が滲《にじ》み出ている。

「むしろ、こちらにとっては障害になるかもしれません」

〈腹立たしいかぎりね。捜査本部が真相を摑んだとしても、うやむやなんてことになったら――〉

「うやむやにするほうに、おれは一万円賭《か》けますよ」

美貴は浅い呼吸を繰り返している。

モデルのような小さな顔を、怒りで赤くしているのが見えるようだった。表面こそ、氷でできているように見えるが、心の奥底には組織の腐敗に対する激しい怒りと、煮えたぎるような熱い魂がある。監察官という今のポストにはまさに適任かもしれない。

　思わず首を横に振った。警察組織から見れば大失策かもしれない。本来なら、そのような硬骨を有する者を監察官に就けてはならなかったのだ。

　美貴は深々と息を吐いた。憤怒《ふんぬ》の感情ごと口から放出したようだ。

〈まずは上にかけ合ってみる。捜査本部が握っている情報を共有できるように〉

「手打ちや取引は勘弁してくださいよ」

〈言われるまでもないわ。私にだって野望はあるの。この目も当てられないような、不祥事だらけの状況を打破しなければ、将来出世したときに思う存分、力が発揮できなくなる。怠け者と腐敗まみれの兵隊ばかり抱えるなんてゴメンだから〉

「ええ」

　相槌《あいづち》を打った。彼女は、まだ完全に落ち着きを取り戻したわけではなさそうだった。咳払《せきばら》いが聞こえる。

〈それと、クラシマとヒグチとかいう暴力団《マルB》ね。組織犯罪対策部《ソタイ》に問い合わせる。印旛会系の構成員でしょうけど〉

「頼みます。クラシマという男は、きっと弁当持ちでしょう」

〈いずれにせよ、捜査本部とのトラブルは極力避けて。あちらが日下さん殺しの

真犯人《ホンボシ》を挙げてくれるのなら、これほど嬉《うれ》しいことはないわ。衝突はもちろんだけど、挑発するのもなしよ〉

「そうしたいのは山々ですが――」

言葉をさえぎられる。

〈そうするのよ。あなたの真価が問われるのはここから。あなたは、自分じゃ非情で氷みたいな人間と思っているかもしれないけれど、私から見れば危なっかしい火薬庫よ。捜査本部とぶつかり合った挙句、怒りに任せて大外刈りをかけたり、アイアンクローを決めるようなことは勘弁してね〉

今度は黒滝が息を深々と吐いた。痛いところを突いてくる。

〈粛々と前に進むことだけ考えて。調査は続行よ〉

「了解しました」

電話を切った。

怒りを覚えているのは、こちらも同じだ。待ち構えていた竹崎と五十嵐。あの二人をとことん調べ尽くし、赤坂署の木根や田所梢のように、首輪をつけてやりたかった。だが、今の黒滝にはそちらまで目を向ける余裕はない。

「粛々と前にね」

ガムを口に放って呟《つぶや》いた。

美貴とは似た者同士かもしれない。非情な人間を装《よそお》いつつも、危なっかしい火薬庫みたいな人間。彼女は黒滝をそう評したが、こちらから見れば、美貴はダイナマイトやガソリンが入った冷蔵庫のようなものだ。ほんの小さな火種から爆発を引き起こしかねない。

おいしいポストに就いていながら、本心から監察官であろうとする変わり者だ。どれだけ敵を作ろうとも、真相を明らかにしたいと考えている。警務部長の白幡は彼女の気質を見抜いている。腐敗一掃を旗印にして、彼女にライバルたちを蹴落《けお》とさせようと目論《もくろ》んでいるのだろう。

上司との会話を済ませると、アクセルペダルを踏みしめた。房総半島を北上する。宮野木ジャンクションを経由して、東関東自動車道へと進んだ。東京に戻る途中で、湾岸幕張パーキングエリアに寄る。

平日ではあったが、ディズニーランドや複合コンベンション施設が周辺にあるため、やたらと混雑している。なんとか空いている駐車スペースを見つけて車を停めた。

運転席から降りてストレッチをした。外は冷えていたが、ジャケットを脱ぎ、シートに投げる。ワイシャツの袖《そで》をまくった。車の後部にしゃがみ込んで、車体の下部を手で探った。ドアやバンパーの下をなでる。

なにも出てはこない。手が煤《すす》と埃《ほこり》でまっ黒に汚れる。前部に回り、ナンバープレートの裏側に触れる。手応《てごた》えがあった。マッチ箱ほどの大きさのなにかが、強力なマグネットの力によって貼《は》り付けられている。それを引っぺがす。プラスチック樹脂で覆われた四角い物体。黒滝にとってはおなじみのブツだ。

「おれも粛々と前に進みたいんですがね」

小声で呟いた。

物体はGPS発信機だ。竹崎か五十嵐が隙《すき》を見て、黒滝の車に仕込んだものと思われた。アスファルトに落として革靴で踏みしめる。

プラスチック樹脂が割れる音がした。発信機が原形を失い、チップやコード類が露《あらわ》になる。こいつを他人に仕かけられるのはきわめて不快だ。

「刑事《デカ》に因縁をつけられちゃ、前に進めやしない」

施設のトイレで、煤や埃でまっ黒になった両手を、液体石鹼《せっけん》を使って入念に洗った。手首や前腕までが黒く汚れている。冷水で手を擦《こす》りながら汚れを落とす。頭から怒りが消え去るまで。

車内に戻ってから、携帯電話をかけた。パーキングエリアの施設や駐車場を見渡し、尾行の有無を確かめながら。

　相手は意外にもすぐに出た。

〈ようドッグ。調子はどうだ〉

「昨夜はありがとうございました。おかげさまで久々に頭がガンガンしてますよ」

〈あんがい大したことねえな〉

「あなたがたから見れば、どんな呑兵衛だって下戸に見えるでしょうよ」

　相手は警務部長の白幡だ。一介の監察係員が気軽に口を利《き》いていい存在ではない。昨夜は許容量を超えるペースで酒を飲む羽目となったが、おかげで彼我の距離は一気に縮まっていた。

　美貴とは異なり、腹のなかでなにを考えているのかはわからない。電話で話すだけでも、背筋がピリッとした。

〈今度はサシでゆっくり飲もうじゃねえか。ガツンと来るテキーラを呑ませてくれるバーが中目黒にある〉

「しばらくは遠慮しておきますよ」

〈監察官や課長を差し置いて、直に電話を入れてきたのはどうしてだ。警務部長ってのは忙しいうえに、けっこう偉いんだぜ〉

相変わらずおどけた調子ではあったが、わずかに声のトーンが低くなった。

「昨夜、家まで運転代行をしてくれたジイさん。井筒時雄と名乗りましたが、何者ですか」

〈便所でランチ食ってる大学生でもあるまいし、いい大人がお互いに自己紹介もしなかったのか？〉

「山形県警の元警官。もとは公安《ハム》で、今は東京で便利屋として働いている。ずいぶんと目をかけられたそうですね」

〈知ってんじゃねえか。もっとも、世話になったのはおれのほうだ。極上の地酒をずらっと揃《そろ》えた店、とびきりうまいソバを食わせる店、気立てのいいねえちゃんが揃ったクラブ。みんな、あいつに教えてもらった。おかげで、楽しい単身赴任生活を送らせてもらったよ〉

「なるほど、大恩人ですね」

〈おおよ。それに比べて、今の人事の連中と来たら、まったくなってねえ。お前は都内ほうぼうに睨みを利かせてたんだ。おもしれえ店の二つや三つぐらいは摑んでるだろう。連れていけ〉

白幡の言葉を無視して尋ねた。

「使える男ですか。井筒は」

返事はなかなか返ってこない。ずるずると茶らしき飲み物を啜《すす》る音がした。答えを待つ。

〈そいつは、お前次第だ〉

今度は黒滝が黙りこんだ。

多忙さをアピールするわりには、禅問答やジョークで相手の時間を浪費させるのを好む。白幡は悪戯《いたずら》小僧のような面を持っていた。再び音をたてて茶を啜る。

〈やつは、おれの忠実な手足だ。警察手帳《てちょう》こそ持っていないがな。つまり、お前がおれを信用するのなら、あいつはいい仕事をするだろう。だからこそ、山形の田舎からこの大都会まで引っ張ってきた〉

ハンドルを握って、暗い道に車を進める井筒を思い出した。薄くなった頭髪を黒く染め、頭頂部を七三分けにして覆っていた。繁華街やスーパーを歩いていたとしても、注目する者はほとんどいないだろう。白幡が重宝がるのもわかるような気がした。

公安刑事特有の摑みどころのない瞳、カメレオンのように、周囲の風景に溶けこんでしまいそうな気配のなさ。できる公安刑事は、姿形に違いはあれども、同じような匂《にお》いを漂わせている。

「彼をお借りしたいんですが……構いませんか」

〈珍しいな。自分以外は誰も信じてねえと思ってたよ〉

「私もそろそろ人恋しくなってきまして」

〈なにがあった〉

「じきに部長の耳にも入るでしょうが」

　前置きしてから、報告した。

　調査対象者である田所を千葉県の富津市まで追跡。彼が暴力団員らと結託し、地元漁師にドラッグ取引を行うように強要していたことを伝えた。

〈黒光りするぐらいまっ黒けだな〉

「問題はそこからです。途中で捜査本部の人間に阻まれまして。連中は秘密裏に田所を追いかけてました」

　捜査本部の捜査員が同じターゲットを狙《ねら》っていたという事実。さらに、黒滝の車両にGPS発信機が取りつけられていたことも打ち明けた。

〈大胆なことやらかすもんだ。警務のおれらと張り合う気まんまんってわけだ〉

「もっとも、私が連中でも、似たようなことをしていたでしょうが」

　白幡は小さく笑った。

〈お前のやり口はわかってるぞ、ドッグ。おれや井筒を使って、その竹崎とやらの弱みを探らせようって腹だろう〉

「工作し返したいのはやまやまですが、捜査本部《チョウバ》も私の動きを警戒するでしょうし、弱みを摑むにはそれなりに時間と手間がかかります。じっくり仕掛けている暇はありません」

〈だろうな。捜査本部《チョウバ》にとって一番困るのは、こっちに主導権を握られることだ。刑事部や町田署がこの事件をどう扱うかはわからねえが、警務《うち》はなにかと嫌われてるからな。今後もこっちの腹を探ってくるだろう〉

「隠ぺいや幕引きを望む者も少なからず出てくるでしょう」

〈そっちのほうが当然と思ってるやつらばかりさ。警察《サツ》の常識は世界の非常識だ〉

白幡はうんざりしたように深々と息を吐いた。

警察の未来を憂《うれ》える高潔な男のように振る舞っているが、状況に応じて所属する派閥をころころ変えては、えげつない権力闘争を勝ち抜き、警視庁の警務部長なる要職に就いたと言われている。決してクリーンな人物ではない。

白幡に尋ねられた。

〈そんで、おれのダチになにをさせる気だ〉

「監視をお願いしたい」

〈誰の〉

ある人物の名前を挙げた。

白幡は笑った。膝《ひざ》をぴしゃぴしゃ叩くような音が聞こえる。

「お願いできますか」

〈いいだろう。お前の目算どおりにいくかどうかはわからねえが、やってみる価値はある〉

「ありがとうございます」

〈しかし、危ねえ橋を渡るのがつくづく好きだな。下手すりゃ、ドッグ警視様とお呼びする羽目になる〉

黒滝の階級は警部補。殉職により二階級特進する事態も想定されるという意味だ。

「そうならないために、井筒さんには頑張ってもらわないと」

〈伝えておく。日下に続いて、お前まで失っちまったら、いよいよおれの地位も怪しくなるからな〉

電話が切られた。白幡から了承を得られた。

単独調査はそろそろ限界だった。美貴に頼めば、同じ班の木下らを貸してくれるだろう。しかし、同僚をまだ信用できずにいる。

井筒を頼りにできるかはわからない。なにしろ、昨夜会ったばかりの人間なのだ。

だが、ここは白幡の言を信用するしかなかった。自分でも不思議ではあった——なぜいつも危ない橋を渡りたがる。

答えは出なかった。粒ガムを口に放り、エンジンをかけた。

15

東関東自動車道から首都高へ。豊洲インターチェンジを降りて、携帯端末に目をやった。

田所のアウディは、自宅マンションの駐車場にあった。彼の愛車に取りつけたGPS発信機は、豊洲の住宅街を指し示している。

車を停めた。田所のマンションから約五百メートル離れた位置から電話をかける。

数コールしたのちに梢が出た。

〈今度は……なんなの〉

不機嫌そうな声がした。外国語の音声が耳に届いた。のんきにフランス語の復習でもしていたらしい。

「亭主は？」

息を呑む音が聞こえた。四六時中監視されているという事実を再認識したのだろう。

〈寄りはしたけど、すぐに出てった〉

「どこに」

〈知るわけないじゃない！〉

急に叫んだ。鼻をすする音がした。黒滝は眉をひそめる。

「泣いてたのか」

〈あなたには関係ないでしょう〉

梢の声は濡《ぬ》れていた。鼻声になっている。

「大ありだ。なにがあった」

彼女は黙りこんだ。静かに泣いている。

マンションの入口まで車を転がした。携帯端末を握りしめたまま、マンションの玄関ドアまで小走りに向かう。

「開けろ」

〈え？〉

「玄関前にいる。ひとりなんだろう。ドアを開けてくれ」

梢は小さくうなった。いかにも話すのを渋っている様子だ。

ややあってから、玄関の自動ドアが開いた。マンション内に入り、エレベーターに乗って、部屋へ向かった。

ドアノブに触れた。鍵《かぎ》はかかっていなかった。ドアを開け放つ。

室内は静かだった。前回と同じく、ポプリの花の匂いが鼻に届いた。三和土《たたき》には、息子たちのスニーカーやジョギングシューズ、それに彼女のサンダルがある。土足で廊下に上がりこむ。

「ちょっと」

梢がリビングから現れた。

大きなマスクをつけ、部屋のなかにいるにもかかわらず、サングラスをかけていた。顔の大半が隠れている。手には、くしゃくしゃになったハンカチを握りしめている。

リビングに目をやった。

梢の趣味が反映されたカフェのような部屋だ。ここは前回訪れた際と違っていた。

フローリングの床には、砕けたグラスや皿の欠片《かけら》が散らばっていた。そのうえに、フランス語のテキストが散らばっている。戸棚のうえにあったはずの人形も床に転がっている。

「空き巣に入られたような有様だぞ。なにがあった」

革靴を脱いで、スリッパに履き替えた。

ゆっくり近づくと、すばやく手を伸ばした。顔のサングラスを奪い取る。

「やめて」

思わず顔をしかめた。

泣き顔を隠していたわけではなかった。右目の瞼《まぶた》が腫《は》れ上がり、眉《まゆ》のあたりには擦過傷ができていた。

「バレたのか？」

田所の自室には盗聴器を仕かけていた。デスクの引き出しには、覚せい剤の小袋《パケ》がいくつも隠されている。

梢は笑った。捨て鉢な笑い方だった。

「間男みたいな言い草ね」

「まじめに答えろ」

「大丈夫よ。バレてなんかいないわ。フラッとうちに戻ってきて、理由なく怒鳴り散らして暴れ回っただけよ。ここ最近、しょっちゅう癇癪《かんしゃく》を起こすの。たいしたことじやない」

「たいしたことかどうかは、おれが判断する」

田所の部屋に目を走らせた。書斎兼寝室だ。

彼女もこちらをちらっと見やった。忌まわしそうに暗い表情で。

「やつは部屋に寄ったか」

「……ええ」

「まじめに答えろと言っただろう。あいつはフラッと戻ってきて、自室にしばしこもったのちに、怒鳴り散らして暴れ回った。そういうことだな」

うなずいた。黒滝はすかさず命じた。

「受信機をよこせ」

「え?」

「盗聴器のだ。バレてないかどうか、怪しいもんだ。確かめさせてもらう」

「待って」

梢はキッチンへと向かった。

背伸びをして、シンクのうえについている戸棚の扉を開けた。鍋《なべ》や食器の間に、アンテナのついた受信機が置かれているのを受け取る。

ハンカチを取り出し、田所の自室のノブに触れた。扉を開ける。

書斎兼寝室のほうは荒れていなかった。ベッドのうえには、ねじれた布団《ふとん》と毛布があった。六畳程度の狭さとあって、かすかに男の加齢臭が漂う。書棚に並んでいる本の配置には変化はなく、彼の功績を示す楯《たて》やトロフィーはうっすらと埃をかぶっている。

受信機のイヤホンを耳につけた。コンセントの近くで指を鳴らす。イヤホンを通じてスナップ音が聞こえた。

胸をなでおろした。コンセント裏に仕かけた盗聴器は生きている。もっとも、そうでなければ彼のアウディにつけられたGPS発信機も、無事では済まなかっただろう。梢にしても同様だ。ただ殴られるだけでなく、今ごろ厳しい尋問にあっていたはずだ。

「うん？」

何かが引っかかる。もう一度、臭《にお》いをかいだ。加齢臭にくわえて、かすかな焦《こ》げ臭さが鼻に届く。

デスクの横にプラスチック製のゴミ箱があり、ずいぶんゴミが溜《た》まっていた。漁《あさ》ってみると、チリ紙や酒のつまみの袋、おにぎりのビニールや頭痛薬のアルミシートが捨てられている。

種類豊富なゴミのなかに、口を縛られたレジ袋があった。拾い上げて結び目を解こうとした。結び目はやけに固く、そのうえ二重に縛られている。検《あらた》めると、破れたビニールの小袋と、コンビニ弁当についているような金魚形の醤油《しょうゆ》入れがあった。それにクシャクシャに丸められたアルミ箔《はく》。

アルミ箔を広げてみると、キシキシと嫌な音を立てた。まん中にはこげ茶色に焼け焦げた跡があり、鼻を近づけると、甘酸《あまず》っぱいケミカル臭がする。かすかに温《ぬく》もりさえ残っていた。

富津市から戻った田所は、どうやらここでキメて出かけたらしい。

デスクのうえにアルミ箔を広げ、引き出しにたんまりしまいこんでいるシャブを盛り、醤油入れの水で溶かした溶液をライターで気化させたものと思われた。炙《あぶ》りだ。静脈注射よりは効果は弱いが、注射よりも心理的なハードルが低く、用具が手軽なこともあって、若者やカタギが選ぶやり方だった。

水溶液から立ち昇る煙を吸いこんでハイになった彼は勢いに任せてリビングで食器を割り、女房をぶん殴ったのだろう。

「なにがたいしたことない、だ」

梢はとっくに気づいていたはずだ。大暴れしていた田所がしょっちゅう覚せい剤をキメていたことを。

再びアルミ箔を丸めてレジ袋に落とした。固く縛ってゴミ箱に放りながら、この部屋の主について思った。

ヤクザとさんざんつるんだ挙句、シャブに溺れて女房をぶん殴る。日下殺しの件を抜きにしても、世間を驚かすには充分だった。警察官ともあろうものがとメディアは騒ぎたてるだろう。

しかし、黒滝の考えは異なっていた。警官だからこそ、クズへと陥りやすい。新人であろうと、ベテランであろうと関係はない。闇《やみ》社会との接点が多く、そのくせ、それをごまかせるだけの権力を握っている。

暴力団が代紋をチラつかせれば、それだけでパクられる時代になったが、サクラの代紋だけは別格の輝きを放ち続けている。羽振りのいい悪党を軽く小突けば、驚くほど簡単に金が舞いこんでくる。

警察官をとりわけ自制心の強い者だとは捉《とら》えていない。非情な雇用形態のなかで生きる民間人のほうが、厳しく己を律しているのではないかと思わされるときがしばしばある。警察は強烈な村社会かつ縦社会であり、それに順応できずに退職する者や自殺する者も出るが、ひとたび慣れてしまえば、民間企業のように冷酷なリストラに遭わず、充実した福利厚生も享受《きょうじゅ》できる。その恩恵に当然のごとく与《あずか》りながら、生ぬるく弛緩《しかん》してゆく愚か者がどこの部署にもいる。

波風さえ立てなければ、定年まで憂いなく生活していける。その恩恵に当然のごと

持たされている権力を己の能力と錯覚し、取調室という密室で女性被疑者に手を出すバカも枚挙に遑《いとま》がない。

警官たちは、巨大組織に守られながら、つつがなく凡庸な勤務成績を挙げ、無難にルーチンワークをこなす。退職後にわりのいい再就職先にありつくため、なんとかヘマだけはやらかさずに、上司にかわいがられるのを最大の目的とする連中だ。

一方、アウトローたちは今日を生きぬくため、必死にうごめいている。平然と親兄弟をも噛《か》み殺す者たちもいれば、敵味方構わずにトラップを仕掛けながら最高幹部を目指す者。警察に尻尾《しっぽ》を摑ませないように、弁護士並みに理論武装している者もいる。

ヤクザであろうと、一般人に化けた半グレであろうと、どちらも隙のある警察官を見逃したりはしない。警察が裏社会の人間を容赦なく追いこんでいるのと同じく、裏社会サイドも警官に公然と牙《きば》を剝《む》く時代に入っていると黒滝は認識している。

現にたった今、裏社会の餌食《えじき》になっている刑事を目の当《ま》たりにしたばかりなのだ。

田所はシャブの煙を吸いこんだが、けっきょく怒りを消せずに暴れた。むしろ、負

の感情が増幅したのかもしれない。奈落の底へと転落しているまっ最中だ。泳がせている間に、とち狂って暴発してしまう可能性もあった。

哀れな刑事の部屋を出る。

リビングでは、梢が窓辺で悄然《しょうぜん》と立ち尽くしていた。日の光に照らされて、瞼の赤紫色の腫れや眉の赤い擦過傷が際立《きわだ》って見える。口を開きかけたが、途中でうなだれて黙りこんだ。

荒れ果てたリビングを見渡しつつ訊《き》いた。

「いつから暴れるようになった」

彼女は眉間《みけん》にシワを寄せた。質問されること自体が、ひどく苦痛のようだった。

「もともと気の荒い人だったけれど、こんなことはしなかった。三か月前……じゃないかしら。初めて暴れたのは」

「まちがいないか」

「本当よ。息子の三者面談があった日の夜だったから」

目に涙を溜めながら、彼女は小さく笑った。

「次男のほうだけど……来年受験だってのに、高校には行かないってグズりだして、どうするつもりか聞いたら、声優になりたいなんて言い出したの」

黒滝は首を傾《かし》げた。

「デタラメよ。アニメやゲームが好きだってだけで、勉強したくないから、その場しのぎで言っただけ。ボイストレーニングでもやってるのかって、先生にも訊かれたんだけれど、黙りこくったまま、なんにも答えられなかった。顔から火が出るほど恥ずかしい思いをして帰ってきたから、よく覚えてるの」

「あんたは、帰宅した田所に迫ったわけか。仕事ばかりしてないで、少しは父親らしく息子の悩みを聞いてやってほしいとか」

梢はため息をついた。

「……あんなに腹を立てたあの人の姿を見たのは初めてだった。もう別人。今日みたいに手あたりしだいに食器を割って、私の顔を思いきり何度も叩いたわ。子供たちの教育をきちんとやるのが、お前の仕事だろうとわめいてね。唇に泡を噴きながら。震え上がるほど恐《こわ》くて、息子はすぐに前言撤回したわ。高校にもきちんと行くと言い出して、今では受験勉強に励んでる。これが本当のケガの功名ってやつかもね。仕事でよほど深刻な悩みでも抱えてるんだとしか思ってなかった。もしくは――」

「もしくは、浮気がバレてしまったのか、と」

彼女は不愉快そうに口を歪め、それから浅くうなずいた。

「あまりにも異常だったから。もしかしてバレたんじゃないかと思った。あの人の職業を考えれば、私たちの行動を調べるなんて、朝飯前でしょうから」

「まあな」

上目遣いに睨《にら》んできた。黒滝としては肩をすくめるしかなかった。

三か月前といえば、ちょうど人事一課監察係に告発の手紙が届いたころだ。

田所が、いつから悪党たちとつるむようになったのかはわからない。覚せい剤に手を出すようになった時期も。立地のいいマンションと二台の外車を所有しているのを考え合わせると、赤坂署にいる前から腐っていたのかもしれない。

いずれにせよ、調査の過程でヤクザと深い関係にあるのはわかった。彼のデスクの引き出しに眠っているブツだけでも言い逃れできるものではない。

梢は、手にしていたサングラスをかけて瞼の腫れを隠した。最初に彼女のツラを見たときは動揺したが、黒滝は考えを改めざるを得なかった。この程度の暴力で済んだのは幸運だといえるかもしれない。やつなりに足掻《あが》いているつもりかもしれないが、ヤクザに骨までしゃぶられている様子を、監察にも捜査本部にも知られてしまっている。破滅を迎える日は遠くない。

「座れよ」

自宅のような口ぶりでソファを勧めた。刑事の妻はしぶしぶ腰かけた。

「早く帰ってほしいんだけど。この部屋の後片づけだってしなきゃ」

「好きで長居してるわけじゃない」

ソファに腰かけ、テーブルを挟んで向き合った。黒滝は粒ガムを口に放りこみ、梢に正対して言った。

「早く荷物をまとめて、この家を出るんだ。息子たちを連れて実家にでも逃げろ」

梢は張りつめた表情になった。驚いた様子は見えない。彼女なりに考えていたのだろう。

「そんな……急に言われても」

「終わりは目に見えてる。離婚を考えていると言ってたな。少し時期を早めるだけだ。まずは別々に暮らせ。このまま一緒にいても、ろくなことにはならない。これぐらいの暴れっぷりで済んだのは幸運でしかない。今日こそは、さすがに気づいただろう。あんたの旦那がヤクでぶっ飛んでいたことに」

彼女は視線をそらした。テーブルに目を落とす。テーブルを指でつつきながら続けた。

「事実を直視しろ。もう一度、はっきり言っておくぞ。やつは自室でシャブをキメ、自分を見失って妻を殴った挙句、この部屋を荒らし回ったんだ。おまわりのくせにな。そのうち完全に頭のイカレた旦那に、包丁で腹をえぐられるかもしれないし、フライパンで顔が潰《つぶ》れるほど、ぶん殴られるかもしれない。もたもたしていたら、あんただけじゃなく、息子たちも血だるまにされるだろう」

「やめて」

　耳をふさいだ。ガタガタと震えはじめている。

「最後まで聞けよ。このまま落ちてゆけば、家族を皆殺しにしたことにも気づかないまま、医療刑務所の独居房で、壁にクソを塗りたくる生活を送るようになるかもしれない」

　スーツのポケットからメモ帳を取り出した。ボールペンで電話番号を記し、そのページを破って彼女に渡した。

「それは？」

「離婚問題に強い弁護士事務所の番号だ。実家に帰れないのなら、隠れ家となりそうなウィークリーマンションを探してやる」

　彼女は力なく微笑を浮かべた。

「ずいぶん親切なのね」

「あんたは、おれが苦労して仕立てた情報提供者《エス》だ。無事でいてもらわなきゃ困る」

サングラスによって隠れていた目から涙が流れ、頬を伝った。

「私たち、どうなるの」

「あんた次第だ。田所は最低でも警察社会からは消え去ることになる。シャバにかろうじて留まれるか、このまま刑務所《ムショ》にぶちこまれるか。どっちにしろ、あんたら家族にとっちゃ厄ネタでしかない。テレビや新聞記者たちに取り囲まれる事態も覚悟したほうがいい。実家は名古屋だったな。そこで新しい人生設計を練るもよし、仲よしの辻元社長を頼るもよし。部屋を片づけながら考えるといいさ。汚職警官の家族だと、近所から白い目で見られる前に脱出するのをお勧めする」

「あの人は……」

消え入りそうな声でなにかを言った。語尾がよく聞き取れない。

「なんだ」

「あの人は……監察係の日下さんって人を、こ、殺してしまったの」

「知りたいか」

尋ね返すと、彼女は凍りついた。

しばらく身じろぎひとつしなかったが、覚悟を決めたのか、やがて意を決したようにこちらを見すえてうなずいた。黒滝は首を横に振る。

「たぶん、殺しちゃいない……直接的には」

「つまり、教唆《きょうさ》や幇助《ほうじょ》はしたかもしれないということね」

刑事の妻だけあって、ちょっとした専門用語を口にした。黒滝は押し黙った。

梢は頭を掻きむしった。十歳くらい老《ふ》けたように見える。白髪の数が増えたのは明らかだった。ほんの数日しか経《た》っていないというのに。チリ紙で目鼻を拭《ふ》くと、覚悟を決めたように真剣な表情になった。再びサングラスを手に取る。

「わかった……田所の転落に巻きこまれるのはごめんだもの。息子たちにも、堕《お》ちていく父親の姿を見せたくはない。今日明日にとはいかないかもしれないけど、ここを出る準備をする」

「賢明だ」

すっと掌《てのひら》を差し出した。

「なに？」

「あんたに出て行かれたら、誰が旦那を監視するんだ。鍵をよこせ」

「冗談でしょう」

「俺は冗談など言わない」

「私たちがいなくなったら、好き放題に出入りするというの？」

「どのみち、旦那の悪事がはっきりしちまえば、数え切れないほどのおまわりさんたちが、毎日バタバタ出入りすることになる。貴重品は持ち出しておけよ。辻元社長との思い出の品もな」

「頼りになる人だと、一瞬でも思った自分がバカみたいだわ」

梢は鼻息を荒くして立ち上がった。

サイドボードのなかにある小物入れから、部屋の合鍵を取り出した。黒滝に放り投げる。受け取りながら会釈《えしやく》をした。

「型取りした樹脂もだ」

彼女はバッグのなかから、樹脂のパッケージを取り出し、そちらも投げてよこした。なかを確かめた。固まった透明の樹脂には、田所が使っている署のロッカーの鍵らしき型枠ができている。満足のいく出来だった。これ以上の長居は無用だ。ソファから立ち上がる。

「また連絡する。引っ越しの準備ができたら教えてくれ」

パッケージと合鍵を手にして玄関に足を向ける。洒落《しやれ》た表紙の洋書を背中に投げつけられた。

16

美貴は小会議室の前で立ち止まった。

首や肩を回し、凝った筋肉をほぐす。アロママッサージを受けたかった。あとで予約の電話を入れておかねばならない。これから確実に凝りがひどくなりそうだからだ。

小会議室のドアをノックした。

「どうぞ」

人事一課長の吹越《ふきこし》の声がした。妙に穏やかな声だ。

勤務時間の大半を不機嫌そうに過ごしている。部下となって数か月が経つが、笑顔を目撃した回数は、片手の指で数えられるほどしかない。

「失礼します」

小会議室に入った。

吹越お気に入りの場所だった。まるで部屋の主のように、奥のホワイトボードを背にし、ワイシャツ姿で座っている。スキンヘッドが蛍光灯の光を受け、てらてらと輝いている。

相変わらず湿布薬のきつい臭いが漂っており、テーブルには大量の書類に混じって、やはり健康食品のボトルがいくつも置かれている。この部屋を私物化しつつあるのだ。

ふだんはその雑然とした雰囲気のなかで、ノートパソコンのキーを叩《たた》き、目薬を差すなど、つねにせわしなく動いているのだが、今日の彼にそんな様子はない。ノートパソコンは閉じられているし、書類の束も手にしていない。

「座ってくれ」

吹越は斜め隣の椅子《いす》を指し示した。微笑を浮かべながら——。

彼が笑みを浮かべるのは、愉快なことがあった場合ではない。不機嫌を通り越して、はらわたが煮え繰り返るような事態に遭遇したときだ。

小さくうなずいて椅子に腰かけた。それを合図に吹越はポツリと言った。

「まいったよ」

しばらく聞き役に徹すべきだろう。吹越は笑みを顔に貼《は》りつかせたまま話しはじめた。

「十分前だ。呉《くれ》課長にいきなり怒鳴りこまれたよ。あんたの部下殺しを捜査してやってるのにぶち壊す気かとな。捜査本部から苦情が出たらしい。監察係が捜査本部を信頼せずにうろちょろしていると。捜査員たちが憤慨しているそうだ」

空調は効いているものの、禿頭《とくとう》からは粒のような汗が噴き出していた。呉は捜査一課長だ。

呉と激しくやり合っていたのは知っていた。美貴だけではない。人事一課全員が把握している。怒号や机を叩く音が、オフィスまで聞こえてきた。

人事一課は、幹部の人事を扱うセクションだ。そのトップを務める吹越に、正面から嚙みついてくる者は少ない。呉はそのうちのひとりだった。

警察一家に生まれ、エリートコースを渡り歩いてきた吹越の自尊心は強い。呉もタイプこそ異なるが、富士山並みにプライドの高い男として知られている。

捜一は殺人や強盗などを扱う職人集団であり、刑事として優れた実績を重ねた者だけが就ける選良だ。S1という金文字入りの赤バッジは、刑事を志す者たちの羨望《せんぼう》の的となっている。

本庁の課長職はキャリアや準キャリアに占められているが、捜査一課長の椅子には、伝統的にノンキャリアが座ることになっている。刑事として培《つちか》った長年の勘と経験が求められるというのが、その理由だ。呉も捜査一課強行班などで手腕を発揮してきた叩き上げだった。職人としての自負心が強いため、現場経験の少ないキャリアを快く思っていない。

吹越は背もたれに身体《からだ》を預けた。

「私は言い返したよ。我々は与えられた役割を果たしているだけに過ぎないと。今度の事案を調べる権利は、なにもあなたがただけにあるわけではない。それに監察は、他の警官や組織に知られることなく調査すべき職責を負う。秘密裡《り》に動くところにこそ意義があるとな」

「ごもっともです」

彼は笑顔のままデスクを平手で強く叩いた。けたたましい音が室内に響き渡る。

「というわけで、私は猛烈に腹を立てている。なぜだかわかるな」

「はい」

即答した。頬が紅潮していく。

「率直さは評価しよう。しかし、許しがたいのは、上司である私を軽んじたことだ。君は黒滝を野放しにし、甘やかし続けただけでなく、直属上司への報告を意図的に行わなかった」

彼女は静かに答えた。

「課長を軽んじたつもりはございませんし、黒滝主任が赤坂署の田所警部補を調査しているのは、すでにご存じのはずです」

「私が話しているのは、その黒滝が捜査本部の捜査員と揉《も》めた件だよ。呉から初めてその事実を聞いた。自分の部下が起こしたトラブルを、まさか、よその部署の人間から知らされるとはな。なにも知らずにいたのは私だけだった。恥を掻かされて黙っていられるほど、私はお人よしではない」

不満をぶちまけて素になったのか、笑みが消えた。いつものむっつりとした不機嫌な顔つきで汗を拭《ぬぐ》う。

深々と最敬礼をした。

「その点につきましてはお詫《わ》びいたします。主任から連絡を受けたのは午前中でしたが、課長はずっと会議中でいらっしゃいました。直接お目にかかって、ご報告するつもりでしたが、呉課長に一足先を越されてしまったようです」

「なんとも苦しい言い訳だな」

「ひとまずメールにて、事のあらましを簡潔に記したレポートを送ったのですが、ご覧になっては頂けませんでしたか。ケータイのほうにも送付いたしましたが」

吹越の目に動揺が走った。

美貴の顔を凝視してから、隣の椅子にかけていたスーツの内ポケットを漁る。スマートフォンの液晶画面を苦々しく見やる。メールを送ったのは事実であり、きっちり届いているようだ。しかし、彼は着信に気づかなかった。方面本部の幹部たちとの話し合いに、気を取られていたのだろう。

このところの吹越の動きは慌《あわ》ただしい。自席やこの小会議室に齧《かじ》りつき、ひたすらペーパーワークに勤《いそ》しんでいた男が、最近は会議や打ち合わせと称して、よく外出している。今日の午前中は、本庁内《ホンブ》にある第一方面本部の幹部たちとの会議に費やしていたという情報を得ている。

方面本部の主な業務は、管轄《かんかつ》する警察署の監督や教育だ。本庁と所轄の橋渡し役であり、各所轄の連携と広域対応を担《にな》っている。幹部署員の管理や監察を行うなど、警務部に近い性格も有している。所轄署員が〝空爆〟と恐れる随時監察においては、方面本部長が監察執行官となって指揮を執る。

第一方面本部は、千代田区や中央区、港区や島嶼《とうしょ》部を受け持っている。そのなかには、今回の事案の焦点となっている赤坂署も含まれていた。

吹越はスマートフォンをワイシャツのポケットに入れた。咳払《せきばら》いをひとつする。

「言い逃れに過ぎん。これだけのトラブルが、メール一本で済ませられるか」

なおも噛みついてきたが、その声からは勢いが削《そ》がれていた。しかし、本番はこれからというべきだ。

首を横に振った。

「もちろん、お伺いしてのご報告が必要だと考えておりました。すでに白幡部長には報告を済ませております」

「部長ね……」

吹越は口を歪めて呟《つぶや》いた。卑《いや》しい表情が浮かんでいる。

「なにか」

彼は椅子を動かして距離を縮めてきた。

脂《あぶら》っぽく輝く禿頭は、巨大なペニスのように見える。幼いころから柔道で鍛えられた、がっちりとした体格の持ち主であり、独特の威圧感を放っていた。

冷ややかな目で見つめられる。

「昨夜は、部長と船橋くんだりまで出かけて、ひそひそやっていたそうだな。黒滝を交えて」

ポーカーフェイスを保った。内心ひやりとしていたが。

「部長がよくお使いの割烹《かっぽう》料理店です。昨夜は青森の珍しい地酒が奇跡的に入荷したというのでご一緒しました。黒滝主任は連日忙しく調査に明け暮れていましたから、慰労の意味も兼ねて誘った次第です。新鮮な魚が売り物のお店で、課長もぜひお誘いしたかったのですけれど」

目をテーブルに走らせた。健康食品のボトルに交じって、飲みかけのカテキン緑茶のボトルがある。吹越は酒を一切飲まない。

彼の視線が鋭くなった。

「私をなにも知らぬ愚者だとは思わんほうがいい。君らの行動は把握している」

吹越はふいに立ちあがった。

小会議室の出入口まで歩むと、ドアを開けて廊下に人がいないのを確かめる。再び戻ってきてもとの椅子に腰かけた。飲みかけの緑茶を口にする。

「まどろっこしい話は止《や》めにしよう。君も組織を動かす側の人間だ。言っている意味はわかるはずだ。処理しなければならない書類が山ほどあるなか、なぜ私が第一方面本部の面々とひんぱんに会っているのかについても。呉課長とも激しくやり合ったが、最後は固い握手を交わして友好的に別れている。つまらんセクト主義に陥っている場合ではないからな」

吹越の身体から、かすかにソバつゆの匂《にお》いがした。第一方面本部の人間とは話し合いだけではなく、ランチもともにしたようだ。

「田所の件ですね」

「それ以外になにがある」

彼は再び椅子を動かした。距離をつめられる。

「捜査本部の状況は刻々と変化しつつある。強盗殺人の線で追っていたものの、日下の調査対象者だった田所に対し、改めて注目せざるを得なくなったらしい。田所自身にはアリバイがあるが、暴力団との深い癒着《ゆちゃく》が指摘されており、殺人に関与するだけの動機がある。殺しを請け負ってくれそうな知人もいる。そのあたりは君と黒滝が詳しいだろう」

「今朝、その田所が富津市まで出向いたという報告を、黒滝主任から受けてはおりますが」

「そこで捜査員と鉢合わせした、ということだな」

「はい」

彼の目を見すえて答えた。

同じ課の上司と部下の関係にありながら、まるでポーカーの勝負をしているかのようだった。摑《つか》んでいる情報を小出しにしては、互いの考えを探り合っている。

吹越は声をひそめた。

「赤坂で刑事をやっていれば、ヤクザ者と接触することはあるだろう。問題はそこではない。やつがヤクザ者を飼っているのではなく、飼いならされてしまったらしい点だ」

「田所は富津市の港で、暴力団員《マルB》と接触しています」

黒滝に聞かされた〝クソおもしろくないニュース〟を伝えた。吹越は背を大きくのけぞらせた。メガネを外すと、まいったとばかりに、右掌《みぎて》で目のあたりをぴしゃりと叩く。まるで初めて耳にしたとばかりに。

日下の財布は抜き取られ、強盗殺人の可能性を匂わせているが、それが犯行の動機を悟られぬための偽装であり、田所と組んでいる者たちによる口封じだとするならば、管轄する第一方面本部はもちろん、警視庁トップにまで累《るい》が及ぶだろう。警察を揺るがす大スキャンダルに発展する。

今度は美貴から質問した。

「先ほど、セクト主義に陥っている場合ではないと仰《おっしゃ》ったばかりです。我々はどう動くべきだと課長はお考えですか？」

吹越は眉間にシワを寄せた。

「言わせるのか」

「私に誤解があるといけませんから」

彼は軽くため息をついた。

「我々は捜査本部と連絡を密にし、真相を摑む必要がある。もし田所が殺しに関与しているとなれば、警視総監や鶴岡《つるおか》本部長も無事では済まないだろう。それどころか、警視庁《カイシャ》そのものの威信が失墜する。この危機を乗り切るために結束しなければならない」

第一方面本部長の鶴岡警視長は、吹越と同じく鹿児島出身だ。鹿児島一の進学校から最高学府の法学部へと進んだ。同郷の先輩とあって、吹越とは親密な関係にある。なにしろ彼の結婚式で、仲人《なこうど》を務めたほどだ。

警視庁には十の方面本部がある。第二から第十方面の本部長には、署長や本部課長などを務めてきたベテランが就く。対して、第一方面は霞が関や永田町といった国の中枢《ちゅうすう》を含み、大国の大使館がひしめく重要エリアであり、キャリア出身の警視長が就くのが慣例となっている。

鶴岡は、勤続二十二年で警視長の階級に上がった鹿児島閥の出世頭でもあった。白幡と同じく、未来の警視総監候補と目されているが、今回の事件が明るみに出れば、出世レースから脱落するのは目に見えている。

警視庁が大ダメージを負うのはもちろんだが、鶴岡を神輿《みこし》として担《かつ》いできた男たちの経歴にも、大きな傷がついてしまうだろう。吹越らはそれを避けるため、連日にわたってもがいているというわけだ。

目の前にいるこの上司は警視庁内では堅物として知られている。規則や段取りを重んじ、なにより警察の体面を優先的に考える。

ここが踏ん張りどころだ。美貴は尋ねた。

「つまり、捜査本部はこちらが収集した情報を欲しがっているということですね」

「ああ。喉《のど》から手が出るほどな。黒滝と連絡を密にし、情報を全《すべ》て吐きださせろ」

捜査一課長の呉が、鶴岡の派閥に属しているのかはわからない。警察内部の人間関係や派閥争いに美貴はもとよりうといのだ。

深呼吸をしてから口にした。

「今のところは、できかねます」

吹越はまた微笑を浮かべた。耳の穴を小指でほじる。

「よく聞こえなかった」

「今はできかねます。さきほど課長が仰ったではないですか。『他の警官や組織に知られることなく調査する職責だ』と。どんな真相であっても、捜査本部がすべてを公表し、不正に手を染めた者全員を徹底追及するというのなら、話は別ですが、先ほどから伺っていると、捜査本部は第一方面本部や赤坂署に配慮する気でいるように思えます。なれ合いに手を貸すわけにはいきません」

彼の腕が動いた。

また派手に机を叩くのかと思ったが、健康食品のボトルを摑むと、次々にフタを空けた。ざらざらとビタミンの錠剤やセサミンのカプセルを掌に盛る。カテキン緑茶でそれらを一気に飲み干した。喉仏が大きく動く。

「今回は例外中の例外だ。人事を預かる私としても不本意ではあるが――」

「例外などありえません。むしろ、このような根の深い腐敗に対して、膿《うみ》を残らず搾《しぼ》り出すのが監察の役目ではないですか。だからこそ、私は捜査経験の豊富な黒滝主任に調査を任せたのです。ましてや、隠ぺいに手を貸すなど、私には――」

吹越から指を突きつけられた。

「それ以上は言うな。私や呉課長に対する侮辱となる」

「では、どのように決着を図るおつもりですか。悪徳警官に退職金を払って口を封じるのですか。暴力団と話をつけて、チンピラでも出頭させますか」

しばらく、吹越と睨みあった。空調の風の音だけがした。肩と背中が張りを訴える。

やはり急いでマッサージ店に予約の電話を入れなければならない。

吹越のほうから口を開いた。

「つまり、君は白幡部長につくということだな」

ゆっくりと首を横に振った。

この上司を軽んじた覚えはない。じっさい、実務能力に長《た》けた男ではある。しかし、今は軽侮の念が湧《わ》き上がるのを抑えられなかった。

「誰の味方をするとか、どの派閥につくといったレベルの話をしているのではありません。私が手に入れたいのは真相だけです。日下さんが誰に、なんの目的で殺害されたのかを摑みたい。もしかすると田所以外にも、不正に手を染めている者が警視庁内にいるかもしれません。全容を摑んだ暁には、任務をまっとうするために、厳正に処理するつもりです。白幡部長もそれを望んでいらっしゃいます」

「君はⅠ種試験など端《はな》から受けるべきではなかった。巡査《サ》から警察人生を始めて、一兵卒で終えるべきだったのかもしれん。繰り返すが、我々は組織を動かす側の人間だ。幼稚な正義を振りかざしていると、これから先は困難な道を歩むことになる。いや、警察人生そのものがここで終わるかもしれんぞ」

無表情を装《よそお》った。

「脅しですか？」

「部下への心からのアドバイスだ。じっさいに、このまま進めば確実にそうなる。君にも野望があるだろう。女の身でこれ以上、高みに上るつもりでいるのなら、親切な上司のアドバイスには真摯《しんし》に耳を傾けるべきだ」

「日下さんはどうなります」

「うん？」

　吹越は虚をつかれたような顔をした。反射的に目をつむる。感情に火がつきそうになる。小さく首を振り、目を開いて続ける。

「それでは、亡《な》くなった日下さんはどうなります。浮かばれません。私は、彼が職務を忠実に遂行したがゆえに、殺害されたものと睨んでいます。田所も実行犯も裁かれることなく、シャバでのうのうと生きさせろというのですか？　黒滝主任もそうです。田所には共犯者がいるのは確実です。今の段階で情報をよそに流せば、共犯者の耳にまで入るかもしれません。黒滝主任や彼の情報提供者を、みすみす危険にさらしてしまいます」

　彼は書類の束を摑んだ。ウチワ代わりにして、鬱陶《うっとう》しそうに顔を扇《あお》ぐ。

「死んだ者の考えなど、君にわかるものか。雨降って地固まるという言葉があるだろう。私がかりに日下の立場であれば、警視庁の屋台骨を揺るがすような事態を招くより、マスコミや議員につけ入る隙《すき》を与えない強固な組織運営づくりに励んでもらうことを望むはずだ。そうしたほうがよほど、日下くんの供養《くよう》になる」

目を伏せた。吹越はさらに畳みかけるように続けた。

「鶴岡警視長は君のことを高く評価されている。この機を逃す手はないとだけ言っておこう」

うつむきながらひっそりと笑った。懐柔できたと思ったのか、反対に吹越は笑みを消す。

喉をなでた。

「水を持ってくるべきでした」

「だろうな。まじめに話し合えばお互い喉も渇く」

顔を上げて睨みすえる。

「喉を潤《うるお》すためじゃありません。あなたの顔にぶちまけるためです」

「なんだと」

彼は勢いよく立ち上がった。彼女を見下ろす。

「私は監察官としての任務をまっとうしたいだけです。腐敗警官に与えるべき退職金はありませんし、そいつをシャバでのうのうと暮らさせる気もありません。厳正な処罰を下すのみです。ひととき警察の威信が揺らぐとしても、悪質な隠ぺいに手を貸す気はありません。お話は以上でしょうか？」

吹越はまた笑みを浮かべた。

「妙な女だとは思っていたが、まさかここまでの変人だったとはな。愚か者と称するべきか」

椅子から立ち上がった。不快で疲れる話し合いではあったが、とことん腹を割って話せた点だけは収穫ではある。

テーブルがまた叩かれた。

「まだ話は終わっていない」

「どれだけ時間を費やしても、平行線をたどるばかりかと」

「思い上がるな。貴様の意志など関係なく、黒滝からの情報はきれいに報告してもらうぞ。私は貴様たちの上司だ。命令に従え」

指をつきつけられたが、それを無視して小会議室の出入口へと歩んだ。

「報告はこれまでどおりにいたしますが、まもなく白幡部長がこちらにいらっしゃるかと思います。決して情報を他部署に流すなとお命じに」

吹越の顔が歪《ゆが》んだ。さらにつけくわえた。

「上司の命令には従うべきでしょう」

肩を揉みながら、小会議室を後にした。

17

黒滝はセダンを停めた。

警視庁の地下駐車場だった。豊洲《とよす》にある田所《たどころ》のマンションから、首都高を経て、霞が関へと戻ってきたのだ。

肩を揉み、腰に手を当てて、背をそらす。首から腰にかけて、筋肉が張りを訴えている。今日だけで約二百キロを走破したことになる。

ただのドライブではない。調査対象者の追尾ともなれば、筋肉が強張《こわば》るのは当然だろう。その途中、捜査本部の刑事と鉢合わせするなど、トラブルにも遭遇している。このままサウナにでも行って、たっぷりと汗を掻き、マッサージ師に身体中をほぐしてもらいたかった。

職場には顔を出さなかった。今ごろ、課長の吹越は激怒しているころだ。顔を合わせると面倒くさい。とくに呼び出しがないのを見ると、美貴がかばってくれているのだろう。

〈そっちに寄りますか？〉

霞が関に戻る途中、彼女にメールを送っていた。すぐさま返事が返ってきた。

〈今はけっこう。寝た子を起こすようなものだから。調査に専念して〉

返信のメールを目にして思ったものだ。やはり変わった女だと。

警察という強烈な縦社会では、上司の命令は絶対だ。とくに吹越は有力閥に属する選り抜きの警察官僚である。盾つけば、その後の警察人生に悪影響を及ぼす。バックに警務部長がついているとはいえ、できるだけ衝突を回避するのが処世術というものだ。上にはいい顔をし、面倒事は下に押しつけ、ケツをまくる。

しかし、美貴はそうではない。彼女は真相のみを欲しているのだ。

警視庁から霞ケ関駅へ。午後四時を過ぎたばかりだったが、鈍色《にびいろ》の雲が空を覆《おお》いはじめ、あたりは早くも薄闇《うすやみ》に包まれつつあった。街灯もすでに点《とも》りはじめている。

霞ケ関駅の千代田線ホームで、やって来た電車を一本やり過ごした。次の電車に乗ってからも、あたりの乗客の様子に注意を払った。車から電車に切り替えたのは、夕方の帰宅ラッシュによる渋滞を避けると同時に、監視者の有無を確かめるためでもあった。

電車に乗ってから十三分。代々木上原駅で降りた。北口の小さな食品スーパーや飲食店が並ぶ道を歩いた。夕方とあって、スーパーの前には自転車が雑然と並び、多くの買い物客でごった返している。揚げ物など惣菜《そうざい》の匂いが漂ってくる。

すぐには目的地に向かわず、曲がりくねった道を迂回《うかい》し続けた。再び食品スーパーに立ち寄ると、網に入ったミカン数個と、一山分の柿《かき》を買う。

街をぶらつき出した。ブティックの前で足を止め、ショーウィンドウを眺めるフリをしつつ、ガラス窓に映る背後の風景をチェックする。不審な人物は見当たらない。

もはや、ただの監察係員ではない。腐敗警官の監視者でありながら、同時に警察組織から睨《にら》まれる監視対象者となった。黒滝の行動に注目しているのは、竹崎のような捜査員だけとは限らない。黒滝が動くことで不利益をこうむる警視庁内の人間が、彼を妨害するかもしれないのだ。

行く手を阻《はば》むためなら、警察以外の勢力にもリークする可能性すらあった。殉職直前の日下と似たような状況下にあることは自覚している。

道幅が狭い道路を、多くの通行人が行き交っている。このうちの誰かが黒滝の胸めがけてナイフでブスッと突いてくる恐れもある。

特殊警棒や手錠だけでなく、ポケットには護身用のタクティカルペンも入れておいた。先が尖《とが》ったペン型の刺突用武器だ。

しかし、とっさの襲撃に対応できるかどうかは疑問だ。反射神経は年々鈍りつつある。たとえ拳銃《けんじゅう》をぶら下げていたとしても、本気で殺そうとする気でいる相手には、そうそう通用しまい。

駅の北側をしばらくうろついてから、目的地である店舗『お直し職人マイスター』へと向かった。徒歩五分程度の場所で、平凡な造りのマンションの一階にあった。

靴と皮革製品の修理、洋服のメンテナンスを手がけている。店の前の歩道には、カフェやバーガー店でよく目にする黒板があり、「ブーツからコートまで。靴修理、皮革製品のクリーニング、その他、お直しうけたまわります」と記されてあった。衣服や靴だけでなく、バッグの修理や合鍵《あいかぎ》の複製も行っている。

店へ入った。皮革製品と洗剤の臭《にお》いが鼻をつき、業務用ミシンのけたたましい作動音が耳を聾《ろう》する。

店内は広くない。カウンターの向こう側には、無数の靴が並び、巨大なテーブルには古着が山のように積まれていた。それらをかき分けるようにして、福地珠美《ふくちたまみ》が、二の腕や太腿《ふともも》を棚やテーブルにぶつけながら、ブーツを抱えて忙しそうに働いていた。二重になった顎《あご》から汗がしたたり落ちる。一昨年、出産してから、空気をいっぱいにつめた風船のように、体型が大きく膨らんでいた。

珠美に微笑《ほほえ》みかけられた。

「黒滝さん」

「差し入れ」

カウンターに、ミカンと柿を入れたビニール袋を置く。彼女は一礼して受け取った。

「いつもすみません」

「克《か》っちゃんは？」

珠美は壁の時計を見やった。

「あと十五分くらいで戻ると思います」

黒滝はうなずくと長椅子に腰かけ、店の主人である福地克昌《かつまさ》を待つことにした。鍵修理の出張サービスも手がけている。どこかの家のドアの錠前と格闘し終えたところなのだろう。

業務用ミシンの隣には、合鍵複製のためのキーマシンが複数あった。もともと福地が合鍵専門店として始めたのだが、それだけではとても食っていけないため、女房の珠美と一緒に事業を徐々に多角化していった。多忙らしいが、夫婦ともに手先が器用でそれぞれの分野で好評を博している。

長椅子に座って待っている間に、携帯が震えた。美貴からだ。口を手で覆う。

「ご迷惑をおかけしています」

珠美たちの耳に届かない程度の声で喋《しゃべ》る。もっとも、業務用ミシンの音が騒々しいため、ふつうに会話をしたところで聞こえないだろう。

〈気に病む必要はないわ。あなたは黙々と調査を進めてくれればいい。それで、おもしろくないニュースとクソおもしろくないニュースのふたつがあるんだけど、どちらから聞きたい〉

思わず口を歪めた。

「一気に話してくれれば助かります」

〈その前に、工事現場にでもいるの？　なんだかとても賑《にぎ》やかなんだけど〉

「鍵屋です」

素直に答えた。

どのみち、今の黒滝はGPS発信機を持たされている。居場所を調べようとすれば、指一本で即座に割り出される。

「田所《マルタイ》の自宅の鍵、赤坂署のロッカーの鍵、それにデスクの鍵を複製します。やつは私物のモバイルPCをメモ帳代わりに使用しているようで、情報をそこに貯《た》めこんでいるようです」

〈手に入れる気ね〉

「もちろん」

〈無茶は禁物……と言いたいところだけど〉

美貴は鼻で笑った。自嘲《じちょう》的な響きを帯びている。小さく笑うと、一転して硬い口調に変わった。

〈私たちに残された時間は少ない〉

「でしょうね」

〈悠長に田所を洗っている暇はなくなってしまった。捜査本部は、捜査一課を通じて苦情を申し入れてきたわ。あなたはさらに有名人になってしまった。吹越課長と第一方面本部長の仲はご存じ？〉

「おおむね」

〈鶴岡方面本部長を始めとして、上層部は今のところ必死にシナリオを練ってるはず。できるだけ事が大きくならないように〉

「いっそ監察係《うち》で田所《マルタイ》を確保しますか」

〈そうしたいけど、課長を怒らせすぎた。私たちが大っぴらに動けば、誰かさんが第一方面本部を通じて、赤坂署に今から邪魔者がまいりますと、ご注進するかもしれない。駆けつけるよりも早く、赤坂署が田所を匿《かくま》うこともありうる。どこかの宿で必死に汗をかかせれば、数日で覚せい剤反応も出なくなる〉

にわかに返答はできなかった。

肩の筋肉が強張る。胸の古傷が痛む。思った以上に厄介な部署に来てしまったのだと、今さらながら痛感させられる。

〈もしもし？　聞こえてる？〉

「ええ」

〈どえらい部署に来ちまった、とでも思ってたんでしょう〉

「ご名答」

〈こちらとしても、みすみす逃がす気はないわ。赤坂署が逃げを打とうとすれば、特別監察を実行して田所の身柄《ガラ》を確保する。署長や生活安全《セイアン》課課長はもちろん、隠ぺいにかかわった人間は、全員さらし首にしてあげるわ。方面本部についても同様よ〉

その口調はいつもと変わらず落ち着いている。しかし、吹越と激しくやりあったせいか、声には殺気がこめられていた。背筋がぞくぞくとした。

特別監察は警務部最強のカードだ。方面本部長が監察執行官を務める随時監察や、事前に方面本部長や署長に実施計画を伝える総合監察とは種類が異なる。警察の能率的な運営、規律の保持のため、必要とあらば速やかに実施できる、真の抜き打ち調査だ。特別監察の執行官は警務部長の白幡だが、警務部長が指名した者に監察を代行させることができる。じっさいに指揮をするのは美貴となるだろう。第一方面本部や吹越を敵に回してでも、彼女は容赦なく執り行うに違いない。

思わず笑い声が漏れた。美貴が不審そうに尋ねてくる。

〈どうしたの?〉

「なんでもありません」

状況はひどく困難だ。

だからこそ黒滝は呼ばれたのだ。上層部の暗闘には興味を持たず、手段を選ばず警官たちの情報をかき集める。その能力と意欲を買われたのだ。

他人の暗い欲望を余さず見つめたいという病を抱えている。だからこそ、ワーカホリックに陥った。

国民に奉仕すべき公僕が、巨大組織の威光を振りかざし、腐敗に手を染める姿は、犯罪者たちの悪行よりも暗さが際立《きわだ》つ。同僚から憎悪《ぞうお》されたとしても、覗《のぞ》く価値のあるおもしろさがあった。だからこそ、笑ってしまったのだ。

「クソおもしろくないニュースのほうも聞かせてくれませんか」

〈まだクラシマの情報が入って来ないの。組対部《ソタイ》に問い合わせたけど、のらくらと理由をつけて情報提供を拒んでる〉

「監察係《うち》は本当に愛されてますね」

〈このところ、あちこちに随時監察《ずいかん》をかけてるから。つまらない嫌がらせよ〉

「それでしたら任せてください。一応、古巣ですから。クラシマは、赤坂付近を根城にしている暴力団員《マルB》でしょう」

美貴は声をひそめた。

〈危険な男だとあなたも感じたでしょう。警官ひとりが殺されてる。次はあなたが狙《ねら》われるかもしれない〉

「でしょうね。ひとり殺《や》ろうが、ふたり殺ろうが、連中にとっては変わりはない」

克っちゃんこと福地克昌が戻ってきた。長椅子《ながいす》にいる黒滝を見て、小さく声をあげ、微笑する。

格安理髪店でカットしたような角刈り頭と、馬に似た男性的な顔つきをした中年男だ。洗い立ての作業着を着用していたが、作業を終えたばかりのためか、オイルと金属の臭いがした。軽く手をあげて挨拶《あいさつ》する。

美貴は呆《あき》れたように息を吐いた。

〈他人事《ひとごと》みたいに言うじゃない。木下と石蔵《いしくら》をあなたのもとに送るわ。単独調査はやはり危なすぎる〉

木下の学級委員長みたいな堅苦しい顔を思い出す。ミス監察係という言葉が当てはまりそうなまじめ一辺倒の女だ。石蔵は三十代の実直な係員で、こちらも優等生タイプだ。

携帯端末を耳にあてながら、ビジネスバッグのなかを探った。樹脂のパッケージを福地に渡す。目で訴える──早急に頼むと。

福地はパッケージを慎重に開け、なかを確かめた。固まった透明の樹脂には田所が使っているロッカーの鍵の型枠がある。うなずくと、カウンターの奥へと引っこんだ。

美貴に告げる。

「せっかくのご提案には感謝しますが、対策は講じてます。このままやらせてください」

〈そろそろ、そのポリシーを曲げてくれない？　メッタ刺しにされてからじゃ遅い〉

「木下、石蔵はあなただけではなく、吹越課長にも忠誠を誓っているかもしれない。敵か味方かもわからないやつとはつるめない」

〈あなたの情報は、すでに赤坂署はもちろんだけど、田所の耳にも入ってるかもしれない。つまり、日下さんを殺した犯人《ホシ》にも狙われるってことよ〉

「望むところです」

電話を切った。

カウンターの向こう側にいる福地を見やった。彼はすでにキーマシンの前に陣取り、型枠に強化剤やポリエステル樹脂を流しこんでいる。

「急で済まない」

「黒滝さんの依頼なら、いつでも最優先よ。電話くれたら猛スピードで戻ったのに」

福地は中国語訛《なま》りで答えた。妻の珠美が苦笑いを浮かべた。

彼は、かつて李克健《リークァジェン》という名前の中国人だった。居酒屋でバイトをしながら勉学に励むまじめな学生だったが、バイトを通じて留学生くずれの不良外国人と交流するようになった。はるばる吉林省から留学生として来日した。居酒屋でバイトをしながら勉学に励むまじめな
悪い遊びを覚えて借金を重ねた挙句、暴力団員に手先の器用さを買われて、鍵師の専門学校に通わされた。日中混合の窃盗団の一味に無理やり加えられたのだ。

工具を使っての錠前の開錠や合鍵のコピーを命じられ、窃盗団の仕事に携わった。しかし、良心の呵責《かしゃく》に耐えかね、元締めである暴力団員に足抜けさせてくれと直訴し

た。聞き入れられずに路上でチンピラたちに袋叩《ふくろだた》きに遭った。

その様子を目撃したのが組対四課時代の黒滝だった。暴力団員は、関西の華岡組《はなおかぐみ》系に属する末端組員だ。女に食わせてもらっているだけの貧しいヒモだったが、同じ組に属する情報提供者《エス》から、急に羽振りがよくなったという報告があった。その暴力団員を監視している最中、李がリンチに遭っているのを目撃した。

運んでいった病院で取引を申し出た。彼を新たな情報提供者にすることで、窃盗団の一網打尽に成功した。李は大学を辞めたが、黒滝の図らいで罪に問われずに済んだ。その後、珠美と出会い、鍵屋を始めて現在にいたっている。結婚をしてからは、配偶者の姓を名乗っていた。

福地は恩義を感じて、たびたび入ってくる不良外国人の情報提供だけでなく、合鍵のコピーを請け負ってくれている。木根郁男《きねいくお》の自宅の鍵を複製してくれたのもこの男だ。

長椅子に身体《からだ》を預けた。福地が急ピッチで合鍵を作成する間に考えた。携帯端末を握る手が震えている。肉体は疲れ果てていたが、精神は高揚するばかりだった。当分、カフェインは必要なさそうだ。

携帯端末に登録されている電話帳を漁《あさ》った。ひさびさに昔の相棒に電話をかけた。

〈よお。黒滝警部補。生憎《あいにく》、監察の覗き見野郎にやれる情報《ネタ》なんてないぜ〉

組対五課の羽場《はば》が朗らかな声で出た。

黒滝は苦笑を返した。

「見抜かれたか」

〈組対《うち》五課《ち》のボスがキレてたよ。監察のじゃじゃ馬女が！　厚かましいにもほどがあるってな〉

羽場と話すのはひさしぶりだった。

組対四課から追放されたさい、黒滝は帰宅途中に、何者かの襲撃を受けている。羽場によって救われたが、そのときに礼を言って以来、連絡は取り合ってはいなかった。しかし、気さくな態度は相変わらずだ。

「単刀直入に言う。その監察のじゃじゃ馬が欲しがっていた情報をくれないか」

〈対価は？〉

すかさず尋ねてきた。黒滝に時間がないのを悟ったようだ。

「町田で起きた日下殺しの件だ。ただの強盗殺人ではあり得ないとだけ言っておこう」

〈ちょっと待て〉

羽場は声のボリュームを下げた。食いついてくれたようだ。椅子がきしみ、フロアマットを踏みしめる音が聞こえた。

〈殺しの裏には、赤坂署の警部補《ブケホ》が絡《から》んでるという噂《うわさ》が一時《いっとき》流れていたが、本当だったのか〉

「しかも覚せい剤《シャブ》絡みだ」

〈そいつはまた……〉

さすがの羽場も絶句したようだった。情報を得るには、情報で支払うしかない。

「クラシマなる暴力団員《マルB》が、どうやら一枚も二枚も嚙《か》んでる。お前ならやつを知っているはずだ」

〈いいだろう、ドッグ・メーカー。取引に応じよう。メモの用意はいいか?〉

ビジネスバッグからメモ帳とボールペンを取り出した。羽場の言葉を書き留める。

やはりクラシマは赤坂の暴力団員だった。本名は倉島淳《くらしまじゅん》。印旛会系の三次団体にあたる八田組《はったぐみ》の若頭だという。

八田組は赤坂や六本木界隈《かいわい》を縄張りに持つ組織だが、倉島は前若頭が心臓発作で亡くなったのを機に、今年になってから、一介の若衆から若頭に抜擢《ばってき》された。有力幹部がひしめくなかでの異例の出世として、印旛会内でもずいぶんと評判になったらしい。

組対四課に属していたが、あの男の存在は知らずにいた。三下から急速に力をつけ、いっぱしの幹部に成り上がった男らしい。

現代の暴力団は集金能力がそのまま実力として評価される。シャブなんぞに直接手を染めれば、手っ取り早く儲《もう》けられるのに決まっているが、賢い暴力団員は、売買に直接タッチしない。

不良外国人やフリーの悪党にやらせ、上前だけをはねるのが一般的な手法だ。ただし、どこの暴力団も経済状態が逼迫《ひっぱく》している現在は、課せられる上納金も少なくはない。以前ならやらなかった強盗や窃盗にも手を出す時代だ。危険を承知で直接売買にかかわる人間がいても、なんら不思議ではない。

取り扱い禁止を謳《うた》いながらも、上納金を受け取る親分衆たちは、下の人間が集めた金の出所を聞いたりはしない。重要なのは金額の多寡《たか》だけなのだ。

倉島の運転手を務めていたのは、樋口仁《ひぐちじん》。八田組の準構成員だという。田所が出入りしていたレゲエバーでは、バーテンダーとしてシェイカーを振っていたという。名義上の店長は、前科十五犯の懲役太郎で、裏DVD店や裏カジノが摘発に遭ったときの逮捕要員だった。ヤクザに飼われた五十絡みのチンピラだ。

バーの事実上のオーナーは倉島であり、店を仕切っていたのは樋口と思われた。シャブの売買が明るみに出れば、警察にパクられるだけでなく、八田組は倉島をいとも簡単に追放するだろう。たとえ若頭の地位に就いていたとしても。

保険として、倉島は所轄《しょかつ》のベテラン刑事である田所を、カネとシャブで飼いならした。田所と暴力団員たちには、日下殺害時のアリバイがあるようだが、直接手を汚さなかっただけで、なんらかの形で関与しているものと思われた。

メモを終えてから羽場に言った。

「監察係《うち》の仕事は、田所たちの不正を糺《ただ》すことだ。覚せい剤《シャブ》の密売ルートを暴《あば》くのは、お前に任せる」

〈……イキイキしている〉

「なに？」

〈組対四課《よんか》から追い出されて腐っているとも聞いていたが、声がイキイキしてやがる。監察の仕事を楽しんでやがるな〉

「なにしろ相手は極道だけじゃなく、同じサクラの代紋の連中だ。ヒリヒリしているのは確かだよ」

電話を切った。

嘘《うそ》をついていない。ヒリヒリとした緊張と昂揚《こうよう》を同時に感じていた。倉島たちの富津での会話が脳裏をよぎる。田所に投げつけた言葉が忘れられない。

〈そうなりゃ、あいつがまた来るぞ。次はあんたがくたばることになる。脅しじゃねえのは、あんたが一番わかってるだろ。あいつは警官《ポリ》だろうと、誰だろうと――〉

〝あいつ〟なる人間を思い描いた。警官相手にもひるまない危険人物か、警察内部に詳しい者か。美貴には勇ましく返事をしたが、黒滝自身も身に迫る危険を感じつつあった。

とはいえ、もっとも立場が危ういのは田所だ。すでに捜査本部と監察係の両方から睨まれている。倉島が、やつの始末を検討していてもおかしくはない。

木根の携帯端末にメールを打った――至急電話をよこせ。

一分ほどしてから電話がかかってきた。

〈もしもし……〉

木根はぜいぜいと息を切らせている。

彼もまた必死だった。黒滝を怒らせれば破滅が待っている。表示を見て、署の刑事部屋から飛び出したのだろう。

「話せるか」

〈だ、大丈夫だ。少しなら〉

「田所はどうしてる」

〈その件で……電話するつもりだった〉

「なにがあった」

　木根は息を整えてから答えた。

〈署長じきじきに呼び出しを喰らった。課長と一緒だ。署の人間だけじゃない。第一方面本部のお偉いさんもだ。田所さん、会議室にこもって、事情を聞かれているようだ。いよいよ終わりだ。おれたち生活安全《セイアン》課の人間は、戦々恐々としてるよ〉

　携帯端末を強く握る。

「いつからだ」

〈じゅ、十分前くらいだ〉

　視線を福地に向けた。彼は黒滝の視線に気づくと、指でマルのマークを作った。鍵の作成を終えたらしい。

「二十分で向かう。作戦開始だ」

　一方的に告げると、長椅子から立ち上がった。

18

福地から鍵を受け取ると、代々木上原駅まで走った。

革靴とスーツ姿で、駅前の商店街を駆け抜ける。人の目など気にしていられない。

太陽はすっかり沈み、街はすっぽりと闇に包まれていた。道は、買い物客と家路を急ぐ若者やサラリーマンらでごった返していた。ボールを持ったラグビー選手のように人波をぬって走る。

自動改札機にICカードを叩きつけ、ホームへと続く階段を駆け上った。ちょうど綾瀬《あやせ》行きの千代田線の電車が停車しているのが見える。緑のラインが入った銀色の車両に飛び乗る。

すでに発車のメロディが鳴っていた。電車に飛び乗るのと同時にドアが閉められた。

ポールに摑《つか》まりながら、乱れた服装を直し、ハンカチで汗を拭《ぬぐ》う。季節が晩秋であるのを感謝するしかなかった。夏であれば脱水症状にでも陥っていただろう。人目もはばからずに、肩で呼吸をした。肺が空気を求め、ぜいぜいと息が漏れた。思った以上に身体のキレが悪い。

刑事になってからは激務が続き、走りこみを怠るようになった。年に何度かは、こうして街を駆けずり回る羽目になる。そのたびに、ジョギングを再開しなければと強く決心するのだが、けっきょく実行はしていない。ウェイトも増していくばかりだ。この任務を終えたら、今度こそ身体を鍛え直そうと誓う。

代々木上原から赤坂までは十分で着く。その間に息を整える。ドアが開くと、再び走り出した。改札口までの階段を駆け上がる。

駅から赤坂署までは、直線にして約五百メートルの距離だ。ただし、TBSの敷地を迂回し、山道のような坂を駆けあがらなければならない。三分坂《さんぷんざか》を上りながら、携帯端末で再び木根に電話をかけた。

呼び出し音が鳴る前に木根が出た。

〈着いたのか?〉

「赤坂パークビルを過ぎたあたりだ。署を出ろ。ステキなプレゼントがある」

息があがり、それだけを告げるのに時間がかかった。

この機会を逃せば、真相を摑むのが困難になる。赤坂署の幹部や第一方面本部の連中は、今ごろ田所という人間爆弾の処理について話し合っているころだ。すでに当人と取引を済ませ、証拠隠しに動いているかもしれない。

木根は憂鬱《ゆううつ》そうな声を出した。

〈……まさか今やるのか？〉

「作戦実行と言っただろう。だから、こうして走り回ってる。当の田所は動けない。生活安全課《セイアン》のお仲間たちもお前にかまってる暇はない。そうだろう？　今しかない」

〈真夜中ならともかく……署にはまだ多くの人間がいる〉

国道２４６号線を目指してまた走り出す。

女子高生やサラリーマンが、全力疾走するスーツ姿の中年男を目撃し、顔を強張らせて後ずさった。よほど、切羽詰まった表情をしているようだ。

「他人事みたいに言うじゃないか。お前はもうこっち側の人間なんだ。おれたちが田所を処罰できなければ即敗北だ。暴力団《マルB》とつるんで、覚せい剤《シャブ》までむさぼり食ってた野郎が、たっぷり退職金もらってダンマリを決めやがったら、こっちのメンツが丸ツブレだ。そんときは、お前に生贄《いけにえ》になってもらうぞ。腰ナワつけて歩かされる自分の姿が全国ネットで放送されるのを想像してみろ。児童ポルノ等処罰法違反と、でっかいテロップつきで流れるんだ。警視庁《うち》は、田所みたいにハンパなく腐った野郎は必死でかばうところだが、お前みたいな中途半端《はんぱ》ないたずら小僧は喜んで差し出すぞ」

〈脅すのはやめてくれ！〉

「脅しなんかじゃない。いいかげん、腹をくれよ」

国道246号線に出た。広い車道と赤坂御用地の森が見えてくる。

赤坂署の看板が目に入る。二〇一一年に建てられた近代的な九階建ての巨大ビルだ。六階から九階までは単身用の宿舎となっている。

玄関に立番警官の姿はない。どの階の窓も灯りがついているが、ブラインドが降りていて、なかの様子はうかがえなかった。

赤坂署の敷地には、歩道沿いに刈りこまれた植え込みがあった。掲示板の裏あたりに、鍵を入れた封筒を隠す。

なに食わぬ顔をして、246の交差点を渡った。皇宮護衛官があちこちに立っている。深呼吸をして息を整え、赤坂署から遠ざかる。

信号を渡りながら署に目を走らせた。建物の端で、電話をかけている男がいる。木根だ。道路を渡る黒滝《くろたき》に気づかずにいた。

ゆっくりと交差点を歩き、署の斜め向かいにある豊川稲荷《とよかわいなり》東京別院の南通用門に身を隠す。近くには売店があるものの、すでに今日の営業を終えていた。

「寺で待ってるぞ」

木根はあわてて顔をあげた。

視線が合う。彼は背中をのけぞらせ、化物でも見るように目を大きく見開いた。ウインクをしてみせる。

〈鍵は……〉

「隅の植え込みに置いた。茶色の封筒だ」

〈ゆっくりデータをコピーしてる暇なんてないぞ。深夜ならともかく、この時間じゃやっぱり無理だ〉

「そのまま田所のブツ《マルタイ》を、かっぱらってくればいい。簡単だろう」

〈そんなのでき――〉

「できるさ。大切な証拠品に手をつける度胸があるんだ。ちょっと同僚のブツを拝借するのなんてわけないだろう。決断しろ。この決断こそが、お前の人生を左右するんだ」

通用門の陰に身を潜め、国道越しに木根を監視する。夕方の寺院はひんやりと冷たかった。目にも鮮やかな紅白の幟《のぼり》がびっしりと立っているが、人気《ひとけ》はない。おそるおそる木根が訊《き》いてくる。

〈守ってくれるよな〉

「むろんだ。お前らだってそうしてきただろう。情報提供者《エス》はなにがあっても守り抜けと。先輩刑事から教わったはずだ」

〈……情報提供者《エス》か〉

ポツリと呟《つぶや》いて電話を切った。

署の玄関前を横切り、あたりに目をやった。周囲に人影がないとわかると、ゆったりとした歩調で隅の植え込みへと向かった。日常感を装《よそお》っているが、どこかぎこちない。

ビジネスバッグから夜間双眼鏡を取り出した。

周囲に気を払わなければならないのは黒滝も同じだ。敷地内に人がいないのを確かめてから目に当てた。

木根は緊張で顔を強張らせている。植え込みにまぎれこませた封筒をひったくると、すばやくスーツポケットにねじ入れた。まるでスーパーの万引き犯のようだった。一転して早足で署へと戻っていく。遠目からでも、肩に力が入っているのが分かる。

持ち出せる可能性は五〇パーセントといったところか。生活安全課の人間は、とても帰宅や外出できる空気ではないだろう。第一方面本部や赤坂署のお偉方が、一介の捜査官を問いつめにわざわざやって来たのだ。

同僚たちは、田所が覚せい剤にタッチしていたのを知っていたはずだ。田所の稼いだ黒いカネで遊んだ者もいる。木根もそのひとりだ。

心臓の鼓動は速まるばかりだった。二粒のガムを口に放った。

赤坂署を見つめた。警察署も公的な施設とあって、節電にはやかましい。どの署の総務課も、水道、電気、エアコンの温度を厳しく管理している。無駄遣いが判明すると、本庁や方面本部から厳しく指摘される。

時計に目をやる。六時近くだった。事務仕事を手がける職員や幹部クラスは帰宅の途につくころだ。それにともなって、部屋の電気が消えていてもおかしくないはずだ。にもかかわらず、どの窓もまだ灯りがついている。多くの人間が残っているのは確かなようだ。

黒滝は待った。木根が裏切る可能性もなくはない。臆病者《おくびょうもの》はもともとスパイに向かないのだ。裏切りに耐えきれなくなり、スパイになったのを仲間に告白した者もいた。板挟みに苦しんだ挙句、自殺を図ろうとした者もいた。連中を飼う者には、裏切りの予兆を常に察知できる洞察力が必要なのだ。

冷静に考えれば、田所と生活安全課の同僚たちは、沈みゆく船に乗っているようなものだ。このままでは自分も溺死《できし》すると判断し、いち早く脱出するのが理性的な行動というものだ。しかし、残念ながら人間は犬よりも賢くはない。パニックの末に愚かな道を選択してしまう者も多い。木根がそうならないとは言い切れなかった。

黒滝も下手を打った。捜査本部との衝突がなければ、もう少し時間をかけて調査ができただろう。

腕時計にまた目を落とす。木根が戻ってから十五分が経《た》とうとしている。赤坂署の連中が木根よりも先に、田所のデスクやロッカーを調べているかもしれない。

しかし、じっと待つしかない。飼い主が落ち着きをなくせば、犬にもそれが伝染《うつ》る。静かに深呼吸をした。木々が生み出す清涼な空気を肺に取り入れる。

そのとき、救急車のサイレンが聞こえた。眉《まゆ》をしかめた。夜間双眼鏡を国道246号線に向けた。赤色灯を回転させた救急車が青山方面からやって来る。端に寄る一般車両を次々に追い越し、赤坂署へと近づいてくる。

息を吞《の》んだ。夜間双眼鏡を再び署に向ける。閑散としていた一階フロアがにわかに慌《あわ》ただしくなっていた。制服やスーツ姿の警官たちが、血相を変えて玄関から飛び出してきた。制服警官のひとりが救急車に向かって大きく手を振る。

「こっち、こっちだ！」

警官の声は、交差点の斜め向かいにいる黒滝の耳にまで届いた。夜間双眼鏡から目を離し、肉眼で様子を確かめた。いかにも切迫した調子だった。

救急車は赤坂署の正面玄関に停まった。サイレンは止《や》んだものの、赤色灯は回転させたままだ。ふたりの救急隊員が降りた。薄いブルーの感染防止衣に身を包んでいる。署内に出血や嘔吐《おうと》をした傷病者が発生したことを意味していた。救急隊員はスクープストレッチャー、呼吸管理バッグ、それに外傷バッグを担《かつ》いだ。持てる限りの用具を抱えて、警官に導かれながら、正面玄関のなかへ走っていく。

通用門の陰から出た。周囲を見渡す。赤坂御用地を警護していた皇宮護衛官たちも、異変に気づいたのか、何事かと見つめている。

双眼鏡で赤坂署内部を覗いた。救急車が邪魔で様子はわからない。それでも、一階フロアで制服姿の女性が、ハンカチを目に当て泣いているのが見えた。

唾《つば》と一緒にガムまで呑みこんでしまった。署内は田所の件で揺れていた。加えて木根を送りこんだ。そのタイミングで救急車が飛んできた。歯茎に痛みが走る。歯を食い縛っていたのだ。

再び山門に身を隠した。救急車の横をすり抜けて、木根が姿を現した。四つ折りの新聞を右手に持っている。左手には携帯端末を握っている。

表情が恐ろしく硬い。唇を震わせていた。国道246号線を渡り、豊川稲荷東京別院へと近づいてきた。新聞を持つ手も唇同様震えている。

境内の奥へと退いた。本殿まで移動する。端末が震動した。木根からだ。

電話に出ると同時に口を開いた。

「ブツは？」

返答はなかった。彼のほうから電話をしてきたというのに。車の走行音や風の音がした。そして、歯がカチカチと鳴る音。

「おい」

〈あ、ある。新聞のなかに〉

木根はつっかえながら答えた。声が涙で濡《ぬ》れている。

〈さ、騒ぎに乗じて持ち出せた〉

石段を上る木根の姿が目に入る。

「なにがあったんだ」

〈田所さんが、く、首をくった――〉

木根が、すがるような視線を向けてきた。

19

美貴《みき》は地下一階の守衛室で手続きを済ませた。入館許可証を首に提げ、早足で通路を歩いた。消毒液の臭《にお》いがする。

訪れたのは虎《とら》ノ門《もん》の巨大病院だ。通信センターを通じて、赤坂署で自殺騒ぎが起きたのを知った。

黒滝から聞いた。田所がトイレの個室でベルトを使って首を吊《つ》った。赤坂消防署の救急車によって、虎ノ門の病院に搬送されたという。

美貴は部下の木下鮎子《きのしたあゆこ》を連れ、本部から病院へと向かった。

エレベーターの前には、角刈りの中年男が立っている。赤坂署生活安全課長の大久保道雄《おおくぼみちお》だった。田所の直属の上司にあたる四十代後半の警部だ。

ずんぐりとした体格と獅子面《ししめん》のような、いかつい顔面が特徴の警察官だった。赤坂署に赴任する前は、綾瀬署や蒲田《かまた》署といった犯罪多発地区を渡り歩いた猛者《もさ》として知られている。

今も苦虫を噛み潰《つぶ》したような表情をしており、全身から重苦しいオーラを漂わせている。人事一課に登録されているデータファイルで顔写真を確認していたが、それよりも老《ふ》けて見えた。顔写真では黒かった頭髪が灰色に変わっている。顔色も死人のように白い。

田所が起こしたトラブルを考えれば、それだけ疲弊しているのは当然といえる。顔を下に向け、携帯端末をしきりにいじっていた。

「大久保課長ですね」

彼の肩がびくりと反応した。携帯端末から目を離すと、表情を引き締めて顔をあげた。

「あなたは？」

身分証を見せた。

「人事一課監察係の相馬《そうま》です。田所警部補は」

「監察官……」

大久保は、身分証と彼女を交互に見つめるばかりだった。再び尋ねる。

「田所警部補の容態は？」

視線をそらしてうつむいた。

「ダメでした……さきほど、医師によって死亡が確認されました。いったん集中治療室《ICU》に運ばれましたが、現在はこの階の解剖室に」

「そうですか」

「今、ご家族に連絡を取っている最中です」

くなる。


悲しげに顔を歪《ゆが》めた。

大きく息を吐く。なんとしてでも生きながらえてほしかった。真実を語らせたかった。予想はしていたが、生存の可能性がなくなったとわかると、目の前がわずかに暗くなる。

「他の方々は？」

「霊安室です。解剖室の隣の。ご案内します」

「けっこうです」

わざとトゲを含ませた。大久保の顔が険しくなる。視線を合わせる。

「三文芝居はけっこう」

顔色が変わった。頬が朱に染まる。

「どういう意味ですか」

大久保は失意の上司を演じているだけだ。すでにどこからか情報を得ていたのか、口を利《き》いた時点で、瞳《ひとみ》に警戒の色が見えていた。美貴がやって来るのを予期していた。

「さあ」

逃げ切れたと思うな。言外に匂《にお》わせながら霊安室へと向かった。歩行速度を落とす。パンプスの音が響かないように、リノリウムの床を静かに歩いた。

霊安室のスライドドアは閉じられていた。にもかかわらず、室内にいる人間たちの声が漏れてくる。言葉まではよく聞き取れないが、まるで喫茶店で談笑しているかのように、砕けた調子で喋《しゃべ》り合っている。警察官の声は総じて大きい。この事態で、音量に気をつけているつもりなのだろうが、ときおり笑い声すら漏らす始末だ。

笑い声の主はすぐにわかった。第一方面本部の芝浦《しばうら》管理官だ。第一方面本部長の鶴岡警視長の懐刀《ふところがたな》とも言われている。

拳《こぶし》を握りしめた。方面本部の本来の任務は所轄に睨《にら》みを利かすことだ。所轄署の不祥事に対しては厳正に臨まなければならない。

重大犯罪に関わっていたかもしれぬ署員が首を吊ったというのに、当該署の幹部ら相手にヘラヘラ笑っているようでは、方面本部の存在意義はない。

横にいた鮎子が心配そうに見つめてくる。

「監察官……」

「大丈夫。キレて暴れたりはしないから。あなたもね」

「はい」

鮎子の顔も怒りで紅潮していた。

監察官や監察係員の多くには、吹越の息がかかっている。しかし、そのなかにも日下《くさか》殺しにまつわる警官の不正を明らかにしたいと、まっとうな監察の志を持つ者もいる。鮎子はそのひとりだ。黒滝とはまるで反りが合わないようだが。

「……なにもかもおかしいですよ。こっちも人事一課《うち》も」

機能不全に陥っているのは、なにも第一方面本部だけではない。美貴が属する人事一課も同様だ。

「そうね」

先ほど、黒滝からの報告を受けた彼女は、席を蹴《け》って人事一課の部屋を飛び出した。廊下には課長の吹越が立っていた。

これが最善の組織運営というものだ。蔑《さげす》みのこもった視線がそう語っていた。口を噤《つぐ》んだまま警視庁本部を後にした。

再び室内から控えめな笑い声が起きたところで、霊安室のスライドドアをノックした。ぴたりと話し声が止む。

「失礼します」

ドアをスライドさせて入った。

巨大病院だけあって、霊安室は広かった。田所の遺体はまだなかったが、簡素な祭壇では何本ものロウソクに火が灯り、線香の匂いが漂っている。

壁際《かべぎわ》の椅子には制服姿の警察官が腰かけていた。ひとりは芝浦だ。痩《や》せ型で黒縁メガネをかけている。もうひとりは、恰幅《かっぷく》のいい五十過ぎの男だった。白くなった髪を七三分けにしている。赤坂署署長の長谷川《はせがわ》だった。

ふたりに向かって一礼した。できるだけ無表情を心がけた。彼らはバツの悪そうな表情を悔み顔へと切り替えた。急に肩を落として、ショックと悲しみを表現し、霊安室に似合う態度を取る。

芝浦が咳払《せきばら》いをした。椅子から立ち上がり、美貴を長谷川に紹介する。

長谷川も立ち上がると、彼女に向かって会釈《えしゃく》をする。

「あなたの噂は、芝浦くんや鶴岡本部長から聞いてるよ。女にしておくのは勿体《もったい》ない逸材だとね。今回はとんだ失態を。まったく……こんなことになるとは。恥ずかしいかぎりだ」

椅子を勧められた。うなずくと、長谷川と向き合う形に椅子を動かして座った。

「時間が限られていますので、さっそくお聞きします。先ほど六時四八分に、署内のトイレで首つり自殺をした田所警部補が発見されたということで間違いないですか」

「ああ。私らと打ち合わせをしていたが、トイレに行ったきり、しばらく戻って来なかったんでな。嫌な予感がして、芝浦くんとともに現場のトイレへと駆けこんだ。田所くんは、個室の扉のドアフックとベルトを使って首を吊っていた。足がギリギリ床につくほどの高さだったが、発見したときはすでに呼吸停止状態にあり、床には失禁による尿斑《にょうはん》も見られた。残念ながら手遅れだった」

長谷川はうつむきながら語った。書類でも読みあげるかのように、淀《よど》みなく答える。

先ほどから咳が止まらない。

もともと線香の臭いが苦手だった。否《いや》が応でも、死を実感してしまう。とくに昨今は刺殺された日下の死を思い起こさせる。彼の妻はやつれ果てた姿で、気丈にも喪主《しゅっ》を務めた。参列者に対して、言葉を詰まらせながらも挨拶《あいさつ》を述べたものだった――出棺《かん》のさいにはこらえきれなくなり、棺にすがって泣き叫んだが――。すらすらと部下の死について語る長谷川とはあまりにも対照的だった。

「のちほど、現場を見せてもらいます」

「どうぞ」

長谷川は神妙な表情を見せてうなずいた。芝浦が眉をひそめる。

「その必要はないだろう」

「なぜ？」

芝浦は、黒縁メガネのブリッジを指で押し上げる。

「一瞬で意識を失ったためか、田所の首に吉川線らしき引っ掻き傷は見られなかった。床に尿斑もあったんだ。事件性はないと考えるのが自然だ。機動捜査隊《キソウ》や鑑識も明確な結論こそ出していないが、自殺だと非公式ながら述べている。いずれ、はっきりするだろうが、刑事でもない君が現場を見てなんの意味がある。ただでさえ、今の赤坂署はひどく混乱しているんだぞ」

美貴は目を細め、軽蔑《けいべつ》の視線を投げかけた。

「それが方面本部の人間が言うこと？」

「なんだと」

「警官が勤務中に署内で自殺した。人事一課としては、自殺の背景を調査する必要性がある。なにしろ田所警部補にはある重要な疑惑がかかっていた。あなたの役目は所轄署の動向を、本庁の代理として厳しくチェックすることでしょう。それを忘れていただいては困る」

芝浦の顔色が変わった。

頬を朱に染めつつ、椅子《いす》から立ち上がりかける。長谷川が腕を伸ばして制する。

「好きなようにしたらよろしい。我々としても、腕利きの捜査官をむざむざと死なせてしまった。署を預かる者として、責任を痛感している」

長谷川は背筋を伸ばして答えた。気取ってみてはいても、制服が下腹の脂肪で今にもはちきれそうだ。

舌打ちを堪《こら》える。白々しいセリフだ。お前ごときが探ったところでなにも出てきはしないという、自信の表明でもある。

田所がドラッグ密売の罪を逃れるために監察係の警官の殺害に関与したのであれば、警察史に残るであろう最悪の事件となる。直属上司である大久保、それに所属長の長谷川は即座に警察社会から放り出されるだろう。それゆえ、汚職の中心人物である田所には、とっとと消えてもらう必要があったのだ。

頭に万力で締めつけられているかのような痛みが走る。目の前の男たちを警棒で叩きのめしてやりたい。

「田所警部補の検死報告書は当然として、自殺に用いたベルトや衣服をお借りしたいのですが、よろしいですね？」

「どうするつもりだ」

芝浦は口を曲げた。死者を悔やむそぶりを捨て、霊安室にはそぐわない憎々しげな表情を見せる。

「こちらで再調査させていただきます。赤坂署員と、第一発見者であるあなたがたに対する事情聴取も行います」

「侮辱する気か」

「署長はたった今、『好きにしたらよろしい』とお答えくださいました。これは本来あなたが履行すべき仕事のはず」

芝浦が口を開きかけた。それを長谷川が再び止める。鈍く冷たい視線を向けてくる。

「赤坂署の人間《うち》は信用に値しないと言いたいのだな」

「残念ですが」

間髪入れずに答えた。

「致し方あるまい」

美貴は椅子を動かした。ふたりとの距離を縮めた。膝《ひざ》がぶつかりそうなほどに。

「確かめたいのは、死因だけではありません。なぜ疑惑の捜査官がこのタイミングで首を吊る羽目になったのか。その原因を把握しなければなりません。ご協力よろしくお願いいたします」

「こっちを侮辱しておいてご協力とは。キャリアともなると、いちいち頭《ず》が高いな」

「こっちとは？　何度も言わせないでください。いつから所轄の人間になったのですか。その勘違いを早く直さないと、調査妨害を行ったとして、方面本部に苦言を呈さざるを得なくなります」

芝浦と睨みあいながら答えた。冷静な口調を崩さずに。

「なにを偉そうに……」

芝浦は唇を嚙みしめ、握り拳を作っていた。付き添いの鮎子が身構える。殴りかかるのを願った。手ひどい痛みを味わうだろうが、その後のやり取りはスムーズになるだろう。残念ながら彼は握り拳を作っただけだった。

長谷川に質問をぶつけた。

「田所警部補は亡《な》くなる前に、大久保課長やあなたがたに、会議室へと呼び出されたと伺っています。それだけのお歴々と一捜査員がなにを話し合っていたのですか?」

長谷川はため息をついた。

「休職についてだよ」

「田所警部補の?」

長谷川はうなずいた。

「事情聴取というのなら、今ここで答えよう。休職か有給休暇かはともかく、一度仕事から離れて休むべきだと、私から直々に提案した。けっきょく、残念な結果となってしまったが。ノイローゼというべきか重い鬱病《うつびょう》というべきか。署に顔を出す時間も少なければ、書類仕事も著しく滞っていた。ここ最近は単独行動を取るケースが多く、かといって結果も芳《かんば》しくない。食欲もなく、体力が落ちているとも聞いた」

「一捜査員に休みをうながすのに、わざわざ一堂に会したのですか」

「一捜査員と言っても、生活安全課のエースだ。署内における影響力は大きく、大久保課長では首に鈴をつけるのが難しかった。田所くんはなかなか聞き入れようとはしなかった。家庭にも居場所がなかったらしく、とにかく精神状態がよくなかった」

　芝浦が冷静さを取り戻して補足した。

「監察係の調査対象になっていたことに、ひどくショックを受けていたらしい。監察に目をつけられただけでなく、自分を調査していた係員が何者かに殺されたんだ。殺人犯として疑われ続けているのではないかという、一種の被害妄想を抱いていたらしい。私と署長のふたりがかりで、一日も早く休みを取るようにうながした。プライドの高い男だ。言って聞かせるためには、少々きつい言葉を用いる必要があった。今の君に捜査員の仕事は任せられないと」

　長谷川が再び口を開いた。

「同僚たちもやりにくさを感じていた。田所くんの被害妄想は彼らにも向けられていたんだ。署内で築いた地位を何者かが崩そうとしているのではと、疑心暗鬼に陥っていた。こちらとしては、休養とカウンセリングによって、再び腕ききの捜査員として復活してくれるのを望んでいた」

ふたりは一度もつかえることなく話し続けた。想定問答を、霊安室で練っていたかのように。

彼らの動きはあまりに露骨だ。

捜査一課の刑事が富津《ふっつ》市で黒滝と遭遇した。田所への極秘調査は一課を通じ、蚊帳《かや》の外に置いていた吹越の耳に届いた。吹越から第一方面本部へと情報が伝わり、赤坂署にリークされた。田所が命を絶ったのは極秘調査が発覚したその日のうちだ。

幹部たちは田所をとことん追いこんだはずだ。暴力団との癒着、崩壊させてしまった家庭、日下の殺人にも関与したのではないかと、徹底的に追及したのだろう。

正確な鑑識結果が出るまで断定できない。しかし、本人に命を絶たせるのは、それほど難しい作業ではなかったはずだ。田所は病んでおり、彼の手はあまりに汚れきっていた。

ヤクザに顎《あご》でこき使われ、妻子との仲も冷えきっていた。絶望的な状況のなか、さらに厳しい言葉で指弾を加えれば、悲劇は必然的に起こる。相手は、感情をコントロールできなくなっている覚せい剤依存症者だ。難しくはない。

長谷川が悲痛な表情をまた作った。

「芝浦管理官の言うとおり、休養を取らせるため、あえて厳しい言葉を投げかけたのは事実だ。彼は……田所くんは『わかりました』と答えてくれた。我々は彼の言葉を信じたが、トイレに出たきり戻らなかった。油断があったことについては我々の落ち度だ」

「なるほど」

バッグからメモ帳を取り出した。先ほどからのやり取りを正確に記録する。「のちほど、大久保課長からも話をうかがいます」

「好きにするといい」

長谷川がわざとらしくハンカチで目を拭った。

「監察係として、田所警部補の動向をチェックしていたのは認めます。うちの日下が何者かに殺害された後についても」

手持ちのカードを一枚切った。

「そうだったのか」

長谷川は意外そうに目を丸くした。衝撃の事実を耳にした。そんな顔を見せる。

「覚せい剤の件は」

ふたりの顔を注視しながら言葉を投げかけた。

長谷川は、意味がわからないとでもいうかのように眉をひそめた。一方、芝浦は目を泳がせている。長谷川の狸《たぬき》ぶりはなかなかのものだが、芝浦はとぼけるのが得意なタイプではない。

長谷川が前のめりになった。息が顔にかかるくらいの距離まで縮まる。

「なんだ……覚せい剤というのは？」

「田所警部補の精神に不調があったのはご存じでしょう。仕事と家庭双方に問題を抱えていたのも摑んでいます。ただし、自殺の最大の要因は、彼自身の覚せい剤使用にあると私は考えています。部下の調査で、警部補が自宅に覚せい剤入りの小袋《パケ》をいくつも隠し持っていたことが判明しています。鑑識課の検視官にもその旨《むね》を伝えました。行政解剖ではなく、尿や血液にいたるまで、司法解剖の方式にのっとり、隅々まで調べていただく予定です」

きっぱりと告げた。

東京二十三区内で変死した人間は、大塚の東京都監察医務院で解剖される。まもなく遺体は霊安室に運ばれ、家族との短い面会を経て、大塚へと運ばれることになる。

表情を変えるふたりに言った。

「死者に鞭打《むち》つ真似《まね》はしたくありませんが、田所警部補の汚職は、警視庁の歴史のなかでも、最悪のレベルにあると言えるでしょう。彼が印旛会《いんばかい》系三次団体八田組の倉島という幹部と接触しているのも摑んでいます。警部補が出入りしていたレゲエバーを切り盛りしていたのは、倉島の舎弟分にあたる準構成員です。情報屋として飼っているうちに、逆に飼われる事態に陥ったに違いありません」

「本当かね……」

長谷川は途方に暮れたような口調で訊いた。

「なにがでしょう」

「覚せい剤の使用というのは」

「一度や二度の戯《たわむ》れとは思えません。もともと八田組の倉島は、田所警部補が抱える情報提供者《エス》のひとりだったものと推察されます。立場が逆転した時期こそ不明ですが、覚せい剤の味を知り、その後は倉島のシノギを守るために、内部情報を提供していたものと思われます。今朝、警部補が署に姿を見せずに、どこへ向かっていたのかご存じですか？」

ふたりは顔を見合わせた。

芝浦は、苦い薬でも飲んだように、しかめっ面《つら》を見せるだけだ。長谷川は唇を嚙《か》み、天井を仰ぎながら、せつなそうに口を開く。

「その点についても訊いてはいる。田所くんはいつものように、なじみの情報屋と接触していただけだと答えた。日常的に重役出勤のようになっていたが、大久保課長はそれを許容していた。管内には早朝まで営業している飲食店が山ほどある。情報屋と接触するには、朝のほうが都合がいいと言っていた」

「なじみの情報屋とは？」

「詳しい名前までは」

「田所警部補は、赤坂署管内に所在していたわけではありません。千葉県富津市に向かっていました」

富津――長谷川がオウム返しに呟いた。美貴は、今朝の田所の行動について述べた。先刻耳にしていた情報に違いなく、いちいち伝えるのは業腹《ごうはら》ではあった。初めて耳にするかのようにとぼける長谷川の腹芸にも腹が立つ。しかし、ひとつひとつ手順を踏んでいかなければならない。面倒ではあるが、田所が関わっていた悪行を、ふたりに確認させる必要があった。

田所は富津市の漁港へ自家用車を走らせた。倉島たちヤクザや漁師と、覚せい剤の密輪について打ち合わせを行った。打ち合わせというよりも、倉島の要求を呑まされたというのが正しい。警官である立場を忘れ、覚せい剤欲しさにヤクザたちの使いっぱしりと化していた。美貴が説明している間、長谷川は何度も驚愕《きょうがく》し、戸惑い、憤《いきどお》って見せた。肥満気味の身体《からだ》を震わせている。

芝浦が間抜けな質問を発した。

「にわかには信じられん。証拠はあるのか」

「遺体が雄弁に語ってくれるはずです。血液や尿がなによりの証拠でしょう」

長谷川が霊安室を見回した。七色の表情を見せた男の顔から感情が消えた。能面のような顔つきに変わる。本来のツラなのだろう。周りに人気《ひとけ》がないのを確かめている。

美貴は無言でその様子を見つめた。

「休職勧告は建前に過ぎん。正直に言おう。休みではなく、辞表を提出するように迫ったのが真相だ。田所くんは我々に命で答えを示してくれた。彼の死は自決と言ってもいい。晩節を汚《けが》しかけてはいたが、それでも彼の業績は立派だった。どうだろう。これ以上、死者とご遺族を傷つける行為は慎んでくれないだろうか。司法解剖は勘弁してやってほしい」

顎をぐっと引いた。上目遣いで長谷川を見つめる。エイリアンにでも出くわしたかのように、不躾《ぶしつけ》な視線を投げかけた。

美貴ら監察が田所の死体をいじるのを、長谷川らが嫌がるのは百も承知ではあった。とはいえ、こんな浪花節《なにわぶし》を聞かされるとは夢にも思わなかったが。

「新しい冗談でも思いつかれたんですか？」

苦笑しながら言った。重要なのはここからだ。芝浦が強張《こわば》った表情でつめ寄ってくる。

「事を荒立てるなと言っているんだよ。あんたらが腹を立てるのもわかる。ただし、このケースは普通じゃないんだ。暴力団《マルB》とつるんだうえに、覚せい剤《シャブ》に手をつけていた。殺しに関与した疑惑もある。町田の捜査本部だって納得している。赤坂署や第一方面本部だけじゃない。表面化したら、警視庁《カイシャ》がガタガタになる。監察官とはいえ、やっていいことと悪いことの区別ぐらいはつくだろう。一時的に出世できたとしても、あんたの警察人生はそこで終わりだ。警視庁《カイシャ》に居場所はなくなる」

芝浦の唾《つば》が飛んできた。加齢臭混じりの口臭が漂ってくる。

彼らの理屈は、吹越のそれと変わらない。より醜悪だとすれば、組織の威光を守ると称し、自己保身のための方便を弄《ろう》しているに過ぎない点だ。

長谷川も顔を近づけてくる。

「彼の言うとおりだ。これ以上、調査を進めてなにが得られる。真相にたどり着けたとしても、公表を上が許すはずがない」

頭を掻《か》きながら、渋い表情を浮かべてみせた。

「じつは……うちの吹越からも同じことを言われてます。お前のやっていることは、風車に立ち向かうドン・キホーテと同じだと」

ふたりは顔を見合わせた。芝浦の頬が緩む。

「私も吹越課長と同意見だ」

考えこむようにうつむいた。じっと聞いていた鮎子が割って入る。

「監察官……でも、それでは」

芝浦は鮎子を睨みつけた。

「子供が口を挟むな」

長谷川が理解を示すように相槌《あいづち》を打った。

「吹越課長はいずれこの警視庁《カイシャ》を背負っていく男だ。組織の力学をよくわかっている。君もその姿勢に学ぶべきだね。与えられた職責を果たそうとする気持ちは理解する。しかし、それを望まない者が、君の想像を上回るほど大勢いる」

「私の上司もそのひとりだよ」

芝浦は皮肉っぽく笑った。「君の部下が、富津で捜査員と揉《も》めたのは耳に届いている。左翼崩れの記者やジャーナリストが、こちらにひと泡吹かせようと狙《ねら》っている。これは鶴岡本部長からのメッセージだ。今は内部で争っている場合ではなく、外部に情報が漏れぬよう一致協力すべきだと」

美貴は息を吐いた。

「……そこまでご存じでしたか」

「黒滝と言ったかね。監察係員としてはポカをやらかしたが、こちらにとっては有利な情報《ネタ》をもたらしてくれた」

美貴はまいったというように笑った。つられてふたりも笑いだした。霊安室に似つかわしくない笑い声が響き渡る。しばらく笑い合ったのちに尋ねた。

「ひょっとして、田所が覚せい剤に溺《おぼ》れていたのも、ご存じだったのですか」

「嫌でも気づかざるを得んよ。私との面会の席でも、あのバカ者は直前に炙《あぶ》ってきた。態度も言動も明らかに異常だった。生活安全課《セイアン》の連中はもちろん、署長の私ですら気づいていたぐらいだからな」

「そうでしたか」

クスクスと笑いながら、スーツのポケットに手を伸ばした。

ふたりの笑い声が急に止む。取り出したのは携帯端末だった。画面には秒単位で録音時間が表示されている。ふたりが告白した内容を残らず保存しておいた。

美貴は表情を消した。鮎子の顔が明るくなる。

「もう一度、言っておくわ。あなたがたの責任は非常に重い。今のうちに官弁でも食べて、クサいメシに慣れておくべきね」

挑発したというよりも、本心をそのまま伝えたに過ぎない。しかし、赤坂署署長の長谷川と、第一方面本部の芝浦管理官を激怒させるには充分だった。

「貴様！」

芝浦が吠《ほ》えた。

同時にパイプ椅子がけたたましく鳴った。長谷川が勢いよく立ち上がったのだ。眉《み》間《けん》にシワを寄せ、それまで見せなかった憤《ふん》怒《ぬ》の形相で美貴を見下ろす。固めた拳が震えている。上目遣いで、突き刺さるような視線を受け止めた。

芝浦が携帯端末を指さした。

「そいつを止めろ！」

タッチパネルに触れ、録音機能を停止した。芝浦の命令に従ったのではない。目の前の男ふたりの本音は、おおむね引き出すことができた。

「録音データを消せ！」

芝浦がまた叫んだ。彼女は芝浦を睨みすえ、それから首を横に振った。

「ふざけるな！」

手を伸ばしてくる。

すばやくポケットにしまった。胸倉を摑《つか》まれた。鮎子が飛び出したが、目で制した。

芝浦が右拳を振り上げ、顔を殴ろうとする。

「よさんか！　思うツボだ」

長谷川が制止した。ふたりの間に割って入る。

芝浦は荒い息をつくと、ゆっくり腕を下ろした。

美貴は心中で舌打ちをした。手加減なしに殴られるのを期待していた。歯でも折ってくれれば文句なしだ。しかし、邪魔が入った。

巨大署の主だけあって、芝浦よりも役者が一枚上のようだ。管轄《かんかつ》する警察署の監督や教育が任務のはずの芝浦が、その肩をしきりに持つのも、長谷川が巧みに操っているからだと思われた。

廊下に待機していた大久保が、霊安室のドアをスライドさせた。死んだ田所の直属上司だ。怒鳴り声を耳にしたのだろう、殊勝な表情でスライドドアをしずしずと開ける。倒れたパイプ椅子や芝浦の怒気に圧倒されたようだった。

「……田所の女房が着いたようです」

「子供は？」

長谷川は倒れたパイプ椅子を起こした。

「女房ひとりです。息子たちは部活を終えて下校中のようなんですが、まだ連絡がつかないようで」

「お通ししなさい」

長谷川は、早くも落ち着きを取り戻していた。

警察関係者が口論を繰り広げている場合ではない。美貴も衣服の乱れを直し、パイプ椅子から立ち上がった。表情を引き締める。

長谷川が彼女をちらっと見やった。その顔に笑みが浮かんでいた。美貴は訝《いぶか》しんだ。

解剖室の自動ドアが開き、手術着を着用した医療スタッフや検視官が霊安室に入ってきた。ストレッチャーのうえには死体が載せられており、頭まですっぽりと白いシーツで覆《おお》われていた。

検視官からビニール製の手袋を手渡された。彼は遺族がまだいないのを確かめてから言った。

「ホトケさん、顔はきれいなものでしたよ。舌が飛び出していたぐらいで。椎骨動脈《ついこつどうみゃく》からの血流もせき止められていたので、うっ血や溢血点《いっけつてん》も見られませんでした」

長谷川が合掌してからシーツを剝《は》いだ。

頭から胸までが露《あらわ》になった。息を呑んだ。

検視官の言うとおり、死体は想像以上にきれいだった。ベルトが完全に動脈の血流を止めたため、田所の顔面は蒼白《そうはく》だった。首にはくっきりとベルト痕《こん》が残り、紫色に変色している。まるで犬の首輪を思わせた。吉川線は見当たらない。首吊り自殺者の見本のような死体だ。ためらわず、覚悟を決めて首をくったらしい。

首の痕と同じく、薄い胸板が痛々しかった。心臓マッサージで胸骨が折れたらしく、胸には不自然な窪《くぼ》みができている。電気ショックによる心肺機能の蘇生《そせい》も試みられたらしく、胸毛は焦《こ》げ、皮膚が火傷《やけど》で爛《ただ》れていた。

長谷川や芝浦とは異なり、現場経験の浅さゆえ、変死体を拝むのは苦手だが、そんなことは言っていられない。

長谷川らがチラチラと美貴の顔を盗み見ている。お前ら監察係がこの男を死に追いやったのだとでも言いたげだった。こちらとしては、死体に組みついてやりたいぐらいだ。この男に自決などという勇ましい言葉はそぐわない。手を染めた悪事と直面できず、ドラッグと縁を切れず、悪党たちに逆襲できぬまま、あの世にトンズラしただけのつまらない悪徳刑事だ。

霊安室の引き戸が再び動いた。大久保がひとりの女を連れて入ってくる。田所梢《こずえ》だった。美貴はシーツをつまんで死体を覆った。

黒滝から報告を受けていたが、華奢《きゃしゃ》で小柄な女だった。中学生と高校生のふたりの息子がいるらしいが、母親というよりも、現役の女の気配を漂わせていた。

美容院に行ったばかりだったのか、カフェオレ色の長い頭髪には、きれいにウェーブがかかっている。緊急の呼び出しとあって、化粧っ気はないものの、目鼻立ちがくっきりとした美人だった。着ているベージュのコートは、明らかに値の張りそうな代《しろ》物《もの》だ。

黒滝と同年齢らしいが、三十代前半くらいに映った。つまり、自分と同世代にさえ見える。恋愛は人間を若返らせると俗にいうが、あんがい真実をついているのかもしれない。たとえそれが許されぬものであったとしても。

官舎暮らしに順応できなかったらしい。それもひと目で納得できた。警察官の妻は保守的な生き方を強いられる。自己主張せず、夫の仕事のサポートをし、家庭をしっかり守る。そんな役割を死ぬまで演じられるタイプとは思えない。

「奥さん」

長谷川は悲しげな顔を作った。芝浦もそれに倣《なら》う。

ついさっきまで、パイプ椅子を蹴倒し、拳を振り上げていたとは思えない。意気消沈の演技を見せる。美貴も目を伏せてみせた。

梢は無表情だった。顔色は夫と同じように蒼《あお》ざめている。長谷川に向かって深々と一礼する。

「署長、ごぶさたしております」

梢の声は震えていたが、はっきりとしていた。

経緯を伝えられたのち落ち着きを取り戻したのか、呆然《ぼうぜん》自失しているといった様子ではなかった。むしろ、夫を失ったにしては冷静すぎるといってもいい。

こうした最期《さいご》を遂げるのを、薄々予感していたのかもしれなかった。黒滝から夫の悪事については聞かされていたはずだ。

長谷川は梢に悔やみを述べはじめた。大久保がストレッチャー上の死体に目をやる。

「ご覧になりますか」

「お願いします」

梢は淡々と答えた。

渡されたビニール手袋を嵌《は》めると、自らシーツをゆっくりと剝いだ。再び田所の死体が露になる。

梢の唇が震えた。シーツの端をきつく摑む。頬を涙が伝った。夫の亡骸《なきがら》に触れる。ビニール手袋をつけた手でその頬をなでた。歯をきつく食い縛りながら。その様子は、悲しみに耐えているようにも、怒りを押さえこんでいるようにも感じられた。

「早めにお願いします」

検視官が長谷川に耳打ちした。

遺族との対面を終えた田所は、予定通り大塚の監察医務院で司法解剖される。検視官と病院のスタッフらが一礼し、霊安室から去って行った。

美貴も霊安室を後にすることにした。監察官である自分から、梢にかける言葉はなかった。

美貴は死者に鞭打つ立場にある。あの世に逃げたとしても、田所の所業は徹底的に暴《あば》いてみせる。首を洗って待っていろと、長谷川らにも啖呵《たんか》を切ったばかりだ。

長谷川に声をかけられた。

「待ちたまえ、相馬警視」

眉をひそめた。立ち止まり振り返る。長谷川はすかさず梢に近寄った。

「紹介しましょう。人事一課監察係の相馬監察官です。黒滝警部補の上司ですよ」

梢は美貴を見つめた。

「あの人の……」

長谷川はうなずいた。それとなく梢の背後に回ると、わずかに唇の端をあげる。

ようやく理解した。梢が来る前に、長谷川が一瞬だけ笑みを浮かべた訳を。この男は想像以上の策士だった。

梢に頭を下げた。

「相馬です。ご挨拶が遅れました。このたびは……」

梢はつかつかと美貴のもとへとやって来た。護衛役の鮎子を手で制す。

梢の腕がすばやく動いた。頬に熱い痛みが走り、霊安室に渇いた音が鳴り響いた。

平手打ちを喰らった。怒気をまとわせていたため、ビンタが飛んでくるのは予想済みではあった。かわすのはたやすいが、ただ黙って受けた。

こちらを見上げた。ポロポロと涙を流しながら、赤い目で睨《にら》みつけてくる。

「あんたの……あんたの手下のせいで、あの人は……」

梢はその場にしゃがみこんだ。耐えきれなくなったように、顔を両手で覆う。

「あんたたちの言うとおりにしたのに、我慢して従ったのに、なんでこんなことになるの！」

「力及ばず、申し訳ありません」

「人殺し」

バッグからハンカチを取り出し、涙や鼻水を拭《ぬぐ》うと、田所が眠るストレッチャーにふらふらと移動し、冷たくなった夫にすがった。声をあげて泣いた。

長谷川が人差し指で廊下を示した。梢を大久保らに任せると、美貴を連れて廊下へと出た。抹香臭い部屋から逃れられたのは幸いだった。

霊安室まで声が届かないところまで歩くと、長谷川が切り出してきた。

「さっきの録音データを消す気にはならないかね」

「いいえ」

長谷川は鼻を鳴らした。

「まあいい。どうということはない」

「彼女になにを吹きこんだのですか」

「君の好きな真相というやつだ。旦那《だんな》はハードワークで心をすり減らして自殺した。監察にずっと目をつけられていたが、犯罪者とはならずに済んだ。退職金満額も支払われるだろうと。心苦しいことだが、一度に伝えさせてもらった」

そう言いながら、廊下の長椅子にどっかりと腰を下ろした。

「田所夫人は悲しみに胸をいためながらも、こちらの話を静かに聞いてくれた。気丈な方だ。大きなショックを受けてはいたが、夫が死去したからには、残された自分たちや家族のことを考えなければならない。マンションのローン、大学進学を望んでいる息子たちの学費。そもそもこれからの生活費から心配だろう。一家の大黒柱を失ったが、夫人はこれといった職にも就いていない」

「就職の世話を？」

　ゆっくりうなずいた。

「鶴岡本部長以下、我々は一致団結して、田所警部補の家族の面倒を見る。それがクリーンな後始末というものだ。命を捨ててケジメをつけた者に対して、しっかり報いてやるのが我々のやり方だ」

「田所もそう説得したわけね」

　長谷川はただ肩をすくめるだけだった。

　ひりつく頬をなでた。平手打ちをかわしておくべきだった。部下の死からまだ数時間しか経《た》っていないというのに、そこまで話を進めていたとは。長谷川らを見くびっていた。

田所の急死によって梢につけた首輪は外れてしまった。黒滝に対する恨みはさぞや大きいだろう。彼女はさっそくビンタという形で、心情を雄弁に語ってくれた。

美貴は言った。

「内情を打ちあけてくれたことには感謝しますし、不始末をしでかした部下の家族まで面倒を見る……あなたがたの情の厚さには感服しております。ですが、こちらとしては粛々と事にあたるだけです」

「わかっておらんな」

長谷川が制服のポケットに手を入れた。

なかから取り出したのは、マッチ箱ほどの大きさの黒い物体だ。四角い形をしており、物体からは細いコードが伸びている。それをこちらに放った。受け止める。

給電式の盗聴器だった。コンセントの裏側から設置し、電気が通っているかぎり、半永久的に動く。公安畑にいたころ、よく見かけた道具だった。盗聴器の持ち主が誰なのか。それはすぐにわかった。

長谷川が盗聴器を顎で指した。

「うちの署員を田所くんの自宅に向かわせた。君の部下の黒滝くんに、無理やり自宅へ侵入されたと、田所夫人が証言している。組織犯罪対策部にいたころは〝ドッグ・

メーカー〟などと呼ばれていい気になっていたらしいな。結果を出すには出すが、手段というものを選ばない男だと。そこで署員には盗聴器発見専用機を持たせた。案の定、田所の自室からこれが発見された」

「仕かけたのはたしかに黒滝でしょう。しかし、田所夫人の了承を取って行ったと報告を受けております。受信機自体は彼女に預からせていた、と」

長谷川は芝居じみた仕草で首を傾《かし》げた。

「どうだろうな。夫人はなにも知らなかったと証言しているぞ。受信機はリビングの棚の裏から発見されたが、それについても把握していないと答えている」

あの女。喉元《のどもと》まで罵倒《ばとう》がこみあげてきた。霊安室に戻って、平手打ちをお返ししたかった。

深呼吸をする。フレッシュとは言いかねる空気ではあったが、酸素を取り入れて、頭を冷やさなければならなかった。

美貴は言った。

「田所が貯《た》めこんでいた覚せい剤も回収したのですね」

「そんなものは初めからありはしないよ。見つかったのは所轄のエース刑事をしつこく追いかけていた監察係員が、傍受令状もないまま仕かけた盗聴器だけだ。夫人は黒滝くんに対して、なみなみならぬ憤りを抱いている。プライベートを探られ、それをもとに脅され、田所警部補の行動を逐一報告するように求められたと。規律違反に強要、プライバシーの侵害。夫人は弁護士を立てて、君らを訴えると息巻いている」

「あなたがたが、そそのかしたんでしょう」

その言葉を無視して、長谷川は続けた。

「鶴岡本部長のメッセージをもう一度伝えよう。今は内部で争っている場合ではない。一致団結して外敵からの攻撃を防ぐべきだ。我々は怒りに燃える夫人をなだめ、黒滝くんの行き過ぎた行為について見逃してほしいとお願いをしている最中だ。君らの尻《しり》ぬぐいまでしてやっているということだよ」

盗聴器を強く握りしめた。

ミスを犯したと悟った。田所の死に動揺している間に、第一方面本部と赤坂署は、舌を巻くようなスピードで隠ぺい工作に出ていたのだ。田所の自殺から間を置かず、夫人を丸めこみ、彼女につけられた黒滝製の首輪を外し、新たな首輪につけかえた。組織を甘くみていた。自己防衛に関わる件にかけては一枚も二枚も上手《うわて》だ。

長谷川が釘《くぎ》を差す。

「夫人はあの通り、大切な夫を失い、混乱しきった状況にある。我々の説得をはねのけ、告訴に踏み切るかもしれない」

「混乱どころか、とてもしっかりしているわ」

長谷川に指を突きつけられた。

「君はさっき、見事な啖呵を切ってみせたな。その言葉は我々じゃなく、黒滝くんに伝えるべきだろう。クサいメシを食うことになるのはやつのほうだ」

奥歯を嚙みしめた。歯茎や顎の骨が痛みを訴えた。

20

黒滝はモバイルPCのディスプレイを睨んでいた。

10・1型B5サイズの小さな画面だ。田所の〝遺品〟だった。

OSを起動させると、当然ながら、パスワードの入力を求められた。一旦《いったん》、電源を落とし、USBメモリを差しこんだ。再び起動して、USBメモリから起《た》ち上げるように設定する。解析ソフトがパスワードの割り出しを始めた。

ドアがノックされた。返事をする前に、若い店員がさっさとドアを開け、アイスコーヒーを運んできた。黒滝は警戒の目を向けた。店員は、テーブルにガムシロップやストローを置くと、すぐに立ち去った。

黒滝がいるのは赤坂のカラオケ店だった。近ごろはひとり客など珍しくないのだろうが、マイクを握ることもなく、モバイルPCと黙々と向き合う者はさすがに異様に見えるのか、強張った顔をしながらアイスコーヒーを置いていった。

大量に汗を掻いたため、喉が渇いていた。アイスコーヒーを一気に飲み干す。氷を噛み砕いた。

解析ソフトが仕事を終えた。割り出しに九分かかった。木根のノートPCのときは三分で終えたものだった。それだけパスワードの文字数が多く、数字と英語をランダムに組み合わせていたということだ。

画面にパスワードが表示された。〝yoAKema1E9ma9s8uMi〟。

中高年の男は、たいていパスワードを適当に設定するものだ。生年月日、住所などが多い。面倒臭がり屋がことのほか多く、機密情報をパンパンにつめこんでいるわりには、パスワードで鍵《かぎ》もかけずに、自宅に平気で持ち帰ろうとする。

田所もそのタイプに見えた。木根の話によれば、毎日メモ帳代わりに使用していたらしい。しかし、田所は、身体の調子が悪そうだったわりには、長ったらしい暗号を設定していた。データファイルについ期待してしまう。

「頼むぞ」

思わず画面に声をかけた。

パスワードは一見意味不明な文字列に映ったが、よく読めば「夜明け前」と「真澄」、それに1998という数字を組み合わせていた。

ローマ字のほうは、どちらも長野県の有名な地酒だった。前者は島崎藤村の書名にちなんでいる。田所の故郷は長野の南信地方だ。1998は年号で、田所が警視庁に奉職した年だ。

パスワードを入力しようとして、何度かタイプミスをした。指が震えていた。

「くそっ」

赤坂署内で起きた事件が脳裏をよぎった。

調査対象者である田所が、あの世に逃げ去ったのだ。ちょうど、木根がロッカーからモバイルPCを盗み出したとき、自殺体が発見されたという。

署は大混乱だ。それに乗じて、木根を赤坂署へと戻らせた。警告と助言を忘れずに添えて。

――お前の同僚たちは遺品の始末を始めるだろう。いずれこのモバイルPCがなくなっているのにも気づく。犯人捜しが行われるのも時間の問題だ。

——どうしたらいい。きっと、おれが疑われる。

監視を行っていた豊川稲荷の奥へと引き寄せ、木根を説き伏せた。

——口を割るな。シラを切れ。誰にも見られることなく、持ってきたんだろう。連中はお前とおれとの接点を見つけられやしない。

——もしバレたとしたら？

そうだな。連中はさんざん脅しつけた後に、提案を持ち出してくるだろう。カネだの出世だのをチラつかせてな。だが誘いに乗ったら終わりだ。一度、裏切ったヤクザ《マルB》や愚連隊《グレ》と同様、仲間から信頼されずに、孤独のまま過ごす羽目になる。捜査中、危険な目に遭っても誰も助けてくれない。ハグレ者になった警官は生きてはいけない。おまけにどうして、おれの情報提供者《エス》になったのか、問いつめてくるはずだ。自分の性癖について告白せざるを得なくなる。

——バレるさ。自白も証拠も必要ないんだ。裏切り者の烙印《らくいん》を押されたら、それで終わりだ。

——署内で一番むかついてる野郎は誰だ。

——な、なんの話だよ。

——いいから答えろ。

木根の喉がごくりと動いた。

寺院の敷地内は木々に囲まれており、冷たい空気に包まれていたが、黒滝も木根も汗をびっしょり掻いていた。木根は目の周りの汗を掌《てのひら》で拭う。

――そりゃ……直属上司に決まってる。課長の大久保だよ。ロクなやつじゃない。署長の長谷川の腰巾着《こしぎんちゃく》で、こんな繁華街の課長の椅子《いす》に座れば、マンションが一軒自然に買える。パチンコ《P》店の饗応だけでもハンパなく多い。遊戯組合の接待係にたかるだけじゃなく、さんざん田所から甘い汁を吸ってた寄生虫さ。そもそもあいつがまともに仕事していれば、田所だってあんな派手に腐ることはなかった。

木根の舌鋒《ぜっぽう》は鋭かった。黙って聞いてやった。その彼にしても清廉《せいれん》とは言い切れないのだが。

肩を叩《たた》いてやった。

――そいつは絶好のターゲットじゃないか。ロッカーのキーを持ってるだろう。おれが作ったコピーだ。大久保のデスクに放りこんでやれ。

木根は目を剝《む》いた。

――ほ、本気か？

――少なくとも時間は稼げる。赤坂署には、実は、お前以外にも情報提供者《エス》がいる。

そいつを使って署長にタレコミさせる。裏切り者の烙印とやらは、大久保課長の背中に押させせようじゃないか。

——あんたは……つくづく恐ろしい人だな。

——赤坂署の皆さんほどじゃないさ。あいつらは保身のために、同僚を崖《がけ》っぷちに追いこんで、最後に首までくくらせた。狂ってるよ。追いつめられたネズミは面倒だが、最終的にはこっちが勝つ。おれを信じろ。

自信に満ちた口調でさとし、木根を署へと送り出した。

とはいえ、田所があの世へ逃げたのは痛い。隙《すき》のできたやつを丸裸にする。そうして殺しを手がけた人間まで炙り出してゆくつもりでいたが、こちらの行動を好ましく思っていない者がすばやく動いたというわけだ。疑惑の中心人物が永遠に口を閉ざしてしまったのだ。

田所は最後まで愚かだった。間違ったほう間違ったほうに舵《かじ》を切り続け、やがて転覆して果てた。

あとは、これらモバイル機器などの遺品が頼りだ。パスワードを入力する。

ディスプレイの背景は、ＰＣメーカーのロゴが入ったブルー一色のものだ。このＰＣを手に入れて以来、全くいじってはいないのだろう。活用していたわりには、画面上に現れたアイコンの数は少なかった。

フォルダのひとつを試しにクリックすると、再びパスワードを求められた。舌打ちする。死んでからも手間かけさせやがる。小さく呟《つぶや》いた。

USBメモリには、ロックされたフォルダを解除するソフトも入っている。モバイルPCにインストールする。

作業をしている間に携帯端末が震えだした。美貴からだった。

〈どこにいるの？〉

女上司の声はきわめて不機嫌だった。スピーカーを通じて険悪な気配が伝わってくる。

「すみません」

〈発信機の電池まで外して。どういうつもりなの？〉

「居場所を知られるわけにはいかなかったもんで」

〈私まで信じられなくなったということ？〉

必死に怒りを抑えているようだった。ときおり、声がわずかに震えた。噴火寸前の火山のようだ。

「あなたの携帯端末やノートパソコンを、こっそり調べるクソ野郎が出てくる可能性を考慮させてもらいました。あなたがた上層部同士の抗争はいっそう激しくなってると思いまして」

〈その通りよ〉

「死んじまったかもしれませんが、田所が遺《のこ》したものは多い。野郎の血液と尿を調べれば、覚せい剤《シャブ》の成分がたんまり出るはずです。組織犯罪対策部《ソタイ》を巻きこんで、暴力団《マルB》との癒着を調べるチャンスでもある。そこから日下さんを殺《や》った犯人《ホシ》が炙り出せるかもしれない」

美貴はしばらく無言のままだ。嫌な予感がする。

黒滝から口を開いた。

「もしかして、ただの自殺という筋書きにでもされてるんですか」

〈そう。精神的な疲労から、ベルトで首をくくった〉

「キャリアの力学の詳細は知りませんが、おれたちのバックには警務部長様がついてるはずじゃありませんか」

〈田所梢が赤坂署に抱きこまれた。あなたがつけた首輪が外されてしまったわけ〉

今度は黒滝が黙りこむ番だった。

頭にずきりと痛みが走った。先刻、赤坂の寺院で木根に説教を垂れたばかりだった。

追いつめられたネズミは面倒だと。顔から火が出そうだった。頭痛のする側頭部のあたりをさする。

「なるほど。あの女、あることないこと喋《しゃべ》ったんでしょうね」

〈あとで聞かせてあげる。スマホで録音してたから。極悪非道な不良警官に無理やり強要されて、ダーティワークに従事させられた。違法な盗聴器を仕掛けて、配偶者の行動を報告するよう強制されたと。瞼《まぶた》や眉《まゆ》に傷を負っていたようだけど、殴ったのはあなた？〉

「まさか」

〈あなたに代わって、平手打ちまでもらってきたわ。田所が担《かつ》ぎ込まれた病院に勇んで乗りこんではみたものの、赤坂署と方面本部の息の合ったタッグ攻撃にやられて、尻尾《しっぽ》巻いてすごすご帰ってきたところ〉

黒滝はうなった。とっさに言葉が出てこない。

美貴は病院で、赤坂署と第一方面本部の幹部らと対決し、そして面目を潰《つぶ》された。その光景が目に浮かぶようだ。赤坂署に抱きこまれた梢が美貴に罵声を浴びせて、平手打ちを喰らわせるところもだ。憤死してもおかしくないほど、屈辱的な思いをしたことだろう。

事態は予想以上の速さで動いている。ふいに倉島の言葉を思い出す。

——そうなりゃ、あいつがまた来るぞ。次はあんたがくたばることになる。

〝あいつ〟とやらの出番はついに訪れなかった。田所は自分で自分の口を封じてしまった。シャブ中らしい後先考えないやり方だった。

赤坂署は田所が死亡した直後に、梢とコンタクトを取り、夫の死を告げるだけでなく、即座に彼女の抱きこみを図るという難事業を成し遂げている。

梢は賢い女だ。ポン中の汚職警官である夫と距離を置き、実業家と未来を探りはじめていた。

ため息をついた。

「もう少し足掻《あが》かせてくれませんか。厳しい戦局ですが」

〈勝負はついていない。私たちの覚悟次第かしら。私自身は退《ひ》くつもりはない〉

美貴は息を吸いこみ、決然と言い放った。もう声は震えていない。

美貴が咳《せ》きこんだ。喉の調子が悪そうだ。

「大丈夫ですか」

〈ちっとも大丈夫じゃない。泣きっ面《つら》にハチよ。線香で喉をやられたわ。察してくれてると思うけれど、近年にないほどキレかかっている。庁内で拳銃《けんじゅう》を乱射して、田所の死亡記事をかき消してやろうかと思うくらいに。私に愚かな行動を取らせないためにも、いらっしゃる場所をお教えくださいますか？〉

「赤坂のカラオケ店です」

店名を続けて告げる。彼女の口調から、一笑に付せない危うさを感じ取ったからだ。

〈……田所のモバイルＰＣは？〉

「入手しました。パスワードを解除したところです」

スピーカーから無機質な音がした。デスクに拳《こぶし》を振り下ろしたのか、ドンと重たい音が耳に届く。美貴は早口になった。

〈なによりと言いたいとこだけれど、これほど重要な作業をそんな厄介な場所で行うのはお勧めできない。今すぐそこを出て、タクシーに飛び乗るべきね。赤坂からだけじゃない。少なくとも港区の外に出なさい。方面本部はこちらの味方とは言いかねる。赤坂は八田組のホームタウンだし、誰に見咎《みとが》められるか、わかったものじゃない〉

「承知してます」

美貴がまた咳きこんだ。咳が止まってからも、しばらく声を出さずにいる。黒滝の意図に気づいたらしい。沈黙ののちに語りかけてきた。

〈危険すぎる。上司として認められない〉

「博打《ばくち》ですが、ミスを挽回《ばんかい》するためには、それぐらいはやらなければ。あちらは死にもの狂いで生き残りの策を練っています。退くつもりはありません」

美貴はゆっくりと息を吐いた。

〈……日下さんが殺されたと知ったとき、私は警察官を辞める気でいたの〉

「初耳です」

〈そりゃそうよ。初めて言うんだもの。田所を、警察組織を、甘く見ていた。バックに大きな闇《やみ》が存在しているのにも気づかずに、日下さんに単独で調査を任せてしまった。監察係は人手不足だからと、書類仕事をお願いするような感覚で命じてしまったの。彼が刺殺されて、初めて事の重大さに気づいた。日下さんのご家族に顔向けできなくて。取り返しのつかないミスを犯したというのに、また私は愚行に手を染めようとしている。対象者《マルタイ》である田所を死なせてしまったうえに、あなたに単独で調査をさせたままでいる。あなたになにかが起きたら、私はおそらく耐えられない〉

「そいつは違います。日下さんは自分に身の危険が迫っていたことには気づいていなかった。残念ながら、彼は無警戒だった。田所がくたばったのもあなたのせいじゃない。そして、おれがひとりで行動するのは、おれ自身がそう望んでいるからです」

〈あなたの身に、もしなにかあったとしたら〉

「たった今勇ましく宣言したばかりでしょう。退くつもりはないと。ここでケツをわったら、日下さんは永久に浮かばれない」

鼻をかむ音がした。

涙を流しているのかもしれなかった。死んでも部下に泣いているなどとは悟られたくないだろうが。黒滝は無視して続けた。

「信じてください。挽回してみせます。なにしろ、人を陥《おとし》いれるのは得意中の得意ですから」

美貴が噴きだした。鼻をつまらせた声で笑う。

〈嫌な自慢ね〉

「とにかく結果を出しますよ。待ってて下さい」

〈了解。ドッグ・メーカー〉

電話が切れた。

唇を嚙《か》む。美貴の怒りが伝染したように、頭のなかが熱くなる。視界が歪《ゆが》む。田所梢には首輪をつけ直さなければならない。今度は容易に外れないようにがっしりとはめる。

まずは田所が遺したモバイルPCからだった。フォルダのロック解除のソフトはインストール済みだ。フォルダに鍵をかけていたパスワードが露になっている。〝parceiro（パルセイロ）〟。AC長野パルセイロというサッカーチームに由来すると思われた。

フォルダを開くと、家計簿ソフトのファイルが出てきた。月日とともに、内訳、金額、メモといった項目がある。金額の欄には数字がびっしりと入力されてあった。内訳には〝八〟〝接待費〟〝三〟などと記されている。大きく息を吸った。〝八〟は、八田組の略だろう。その日の金額には、大きな数字が入力されていた。たとえば今年の六月三日の欄には三十万と記されてある。その日に田所は三十万円を入手したことになる。月給日でもないというのに大金を得たわけだ。

その一週間後の内訳には〝交際費〟と記されていて、八万円が赤字で入力されてあった。その日のメモには、田所の上司である大久保や副署長と思われるイニシャルがあった。

内訳に、〝三〟と書かれた日には、やはり赤字で約十万円の支出がある。コウちゃんと呼ばれていた三舟丸の漁師とのコミュニケーションを図るために、クラブかキャバクラででも飲んだのかもしれない。

その他にも支出として捜査協力費や贈答品費が計上されている。暴力団の密売にタッチして金を得て、それを派手に撒《ま》いて情報を得ていたようだ。成績がよかったのも当然だ。黒滝は納得した。

21

青山葬儀所の前を通り過ぎた。

東京都道３１９号線の広い道路だ。タクシーや高級車が行き交う。車道は賑《にぎ》やかだったが、歩道にはほとんど人気《ひとけ》がなかった。霧雨があたりをしっとりと濡《ぬ》らしている。

腕時計に目をやった。すでに午後九時を過ぎている。

ただでさえ、都心とは思えぬ閑静なエリアではあったが、晩秋の冷たい雨が寂しさを加えている。その側《そば》をビジネスバッグをぶら下げながら、北に向かって歩く。

カラオケ店を出た黒滝は隣の乃木坂《のぎざか》駅で降り、青山霊園へと向かっていた。

青山葬儀所を過ぎて、さらに約五百メートルほど北へ、東京都道３１９号線沿いを進む。

車道の路側帯には、休憩中のタクシーや営業車がずらっと停車していた。リクライニングシートを倒し、休憩を取っている。街路樹は丸裸で、路上には落ちて朽ちかけた葉っぱが重なり合っている。

左側に雨に濡れた墓石や卒塔婆《そとば》が見える。土と樹木の匂《にお》いが漂っていた。気の弱い人間にとっては、少しばかり肝が冷える場所でもあった。

やがて小さなマンションが見えてくる。その手前を左折して、車も通れない路地へと入る。視界は墓石で埋めつくされる。標識の柱には「チカンに注意・即110番」なる看板がついていた。

黒滝もこんな時間帯には訪れたくはなかった。とくに雨などが降っている今日のような夜には。傘を差さずに歩行しているため、頭髪や顔が濡れて不快だった。今さらながら、コートをはおってくるべきだったと後悔する。

さらに左に曲がって青山霊園に入りこんだ。乃木将軍通りを歩く。やっと人がすれ違えるほどの歩道だ。当然ながら、こんな時間帯に墓参する者はいない。公道に設けられた灯りしか届かず、敷地内は暗闇に包まれている。

濡れた頭を掻《か》いた。掌が水で濡れる。

ハンカチを取り出して、念入りに手を拭《ふ》いた。

腰のホルスターに手をやる。特殊警棒のグリップを握り、すばやく振り返った。敷地内にいるのは黒滝だけではなかった。中肉中背の男が、木陰に隠れるのが見える。無意味なかくれんぼだ。尾《つ》けられているのに気づいていたからこそ、地下鉄で乃木坂駅へと移動し、ここまでやって来たのだ。

カラオケ店を出て、赤坂二丁目の繁華街を赤坂駅方面に歩いた。その途中で、男が一定の距離を置きつつ尾行しているのに気づいた。

ホストキャッチや居酒屋の呼びこみがうろつくなか、背中に鋭い視線を投げかけてくるやつがいたのだった。メールを打つフリをしながら、カメラモードを起動させた。自分撮りに使われるインカメラで、後ろを振り返ることなく、背後を確認した。

ロゴのないブラックのキャップとマスクで顔を隠している男が、射抜くような視線を向けている。黒滝と同じく傘を差さず、両手を革ジャンのポケットに突っこみながら。

地下鉄では、隣の車両に乗り込み、乃木坂駅では赤坂のときよりも、さらに距離を取って尾けてきた。肝が冷えるような墓場に足を向けても離れる様子はない。

特殊警棒をホルスターから抜いた。ひと振りして最大限に伸ばす。アルミ製の全長四五〇ミリの二段式だ。現場で武器を手にするのは久しぶりだった。

組対四課から上野署の御徒町《おかちまち》交番へと飛ばされ、不良外国人や酔っ払いを大量に扱ったが、それでも特殊警棒や拳銃のグリップを握る事態にはいたらなかった。監察に任じられているのに、こんな闇夜の墓場で警棒を握る羽目になるとは。我ながら不思議な警察人生を歩んでいると思う。

木陰に隠れている男に声をかける。

「キャップのツバが見えてるぜ。〝頭隠して尻隠さず〟って言葉があるが、あんたの場合は逆か」

特殊警棒を肩たたき代わりに使い、のんびりとした口調で語りかけた。口調とは反対に、五感は研ぎ澄ませている。地面の具合を確かめた――湿り気を含んでいるものの、ぬかるんでいるわけではない。履いているのは革靴だったが、泥に足をとられる心配はなさそうだった。

周囲には、御影石《みかげいし》でできた外柵《がいさく》や灯籠《とうろう》がついた和型墓石が、ずらっと並んでいる。墓石には花やワンカップ、袋菓子などが供えられてあった。

キャップの男が姿を現した。革ジャンに両手を突っこんだままだ。黒滝は男の耳を凝視した。無線用イヤホンの類《たぐい》はつけていない。だからといって、私服警官ではないという根拠にはならないが。次にポケットや腰回りに目を移した。ベルトにもホルスターの類は見当たらない。ポケットもさほど膨らんではいない。少なくとも拳銃は所持していないものと思われた。

目つきがやたらと鋭かった。マスクで顔面の大半を覆《おお》っているが、射抜くような力強い眼光を秘めていた。これまで嫌というほど直面してきた視線だった。

ヤクザと刑事は似たような目の持ち主だ。どちらも他人を疑い、脅したりすかしたりして服従させる。隙あらば相手の喉元に喰らいつく肉食獣だ。

こいつはどこの野郎か。赤坂署や第一方面本部の人間か。それとも死んだ田所とおつきあいのあったヤクザどもか。外見だけでは判断がつかない。キャップの男はその場に立ちつくしたまま、近づこうともしない。

黒滝から声をかけた。

「見てのとおり、おれは警視庁のおまわりさんだ。長々と尾け回しておきながら、ダンマリを決めこむのは失礼だろう。どちらさんでいらっしゃいますか？」

答えなかった。ポケットに手を突っこんだまま、動こうともしない。

舌打ちした。正体不明だが、どうやら喧嘩《けんか》慣れはしているらしい。チンピラヤクザのように、ケツモチの団体を安易に口にしたり、殺すだのぶちのめすだのと吠《ほ》えられるより、口を閉ざされるほうがよほど圧力がかかるのを知っているようだ。

「職務質問《バンカケ》してんだよ。答えろ」

優しく言って、微笑《ほほえ》みかけた。

特殊警棒の先端を男に向けつつ深呼吸をした。手加減はできそうにない。たとえ相手を病院送りにしてでも、自分の安全を確保せねばならない。

特殊警棒は刃物と同様に威力のある武器だ。全力で振り下ろせば、人骨はあっさりとへし折れる。頭をヒットすれば、頭蓋骨《ずがいこつ》ごと脳みそを粉砕しかねない。

敵地に留まった甲斐《かい》があった。おかげでいかにもな男が喰いついてくれた。あとは糸が切れないように、慎重にリールを巻いて釣り上げるだけだ。とはいえ、獲物を見るかぎり、なかなかの難事業になりそうだった。

男を見すえながら、ビジネスバッグをすぐ横の墓石に立てかけた。視線がビジネスバッグに向けられている。やつの目的はやはりバッグのなかにあるようだった。田所が遺したモバイルPCが入っている。

男は相変わらず立ったままでいた。ただし、隠しようのない暴力の気配がにじみ出ている。殺気といってもいい。

にじみ出る気配を考慮すると、日下殺しの実行犯に思えてならない。肝心の男はとくに反応を見せず、視線の向きをビジネスバッグから黒滝へと戻した。

「いつまで睨《にら》めっこを続けてる。びびってるのか」

男がようやく反応した。左手をポケットから抜いた。黒滝は身構える。左手にはなにもない。その手を高々と掲げる。公道のほうで、車のドアが閉まる音がした。ジャージと戦闘服を着用した男ふたりが、こちらへ駆けてきた。顔をテロリストのように目出し帽で隠している。

「クソッ」

思わずうめく。想定していなかったわけではなかった。

どちらも引き締まった体型をした男だった。戦闘服のほうはブラックブレードの軍用ナイフを右手に持っている。黒いジャージを着たほうは、電動ひげ剃《そ》り器のようなものを握っていた——一発で失神に至らしめる強力スタンガンだ。

今までのにらみ合いが嘘《うそ》だったかのように、ふたりは勢いよく黒滝に向かってきた。アドレナリンが噴出する。正眼の構えを取る。

最初にかかってきたのは、戦闘服のほうだ。軍用ナイフを腹めがけて突き出してくる。バックステップで後ろに下がり、間合いを取った。

約二メートルの距離を空けた。しかし、戦闘服はさらに突進してきた。黒滝は特殊警棒を振り上げると、せっかくの武器を戦闘服に投げつける。投げ槍《やり》と化した特殊警棒はカウンター気味に顎《あご》に当たった。戦闘服の突進が止まり、目に当惑の色が浮かぶ。

その隙を見逃さなかった。ホルスターに収まっていた手錠をすばやく右手に握り、ブラスナックル代わりにして、戦闘服の胸にストレートを放つ。手錠を握った右拳は、戦闘服の大胸筋を打ち、肋骨《ろっこつ》をへし折った。乾いた木の枝を叩き折るような感触が、右拳に伝わってくる。

戦闘服の身体がくの字に折れる。蠅《はえ》でも追い払うように軍用ナイフを振り回した。スーツの右袖《みぎそで》が切られ前腕に鋭い痛みが走る――たいした切創ではない。戦闘服のほうは顎を特殊警棒で打たれ、肋骨を折られたせいで、眉間《みけん》にシワを寄せて苦しんでいる。

ナイフの動きに注意を払いながら、サッカーのペナルティキックのようなローキックを放った。向こう脛《ずね》を蹴《け》る。革靴のつま先で脛骨《けいこつ》を突く。まともにキックを喰らった戦闘服は、身体をよろめかせる。

柔道も剣道も強くはない。警察学校で段位を取得することになっているので、柔道の黒帯は取得しているものの、試合ではまともに勝てた例《ためし》はない。ルールのあるスポーツでは実力を発揮できないが、路上の暴力勝負では圧倒的な勝率を誇る。リンゴを潰せるほどの握力が自慢だ。

暴力の世界に生きる人間たちから、実践的な闘い方を教えてもらった。ボクサーのようにフットワークを使う。ケンカには慣れているとはいえ、それも二十代や組対四課にいたころの時代だ。こんな修羅場は久しぶりであり、相手もまた武器を駆使する、殺意にあふれた輩《やから》だった。決して気を緩めてはならない。

戦闘服のナイフ野郎が後ろへ下がった。刃物を持った相手とはまともに対峙《たいじ》せず、とっとと逃げるのが一番――喧嘩師たちの共通した意見でもある。

どうしても戦わなければならないときは、グラウンドや駐車場のような広い場所ではなく、路地などの狭いところを選べとアドバイスされた。刃物を狭隘《きょうあい》な場所で振り回せば、周りにいる味方をも傷つけかねない。広さが限定されていれば、一対一の対決にも持ちこみやすい。

ジャージ男は、戦闘服が後ろに下がるまで、黒滝に近寄れずにいた。ステップを踏みながら思った。気合は入っているものの、少なくともプロではない。暴力のエキスパートであれば、ナイフとスタンガンを同時に繰り出して、黒滝を追いつめていただろう。キャップの男は、不気味な気配を漂わせながら目出し帽らの戦いぶりを冷ややかに見つめている。

バチバチと耳触りな音がする。ジャージ男がスタンガンのスイッチを押し、青白い稲妻を発生させたのだ。細かな雨が降っているというのに。

ジャージ男はスタンガンを突きだした。後ろには退かせまいと、勢いよく突進してくる。

横に飛んでかわした。身体が和型墓石に思いきり衝突した。硬い竿石《さおいし》に肩からぶつかる。骨がひしゃげるほどの痛みが走り、御影石でできた竿石が倒れる。罰《ばち》当りな行為ではあったが、高圧電流を浴びるわけにはいかない。

ジャージ男が黒滝のほうを向いた。派手にバチバチと手の中の機械を鳴らしながら。花立てに置かれてあったワンカップを手で払った。フタの開いたワンカップには、濁った雨水がたっぷりと溜まっている。

雨水はジャージ男の手元と腹を濡らした。スタンガンの青白い電流が、雨水を通じて男自身に襲いかかった。

落雷のように長々と走った電流がジャージ男を感電させた。男は短い悲鳴をあげ、全身を震わせると、背中を仰《の》け反らせて倒れた。休んでいる暇はない。塔婆立てから卒塔婆を引き抜いた。約百五十センチの木板を槍のように抱えると戦闘服の胸を突いた。卒塔婆の厚みは一センチ程度ある。音を立ててまん中から折れたものの、肋骨を痛めた戦闘服を苦悶《くもん》させるには充分だった。

墓石から離れ、落ちたワンカップを拾うと、戦闘服の頭に叩きつけた。厚みのあるカップは砕けなかった。戦闘服の身体がゆらぐ。それでも軍用ナイフを突きあげようとし、刃はワイシャツの胸のあたりを切り裂いた。

再びワンカップで頭を殴り払った。瓶が砕けて破片が散乱した。戦闘服は膝《ひざ》から崩れ落ち、うつ伏せになって濡れた地面に倒れた。すかさず軍用ナイフをもぎ取る。

濃厚な血臭が鼻に届いた。ふたりの襲撃者のものではなく、黒滝自身のものだ。軍用ナイフの柄が黒滝の血で赤く染まっていく。

ナイフで切られた前腕から血が流れ、スーツごと右手を赤く染めていた。

「お前はカカシか」

キャップの男を挑発した。相変わらず、その場に突っ立っているだけだった。

「お仲間のツラを拝ませてもらうぞ」

失神したジャージ男の目出し帽に手をかけ、剝《は》ぎ取ろうとしたときだった。キャップの男が動くのが見えた。右手をポケットから抜いた。なにかを投げつけるように振り上げる。ほんの一瞬、やつの手元でなにかが煌《きら》めいた。

脳が警報を鳴らし、ガードをあげた。ボクシングのピーカブー・スタイルを取った。脇《わき》を締めて両腕で顔と胸をガードする。

左手甲に衝撃が走った。小さな刃物が左手を刺し貫いている。全長十センチに満たないダガーナイフだ。細身の両刃のブレードが掌から顔を覗《のぞ》かせている。ガードを上げていなければ顔面を突き刺されていた。キャップの男との距離は約五メートル。軽く放ったように見えたが、狙《ねら》いも威力も充分だった。

まずい。口のなかで呟いた。目出し帽の男ふたりとは、明らかに格が違う。

黒滝は左手に刺さったダガーナイフの柄を噛んだ。キャップの男を凝視しながら。

グリップは刃と同じく金属製だ。血の味がした。

歯でダガーナイフを抜き出した。思わず涙がにじんだ。痺《しび》れるような激痛が走り、目がチカチカする。右手に続いて左手までもが出血で濡れそぼる。

「やはり、お前だな……」

襲撃者から奪った軍用ナイフを構えた。

グリップを強く握りしめた。血でぬるぬると滑る。刃渡り十五センチを超えるスウェーデンの有名メーカーのもので、値の張る一級品だった。刃はブラックチタンでコートされている。

手にしているのが特殊警棒であれ、北欧製の切れ味のいい軍用ナイフであれ、黒滝が圧倒的に不利な状況にあるのは変わらなかった。

キャップの男とは、約五メートルの距離があった。容易には近寄れない。暗闇になれつつあると言っても、目は飛んでくるダガーナイフを捕捉《ほそく》できない。たとえ見えたとしても、かわしきれないだろう。まるでボウガンの矢のように飛んできたのだ。

〈――そうなりゃ、あいつがまた来るぞ〉

八田組の倉島は、田所を脅しつけていた。その声が蘇《よみがえ》ってくる。

「なるほど」

小さく呟いた。

たかだかヤクザが、大量破壊兵器でも得たかのように、現職の刑事を脅迫する。黒滝もまた身体で思い知らされた。えらい獲物を針にかけてしまったものだ。

キャップの男は、表情をまるで変えない。そして、再び右手を掲げた。またダガーナイフを握っている。

顔と胸をガードして亀《かめ》のように丸める。痛みを覚悟する。身体を刺し貫かれる鋭い痛みを。

背後で声がした。遠くから走ってくる音がした。

「おい！　そこでなにをしている！」

キャップの男はナイフを掲げたままだった。黒滝も動けずにいる。

戦闘服が身体をふらつかせながら、失神したジャージ男を揺り起こした。肩に担《かつ》いで逃げようとする。せっかくの獲物を逃がしたくはなかった。再び躍りかかってぶちのめし、目出し帽を剝ぎ取りたかった。

しかし、一歩も動けない。キャップの男が睨みを効かせている。目出し帽の二人が、元来た公道のほうへと退却していく。その歩みは鈍かった。

キャップの男は仲間たちとともに、ゆっくりと後ろに下がった。冷たい視線を黒滝に向け、右手も掲げたままだ。いつでもこのダガーナイフで刺し貫いてやる。無言のまま伝えていた。

目出し帽の手下らが公道に出ると、キャップ男は身を翻《ひるがえ》して駆けた。やがて車のドアが閉まる音がし、派手にタイヤのスキッド音を立てて去っていった。白のハイエースだ。ナンバーまでは見えない。

襲撃者らが去ると、思わず地面に膝をついた。スラックスに湿った土がべったりとつく。今さら汚れなど気にしてはいられない。スーツもスラックスもまっ赤に染まっていた。思ったよりも出血量は多かった。

「ちくしょうめ」

軍用ナイフを放り捨てた。墓石に当たる。

「おっと。危ねえな」

後ろから駆けてきたのは、白幡《しらはた》の元部下である井筒《いづつ》老人だった。声をかけてくれたのも彼だ。ベージュのステンカラーコートを着こんでいた。頭にはグレーのハンチング帽を被《かぶ》っている。

ポケットからハンカチを取り出した。穴を開けられた左手にきつく巻きつける。

「大丈夫だが？」

東北弁で訊《き》かれた。黒滝は首を横に振る。

「そんなわけがないだろう。なぜ、もっと早く声をかけてくれない」

興奮が消え去っていった。大量に出血したせいか、急に身体が冷えてくる。

傷口がズキズキと痛みを訴えていた。とくにダガーナイフによる左手の傷がひどい。骨や神経まで傷ついていないのを願うしかない。激痛で目が潤《うる》む。

井筒老人は白手袋をしていた。手にはジッパー付きのビニールパウチを持っている。落ちたスタンガンや軍用ナイフ、ダガーナイフを証拠品のように拾い上げては、パウチにしまっていた。

「命の恩人になんて口利《き》きやがるんだが。もっと早く駆けつけるつもりだったけんどよ。あんたは、そのヤクザ顔負けな喧嘩殺法で、襲撃者全員を叩きのめすつもりだったべや。じっさい、おれも三人全員をノックアウトできるもんだと思ったんだべ。優勢に闘ってるとごろでタオル投げ込んだら、もっと文句垂れるべや。あんたの罰当たりな闘い方にはたまげたもんだけんどよ、あの帽子かぶった野郎《ヤロ》、あいづは本物《モノホン》の殺し屋だべ」

やけに饒舌《じょうぜつ》だった。興奮しているのか、シワだらけの顔が紅潮している。喧嘩の領域ではない。殺し合いともいうべき闘いだった。

さらに言うなら、たとえ目出し帽の男たちふたりを叩きのめしたとしても、その後は一方的な殺戮《さつりく》になっていただろう。キャップの男の刃によって、身体中を刻まれていたかもしれない。抜群のタイミングで割って入ってくれた。

井筒に訊いた。

「やつらは」

「仲間に追わせっだ。今は人のごどより、自分の身を心配しだほうがいいず」

「大丈夫なんだろうな」

「ああ」

うんざりしたように答えた。

警務部長の白幡に、井筒を借りたいと申し出た。この老人にある人物を監視させたいと。白幡は快諾してくれたが、こうも加えたものだった。

〈――しかし、危ねえ橋を渡るのがつくづく好きだな。下手すりゃ、ドッグ警視様とお呼びする羽目になる〉

井筒に監視させたのは黒滝自身だった。

自分をエサに獲物を喰いつかせる。うまく行けば、この場で釣り上げられる予定だったが、獲物は予想以上の大きさだった。ただし、逃がす気はない。田所が死んだ今、あの連中こそが真相へ導く最後の鍵《かぎ》だった。

足に力をこめて腰を上げた。立ちくらみに襲われ、身体が勝手によろめく。井筒はため息をついている。

「まんずは病院だ。血でベッチョベチョだべ。あんたになにかあったら、白幡さんが迷惑すっべしょ。おどなしくついてこい」

井筒にどんと背中を叩《たた》かれた。

22

うめき声が勝手に漏れた。ダガーナイフで刺し貫かれた左手が痛む。井筒はおかまいなしに車を乱暴に走らせた。

ありとあらゆる暴力に見舞われたものだ。バットで殴打《おうだ》されたときもあれば、バタフライナイフや匕首《あいくち》で切られたときもあった。しかし、掌に穴を開けられたのは初めてだ。墓石にぶつかったため、肩甲骨《けんこうこつ》も熱く痛む。

運転席の井筒が後ろを振り返った。

「泣ぐんでねえよ。そっだな傷ぐれえで」

「誰が泣くか。汗だ」

小馬鹿《こばか》にするように鼻を鳴らされた。

顔面がぐしょぐしょに濡れて不快だった。泣いているつもりなどないが、涙や鼻水が勝手にあふれ出してくる。

反射的に袖で拭《ぬぐ》おうとしたが、スーツもシャツも血液でずぶ濡れだった。

左手に巻いた包帯で顔をぬぐった。血臭がした。手の甲をボクシングのバンテージのように幾重にも巻いていたが、それでも白い包帯はすぐに赤くにじんでくる。

黒滝は後部座席に身をよこたえていた。業務用ワゴンのサクシードだった。井筒がこの車を青山墓地の南側の公道にひっそりと停めていたのだ。

担ぎこまれたときには、すでに後部座席を汚さないようブルーの防水シートが敷かれていた。座面だけでなく、背もたれまで覆われてあり、そのうえに寝かされた。救急箱も用意されていた。井筒は運転席に座ると、助手席に置いていたプラスチック製の救急箱を後ろへ放り、サクシードのアクセルを踏んだ。

走行中に応急処置を行った。血まみれの両手で市販の消毒液をガーゼに含ませると、入念に傷口と手を拭い、そのうえからきつく包帯を巻いた。片手しか使えなかったので、包帯を縛るために口を使ったりと、応急処置にも手間がかかった。

左手を心臓より高い位置に掲げた。墓地での戦闘で一気に体力を使い果たしたせいか、血液を多めに失ったせいなのか、片腕を上げるだけでも難儀した。身体をよじるたびに、ガサガサと防水シートが音をたてる。

井筒に言った。

「ずいぶんと手回しがいいな。防水シートといい、救急箱といい。おれがこっぴどく痛めつけられるのを、前々から予想してたのか」

井筒は笑った。乾いた笑い声だ。

「あんたは用心深いんだか、おめでてえのか、ちょっと理解に苦しむなや。囮《おとり》となってひとりで敵の陣地をうろうろしておきながら、無事でいられるとでも思ったのが？」

「少しだけ思っていた」

「なんとまあ。おれが駆けつけて声かけてなきゃ、あんたは今ごろ救急車のストレッチャーのうえで、生死の境をさまよっていたべや。例の投げナイフで、喉《のど》か心臓でもブスッと突き刺されてよ」

「そんな事態にならないよう、あんたに見張りをお願いしていたんだ」

「そんだけの減らず口が叩けんのなら、たいした傷じゃなさそうだなや。長いこと生きてて、警官のくせにあだな喧嘩師じみた汚いファイトをするやつは初めて見たべ。その防水シートだって、なにもあんたを乗っけるためだけに用意したもんじゃねえべや。あんたが全員を返り討ちにできたら、襲撃者の身柄《ガラ》をひっさらえるからだず。しっかし、うえにはうえがいたもんだ」

井筒の胸ポケットが震えた。

携帯端末の液晶画面が光り、メールの着信を知らせていた。サクシードに乗ったときから、すでに何度も携帯端末が震えていた。井筒はハンドルを握りながら、携帯端末を取り出しては、画面に目をやっている。運転中にもかかわらず、ときおり親指で画面をタッチしながらメールを打つ。

「仲間からか？」

「いろいろだ」

「やつら、何者《なにもん》だ」

井筒がハンドルを切った。

スピードを落とさずに十字路を右折した。慣性の法則が働いて、黒滝の身体は防水シートのうえを滑る。

「後でゆっくり教えでやっがら。今は自分の心配でもしてろ。その手でどうやってパソコンのキーを打つかとか、上司に傷について訊かれたらどう言ってごまかすかとか、明日に備えてうまい言い訳でも考えとげや」

包帯に包まれた手で頭をさすった。

警務部長が重用するだけあって、井筒もまた白幡のように食えない野郎だった。

サクシードが止まった。四谷のマンション街だった。窓越しに小さなビルが見えた。ひとまず第一方面本部の縄張りからは脱出できたことになる。

五階建てのビル。その一階の看板には『四谷きぬがさクリニック』と記されてあった。形成外科やリウマチ科、リハビリテーション科を扱っているという。診療時間は十八時までとあり、玄関の灯りは消えていたものの、部屋の一室にはまだ電灯がついていた。

本来なら堂々と警察病院なり、最寄りの病院の救急病棟に駆けこむべきなのだ。しかし、警察内にいるのは味方だけとは言い難い状況にある。こそこそと治療を受けなければならない謂《いわ》れはないと胸をそらしたいが、誰かが襲撃者たちに密告しないとも限らない。ヤクザたちの情報網も侮《あなど》れなかった。

黒滝が公然と姿を現せば、再び襲撃を試みるだろう。あのナイフ野郎は実に剣呑《けんのん》な気配を漂わせていた。

ナイフ野郎に完敗したのは痛かった。キャップのせいで、人相も判然としなかったうえ、いくら挑発したところで、やつは声ひとつあげなかった。日本人かどうかもさだかではない。せいぜいわかったのはアジア系の男であろうというぐらいだ。やつならば人気《ひとけ》がない墓場だろうと、待合室が混雑した病院だろうと、おかまいなしに乗りこんできそうな気がした。

顔をしかめた。蛇に睨まれた蛙《かえる》のごとく、ナイフ野郎に縮こまっている己に気づきながら、サクシードのドアを開けた。

井筒お勧めのクリニックらしいが、れっきとした闇《やみ》治療だ。ヤクザ者に身を落としたような気分に陥る。

周囲に人がいないのを確かめてから、車を降りた。スーツとシャツは、もはや使い物にならないほど血まみれだ。

慣れた足取りでスロープを歩く井筒の後を追った。玄関のドアを開けるとなかに入り、靴棚からスリッパをふたつ床に置いた。革靴からスリッパに履き替える。

待合室に入って眉《まゆ》をひそめた。イチゴ風芳香剤の甘ったるい香りがした。電子タバコの臭いだ。真っ暗な部屋のなかで、電子タバコと空気清浄器のランプが青白く室内を照らしている。

電子タバコをくゆらせているのは白衣を着た三十代後半くらいの女だった。肩まで伸びた黒髪をヘアクリップで留め、シルバーの小さなメガネを着用している。

知的で清潔そうではあったが、待合室の長椅子《ながいす》に腰かけ、頬杖《ほおづえ》をつきながら、気だるそうに水蒸気の煙を吐いている姿は、ひどく頼りなさそうに映った。

井筒が白衣の女に声をかけた。

「先生、ひとつ診てけろや」

「ああ、はいはい」

けだるそうな声で応じた。電子タバコのスイッチをオフして立ち上がる。

女が訊いてきた。

「保険使わなくて問題ない？」

「ああ」

いささか面食らった。さすがに医療関係者だけあって、血で汚れた男を見ても眉ひとつ動かさない。しかし、いの一番に健康保険について語られるとは思っていなかった。

「カードも使えないし、キャッシュオンリーだけど」

「問題ないと思う。早く診てくれないか」

女は面倒臭そうに頭を掻いた。

「『思う』じゃ困るのよ。もし踏み倒す気でいるなら考え直したほうがいい。せっかく治療したとしても、さらにひどいケガを負うことになるから」

「さらりと言ってくれるじゃないか、ドクター。怖いお兄さんがたちまち駆けつけるのか。ケツモチはどこなんだい」

「ねえ、嫌なら帰ってくれない？」

「まったく……」

息を吐いた。財布の中身にまで気が回らなかった。現金は二万円ほどしか持っていない。

井筒が間に入る。

「待て待て。足んねえ分は出してやっから」

「気前がいいな」

「防水シートと同じよ。ここで治療を受けるとなれば現金がいるに決まってるべ。むろん、あとで全額請求はすっけんどよ」

肩をすくめた。

「じいさんの手回しには脱帽するよ」

井筒に財布ごと渡した。彼は紙幣だけを抜き取ると、それを女に手渡した。

「ひとまず前金だべ」

女は札を無造作に白衣のポケットにねじこんだ。診察室へと手招きする。

「あんたが診るのか」

「そう」

そっけない返事が返ってきた。井筒に耳打ちする。

「大丈夫なんだろうな」

「心配すんでねえよ。手の治療ぐらいだったら、うまぐいがなかったとしても、命を落どすわけでねえべし。あんたのほうこそ、こっだなところでおまわり根性発揮すんなや。黙って治してもらえ」

「そうするよ」

文句を言う気力もつきかけていた。

闇医者なら何人か知っている。不法移民相手に荒稼ぎする韓国人の自称ドクター。株投資に失敗し、高利貸しからカネを借りた挙句に、ヤクザに飼われている院長は、保険金詐欺《さぎ》に手を貸していた。後ろ暗い事情を抱えているせいか、ケツに火がついているせいか、守秘義務もへったくれもなく、黒滝に情報を売ってくれる者もいる。

とはいえ、腕のほうはといえば信用できない。

さっそくカネの話を始めるあたり、目の前の女医も免許を持っているかどうかから疑わしいが、かといって黒滝が知る闇医者たちに診てもらう気にもなれなかった。

クリニックには彼女しかいなかった。施術室《せじゅつしつ》、レントゲン室などが備えられ、新しめの医療器具や清潔な診療台が設置されていた。壁は白と水色で統一されており、ごくふつうの診療所に見える。

診療台に寝かされ、左手に巻かれた応急処置の包帯を解かれた。女医が呟《つぶや》く。

「なんだ。小指じゃないのね」

ヤクザじゃない。声に出そうになったが口を閉じた。なにも身分をアピールする必要はない。

新宿区という場所柄、小指を詰めて治療を受けにくるヤクザ者が多いのだろう。今どき指詰めなど流行《はや》りはしないが、手っ取り早く揉《も》め事を解決する手段として有効ではある。

思わず尋ねた。

「じゃあ、マイクロサージャリーもやるのか」

「小指詰《エンコ》める予定でもあるの？」

女医が黒滝を見下ろした。極道ではないのを見抜いているような口調だ。下手な嘘はつけない。

「ない。ただし、ケンカで近いうちに吹き飛ぶかもしれない」

彼女は傷口を観察しながら答えた。

「しょっちゅうやってるから、大丈夫」

「そうなったときはよろしく」

「数万円じゃ済まないわよ」

女医は首を横に振った。あれこれと詮索《せんさく》するなと言いたげだ。

マイクロサージャリーとは、手術用顕微鏡を使って、細かな神経や血管を操作する手術を指す。極細の血管や神経を縫合し、切断した指の再接着を行うのだ。事件性をともなうケガを負ったヤクザがもっとも関心を寄せる外科手術といえた。

女医は傷口周辺の血や汚れを、消毒液を含ませたガーゼで拭き取ると、黒滝に五本の指がきちんと曲がるかどうかを尋ねた。傷を中心に痛みが走るものの、指は自在に動かすことができる。ひととおり診察を終えると、別室へ連れて行かれ、刺された左手のレントゲン写真を撮られた。

シャーカステン上の写真を見せられながら説明を受けた。幸いなことに骨には異常はなく、腱《けん》も断裂するほどのダメージは受けていないという。局所麻酔を受け、掌と手の甲の傷口をチクチクと縫われ、清潔な包帯で包んでもらった。

黒滝が見るかぎり、女医の手当てはまっとうだった。ドラッグやアルコールで手が震えているわけでもなく、インチキ治療をごまかすために屁理屈《へりくつ》を述べたりもしない。必要以上のことは喋《しゃべ》らず、淡々と左手の治療にあたった。質問を山ほど投げかけたかったが、黒滝も余計な話はしなかった。

レントゲンや医療器具を慣れた手つきで使用していた。間借りしているのではなく、この診療所の本来の主であることが、その行動からうかがえた。

タオルを借りて、顔を中心にべっとりとしみついた血を拭い取った。ようやく生臭さから逃れることができた。

ひととおり治療を終えてから女医は告げた。

「継続的に診てもらわなきゃダメよ。面倒くさがってサボったら、左手は使い物にならなくなるから」

小さな紙袋を手渡された。

処方薬が入っていた。鎮痛剤と抗生物質のカプセルだった。洗面台に寄って、さっそく服用すると、待合室に向かった。

老眼鏡をかけた井筒が長椅子に寝転がっている。携帯端末を熱心にいじっていた。険しい顔つきで液晶画面をタッチしている。

思わず駆け寄った。

「どうした」

画面を覗いたが、なんのことはない。モバイルゲームに興じているだけだった。小さなキャラクターが、ピンボールの球のようにせわしく動いている。

「早かったなや」

井筒はゲームを止めた。黒滝は包帯で覆われた左手を掲げる。

「おかげさんでな。それより、調査はどこまで進んでる。ここで連中に消えられたら、ただの骨折り損になっちまう」

「骨折しっだのが?」

意外そうに左手を見つめている。ジョークのつもりらしい。黒滝が不快そうに睨むと、軽く両手を振った。

「ここはサロンでねえ。治療が終わったら、さっさど退散しねえど、先生も家に帰れねえべ。まずは支払いからだ」

井筒は年寄り臭く、腰をトントンと叩きながら、歩き出した。受付では女医自らが計算機を叩きながら治療費を請求した。

井筒が万札四枚を手渡す。前金と合わせて六万円が消えたことになる。女医は再び白衣のポケットにねじこみながら、黒滝に警告を放った。

「必ず病院に行くのよ」

「カネがあればね」

「サラ金からカネつまんでても受けなさい。今日の治療で安心していたら、本当に動かなくなる」

そそくさと礼を述べて玄関へと向かった。革靴に履き替える。井筒の言うとおり、さっさと退散するのが一番だった。

クリニックの玄関を出た。車に乗りこむなり、井筒に尋ねる。

「何者《なにもん》なんだ」

「質問が多いなや。知りてえのは調査の進展のほうでねえのが」

「多いもんか。たったふたつだけじゃないか。あの女医の正体と調査の進み具合だ」

ポケットから粒ガムを取り出し、ひとつを噛みしめた。

井筒に勧めたが、手を振って拒否した。代わりにスラックスのポケットから小箱を取り出した。酢昆布だ。板ガム状に乾燥した昆布を口に放る。ミントと酢が混じり合った奇妙な臭いが充満する。

井筒は酢昆布をクチャクチャ噛みながら、クリニックの看板を指した。

「あの姐《ねえ》さんはここの院長だず。名前キヌガサミドリ。同じく医者だった親父《おやじ》が、三年前にポックリ逝《い》ったんで、後を継いでクリニックを営んでんだ」

「経営が苦しいのか」

「いいや。このビルそのものが、あの女医さんの持ち物だべし、もう一棟、似たようなビルをこの近くに所有してだ。おれらどは比べものにならねえセレブだべ」

「なんで危ない橋を渡って闇治療なんかやってる」

「情夫が極道だったからだず。あの女医先生の身体にも、立派な刺青《モンモン》が入ってだ。見たごどはねえけどよ」

「冗談だろう?」

「冗談みてえな過去背負《しょ》ってるがら、あだな無茶なしてんだべ」

井筒の話によれば、衣笠翠の内縁の夫は華岡組系《はなおかぐみ》の組長だという。恐喝罪で今は府中刑務所に服役しているらしい。

息を吐いた。

「情夫のおかげで、闇治療に手を染める羽目になったというわけか」

「わがんね。そう単純な話ではねえと思うげんど、とにかくヤクザに近い立場にいだってごどだ。んだがら、あのドクターを下手に怒らせたりはしねえでけろよ。余計にひどいケガを負うのは本当だ。怖いお兄さんがぴゃーっとやって来る」

「華岡組系の組織がケツを持ってるんだな」

「あんたみでえな現職はともがく、おれみてえに警察手帳《てちょう》をなくした一般人には脅威だず」

「心得ておく。これからも世話になるかもしれん」

「先生の件はそんなところだ。そんで、あんたを襲ったバカタレどもだが」

井筒は携帯端末の液晶画面を傾けた。

映し出されたのはモノクロの写真だった。ビルの谷間に挟まれた狭い道だ。場所は特定できなかったが、見覚えのある白いハイエースが隅に停まっている。カメラは、スライドドアから降りるふたりの男たちを捉《とら》えていた。

カメラとハイエースの距離は約二十メートルほどあった。赤外線カメラで撮影したらしく、白黒ではあるが、明るくはっきりと写っている。ひとりは、印旛会系八田組《はったぐみ》の準構成員である樋口仁《ひぐちじん》だった。若頭の倉島《くらしま》の運転手で、三下のくせに刑事の田所《たどころ》に偉そうな口を叩いていた。やはり、連中の縄張りをうろついたためか、釣れたのは八田組のヤクザだった。

もうひとりは樋口の陰に隠れている。姿がよく見えない。目をこらす。

「ほれ」

井筒が指でスライドさせた。写真が切り替わる。

息を呑《の》んだ。ハイエースと男たちがアップで写る。目出し帽を片手に持ち、苦しげに胸を押さえている三十男がいた。よく知っている男だった。

マル暴から追い出された、そのきっかけを作った男だ。貴重な情報提供者を売った元刑事。黒滝は怒りに任せ、アイアンクローで鼻骨と数本の歯を叩き折った。

かつての部下、鈴木《すずき》だった。

23

居心地の悪い場所だった。

相馬美貴《そうまみき》は、膝が貧乏ゆすりをしているのに気づき、脚を組み替えて、落ち着くように自らに言い聞かせた。

彼女がいるのは新宿区四谷の旅館だった。昭和のころから生き残っている小さな商人宿である。

周囲は鉄筋コンクリートのビルで埋め尽くされているだけに、この建物だけがやけに浮いて見える。部屋数は十室のみで、日本人よりも外国人の宿泊客が多いようだった。バックパッカーらしき日に焼けた欧米人や、留学生らしき中国人がコンビニ袋を持って出入りしている。

宿泊者がロビーを通り抜けるたびに、それとなくショルダーバッグに手を入れた。いつでも自動拳銃《けんじゅう》を抜き出せるように。薬室には銃弾が装塡《そうてん》されている。

最終チェックインは夜十一時となっているため、受付にはもはや誰もいなかった。振り子式の柱時計がカチコチと時を刻み、ビールやカップ酒を売る古い自動販売機が低くうなっていた。昔ながらのピンクの公衆電話が、受付の近くに設置されている。美貴が座っているのは、スーパーのフードコートに置いてあるような簡素な椅子だ。ロビーには、招き猫や博多人形、酉《とり》の市《いち》の縁起熊手《くまで》、北海道産のクマの木彫りといった、外国人受けしそうな民芸品が所狭しと置かれてあり、息苦しさを感じていた。微笑を浮かべた箱入りの博多人形が、こちらを見つめている。他人の家に上がりこんでしまったときのように、なにやら尻《しり》のあたりがむずむずする。

目の前のテーブルには、宿の女将《おかみ》と思《おぼ》しき腰の曲がった老婆《ろうば》が出してくれた緑茶がある。

船橋の割烹《かっぽう》料理店と同じく、警務部長の白幡がなじみにしている宿だという。どういう形で利用しているのかはわかりかねたが。

白幡には妻子がいる。だが、政治家じみた脂《あぶら》ぎった性格から考えると、愛人のひとりやふたりいてもおかしくはなさそうだ。

携帯端末に触れた。黒滝に電話をかけようとしたが、途中で手を止めた。すでに十回以上かけている。しかし、何度かけても、留守番サービスに切り替わるだけだった。最後に連絡が取れたのは約二時間前。赤坂のカラオケ店という、敵陣地のど真ん中にいた。自分自身を囮として泳がせ、嚙みついてくる獲物を釣り上げるつもりだ。そう言い残して電話を切っている。その後、彼とは連絡が取れていない。

キャリアである彼女の仕事は、適切な指示を部下に下し、彼らが結果を出すのを辛抱強く待つことだ。現場の人間は自分たちを鵜《う》と称し、キャリアは汗も掻《か》かずに成果だけを奪い取る鵜匠だと恨み言をぶつける。

そのたとえはあながち間違ってはいない。ただし、こちらも汗ならたっぷりと掻いている。冷たい汗だ。待つという行為は時として苦痛を伴う。今がまさにそうだ。

ただの一兵卒として現場に出て、靴底を減らしながら歩き回れたら。日下の葬式に出て以来、この手で殺害犯に手錠をかけられたら、とたびたび思う。

指揮官として部下たちに仕事を任せ、冷静に戦術を練る立場にある。田所の調査には黒滝を選んだ。彼の手段を選ばない調査方法は承知しており、腹をくくったうえでのことだ。とはいえ、現に、たいして暖かくもないロビー内で、背中のあたりをじっとりと濡《ぬ》らしている。

人事一課のデスクで待ち続けていたところ、白幡から電話があった。

今夜も誰かと歓談中のようだった。スナックにいるらしく、酔っ払いの騒ぎ声やカラオケの安っぽい演奏がスピーカーを通じて聞こえた。この四谷の商人宿に向かうように指示された。

ならねえんでな。

——ふたりで善後策を練りたいところだが、おれはおれで、いろいろ動かなくちゃ

——黒滝の現況を知っているのですか。

——安心しろ。くたばっちゃいねえ。

——やはり襲撃に。

——そうみたいだな。友人《ダチ》が面倒みてる。

——負傷したのですか。

白幡に問いを遮られた。

——やられっぱなしじゃねえ。さすがはドッグ・メーカー様といったところだ。嚙みつかれはしても、ただじゃ起きねえぞ。ドッグと合流しろ。

いつになく早口で言った。四谷の宿の名前と住所、電話番号をあわただしく告げた。

電話を切られそうになり、美貴は尋ねた。

——部長は？

——政治工作ってやつだ。くだらねえが、こいつをマメにやらなきゃ、せっかくの調査結果も握りつぶされちまう。早い話が警視庁はふたつに分かれている。少数ではあるが、おれたちにつきたがっているやつ。もう一方は警察の威信とやらを盾に、保

身に汲々としている鶴岡みたいなやつらだ。今は旗色を鮮明にしてない日和見たちを口説いて回ってる。『銀座《ギンザ》の恋の物語《コイ》』を歌いながらな。お前はドッグと話をつめて、おれの立場を有利にしろ。友人《ダチ》は好きに使え。ここで負けたら、おれたちに待ってるのは悲しい冷飯人生だけだ。

弾んだ調子で答えた。瀬戸際《せとぎわ》のスリルを楽しむかのような口調だった。

警視庁内は、第一方面本部と赤坂署、それに田所の悪行を暴《あば》かれたくない者であふれている。直属上司である人事一課長の吹越《ふきこし》もそのひとりだ。美貴たちは四面楚歌《しめんそか》の状況にあった。それを打破するために、黒滝は危険な賭《か》けに出たのだ。

彼をサポートするのは、白幡の友人を名乗る老人だった。船橋の割烹料理店から帰るさい、代行業者のように黒滝の車を運転した井筒と思われた。

元公安らしい摑《つか》みどころのない目つきをしていたが、果たしてどこまで役に立つのか。彼女は疑問視していた。

白幡が情報をいち早く摑んでいるところを見ると、老人は自分の役目を粛々と果たしているようだった。しかし、肝心の黒滝と話せていない。

白幡と会話した後に、警視庁本部を出てタクシーを拾って、白幡から教えてもらった四谷の旅館に向かったのだった。万が一に備え、特殊警棒と自動拳銃のシグＰ２３

０を携えて。

黒滝に魔手が迫った以上、安穏とはしていられない。警戒しながらこの旅館を訪れたが、受付には腰の曲がった老婆がいるのみで拍子抜けした。

監察官となってから、さらに日下を失ってから、待つのが苦痛にしか感じられなくなった。今夜は調査対象者の田所が首吊り自殺を遂げている。それを知ったときは目まいを覚えた。これ以上、悪い知らせが寄せられたら、気を失いそうな気がする。時間が進むのが極端に遅くなったように感じられる。

玄関前に一台のサクシードが停まった。ショルダーバッグに手を入れつつ立ち上がった。バッグのなかにあるシグのグリップを握る。

すぐに手を放した。大きくため息をつく。サクシードには井筒と黒滝の姿があった。黒滝はロビーにいる美貴の姿を見ると、無事を示すように力強くうなずいた。思わず笑みがこぼれそうになる。旅館のガラスドアを開けて車に近寄る。

車内を凝視した。後部シートは、ブルーの防水シートに覆われていたが、大量の血液でまっ赤に染まっている。助手席の黒滝を再び見やる。

いつものスーツ姿ではなかった。ワイシャツも脱ぎ、黒いスウェットの上下を着こんでいる。部屋着のようなスタイルだ。

なによりも目を引くのは、左手に分厚く巻かれた包帯だった。包帯止めとテープで、きちんと止められている。医療関係者に治療を施してもらったものと思われた。

白幡が言うとおり、黒滝はくたばってなどいなかった。ただし、病院で手当を受けなければならないほどのダメージを負ったようだった。

彼の足元にはスーツやワイシャツがまるめられていた。血に染められており、そのまま捨てるしかあるまい。包帯が巻かれた左手以外に、とくに受傷箇所は見当たらないが……。

黒滝がワゴンから降りた。むせ返りそうなほどの血の臭いが漂っている。囮となったこの男に、喰らいついた者がいたのだ。

「その格好は……」

「彼に用意してもらいました。襲撃者の撮影や医者の手配、その他もろもろ」

黒滝は井筒を指した。

しっかり止血はなされているようで、包帯は染《し》みひとつない。しかし、訊かずにはいられなかった。

「大丈夫なの？」

「この手ひとつだけで済みました」

黒滝は意味ありげな笑みを浮かべた。

顔色は優れないが、獲物の尻尾《しっぽ》を捕えたと言わんばかりに、目をギラギラと輝かせている。美貴の背中をまた冷たい汗が流れる。

これほどいきいきとした表情を見るのは初めてだった。何者かに襲われ、血まみれになるほどの傷を負ったが、それ以上の収穫を得たとその顔が雄弁に物語っている。ドッグ・メーカーなどと称されているが、彼自身が猟犬のような男である。手傷を負った痛みよりも、獲物を捕らえた喜びが優先する。根っからの刑事だった。

運転席から井筒が降りた。

「ご協力感謝いたします」

「ただの仕事だ。感謝なら白幡さんにしてけろ」

井筒はそっけなく答えた。

ガムでも噛んでいるのか、もぐもぐと口を動かしている。見た目こそ冴《さ》えないものの、防水シートや着替えを事前に用意しておくところなど、かなり知恵の回る男だとわかる。

黒滝に言った。

「誰にやられたの？」

井筒が割って入る。

「なんも、こだな路上で話すことはねえべ」

「そうですね」

井筒は、自宅に入るような調子で旅館のガラスドアを開けた。美貴らも後に続く。井筒は従業員を呼び出そうともしなかった。カウンターの内側へと勝手に手を伸ばし、プラスチック製の棒がついたルームキーを勝手に取り出す。

声をかけようとしたが思いとどまった。一刻も早く話を聞き、状況を摑んでおきたい。二階の客室へ入った。

古い六畳程度の狭い和室だ。チューナーのついたブラウン管のテレビが現役で活躍しており、掃除は行き届いていたが、畳は焼けてケバだっている。窓の障子も茶色く変色していた。壁際の棚には、ロビーにあったのと同じ博多人形が置かれてあり、不気味な視線をまっすぐに向けている。

井筒は押し入れを開けると、てきぱきと人数分の座布団《ざぶとん》を取り出した。茶を淹《い》れようとしたが、その前に黒滝が急《せ》いた調子で机にモバイルPCや携帯端末を置いてゆく。三人で机を囲むように座る。時間を惜しんでいるのは美貴だけではなさそうだ。

黒滝が携帯端末を操作した。画像ファイルを開きながら、報告をはじめる。

敵陣のど真ん中赤坂二丁目を歩いて存在を誇示し、地下鉄で乃木坂へと移動した。その後、雨降る青山墓地へと移動したという。襲撃者すべてをとっ捕まえる気でいたらしいが、敵のなかには刃物を巧みに扱う男がいて、左手を両刃のダガーナイフで刺し貫かれた。

「ダガーナイフ……」

美貴は呟いた。脳裏に日下の遺体が浮かぶ。

司法解剖鑑定書によれば、刃渡りこそ短いものの、両刃の殺傷力の高い刃物によるものと記されてあった。

井筒がカバンからいくつかのビニール袋を取り出した。

目を見張る。ビニール袋のなかには電気ひげ剃《そ》り器に似た強力なスタンガン、刃渡り十五センチを超える血染めの軍用ナイフが入っていた。刃はブラックチタンでコートされており、黒々とした妖《あや》しい輝きを放っている。

さらに刃物が取り出された。全長十センチに満たない両刃のダガーナイフだ。青魚を思わせる細身の短剣である。銀色の輝きを放ちつつ血と泥で汚れていた。襲撃者たちが残していったのだという。

「鑑識に回してみっどいいべ。指紋《モン》やＤＮＡが出てくりゃ儲《もう》けもんだ」

彼女はうなずいた。

黒滝が携帯端末の液晶画面を見せた。戦闘服を着用している短髪の若い男が映っている。

美貴も知る人物だった。印旛会系八田組のチンピラだ。樋口仁という名の。八田組が絡《から》んでくる可能性はなかば予想はしていた。

ヤクザはむやみに警官に刃《やいば》を向けたりはしない。警察組織が、暴力団並みにメンツにうるさく、その構成員である警官が殺傷されたとなれば、どの武闘派組織よりもえげつなく仕返しに出るのを熟知しているからだ。

ただし、犯罪に警察官が深く関わり、署の上層部までも絡んでいるとなれば別だ。おそらく、八田組は汚れ仕事を引き受けたのだ。警視庁の何者かに焚《た》きつけられて。田所が所有していたモバイルＰＣが、黒滝に持ち去られたという事実にも気づいたのだろう。

「この樋口とかいう準構成員《ジュンコウ》が、日下さんを襲ったのか……」

液晶画面を凝視する。

顎《あご》が細く、歯並びが悪い。上の前歯がげっ歯類のように突き出ている。イタチのような顔つきだった。体格は、日下や黒滝とは比べものにならない。

黒滝は首を横に振った。

「そいつが絡んでいる可能性は高いですが、真犯人《ホンボシ》はおそらく別の野郎でしょう。例えばこいつです」

黒滝は液晶画面に触れて、画像をスライドさせた。

彼の息が荒くなった。目には強い光をたたえ、高揚感を示すかのような笑みを浮かべている。

液晶画面に現れたのは、これもモノクロの映像だった。胸板の分厚い三十代半ばの男だ。柔道の経験でもあるのか、首回りや二の腕が異様に太く、耳がカリフラワー状に変形している。

こちらの表情も冴えなかった。雨か汗のせいで、眉のあたりまで伸びた頭髪が濡れそぼっている。苦しげに顔をしかめ、胸のあたりを押さえている。

目を細めた。見覚えはあるが、とっさには思い出せない。黒滝がつけ加えた。

「鈴木です。おれの部下だった」

「なっ――」

思わず大声をあげる。

あわてて口を押さえた。旅館の構造を考えれば、とても防音効果など望めそうにない。

記憶が蘇《よみがえ》ってくる。たしかに鈴木陽平だ。黒滝を監察係に引き抜くさい、彼にまつわるトラブルを調べ直した。とくに組対四課を追い出されるきっかけとなった事件を。そのさいに写真で拝んだ男と同一人物だった。警察官時代より頭髪が薄くなり、額がだいぶ広くなっているが。

思いがけぬ人間の登場に目を見張る。

黒滝が興奮している理由がよくわかった。彼を組対四課から追放する原因を作った元刑事だからだ。

美貴は呟いた。

「なぜ鈴木陽平が。彼の現在の職業は」

「わかりません。おれもたまげましたが、あいつがおれを襲う理由なら、いくつもあります。病院送りにされた恨みを今になってぶつけにきたのかもしれませんし。裏社会の泥沼にどっぷり浸《つ》かって腐っていったクズ野郎です。一方で、警察とは未《いま》だにコネを持っているかもしれない。警察と暴力団《マルB》の間をうろちょろしていても不思議じゃありません」

黒滝は液晶画面をタッチした。画像が切り替わり、第三の男が姿を現す。

ブラックのキャップをかぶった革ジャンの男だった。運転席に座り、ハンドルに手をかけている。キャップで頭は隠れているが、カメラは顔を捉えていた。

引き締まった唇と昏《くら》い瞳《ひとみ》が特徴的な青年だ。

精悍《せいかん》だが、それを台なしにするような大きな傷痕《きずあと》があった。唇から顎にかけて刃物で切られたような痕がある。それを隠すかのように無精ヒゲを伸ばしている。

鈴木や樋口と同じく剣呑《けんのん》な気配をまとわりつかせていたが、黒滝に痛めつけられたふたりとは異なり、寒々しい目であたりを見渡している。

他のふたりとは一線を画すような、妖気《ようき》じみた空気を漂わせている。多くの犯罪者やヤクザの顔を見てきたが、男は見る者の背筋を冷たくさせる気配すら感じさせた。

「この男は？」

「わかりません」

黒滝は包帯の巻かれた左手を上げた。

「こいつが真犯人《ホンボシ》でしょう。言葉を交わしていないので、日本人かどうかすらわかりません。ナイフ扱いには慣れていました。いきなりブスッと、このとおりです」

五メートル離れた距離からダガーナイフを投げつけられたという。左手で防がなければ、顔面を突き刺されていただろうと。

井筒が液晶画面を指さした。

「さっき仲間から連絡があったけんど、連中の尾行はこの写真を撮影した時点で中止したよ。ただでさえ元刑事を尾け回す《つ》のは楽じゃねえべし。なにしろ、このナイフ野郎の警戒がハンパじゃないらしい。GPS発信機でもつけられりゃよかったんだが、隙《すき》ひとつ見せなかった」

黒滝は言った。

「充分すぎるほどの成果だ。八田組の倉島が田所を脅していましたよ。またあいつが出張ってきて、次はあんたがくたばることになると。このナイフ野郎のことでしょう」

「鈴木と樋口には早急に会う必要がありそうね」

「あのとき、殺しておけばよかった」

黒滝が粒ガムを口に放った。嚙《か》み砕きながら言う。

「監察官、あなたにもひとつ、汚れ仕事をお願いしたい」

24

美貴の気分は重かった。

――あなたにもひとつ、汚れ仕事をお願いしたい。

黒滝の言葉を思い出してため息が漏れる。

昨夜、黒滝から乞《こ》われる前は、なんでもやるつもりでいた。部下を血みどろの姿に変えるほどのケガを負わせた卑劣漢。日下を刺殺したと思しき男ども。塀の中にぶちこまなければ気が済まない。

これまで安全地帯で過ごしてきた。部下に手を汚させ、危険な人間たちと対峙《たいじ》させ続けてきた。憤怒《ふんぬ》と負い目もあって、黒滝の願いを二つ返事で引き受けたのだった。状況があまりにも異常なのだ。井筒のサクシードに積まれていた血染めの防水シート、丸められた赤いスーツ、黒滝の腕にきつく巻かれた包帯。そして、旅館の部屋で見せられた数々の物証――ごつい形のスタンガン、血に染まったブラックチタンコートの軍用ナイフ、黒滝の手を刺し貫いたというダガーナイフ。それらのなかには、日下を殺した凶器も含まれているかもしれない。

井筒の仲間が撮影したとされる画像も、美貴の神経を高ぶらせた。エナジードリンク入りのウォッカを、何杯も飲み干したときのように頭が熱くなった。

あれから一晩が経過し、徐々に冷静に考えられるようになった。警察官であり、しかも掟破《おきて》りの腐敗警官を取り締まる監察官である自分が、今からヤクザじみた行為をしなければならないとは。部下に一杯喰わされたというべきだろう。

「なにごとも勉強だべ」

ハンドルを握る井筒が言った。

ため息をつく美貴の心を見抜いていた。さすがに白幡が信をおく私兵というべきか。いくつもの修羅場を潜《くぐ》り抜けてきたと思しき老人だった。地方出身者のわりには、東京の複雑な道をすいすいと走っている。

井筒は酢昆布を噛んだ。

「おれたちは兵隊だ。白幡さんやあんだみでえな立場を、心の底から理解できはしねえ。ただな、霞が関ってのは永田町以上に、魑魅魍魎《ちみもうりょう》だらけだってことぐらいはわがる。霞が関だけに限んねえな。おれがいた県警だって、妖怪じみた政治家野郎が跋扈《ばっこ》してたし、地元のマスコミだの議員だの実業家だのとべったりつるんで、天皇なんて呼ばれてたお山の大将がいたもんだず。田舎役人は田舎役人なりにツラの皮厚くして、権謀術数を駆使しつつ、県警のなかでのし上がったり、他人を蹴落《けお》としたりしてたもんだ。そういう政治家野郎にとっちゃ、監察なんてのはたいした敵でねえ。監察官が相手だろうと、いくらでも話《ナシ》をつけられるコネとカードを持ってるからよ。生まじめに調査して証拠をかき集めたとしても、どうにかなるもんでもねえ。そんなのは黒滝のあんちゃんに任せときゃいいべ。エリートのあんたが身に着けるべきは、傲慢《ごうまん》さと底意地の悪さだべ。あんたが政治力をつけなきゃどうにもならねえ。ドッグが集めたせっかくのお宝も、どこかお偉い連中から臭《くせ》え息吹きかけられちまったら、屑鉄《くずてつ》に変わっちまう。部下の苦労を水の泡にしたぐねえのなら、あんだはもっと頭働かせるべきだべ」

井筒の口調は強かった。昨日は最低限のこと以外は口を開かなかったというのに。白幡の命令のみを聞く老いた召使い。そんな印象を抱いていたものの、やはり警官の血が現在も熱く流れているようだ。アドバイスの内容はともかく、忌憚《きたん》なく助言をくれたのが嬉《うれ》しかった。

「ありがとうございます」

井筒は口をへの字に曲げた。

「こだな話、耳にタコができるほど聞かされてるべや。入庁して以来、何万回とよ」

「今回ほど実感したことはありません」

「だからと言って、白幡さんみでえに爛熟《らんじゅく》の域まで達しても、それはそれで警察官としてどうかとも思うげんどな。役人より政治家が似合う。要するに程度の問題だべ」

美貴は口のなかで呟いた――政治力か。少なくとも人事一課の監察官という職務においては、そうしたものとは比較的無縁でいられると、呑気《のんき》に考えていた。不正を行った警察官を調査し、しかるべき罰則を与えれば良いのだ、と。法や規範に違反した者に適正な処分を与える。奥の院と呼ばれる警務部にはそれだけの権力があり、監察官は何人《なんぴと》にも邪魔されず、腐敗や汚れを洗い流せるものと考えていた。

だが、じっさいはそんな単純なものではなかった。藩閥や派閥の横槍《よこやり》が折々に入る。犯した罪が重ければ重いほど、上層部は迅速にもみ消しを図ろうとする。それらの妨害をやり過ごすには、井筒の言うとおり政治力を身につけねばならないのだと改めて痛感させられた。猪突猛進《ちょとつもうしん》ではどうにもならない。

白幡は、これまでの警察人生で嫌というほど思い知らされているのだろう。彼のようになりたいとは思わないが、見習わなければならない点はいくつもあった。

助手席の窓に目を移した。サクシードは青山通りに入っている。ブティックや高級スーパー、イタリア料理店や高くつきそうな美容院が並んでいる。BMWやアルファロメオといった洒落《しゃれ》た外車が行き交う。

ポケットの携帯端末が鳴った。液晶画面に目をやる。ため息が漏れる。課長の吹越からだ。

「政治力ね……」

呟いてから電話に出た。

「相馬です」

〈話がしたい。私の部屋へ来てくれ〉

吹越が早口で言った。

「いつまでに」

〈大至急だ。黒滝を連れてこい〉

有無を言わさぬ口調だった。

「なにかございましたか」

とぼけた声で尋ねた。

答えが返ってくるまで間があいた。芝居がかった調子が功を奏したのか、吹越の呼吸が荒くなる。

〈ある。だから一刻も早く顔を出せと言っている〉

「なるべく早く帰庁するように努力いたしますが……私も黒滝主任も鋭意調査中でして。主任に連絡を取り、いつごろ戻れるか、確認いたします。夜でもかまいませんでしょうか」

いつもより間延びした口調で答えた。

〈ふざけるな。今すぐにと言っただろう！〉

スピーカーからペキペキという音が聞こえた。カテキン緑茶のペットボトルが潰《つぶ》れる音にちがいない。

〈……やつをどこに匿《かくま》っている〉

「匿うとは？」

すばやく言葉尻をとらえる。

吹越がはっと息を呑んだ。再び間があく。ハンドルを握る井筒が、一瞬だけ美貴に視線を向けてきた。

「匿うとはどういった事態でしょう。黒滝主任が何者かに狙《ねら》われているとおっしゃるのですか？」

反撃を行った。

黒滝を四谷の旅館に匿ったのはまぎれもない事実だ。しかし、それを知るのは美貴と白幡、それに井筒のみである。

「教えていただけますか。黒滝主任を匿うとは？　そのような情報《ネタ》をどこから入手されたのですか？」

吹越が忌々《いまいま》しそうに舌打ちした。

〈君のみが情報《ネタ》を握っているとは思わないことだ。私には私の情報提供者《エス》がいる。偉そうな口を叩いたくせに、部下の状況さえ把握していないというのか〉

「申し訳ありません。黒滝主任の身になにが起きたのでしょう？　直属上司として、一刻も早く知る必要があります。ご叱責《しっせき》はのちほどたっぷりいただくとして……彼を課長の前に連行するためにも、ぜひお願いします。情報を共有させていただけませんか」

〈ぬけぬけと……〉

吹越が小さく呟《つぶや》いた。携帯端末から距離を取ったつもりだろうが、地声がでかいため、聴覚を研ぎ澄ませていた美貴の耳にまで届いた。

「お願い致します」

吹越は咳払《せきばら》いをした。

〈とぼけるのはよせ。時間を無駄にしたくない。君や黒滝主任の身を案じているからこそ、上がってこいと言ったまでだ。日下くんの二の舞を演じる可能性がある〉

今度は美貴が舌打ちしたくなった。

あなたが誰の身をどのように案じているというのか。問いただしてやりたかった。吹越の前に連れていったら即座に黒滝の身柄を拘束される恐れがある。

吹越は警察一家の名門に生まれたサラブレッドだ。第一方面本部長の鶴岡警視長の引きもある。第一方面本部を取りしきる鶴岡は鹿児島閥の出世頭だが、今回の事件が明るみに出れば、隠ぺい工作に関わった赤坂署や第一方面本部のメンバーはもちろん、彼自身にも累《るい》が及ぶ。

警務部トップにいる白幡も、将来の警視総監候補とささやかれているが、鶴岡は巨大派閥の領袖《りょうしゅう》だ。配下の数が違う。

鶴岡を神輿《みこし》として担《かつ》ぐ者は、警視庁内だけではなく、警察庁や他県警、内閣府や外務省にまで存在しているという。彼の失脚を防ぐために、兵隊の一匹や二匹死んでも構わないと考える者がいたとしても、なんらおかしくはない。

事実をねじ曲げたい、あるいは事件をなかったことにしておきたい。そう願う者が想像以上に多いことを知った。黒滝の行方を血眼になって探している人物は今や凄《すご》い人数にのぼろう。悲しいことだが、我が上司もまたそのひとりなのだった。

美貴は鼻で笑った。

「情報源《ネタモト》は鶴岡警視長でしょうか？」

〈私は言ったはずだ。上司の命令には絶対に従ってもらうと。すぐにその三文芝居を止《や》めて黒滝を連れてこい。これ以上の議論をするつもりはない〉

「私も申し上げたはずです。警視庁《カイシャ》の威信などクソ喰らえだと。あなたがたの担ぐ神輿がひっくり返って泥にまみれようと知ったことではないと。黒滝の行方はこちらも探ってみますが、第一方面本部に問い合わせたほうがてっとり早いかもしれませんよ」

派手な金属音がした。椅子《いす》でも蹴飛ばしたか。

〈貴様、部長に気に入られていると思って、いつまでも図に乗ってるんじゃねえぞ〉

「どなたかと違って、お偉いさんに気に入られるために、この仕事を選んだわけではありません。お疲れ様です」

一方的に電話を切った。

再び携帯端末が震えるのを待ったが、かかってくる様子はなかった。手の届かない場所にいる者にいくら脅しをかけても無駄だと判断したようだ。あるいは、さっそく別の策を練り始めたのだろうか。

策をすばやく実行に移さなければならないのはこちらも同じだった。

運転席の井筒が肩をすくめた。美貴は自嘲《じちょう》の笑みを浮かべる。

「本格的な政治力を身につけるには、もう少し時間がかかりそう」

井筒がブレーキを踏んだ。

「今度は頼むべ」

「ええ」

目的地に着いた。

大量のツタが絡まっており、ビルの外壁が緑色に染められたビルだ。地下駐車場を備えているが、一階には地下には入れない車高の高いシボレーやベンツの高級SUVが停まっている。

その四階に、ヨーロッパのワインを扱う輸入会社のオフィスが入っている。社長の名は辻元文也《つじもとふみや》という。

田所梢の浮気相手だ。黒滝が撮影した写真で姿を確認している。タートルネックのうえに厚手のジャケットを着用し、太い黒縁メガネをかけた、軟派な臭《にお》いのするインテリ風二枚目だ。芸術家みたいに口ヒゲをたくわえ、髪を優雅にウェーブさせている。

美貴の好みのタイプとは言いかねるが、人妻と肉体関係を持っていたのは事実だ。

「ほれ」

玄関まで至ると、井筒にインターフォンを押すように促された。

自動ドアはオートロック式になっており、ドアの前に立っても開く様子がない。

——あんたの……あんたの手下のせいで、あの人は。

梢の声が蘇ってきた。虎《とら》ノ門《もん》の病院の霊安室で会ったさい、平手打ちを喰らった。その痛みを思い出しながら、インターフォンのボタンを押した。

〈エルドール・トーキョーでございます〉

スピーカーから若い女の声がした。

インターフォンには、防犯カメラ用のレンズがついている。見慣れない人間がアポイントもなしに来たせいか、その口調は硬い。

「辻元社長にお会いしたいんですが」

美貴は静かに告げた。

オフィスにいるのはすでに把握していた。二十分前に、井筒が偽名を使って電話をかけている。辻元が声を発したところで電話を切っていた。

〈あの……どちら様……〉

女の声を遮るように、レンズに向けて警察手帳を開いた。顔写真とバッジを見せる。

「警視庁の相馬と言います。お時間は取らせません」

インターフォンの女は驚きの声をあげ、少しだけ待つように懇願した。

三分もしないうちに自動ドアが開いた。急な訪問にもかかわらず、許可を与えてくれた。警察手帳は便利だ。エレベーターで四階へ。玄関には社名入りの銀色のプレートが掲げられていた。

ドアを開けると、大きなガラス棚が設けられており、ワインボトルが飾られてあった。井筒とともに室内に入る。

小ぶりなオフィスだったが、観葉植物があちらこちらに置かれてあり、オーディオからはウォルター・ビショップ・ジュニアの『スピーク・ロウ』が流れていた。まるで洒落たカフェのようだ。壁にも額縁入りの写真や絵画が飾られている。書棚にはワインに関する書籍類が収められている。むさ苦しいばかりの我がオフィスとは対照的だった。

部屋にいるのは三人だけだ。カジュアルな格好をした女性と、モード系の細身のスーツをまとった若者。そして、社長の辻元だ。

黒のワイシャツに茶色のベストを着用している。突然の訪問客によって、洒落者たちの空間は崩壊しかかっていた。

辻元は営業用のスマイルを浮かべようとしたが、早々に失敗していた。不良学生に囲まれた優等生のような弱々しい表情だ。

「ええと――」

「警視庁人事一課の相馬と申します。田所さんの件でお話をうかがいに参りました。ご協力いただけませんでしょうか」

美貴は言った。有無を言わさぬ口調で。

田所梢の首に再び鎖をつなぐために、目の前の間男を落とす必要があった。

「田所……さん、ですか」

社長の辻元は顔を強張《こわば》らせた。すかさず美貴が彼の目を見すえて尋ねた。

「よく、ご存じですよね」

〝よく〟のところを強調した。ここは辻元のホームグラウンドなので、井筒の車に引っ張ってゆくのが、もっともスムーズにことを進められる方法かもしれない。

しかし、辻元の狼狽《ろうばい》ぶりを見るとその必要はなさそうだった。美貴の問いに答えず、瞳を彷徨《さまよ》わせている。挨拶《あいさつ》代わりのジャブを放っただけだが、すでに効いているらしい。ソフトなジャズも美しい観葉植物も、彼の心を和ませる材料にはなり得ないようだ。

「辻元さん？」

返答に窮している男に声をかける。喉仏《のどぼとけ》が動く。

「ここではなんですから、私の部屋で」

「ありがとうございます」

隣室に案内された。

隣室のドアには〝Le Bureau du Président〟と記された銀色のプレートが貼《は》ってある。フランス語で社長室という意味だ。背を丸めながら部屋の主がドアを開けた。

八畳程度の広さだ。アルコールの臭いが鼻をつく。執務机の隅には、複数のワインの空き瓶とテイスティンググラス、ソムリエナイフが出しっぱなしだった。辻元が気まずそうに顔をしかめている。

オフィスに比べるとかなり乱雑だった。大きな執務机には、ノートパソコンやタブレット型端末、プリンターが置かれていたが、そのかたわらに書類の束が山のように積まれ、チラシや本が床に散らばっている。

ドアの近くには、北欧製のダイニングセットがあった。下手な応接セットよりも値の張りそうなデザインだ。有機食材を扱う飲食店や南青山のカフェあたりで見かけそうな、シンプルな造りのテーブルとベロア調のチェア。

壁には額縁入りの写真がいくつか飾られていた。有名人なのだろうが、せいぜい美貴がわかるのはふたりぐらいだ。フランスサッカー界の英雄であるジネディーヌ・ジダン、そしてティエリ・アンリが華麗にボールを操っている。そのうえにはマジックでサインが記されていた。

北欧製のテーブルのうえには、新聞が山積みになっている。美貴は新聞に目を走らせた。四つの全国紙。日付はすべて今日だ。

辻元が、日ごろから四紙も新聞を取っているような人間かはわかりかねた。だが、今日に限っては、田所が赤坂署で自殺をした旨の記事が掲載されている。辻元はこの事件について、すでに知っていると見てよさそうだった。

部屋は使用者の内面を表すと言われる。その言葉をそっくり鵜呑《うの》みにするつもりはないが、黒滝からの報告や服装を見るかぎり、本来は清潔さを旨《むね》とする人間であるらしい。地下駐車場には、彼の愛車のルノー・メガーヌ・スポールが停められているが、ボディは丁寧にワックスで磨かれ、車内には塵《ちり》ひとつ落ちていなかったという。

室内の隅にはクローゼットがあった。ドアは半開きの状態で、床にはネクタイが落ちている。美貴らが訪問する前から、すでに心は乱れに乱れていたようだ。昨日からずっとこの部屋で夜を過ごしたように見える。ワインを浴びるように呑みながら。グラスの数は一脚だ。

さりげなく辻元との距離をつめた。体臭をかぐ。自分に特技があるとすれば、嗅覚《きゅうかく》が人より敏感な点くらいかもしれない。上品な男性用香水と整髪料の香りでは消せぬ、熟柿《じゅくし》の臭いがした。アルコールが抜け切れていない。

目で井筒に室内の印象を告げた。彼も同じように感じたらしく、小さくうなずく。

「散らかっていてすみません。今、お茶をお出しします。それともコーヒーがよろしいですか」

辻元は恥ずかしそうに顔を赤らめた。彼は、まずテーブル上の新聞の束から手をつけた。すばやく持ち去る。まるでこれ以上美貴らの視界に入るのを避けるかのように。コーヒーを頼んだ。緑茶は四谷の旅館で何杯も飲んでいる。

辻元は執務机の陰に新聞を置くと、内線電話で社員を呼び、片付けてくれと命じた。先程のふたりが駆けつけ、ワインの空き瓶や飲み残しのテイスティンググラスを急いで持ち去り、書類をざっと整頓した。床に散らばった本やチラシを拾い集め、ネクタイをクローゼットにしまう。室内はあるべき姿を取り戻しつつあったが、手遅れというものだ。美貴たちはベロア調の椅子に座ってじっと待つ。

女性社員が警戒心に満ちた目で人数分のコーヒーを置き、〝Le Bureau du Président〟から姿を消してから、辻元はテーブルに着いた。部屋の整頓を任せている間に落ち着きを取り戻したのか、コーヒーにゆっくりと口をつけている。

落ち着きを取り戻されても困る。名刺を交換すると、辻元のほうから切り出してきた。

「赤坂署の方ではないんですね。人事一課というと……」

彼の言葉をさえぎった。

「田所警部補についてはご存じですね」

わずかに間が空いたが、辻元は神妙な表情になってうなずいた。

「それはまあ……亡《な》くなられた田所さんとは、面識はありませんでしたが、奥さんとは語学教室で一緒でしたから。学友のご主人があああした形で亡くなられたとあって、強いショックを受けました」

その声に張りはなかったが、学友という点だけは強調した。

隣の井筒が音を立ててコーヒーをすすった。目で指示してくる——この間男に一発喰らわせろ。

指示されるまでもなかった。カバンから封筒を取り出して訊いた。

「田所梢さんと連絡を取りましたね？」

「旦那《だんな》さんが自殺してからですか？」

「ええ」

「まさか！　さっき朝刊で知ったばかりです。それに、私と田所さんとは、そこまで親しくはありません」

封筒から写真を取りだした。

「警察相手に嘘《うそ》をつくと、高い代償を払うことになりますよ」

黒滝が撮影した写真をテーブルに置いた。梢のプジョーを運転する辻元が写っている。

プジョーのうえには、ラブホテルの名が記されたアーチ状の下品な門がかかっている。辻元はハンドルを握りながら、助手席の梢を愛《いと》おしそうに撫《な》でている。

黒滝は梢に首輪をつけるために、決定的といえるこの写真を用いたという。たしかに破壊力は充分だった。Lサイズで梢に見せたというが、美貴はさらにA4サイズに拡大していた。ちょうど壁に飾られている仏サッカー界の英雄たちと同じぐらいの大きさだ。

辻元の目玉が大きく見開かれた。テーブルのうえにこぼれ落ちるのではないかというほど。メガネのフレームに触れては、何度も瞬《まばた》きを繰り返して写真を凝視した。額から玉のような汗が噴き出す。

慌《あわ》てぶりを見るかぎり、彼は梢から聞かされていないようだ。第三者に不倫関係を知られたことを。もし知っていたら、学友などと、ぬけぬけと嘘をつくはずはない。写真を目にするのも初めてなのは、彼の表情が雄弁に語っていた。

辻元が愛人の危機を知ったのは、昨夜になってからと思われた。社長室の荒れ具合から察するに、昨夜中に梢から田所の自殺を聞かされたのだろう。情報不足の間男にとっては驚天動地の出来事だったはずだ。

テーブル越しに顔を近づけた。

「田所梢さんとは学友以上のご関係にあった。そうですよね？」

辻元の汗が写真に滴《したた》り落ちる。なかなか返答しようとしない。黙秘権の行使というより、ショックで口が利《き》けない様子だった。言葉を重ねる。

「手錠をかけるような真似《まね》はしません。姦通《かんつう》罪はもうありませんから。事実を確認したいだけですし、あなたの秘密は守ります。田所警部補は勤務中に首を吊《つ》って自殺しました。我々監察係としては、事件の重大性に鑑《かんが》み、彼の自殺の動機や日ごろの行動を調べなければならないのです。その過程でこのようなものが出てきたわけです」

「いや……でも、これは」

「我々は人事一課の監察係です。職務内容をわかりやすく申し上げるなら〝警察の中の警察〟といったところでしょうか。不正の疑いのある警察官を調べるのが仕事です」

テーブル上のA4サイズの写真を指さした。

「これはある人物から入手したものです。鑑識に確認させましたが、偽造されたものではないとのことです」

辻元はハンカチで汗を拭《ぬぐ》う。

「田所警部補は妻の浮気を知り、人生に悲観して自殺を図ったものとの線で調べておりますが、誤解があってはいけませんので、当事者である辻元さん自身に話をうかがいたいと思って訪問したのです」

「一体……誰がこんなものを」

「画像データ自体は、とある人物が持っています。盗み撮りと恐喝を専門とする、タチの悪い人間とだけ言っておきます。田所警部補に恩を売るため、妻の浮気を知らせようとしたものと」

淡々と語った。我ながら卑怯《ひきょう》なやり口だと思いながら。ヤクザにでもなったような気分だ。罪なき市民を守るどころか、脅し上げて追いつめている。

不倫は社会通念上、許されてはいない。ただし、警察が口出しするべき案件ではない。

しかし、田所はなんのケジメもつけずに逝《い》った。日下の仇《かたき》は自分が取らなければならない。そのためには、赤坂署に取りこまれた田所梢におとなしくしてもらう必要がある。

辻元が前のめりになった。

「撮ったのは何者なんですか。こんな卑怯な真似をするなんて」

辻元に手を振ってみせた。

「話を逸《そ》らさないで。もう一度尋ねますが、田所梢さんとは学友以上のご関係にあった。そうですよね？」

苦しげにうめくだけだった。決定的な写真を突きつけたのに、なかなか口を割ろうとしない。井筒が口を開いた。

「社長さん、秘密は守るから正直に喋《しゃべ》んなよ。このままじゃ、あんたは妻とニャンニャンして警部補をショックのあまり死に追いやった、間男野郎になっちまう。盗み撮りをした悪党は、カネをせびりに来るだけじゃなく、おもしろ半分に他人のプライバシーをネットにさらすような危険人物だ。写真なんざいくらでもコピーできる時代だ。地球の裏まで、この写真をバラ撒《ま》ける。そんなことになったら大変だ。この世には正義面《づら》をしたがる暇人が山ほどいる。義憤とやらに駆られたバカが、ここの電話やファックスをパンクさせるだろう。あの手の連中の調査力は、警察も舌を巻くほどだ。たしか、あんたの趣味はブログだったな。ツイッターやらフェイスブックやらも、やってるんだからわかるだろう」

井筒は訛《なま》りをだいぶ消していた。イントネーションはいかにも東北訛りだったが、それがベテラン刑事のような迫力を生んでいる。

「そんなバカな……」

「ずいぶん無邪気に画像をアップしてたな。子供や愛犬、近所の写真まで。これからしんどい暮らしになるぜ。自宅住所も簡単に割り出されるだろうし、子供が通ってる学校まで知られる。パンクすんのはここの電話だけじゃない。あんたとのビジネスを嫌がる取引先も現れるかもしれん」

「もう、やめてくれ！」

辻元はテーブルを叩いた。井筒が手刀を切った。

「こりゃ失礼。あんたのためを思ってアドバイスしただけなんだが」

「待ってください。認めます……認めます。彼女とは……梢さんとは学友以上の関係にあった」

気力を振り絞った告白のつもりかもしれないが、美貴らにとってはようやくスタートラインに立てたに過ぎない。

悄然《しょうぜん》とした辻元に語りかける。

「写真のデータを丸ごと消去する方法があります。それに、私たちは田所警部補の自殺の原因は、浮気以外にあると思っています」

「本当ですか……それはどんな」

「まずはあなたが正直に告白することです。あなたは男女の関係にあったことを認めた。もう嘘をつく理由はないでしょう。昨夜、梢さんと連絡を取りましたね。田所警部補が自殺したのを知ったのも、朝刊などではなかった」

「……梢さんからの電話で知りました」

「彼女となにを話し合いましたか」

辻元を睨《にら》むように見つめた。少しでも嘘を混ぜれば破滅が待っているぞと無言で伝える。

「……尋ねました。もしかして私たちのせいで田所さんは自殺したのかと。不倫関係を知ったから死を選んだのかと。彼女は否定しました。あなたのせいではないと。彼女によれば、田所さんは仕事のほうで悩みをいくつも抱えていて、なにより夫婦関係は前から冷め切っていて、今さら不倫を知られたところで自殺なんてしたりはしないと。ただ……」

　急に口ごもる。

「続けてください」

　美貴は写真を持ってヒラヒラと振ってみせた。辻元は目に涙を溜《た》めていた。

「こうも言っていました。田所さんは、私たちの関係をすでに知っていたかもしれないと。自宅のリビングに、盗聴器のようなものが仕かけられていたと」

　井筒と再びアイコンタクトをした。この男は、嘘は言ってない。意見が一致した。

「盗聴器ですか」

「彼女が言うには……おそらく田所さんが仕かけたものではないかと。仕事上、その手のものをよく扱っていたらしいです」

「田所さんが。興味深い話です」

　美貴は素知らぬフリをして答えた。「実に興味深い」

　梢の意図に考えを巡らせる。彼女は辻元に嘘をついた。盗聴器を仕かけたのは黒滝だからだ。

　田所が死んだのは、梢の不倫のせいではない。覚せい剤に溺《おぼ》れ切っていたうえに、ヤクザに密売の片棒を担がされ、本庁監察係や町田署の捜査本部にもマークされていた。それを察知した赤坂署や第一方面本部の幹部たちが、八方ふさがりになった田所を追いつめた。それを妻として理解しているはずだった。

田所の自死はあなたのせいではない……彼女はそう言って慰める一方で、盗聴器が仕かけられていたと嘘をついた。夫の死は不倫関係のせいだと匂《にお》わせた。旦那の田所が腐敗した捜査官であるのを知っていたにもかかわらず。霊安室で会ったときから、食えない女だと感じていた。

梢は腹をくくっている。亡夫がシャブ中の悪徳警官だったという腐りきった事実を隠ぺいするためなら、きっとなんでもやるだろう。夫の正体が白日のもとに晒《さら》されれば、生活はいっそう苦しくなる。世間からも白い目で見られる。マンションのローンはまだ残っている。夫婦関係は冷え切っていたかもしれないが、田所は一家の大黒柱ではあった。

真実が明るみに出れば、赤坂署や第一方面本部の面々も処罰の対象となろう。そうなれば梢は彼らのサポートを受けられなくなる。自分と子供たちを守るために必死なのだ。保身のためには恋人にも嘘をつく。

梢が目の前の男をどれほど想《おも》っているのかはわからない。ただの遊び相手に過ぎないのかもしれないし、本気で愛しているのかもしれない。いずれにしても、関係を維持しておきたい男には違いなかった。気鋭の企業経営者であり、年収は公務員とは比べものにならない。電話の内容からは、彼に罪悪感を背負わせ、有利な立場に立とうとする意図が感じられた。

美貴は言った。

「不倫について知っていたかもしれない。そう聞いたあなたは、ワインをたくさん召し上がった」

「飲まずにはいられませんでした。自殺の原因が私にあるのかと思うと。お願いです……教えていただけませんか。もしかして、この写真は田所さんが……」

美貴は間を置いた。すばやく計算したのちに答える。

「実は、そうなんです」

井筒が視線を彼女に向けてきた。大丈夫かと目で訊《き》いてくる。構わずに続けた。

「田所警部補が後輩に頼んだのです。夫婦関係は冷め切っていたと梢さんは言っていたようですが、やはり妻の行動が気になっていて、後輩に監視させていたようです。後輩にあたるその人物は、あなたがたの不倫に激怒しているわけです。田所さんが自殺したのはあなたがたのせいだと。カネを脅し取ろうとはしないでしょうが、さきほど言ったとおり、ネットにでもバラ撒きかねないほど怒りを募らせている」

ぬけぬけと嘘をついた。写真と辻元は、梢に再び首輪をつけさせるための有効な手段となりそうだった。

辻元がうめいた。

「そんな……私はどうなってもかまいません。しかし、こんな写真が出回ったとしたら、梢さんは激しいバッシングを受けるでしょう。一体、どうすれば」

会った当初こそ、あたふたしていた辻元だったが、状況を把握しつつあるらしい。まっすぐな視線を向けてくる。嘘をついていたときのようなブレがない。

「愛してらっしゃるのですね。梢さんを」

「こんなことを言える立場ではないのですが……愛しています」

辻元は自らの家庭について語った。

妻とは家庭内離婚の状態にあり、子供の親権や慰謝料について話し合っている最中だという。時間がかかるうえに、障壁はいくつも待ち受けているが、いずれ梢と一緒になる気でいたと告白した。

梢への愛を雄弁に語ったのち、辻元は暗い顔でうつむいた。

「このような状況になった以上、一緒にはなれなくてもかまいません。けれど、こんな写真を世間にバラ撒かれるわけにはいかない」

辻元はＡ４サイズの写真を握りつぶした。あの女の一体どこに惚《ほ》れたのか。問いただしたかったが、ひとまずはうなずいてみせた。

「我々が回収します」

「え？」

「あなたは正直に話してくださった。仰《おっしゃ》るとおり、後輩の警察官は卑怯な手段を取った。お詫《わ》びと言ってはなんですが、写真は私たちが責任を持って回収いたします」

「本当ですか」

辻元の目から涙があふれ出す。

「私たちは監察係です。現職警官がさしたる理由もなく、このような盗撮じみた行為に手を染めること自体、言語道断ですから」

「ありがとうございます」

辻元は頭を深く下げた。テーブルに額をぶつけそうなくらいだ。美貴は微笑《ほほえ》んでみせた。

「梢さんにもお伝えください。安心してかまわないと。彼女もおそらく写真のことは知っているでしょうから」

「こんな写真があるなんて、彼女からは聞いていませんでしたが」

「あなたを心配させたくなかったのでしょう。それに夫の急な自殺、警察からの事情聴取、お葬式の手配でくたびれきっているはずです。しかも、あなたたちの不倫を知る者まで登場している。たいそう困ってらっしゃるはずです。こちらからも連絡してみますが、辻元さんも声をかけてあげてください。写真は監察係が確実に処分すると」

「本当に、ありがとうございます」

コーヒーを飲み干した。椅子から立ち上がる。

「我々の仲間が、プライバシーを暴くような真似をしてしまい、申し訳ありません。私たちとしては、田所警部補についてより深く知る必要がありまして」

「私のほうこそ、あなたがたを罵《ののし》ったり……保身のために嘘をついたり、なんて言っていいのか」

「気にしておりません」

「どうか、よろしくお願いします」

辻元は最敬礼をして、美貴たちを見送った。見た目こそ軟派な印象を受けたが、なかなか誠実でまっすぐな男だ。だからこそ女に翻弄《ほんろう》されるのかもしれない。

オフィスを出て、エレベーターを下った。井筒が呟く。

「なかなかだ。さすがドッグの上司だべ」

「それはどうも」

梢の耳に美貴からのメッセージはすぐに届くはずだ。

悲しみのヒロインを演じるのはもう止めにしておとなしくしていろ。妙な隠ぺい工作に手を貸せば、辻元と一緒に破滅させると。

エレベーターが一階に着いた。ドアが開く。

「いい気分はしないけど」

美貴はそう呟いた。

25

黒滝《くろたき》はガムを包み紙に吐きだした。

ポケットの携帯端末が震動している。ポケットから取り出したのは使い古された折り畳み式のガラケーだった。井筒から借りたものだ。

液晶画面には十一桁《けた》の番号が表示されていた。見覚えのある番号だ。応答する。

「もしもし」

〈このクソ野郎！〉

いきなり女の金切り声がした。

田所梢《たどころこずえ》だ。鼓膜がビリビリと震え、痛みさえ覚えたが、思わず微笑んだ。どうやら美貴が田所梢の弱点を突いてくれたようだ。

〈クソ野郎！　クソ野郎！　あんたらみたいなクズが監察係ですって。一体警察はどうなってるの！　ヤクザと変わらない最低の卑怯者よ！〉

車のシートに身体《からだ》を預けた。

温泉に入ったときのような心地よさに包まれた。わめかれればわめかれるほど、疲れが癒えていくようだ。

外道、卑怯者、ゴキブリ。梢はやっきになって吠《ほ》え続けていたが、やがて声を出すのに疲れたらしく、ぜいぜいという呼吸音しか聞こえなくなった。

おもむろに告げた。

「旦那がむごい死に方したばかりだってのに、ずいぶん体力が残ってるな。この番号はどこで知った」

〈上司の女狐《めぎつね》よ。あんたたちを、絶対に許さない〉

梢はタフで計算高い女だ。

田所の死を知ると、夫の悪行を闇《やみ》に葬《ほうむ》ろうとしていた連中とタッグを組み、黒滝の汚いやり口を糾弾しようとした。

配偶者は監察係のしつこい調査に心を傷つけられていた。自分も冷酷な黒滝なる警官に盗聴器を仕かけるように脅され、夫への裏切り行為に無理やり加担させられたと、まくしたてた。黒滝がつけた首輪を外しにかかり、赤坂署や第一方面本部の工作に乗ろうとした。

「許してもらおうなんてさらさら思っていない。全身全霊でおれを憎悪《ぞうお》しろ。ただし、表面上は、こちらの意向には従ってもらう。旦那の葬式を粛々と済ませて、ショックで口も利けない未亡人を演じてろ。おれはお前の家に盗聴器など仕かけなかったし、プライバシーの侵害など一切していなかった」

〈卑怯者……〉

咳払いをしてから語気を強めた。

「卑怯なのは認めよう。しかし、お前の亭主はもっと救いがたい。ヤクザとつるんでシャブの密売に手を貸し、自らもシャブに狂った本物の腐れ外道さ。あの世へトンズラしたからといって決して罪が許されるわけじゃない。お前は小賢《こざか》しい女だ。夫の悪行にとっくに気づいていた。木っ端《こぱ》役人の女房のくせに、優雅に外車なんぞ乗り回しちゃ、昼下がりの情事に明け暮れていたクソ女だ。わめくのは構わないが、もう一度噛《か》みつこうとは考えないことだ。卑怯者のおれたちとしては、間男社長に全力でまわりつくだけだ。あんたと関わったことを後悔したくなるぐらいにな」

梢は苦しげにうめくだけになった。

「大きなガキどもを食わせなきゃならねえし、夫をクリーンな刑事として送り出してやりたいんだろうが、そいつはあまりにムシが良すぎるってもんだ。手前勝手な夢ばかり追ってると、お前たちは共に地獄に堕《お》ちることになる。あんたの夫の身辺を調査したばっかりに、大切な仲間が刺し殺されてるんだよ。日下《くさ》祐二《かゆうじ》。この名前を一生忘れるなよ。あんたと同じでふたりの子供を抱えていた。息子の教育ローンの支払いで、いつも懐《ふところ》がさみしいまじめなおまわりだった。許せないのはこちらも同じなんだよ」

掌《てのひら》がじっとり汗ばんだ。携帯端末が濡《ぬ》れる。怒りで興奮しているのだと悟る。

通話口をふさいで深呼吸をした。冷静さを取り戻す。かつて怒りに身を任せて鈴木を病院送りにし、組対部から追放された。憤怒《ふんぬ》はろくな結果を生まない。

〈……どうすればいいの〉

梢が静かな声で尋ねてきた。

首輪はついたままだったと悟ったのだろう。黒滝同様に頭を冷やしたらしい。こちらも声の音量を下げる。

「しおらしく旦那の葬式を済ませろ。おれたちの意向に従ってもらう。盗聴器などもとより仕かけられていないし、おれはあんたに優しく接した」

梢は沈黙をしたままだ。

「返事をしろよ。抗《あらが》う気か?」

〈わかったわよ〉

涙声だった。

「おれも、女狐の上司も大らかな心の持ち主なんだ。一度くらいは大目に見てやれる。二度目はないぞ。赤坂署の連中からは香典だけいただいて、手を切れ」

〈わかった……わかったわ〉

洟《はな》をすする音がした。やがてこらえきれなくなったのか、嗚咽《おえつ》を漏らし始めた。

泣き声を耳にしてから電話を切った。

これでおとなしくなるとは断言できない。しかし、ひとまず調査は再開できる。

黒滝がいるのは東新宿だった。歌舞伎町《かぶきちょう》の外れといったほうがいい。水商売の店ではなく、マンションや雑居ビルが建っている。大久保通りと明治通りの交差点近くにある路地で、人通りの少ない静かなエリアだ。

小さなビジネスホテルの横に、昭和の臭いを漂わせた雑居ビルがある。六階建ての細長い建物で、壁のコンクリートが煤《すす》けて濃い灰色に変色している。

雑居ビルから五十メートルほど離れた位置に、猫の額くらいのコインパーキングがあった。運転してきたサクシードをそこに停めた。携帯端末も借り物なら、車もやはり井筒から借りたものだ。警察車両や自分の携帯端末を使えば、居場所を内部の人間に知られてしまう。警官の身分でありながら、現在は、お尋ね者のような状況にあるのだ。

双眼鏡で雑居ビルの出入口をチェックする。ビルには地方に本社を置く健康機器メーカーの営業所や小さなデザイン会社が入っており、一階には新聞の販売所がある。用があるのは最上階に入っている探偵事務所だった。〝葵《あおい》新宿探偵事務所〟といい、警視庁のOBが顧問として関わっている。この雑居ビルのように古い歴史を持った探偵事務所だったが、最近になってからろくでもない噂《うわさ》がつきまとうようになった。仕事の半分以上は借金の取り立てだという。ツケで飲み食いして飛んだ客を捕まえて料金を回収するために、ホストやホステスが依頼にやって来るのだ。

残りの仕事は、ヤクザのシノギと大して変わらない。浮気調査で証拠を摑《つか》んでは、事を穏便に済ませるためと称し、調査対象者から口止め料を奪い取る。

新宿のヤクザらを顧客に持ち、組のカネを持って飛んだ不届き者を追跡する。被害妄想に取りつかれた親分のために、事務所や子分の様子を監視し、叛意《はんい》を抱いていないかチェックしてもいるという噂まであった。公式サイトでは、警察OBを前面に押し出して信用と誠実さをアピールし、実績と調査力を誇示しているものの、アウトローとズブズブの札つき事務所だ。

そして、鈴木の現在の勤務先でもある。

鈴木は黒滝に痛めつけられた後に依願退職。警備会社に勤務していたが、高給につられて、この悪徳探偵事務所へ転職したらしい。組対四課の同僚に聞き、現在の勤務先を知ったのだ。

昨日、久々の再会を果たしたところだった。雨の降る夜の青山墓地で。

友好的な出会いとは言いがたかった。鈴木は物騒な連中とともに目出し帽で顔を隠し、スタンガンや軍用ナイフで襲いかかってきた。軍用ナイフで黒滝に切りかかってきたが、特殊警棒を投げつけ、手錠を握った拳《こぶし》を胸に叩《たた》きこんでやった。さらに卒塔婆《そとば》で胸を槍《やり》のように突いた。肋骨《ろっこつ》と胸骨を痛め、向こう脛《ずね》をしたたかに蹴《け》られている。黒滝以上のダメージを負っているはずだ。

今日は出社しないかもしれない。彼の自宅は高田馬場にあるアパートだ。先にそちらの様子を確かめたが戻った形跡はない。黒滝と同じく、医者に診てもらったのかもしれなかった。

黒滝襲撃に失敗した後、渋谷の雑居ビルにひとまず逃れたらしい。そこには八田組系のデリヘルがあるらしかった。逃げ込む姿を、井筒の仲間がカメラに収めている。すぐにデリヘルを後にし、どこかに姿を消している。

長いつき合いだった。鈴木とて粘着質でしつこい本庁のマル暴刑事だったのだ。どこかの骨が折れたからといって、それくらいでへこたれる男ではない。

八田組にしても、警官ひとりを始末する気で挑んできたのだ。もはや退《ひ》き返せないだろう。組員を動員して、一晩中かけて黒滝の姿を探していたとしても不思議ではなかった。黒滝を邪魔者と考えている警官は大勢いる。あの物騒極まりないナイフ野郎もうろついているかもしれない。

雨の降った昨夜と違い、今朝は太陽が顔を覗《のぞ》かせている。この天気のごとく連中の悪行に光を当てなければならない。

再びガラケーが震えた。井筒からだ。

〈もしもし。無事に生ぎでっか〉

「間男野郎をカタにはめてくれて助かった。梢にきゃんきゃん吠えられたが、再び首輪をつけることができた。おかげでのびのびやれる」

〈おれはなんにもしてねえべ。あんたの上司にひっついて、黙って突っ立ってただけだ。あのねえちゃん、キャリアにしておくにはもったいねえな。青臭さが抜けりゃ、腕利きの刑事《デカ》になれるだろうに〉

「青臭いやつが、お偉いさんにもひとりくらいいなけりゃ困る」

〈んだな。おめえが働く場所がなぐなっちまうもんな〉

小さく笑った。黒滝も笑ってみせた。

「ひさしぶりかい？　ああいうタイプを見るのは」

〈トキでも目撃したような気分だ。久しく見でねえなや〉

よほど美貴が気に入ったらしい。

「どこにいる」

〈ねえちゃんを警視庁《ホンブ》に送って、そっからは同じだべ。あんたを襲ったチンピラと鈴木某《なにがし》を探してる。あんたの手をぶっ刺したナイフ野郎と出くわしたくねえんでな。慎重に動いっだ〉

「高田馬場にある鈴木の住処《ヤサ》を見てきたが、帰ってきた様子はなかった」

〈チンピラのほうも住処《ヤサ》に戻った気配はねえなや。赤坂のアパートだげんど、野郎を

見つけられねがった〉

「おれを血眼で探してるのかもしれない。自宅を張ってる可能性もある」

〈なんとも言えねえなや。チンピラを高圧電流で痺《しび》れさせたうえに、鈴木のほうは手錠でぶん殴ったんだべ。もしかすっど、どっかの闇医者のところで静養してるがもしんね――〉

「待ってくれ」

早口で制した。

携帯端末を耳にあてたまま、双眼鏡を取りだした。コインパーキングの側《そば》の道路を歩く三十男がいた。がっちりとした体格だったが、コートのポケットに手を突っこみ、肩をすぼめ背中を丸めている。

喰らわせた蹴りで脛が痛むのか、片足を引きずるようにして歩いていた。四角い顎《あご》を赤く腫《は》れ上がらせ、むっつりとしたツラでうつむいている。鈴木に間違いない。

〈どうした〉

「野郎を一匹監禁できる場所を探してくれ」

〈なぬ？〉

「待ち人来たるだ」

電話を切った。

鈴木はコインパーキングの前を通過した。職場のある雑居ビルへと向かう。

コインパーキングから二十メートルほど離れたところで、黒滝はサクシードを降りた。

ドアを静かに閉める。小走りでコインパーキングの端に寄り、視界に入らない位置に立つ。ブロック塀を背に、待ち伏せの可能性を考えて左右をすばやく確かめた。顔を上げてマンションや雑居ビルの窓やベランダを見やる。不審な人影は見当たらない。

ビルに入ろうとしている。黒滝は靴音を鳴らさないよう、競歩のように踵《かかと》をつけて早歩きをした。ポケットのなかに手をやり、後に続く。

鈴木はエレベーターのドアの前で立っていた。やはり胸の痛みに耐えかねるのか猫背になっていた。エレベーターのかごが降りてくるのを待っている。ホールは狭く、逃げ場は見当たらない。

気配を感じたのか、ふいに振り返った。

表情が凍りついている。冷静でいようと心がけるが、急激に身体が熱くなる。アドレナリンやらドーパミンやらが噴き出ている。

逃げ場を与えぬようがに股《また》で近づいた。

「久しぶりだな」

小さく笑いかけた。

「いや、昨日会ったばかりか」

「クッソ……なんで」

コートのポケットをごそごそと探り、なにかを取りだそうとしている。ただし、痛みのせいか、その動作は緩慢だった。お互いにケガ人同士とあってハンデはなさそうだ。

「続きと行こうぜ」

黒滝はスウェットを着用していた。おかげで動きやすい。前蹴りを放つ。卒塔婆で突いた胸骨に狙《ねら》いを定め、靴底で蹴りつける。

鈴木は息をつまらせ、エレベーターのドアに背中をぶつけると、うつ伏せになって苦しげに胸を押さえた。うめき声をあげる。ダメージが大きいらしい。反撃する様子は見せない。

ポケットを漁《あさ》っていた。なにかしら武器を持っている可能性が高い。ためらわずにトドメを刺しにかかる。先に武器を抜く――寸鉄のようなタクティカルペンだ。鈴木のこめかみを、ペンの先で殴りつけた。固い感触が手に伝わる。

短くうめいた。虚《うつ》ろな目をしたまま、床にゴロリと転がり、仰向けになった。口の端からヨダレを垂らし、薄く目を開けたまま気を失った。脳震盪《のうしんとう》を起こしたようだ。

すばやく鈴木のコートのポケットに手を突っこんだ。携帯端末やタバコ、ポケットティッシュとともに、フォールディングナイフが出てきた。

さらにごつい金属の塊に触れる。思わず呟《つぶや》く。

「こいつは……」

黒光りする拳銃《けんじゅう》だった。スミス&ウェッソン社のチーフスペシャル。短銃身のリボルバーだ。五発入りの小型拳銃で、警察のニューナンブと作りは似ている。前日に痛めつけておいたのが功を奏した。危うく返り討ちに遭うところだ。

ラッチを親指で押し、レンコンと呼ばれるシリンダーを横に振りだした。五発入りの三十八口径のホローポイント弾が装塡《そうてん》されている。エアガンやモデルガンの類《たぐい》ではない。

実弾をポケットにしまい、リボルバーを腹に差した。スウェットのポケットが膨れ上がる。

スーツからは、親指程度の大きさの小さな催涙スプレーの缶も出てきた。半ダースの人間の目鼻と喉《のど》を瞬時に痛めつけられる。ナイフに拳銃、催涙スプレー。殴り込みに出かけるヤクザのような装備だ。標的は言うまでもない。

気絶した鈴木を担《かつ》いだ。一年前に柔道場で痛めつけ、投げ飛ばしているが、あのときよりも少しばかり痩《や》せたようだった。

雑居ビルを離れ、鈴木を約五十メートル先のコインパーキングまで運んだ。

通りにはサラリーマンや午前中まで飲んでいた飲食店関係者が歩いていた。そのたびに泥酔《でいすい》した酔っ払い扱いをして、鈴木に親しげに声をかけてみせた。歌舞伎町のすぐ近くとあって、午前中に飲んだくれがうろついていても、さほど怪しまれることはない。

サクシードの後部ドアを開けて転がした。後ろ手に手錠をかける。

鈴木を見下ろしながら考える。一度、裏切っただけでは事足りず、襲撃さえしてきた。むらむらとサディスティックな誘惑に駆られる。この場でとっとと絞め殺してやりたい。左手は使えないが、こいつを殺すには片手で充分だ。武器もよりどりみどり。こらえるのに気力を要した。

駐車料金の精算を済ませて、何食わぬ顔をしてサクシードに乗り、コインパーキングを出た。ダガーナイフがどこからか飛んでくるのではないかと危惧しながら。バックミラーを調整して、シートに転がっている男のツラに合わせる。

ヘッドセットをつけて、井筒に電話をかけた。ワンコールで出た。

「いい場所があったか」

〈捕まえたのが？〉

「ああ」

ため息を漏らした。驚いているのか、呆《あき》れているのかはわかりかねる。

〈そっちがとっ捕まるかもしれねえってのに〉

「ついカッとなった。因縁の深い相手なんでな。それで場所は？」

〈不動産屋じゃねえんだげんどな。信濃町《しなのまち》に向かってくれっが〉

井筒は巨大音楽文化施設の名をあげた。その近くに、閉店したばかりの居酒屋があるらしい。飲食店専門の不動産屋から、厨房《ちゅうぼう》用品や食器などを処分するように依頼されていたという。

「本当に便利屋稼業《かぎょう》をやってるんだな」

〈心外だなや。おれらはその鈴木みでえな悪徳探偵業者なんかじゃねえんだ。ふだんはちまちま粗大ゴミの処分だの、運動会の場所取りだの、地道でまっとうな仕事こなしったんだず。こだな危ねえ仕事は現役のときですら、そうそうねえ〉

「そのわりには手慣れてるな。落ち着いてる」

〈何事も落ち着きを失《な》くしたほうが負けだ。そいつはあんたにとっちゃ、ぶっ殺してやりたい遺恨まみれの男だべ。だからといってだな、カッとなって殺《や》るんでねえぞ〉

「自分に必死に言い聞かせている」

電話を切った。

赤信号中にバックミラーで鈴木を見やった。殺意はおさまっていた。ツラを見ていると胸は悪くなるが。

痩せたというよりやつれたというべきかもしれない。その転落ぶりは、警官でいられた黒滝以上に派手だった。自業自得《じごうじとく》だったが。警備員としてまじめに生きてゆけばいいものを、肥溜めのような探偵事務所に入り、挙句の果てにチンピラや殺し屋とつるんで、現役警官を襲撃しようと試みた。暴力団ともべったりつき合っていることだろう。チーフスペシャルがそれを物語っていた。完全に闇社会の住人と化している。

このような人生を歩んでいたとしてもおかしくなかった。一年前、危うくこいつを殺すところだった。そのうえ、これからの展開次第では、いつ警察社会を追い出されてもおかしくはない。覚えのない罪を着せられ、臭いメシを喰らうことになるかもしれない。鈴木はもうひとりの黒滝であるといってもいい。

青信号とともにアクセルを踏んだ。とはいえ後ろの男に同情する気などなければ、逃すつもりもない。

目を覚まそうものなら、走行中だろうが、痛めた肋骨を思いきり殴って失神させる気でいた。

26

黒滝はピッチャーを逆さにした。

なみなみと入った水道水を頭にぶっかける。二リットル近い水をぶっかけられて、ぐったりとしていた鈴木は息を吹き返した。

やつは大きく息を吸いこんだが、水が気管に入ったらしく、激しく咳《せ》きこんだ。くしゃみを繰り返し、唾液《だえき》と鼻水を床に散らす。黒滝は彼の背後に回る。

ずぶ濡れになった頭を振り、金魚のように口をパクパクとさせている。手を動かそうとしたが、椅子《いす》に拘束されているのがわかると、目を大きく見開いた。

「なっ――」

鈴木は事態を把握できないようだった。

何度も瞬《まばた》きを繰り返し、そして顔をしかめた。タクティカルペンで突かれた頭が痛むらしい。こめかみにタンコブをこさえている。

「なんだ……ここは」

痛みをこらえつつ、あたりを見回している。もともとは居酒屋だった場所だ。水も電気も生きてはいるが、電灯はいっさいつけていない。唯一《ゆいいつ》の光は出入口からかすかに入ってくる日光だけだ。あたりは、ほぼ暗闇に包まれている。目が慣れるのに数十秒は要するだろう。

居酒屋が閉店したのは十日ほど前らしい。机や椅子は隅のほうに積まれ、保冷庫の酒は姿を消している。ビールサーバーやレジスターといったリース品はすでになくなっている。

ただし、井筒の言うとおり、厨房器具や食器の類は残されていた。カネにならないガラクタばかりが放置されている。水をぶっかけたピッチャーもそのひとつだった。使いこまれた灰皿やグラス、お銚子《ちょうし》などはそのままだった。

未開封の日本酒やビールは消えているが、バックバーには中途半端に残った酎《ちゅう》ハイ用の果汁シロップやボトルキープされた焼酎のボトルが置きっぱなしだ。

「こりゃあ、なんなんだ」

鈴木は声を震わせた。

縛《いまし》めから逃れようと両腕に力をこめた。結束バンドがゾリゾリとこすれ合う音がする。

しかし、鈴木は苦しげなうめき声をあげると、前屈《まえかが》みになって背中を丸めた。昨日から今日にかけて、胸を集中的に痛めつけている。手錠をブラスナックル代わりに殴りつけて肋骨を叩き、墓地にあった卒塔婆で胸を突いた。今日は同じ箇所を靴底で蹴飛ばしている。

鈴木は、牛みたいにヨダレを垂らしながら叫んだ。

「黒滝！」

真後ろに立ったまま見下ろした。さらに吠える。記憶を取り戻し、事態を理解したようだ。

「黒滝！　どこだ！　おれと勝負しろ！　ぶっ殺してやる！」

椅子の背もたれを蹴飛ばした。

椅子ごと前に倒れた。両腕を縛められているため受身が取れず、木製の硬い床に顔面を打ちつけた。後ろ手に縛られたまま、うつ伏せに倒れる。

首をねじって黒滝を睨んだ。目玉をひん剝《む》いて、怒りに燃えた視線を向けてくる。

鈴木のツラを見ていると、憤怒で我を忘れそうになり、無意識に身体が震えてくる。

かつて剣道場に呼び出したときも、心外そうな顔でガンをたれ、逆ギレしては嚙みついてきたものだった――おれは裏切り者なんかじゃねえと。

一度だけでなく、二度も人を嵌《は》めようとしたのかと思うと、警官という身分を忘れて、一生モノのケガを背負わせたくなる。もはや悪巧みなどできぬまで。目の前の男を壊すのは容易だ。むしろ壊さずに扱うほうが難しかった。

外には井筒がいる。ここの鍵《かぎ》を開けてくれたあと、見張りに徹している。どうせなら、外ではなく黒滝自身を監視してほしかった。

鈴木が睨みつけてくる。

「黒滝！　てめえ、なんの真似《まね》だ！」

倒れた鈴木に近づくと、顎をつま先で小突いた。苦痛に顔を歪《ゆが》めて目をつむった。涙をにじませている。墓地でのファイトで、黒滝に特殊警棒を投げつけられ、それをまともに顎に喰らっていた。

「〝黒滝さん〟だ。お前に呼び捨てされる謂《いわ》れはない」

「うるせえ。あんた、まだ現役の警官《ポリ》じゃねえのか。まだ懲《こ》りてねえのかよ。こんなわけのわからねえ場所に、一般市民を連れこみやがって。なんの真似だ」

「おれがクビになるのなら、お前は刑務所《ムショ》暮らしだ」

正面に回ってしゃがみこむと、腹に差していたチーフスペシャルを抜いた。鈴木の顔面に銃口を向ける。彼の顔面が凍りつく。

「おいっ――」

無造作にトリガーを引いた。

ハンマーが降りて、シリンダーが回転する。本物の拳銃ではあるが、弾は入っていない。ガチッという金属的な音が響くだけだった。

鈴木は安堵《あんど》のため息をついた。恐怖を糊塗《こと》するためか、威嚇《いかく》する犬みたいに歯を剝いた。

「こんなとこに閉じこめやがって。久しぶりに現れたかと思えば……病院送りにしただけじゃ済まねえってのか」

トリガーガードに人差し指をかけ、西部劇の俳優のように拳銃をくるくると回す。

「相変わらずオツムの出来が悪くて助かったよ。昨夜は端《はな》からこいつを使えばよかったんだ、ナイフなんかじゃなく。もともと射撃は空《から》っペタだったが、さらに腕が鈍ったみたいだな」

鈴木の顔から笑みが消えた。ふてくされたガキみたいなツラに変わる。

「さっぱりわからねえ」

こめかみのタンコブに触れた。親指でそれを押すとかん高い悲鳴をあげた。黒滝は言った。

「お前の頭蓋骨《ずがいこつ》は、なかなか硬くできていたんだな」

ドアをノックするように、こぶを軽く小突き続けた。鈴木は涙をにじませている。

「こ、この変態野郎が……」

「おれもそう思う。昨夜は正々堂々とお前の息の根を止められるチャンスだった。正当防衛としてな」

「おれはなにも知らねえ！」

今度は左脛を軽く蹴飛ばした。

短い悲鳴をあげた。そちらも昨夜の戦いで痛めている。身柄をさらう直前も、左脚を引きずって歩いていた。

「おれの握力を思い出せるか？　胸をマッサージしてやろう」

鈴木は浅い呼吸を繰り返しながら、なおも虚勢を張る。

「殺《や》れよ……また、あんときみたいに。あんたは昔からそうだった。人を盗み見たりぶっ壊したりするのが三度のメシより好きな変態だ。マッサージでも鉄拳制裁でも、好きにやりゃいいじゃねえか……警官《ポリ》なんざ辞めて、殺し屋にでも転職すればいい」

「話をそらすな、鈴木。殺されるほどの価値が自分にあるとでも思っているのか」

胸ポケットから写真を取りだす。

眼前に突きつけると、ツラを再び凍りつかせた。墓地から逃げ出した昨夜の鈴木を撮影したものだった。写真の鈴木はハイエースから降り、目出し帽を片手に持ちながら、苦しげに胸を押さえている。

「相棒の姿もある」

もう一枚の写真も見せる。

印旛会系八田組の準構成員である樋口仁だ。鈴木とともに撃退した。写真をひらひらさせながら訊いた。

「あのチンピラ、てめえのスタンガンの威力を自分の身体で味わってたが、その後、元気にやっているか？」

鈴木は黙りこくった。ろくに写真を見ようともしない。また、ふてくされたガキみたいなツラに戻る。

独り言のように呟いた。

「元気でやってるはずはねえか。お前らはとんでもないミスをやらかした。おれの身柄《ガラ》をさらえなければ、一生黙らせることもできなかった。あのチンピラ、無事じゃ済まないだろう。あの厳しい若頭から、きつい制裁を受けてるのかもしれんな」

　さらにこぶを圧迫した。

　鈴木は歯を食いしばる。チーフスペシャルのバレルを頬に擦《こす》りつける。

「お前は今日もチョンボをやらかした。銃刀法違反の現行犯だ。元警官が拳銃《チャカ》持って街をぶらついていたんだ。検事も判事も頭に血が昇るだろう。それに」

　包帯が巻かれた左手を見せつける。

「現役のおまわりを殺《や》ろうとした罪は重いぞ。殺人未遂、暴行傷害。それも八田組のチンピラなんかと組みやがった。暴力団員《マルB》並みに量刑は重くなるだろうよ。長期刑《ナガムシ》は免れない。生きてシャバを出られるといいが。わざわざ、おれが殺《バラ》さなくとも、お前の前には茨《いばら》の道が敷きつめられている。そっちをじっくり歩かせるほうが、おれの心も晴れやかになる」

　鈴木は亀《かめ》のように首を伸ばすと、黒滝の右手に噛みつこうとした。空を切って、ガチっと硬い音が鳴る。手首の結束バンドから逃れようと、獣じみた声を発しつつ腕に力をこめる。

　しかし、自分の手首を傷つけるだけだった。手首の皮膚が裂け、結束バンドが赤く染まる。

「ごちゃごちゃうるせえんだよ！　長期刑《ナガムシ》だあ！　まっとうな警官みたいなセリフ抜かしやがって。だったら、なんでこんなわけのわからねえ場所に拉致《らち》りやがった！　どうして警視庁《ホンブ》なり所轄署《ショカツ》に引っ張らねえ！　おれを痛めつけたいだけだろう！　ド変態が！」

上目遣いで睨《にら》みつける。

疲労と痛みが積み重なったためか、顔色はよくなかった。怒れる牛のように荒い呼吸をついているが、水でずぶ濡れになったせいで、血色を失っている。濡れたワイシャツが素肌と下着を浮き上がらせ、体温を奪い取っている。唇が紫色に変化し、身体をガタガタと震わせはじめた。虚勢を張ったところで、身体は嘘《うそ》をつかない。

地下だけに、室内は冷蔵庫みたいに冷えきっている。暖房代がバカにならない物件のようだ。昨夜と違って外は晴天だったが、真昼でも室温があがらない。

鈴木が外れるはずのない結束バンドに力をこめるのも、スッポンのように噛みつこうとするのも、身体を動かしていないと寒さに耐えきれないからと思われた。

彼は紫色の唇を動かし、ニヤリと笑ってみせた。

「知ってるぜ。あんたは崖《がけ》っぷちだ。おれをしょっ引きたくとも、しょっ引けねえ。

警視庁《カイシャ》に敵が多すぎて、どこにも連行できねえんだろうが。最終的に刑務所《ムショ》に放りこまれるのはあんたのほうだ」

出入口のドアが開いた。井筒が入ってくる。

彼は無表情で床に転がる鈴木を見下ろした。冷えた視線だ。なんの感情もうかがえなかった。コンビニのレジ袋を手にしている。

レジ袋を手渡された。ずしりと重い。

「あんまり汚すんでねえぞ。不動産屋から文句が来る」

「わかっている」

鈴木は井筒に吠えた。

「どこの田舎者《もん》だ、ジジイ。警視庁の警官《ポリ》じゃねえだろう。そのツラ覚えたからな」

「ふん」

井筒はそっけなく鼻を鳴らし、再び外へ出て行った。

「待ちやがれ！　どこの馬の骨だか知らねえが――」

レジ袋を床に捨て去った。鈴木の怒声がぴたりと止《や》む。

なかに入っていたのはロックアイスだった。元居酒屋に足を踏み入れたさいに、室温の低さを考えて、井筒をすぐ近くのコンビニへと走らせたのだ。

ロックアイスの袋を破ると、大粒の氷をピッチャーに入れた。室内には氷がぶつかる音だけが響く。鈴木は蒼白《そうはく》な顔でピッチャーを見つめている。

ピッチャーの半分ほどロックアイスをつめこむと、厨房の水道をひねって水を満たした。ピシピシと氷にヒビが入る音がする。菜箸《さいばし》をマドラー代わりに、ピッチャーの水と氷をかき混ぜた。

指を突っこんだ。晩秋の水道水は最初から冷たかった。たっぷりの氷と攪拌《かくはん》したことにより、キンキンに冷えた。指がじんじん痛くなるほどだ。黒滝はピッチャーを持ち上げて、無言のまま鈴木の首筋に氷水をぶっかけた。女のような悲鳴をあげる。

「誤解するなよ、鈴木。署に引っ張らないのは、お前の口を手っ取り早くこじ開けるためだ。取調室じゃお前を痛めつけられない」

黒滝の言葉が届いていないようだ。氷水がよほど応《こた》えたらしく、へし折らんばかりに歯を噛みしめていた。悲鳴を漏らし、首の筋肉を強張《こわば》らせる。赤くなった鼻から鼻水が垂れる。

厨房へと向かうと、再びロックアイスをピッチャーに入れた。氷の塊を掴むたびに指先が痺れる。水道水をたっぷり入れ菜箸でかきまぜる。作っているだけで鳥肌が立つ。唇が焼けそうなほど熱いコーヒーが欲しかった。

ピッチャーをぶら下げて鈴木に近づいた。約二リットルの冷たい水を見て、目に怯《おび》えの色が走る。

「くだらねえマネしやがって！　さっさと殺せ！」

「おれからのプレゼントだ。冬の小菅《こすげ》は相当冷える。今から慣れておいたほうがいい」

「てめえは地獄に行き――」

ベルトのバックルを摑んで、氷水をスラックスに注いだ。

裾《すそ》や股間《こかん》から氷水がどっとあふれ出る。鈴木は声を裏返らせて叫ぶ。頭のてっぺんからつま先まで、ぐっしょりと濡れそぼっていた。床には水溜《た》まりができる。

両手を縛める結束バンドが、手首の肉にまで食いこんでいる。水溜まりには血が混じっていた。

低いうめき声をあげ、小刻みに身体を震わせる。このまま三十分も放置しておけば、この男の心臓は停止するだろう。さんざん粋がっていたが、冷水が効果を発揮したらしく、がっくりと頭を垂れた。

出し抜けに耳を引っ張った。引き千切れるほど強く。

「あの殺し屋は何者《なにもん》だ」

「寒い……ちくしょう」

包帯で包まれた左手を見せつけた。

「おれの手に穴を開けた野郎が、日下も殺《や》ったんだろうが」

鈴木はぶつぶつと寒い寒いと口にするだけだった。

昨年、本庁の剣道場で鈴木に制裁を加えている。当時は少しばかりかわいがっただけで、震え上がって許しを乞《こ》い、おとなしく口を割ったものだった。

警察社会から追い出され、鈴木はサクラの代紋の構成員ではなくなった。しぶといはぐれ者としての根性を身に着けていた。いや、自白すれば殺されると理解しているからだろう。

黒滝を墓地で襲ったダガーナイフ男は、ツラこそしっかり隠していたが、人殺し特有の妖気《ようき》と殺気を全身から漂わせていた。井筒が割って入らなければ、こちらも日下同様にダガーナイフで穴だらけにされていただろう。鈴木が必死に抵抗するのも、あの男に対する恐怖心が大きいからだ。

鈴木の下半身から湯気があがり始めた。アンモニアの臭《にお》いが鼻をつく。小便を漏らしていた。眉《まゆ》をひそめる。鈴木は失禁を恥じる様子もなく、不敵な笑みを漏らす。

「ああ、温まるぜ。寒くなると小便が近くなる。出勤前にコーヒーを何杯も飲んできてよかった」

「しぶとい男になったじゃないか」

「あんたは変わってねえ……ドッグ・メーカーなんて言われはじめて調子こいていたときからだ。どんな人間も犬みてえに飼いならせるもんだと信じてる。傲慢《ごうまん》でおめでたい野郎さ。暴力と脅しを使えば、誰でも従えられると思ったら大間違いなんだよ。そんなことだから、飼い犬にゃ手を噛まれるし、部下にも裏切られるのさ」

鼻を鳴らした。

「ご忠告、感謝しよう」

「昔みたいにはいかねえぞ。今度は関節でもぶち折ろうと考えてんだろうが、おれは一切喋《しゃべ》らねえからな」

「そいつはたのもしい話だ。刑事《デカ》だったときも、そんぐらいの気概を持ってりゃ良かったのにな、鈴木元巡査部長」

「てめえがクビになった暁には、まっ先にぶっ殺してやる」

「こっちのセリフだ」

腕時計に目をやった。午後二時を過ぎたところだ。黒滝は根負けしたようにわざとらしくため息をつく。

出入口近くにビジネスバッグを置いていた。なかから手術用のゴム手袋を取りだす。それを手に嵌めて、鈴木の後ろに回った。威勢のいい啖呵《たんか》を切ってみせたが、全身の筋肉が緊張で強張っているのがわかる。

生殺与奪の権利は黒滝に与えられている。こいつの言うとおり、指の関節を一本ずつへし折ってやりたかった。延髄に力いっぱい回し蹴りを喰らわしてやるのもいい。かつて黒滝を裏切っただけでなく、再び姿を見せて襲撃してきた。殺してもバチは当たらないだろう。

見えない位置で、ポケットからフォールディングナイフを取りだした。もともと鈴木自身が持っていたものだ。カチリと音を立てて刃を広げると、彼の身体《からだ》がわずかに反応した。

血だらけの手首を摑んだ。フォールディングナイフで結束バンドを切断する。

「な、なに」

鈴木は、縛めが解けた両手を不思議そうに見つめ、それから反射的に椅子から立ち上がった。腹や股間に溜まっていたロックアイスが床にこぼれ落ちた。獣じみた声を上げて、スーツやワイシャツを脱ぎ捨てる。べっとりと身体に貼《は》りついていたワイシャツのボタンが弾《はじ》け飛ぶ。

手首についた血を下着に擦りつけ、奇声をあげながら下着を引き千切った。胸には胸骨や肋骨《ろっこつ》を治療するための包帯が巻きつけられている。ミイラ男の仮装のようだ。

半裸で、肌についた冷水を必死でぬぐおうとしている。寒さがよほど応えたらしい。トランクス一丁になると、必死に身体を擦りはじめた。

黒滝はフォールディングナイフをしまい、携帯端末のカメラモードを起動させると、笑いながらレンズを向けた。フラッシュが焚《た》かれると、当の鈴木は歯を剝き、両目を釣り上げる。

「黒滝！　どこまでも……コケにしやがって！」

怒号とともに襲いかかってきた。傷だらけの手首が黒滝の首にかかる。

アウトローとしての根性は身につけたらしいが、刑事を辞めてからは、ろくにトレーニングをしていないようだ。たるんだ体型に変わっていた。かつては柔道家らしい筋肉の塊だったが。

胸を携帯端末の角で突いた。ちょうど痛めている箇所だ。

苦痛のうめきを漏らした。右フックを叩きこみ、同様に痛めている肋骨を叩いた。鈴木は吹き飛び、両手が喉から離れる。フローリングの床を転がる。

鈴木の首を右脇《みぎわき》で抱えこんだ。フロントチョークで絞める。右腕に力をこめ、気管を圧迫する。風呂《ふろ》に入っていないらしく、整髪料に混じってきつい汗の臭いがした。水に濡れた裸の男なんぞに組みつくこと自体、不快指数が高いと言わざるを得ない。

「……な、なにがしてえんだ。この変態野郎」

鈴木が必死にもがいた。

フロントチョークは非常に危険な技だ。呼吸停止に追いこむだけでなく、力の入れ方次第では頸椎《けいつい》を砕きかねない。くたばらない程度に力を緩めておくだけでなく、技の決まり具合にも気を配る必要がある。

「一方的に痛めつけるのに飽きただけさ。お前の言うとおり、おれは変態かもしれんが、拷問《ごうもん》ではしゃぐほどじゃない。ひとりを闇討《やみう》ちするのに、三人がかりで襲うようなクズでもない。チャンスをくれてやる。モノにしてみろ」

挑発してみせたが、鈴木の抵抗は弱まるばかりだった。黒滝の腕を爪《つめ》でガリガリ引っ掻《か》くものの、皮膚を傷つけるまでには至らない。スウェットの生地が傷《いた》むだけだった。

チョークを解いた。鈴木はうずくまって咳きこんだ。

「だらしねえ」

黒滝は鈴木の濡れた頭髪を掴んだ。

「口を割らないのなら仕方がない。もうしばらく、じゃれていよう。お前の崇高な反骨精神に免じて、もう少しすれば解放してやる」

鈴木は目を見開いた。

「な、なにが狙いだ」

「おれは優しい公務員だってことだ。お前ら外道と違ってな」

頬を強く張った。首がねじれる。肉を打つかん高い音が鳴り響いた。口のなかを切ったらしく、鈴木は血の混じった唾液を噴きだす。

「自分の状況がわかってないな。今ごろ、お前の職場は大騒ぎだろう。八田組も、やつらと組んでる警官たちもだ。だから解放してやるのさ。お前は拷問にも屈しないタフ野郎に成長した。しかし問題は、お前の周りにいるのは、そんな頑張りを信じてくれる善人じゃない点にある。おれを殺るのに失敗したうえ、ツラまでバレて身柄《ガラ》までさらわれた。そんなデクノボウを誰が生かしておくと思う？」

「うるせ――」

さらに頬を引っぱたいた。

「どこで解放されたい。八田組の縄張りか、職場の近くか。好きなところへ送迎サービスしてやる。どのみち、お前が行きつくのは地獄だろうがな」

鈴木はとっさに顔をあげた。

平手打ちによって頬はまっ赤になっていた。熟れた桃みたいに顔を腫れあがらせながら、途方に暮れた表情を見せる。目をせわしなく動かす。

鈴木が痛めた肋骨を、包帯のうえからつま先で小突いた。亀のように丸まり、痛めた箇所を腕でガードするが、靴先をねじ入れるようにして、肋骨を圧迫した。

「や、止めてくれ」

鈴木は初めて懇願した。

「もっと遊ぼうぜ。人生最後の自由時間を楽しめよ」

背中にまたがった。苦しげに息をつまらせる。頭髪を手綱のように摑《つか》む。

「や、止めてくれ……」

「殴り返せる機会は今しかない。今夜中にダガーナイフで穴だらけにされるか、コンクリート抱かされて海の底に沈むか——。心置きなくやれと言ってんだ！」

首がのけぞるほど頭髪を引っ張り、鈴木の耳元で吠《ほ》えた。

「黒滝ぃ！」

立ち上がった鈴木に振り落とされた。今度は黒滝が床を転がる。馬乗りになられた。マウントポジションを取られる。

鈴木は拳《こぶし》を固めていた。顔に血色が戻っていた。頭から湯気がもうもうと上がっている。彼が漏らした小便のおかげで、スウェットまでが濡《ぬ》れて汚れる。忌々《いまいま》しいが必要な手続きだった。

だが、鈴木はパンチを振り下ろさずにいた。決定的なチャンスだというのに。代わりに涙が滴《したた》り落ちる。

濡れた声で呟いた。

「……羽場《はば》さんだ」

「なんだと？」

「羽場さんだよ！」

そう言って黒滝の胸に拳を叩《たた》きつけた。さんざん痛めつけたせいか、彼の鉄槌《てっつい》に威力はなかった。鈴木の告白のほうがはるかに衝撃的であり、破壊力をともなっている。

本庁組対五課の羽場佑高《ゆうこう》は、辣腕《らつわん》捜査官であり、黒滝を襲撃者から救ってくれた恩人だ。息のあった相棒でもあった。

黒滝は静かに尋ねた。

「なぜ羽場の名が出てくる。あいつは――」

「そもそも、おれがあんたを裏切ったのも、羽場さんに命じられたからだ。あの人は大学柔道部の先輩で、それこそ警察とヤクザの両方に、友人がたくさんいる。逆らうことなんて出来なかった」

　黒滝は組対四課時代を思い出した。

　彼は、関西系暴力団の系列に入った老舗《しにせ》団体の東堂会《とうどうかい》から情報を得るため、苦労の末に関西に不満を抱く同会の老幹部新島《にいじま》を、手間暇かけて情報提供者に仕立てた。新島から確度の高い情報を得たことで、華岡組《はなおかぐみ》の若頭補佐となった東堂会会長を失脚させ、同会と華岡組にダメージを与えている。

　部下だった鈴木は、新島の裏切りを華岡組にリークした。そのために、新島は愛人とともに存在を消された。激怒した黒滝は、鈴木に私的制裁を加えたため、所轄《しょかつ》の地域課へと左遷《させん》。鈴木は警視庁を去ることになった。

「なぜあいつが、おれの情報提供者《エス》を死なせた」

「華岡組とのパイプを作るためだ。裏切り者を知らせる見返りとして、華岡組から薬物と実銃の在《あ》り処《か》を教えてもらった。東京中の悪党どもと巧みに取引しては、エースの名をほしいままにしてる」

　目まいを覚えた。床と天井が斜めに見える。

　ドッグ・メーカーと呼ばれた黒滝と同じく、羽場も裏社会に多くの情報提供者を抱えているのは知っていた。よきライバルとして、また暴力団や犯罪グループを潰《つぶ》すために最前線に立つ戦友として、敬意を払っていた。

薬物と銃器を扱う組対五課は、それこそご清潔な捜査だけでは、前に進まないセクションだ。ヤクザや密接交際者を脅しすかし、懐柔し、時には取引を持ちかける。身分を偽って密売人に近づき、囮《おとり》捜査まで展開する。

しかし、仲間の情報提供者を暴力団に売るのは殺人にも等しい行為だ。じっさい、新島は焼き殺された。

「羽場は関西だけじゃなく、赤坂の八田組にも通じてるのか」

「関西と関東の暴力団《マルB》はもちろん、警察《サツ》の両方に顔が利《き》く。のっぴきならない揉《も》め事が起きると、それを嗅《か》ぎつけて解決するんだ。そうして人脈を築いていった。東堂会の新島だけじゃなく、今回の一件にも一枚嚙《か》んでた」

鈴木の涙が次々に落ちてくる。

嘘をついているとは思えなかった。黒滝のうえにまたがり、パンチを振り下ろす格好のチャンスにもかかわらず、彼は拳を落とさずに告白した。

黒滝は下から睨みつけた。

「あのナイフ野郎を呼んだのも……羽場なのか」

首を横に振った。涙や血が飛び散る。

「知らねえ。おれも八田組のチンピラも、あのナイフ野郎に関しちゃ、ろくに聞いちゃいない。ただおれはあの人から……羽場さんから、お前を襲えと……言っておくが、日下殺しにゃ一切関わっちゃいねえからな！」

「詳しく聞かせろ」

腕を振って、退《ど》くように指示した。鈴木は黒滝のうえから転がると、ヤケクソになったのか、フローリングの床のうえに大の字になった。

黒滝は立ち上がると、部屋の隅に置いていたビジネスバッグに手を入れた。なかからタオルを取りだして鈴木に手渡す。すぐに濡れた股間や頭髪をごしごし拭《ふ》きはじめる。

鈴木の告白は腹に落ちた。富津《ふっつ》市の漁港に行く田所を尾行し、彼と八田組の若頭が出会うのを目撃していたからだ。若頭の倉島が、田所に浴びせた言葉を再び思い出す。

――そうなりゃ、あいつがまた来るぞ。

極道が刑事を脅し上げる。ありえない光景だった。最強であるサクラの代紋の構成員に対し、三次団体の構成員ごときが、ふんぞり返ってなんかいられないぞと言ってのけた。ようやく、その意味を理解した。

倉島のバックには同じサクラの人間がついている。だからこそ、田所を威圧できたのだ。鈴木に言った。

「サツを辞めてからも、羽場の世話になっていたのか」

「手を差し伸べてくれたのは、あの人だけだった。再就職に苦労していたおれのために、今の職場を勧めてくれた。羽場さんには恩義を感じていた」

「なるほど」

鈴木は頬を歪めた。

「どこまで抜けてやがるんだ、とでも言いてえんだろう」

「羽場の腹を見抜けなかったおれも、間が抜けている」

鈴木は唾《つば》を吐いた。

「警備服着て汗水流して一日誘導棒を振っても、給金はおまわり時代と比べものにならねえ。あの人が今の探偵事務所に転職を勧めてくれた。汚れ仕事ばかりだが、給料も待遇もよかった」

鈴木が籍を置く葵新宿探偵事務所は、借金の厳しい取り立てや、浮気調査をダシにして、恐喝まで行う悪徳探偵事務所だ。働いているうちにコンプライアンスもモラルも欠落していく。誰かを襲撃しろと依頼されても、カネ次第で引き受けるようになる。

鈴木は自分の警察人生を台なしにした人間にくっついては、またもそいつの無茶な命令に従い、リスクの高い犯罪行為に手を染めた。犯行がバレれば、老いぼれになるまで刑務所にぶちこまれていたかもしれないのに。

DV夫にボコボコにされながら、なんだかんだとつき従う女房を思わせる。羽場にきっちり調教されていたのだ。

「どこまで知ってる?」

鈴木は視線をそらした。急に口ごもる。

携帯端末で表にいる井筒に電話をかけた。熱いコーヒーをふたつ買ってくるように頼み、椅子をふたつ用意して腰かけた。

スウェットの上着を脱いで鈴木に渡した。彼はそれを急いで羽織った。格闘したおかげで、身体はまだ温かかった。椅子に座るように勧める。

「お前が生き残る手段はひとつしかない。シャバをうろつけば八田組に消される。警視庁《うち》のなかも物騒だ。羽場に飼いならされたおまわりさんや、八田組の恩恵に与《あず》かったクソ野郎が山ほどいる。留置場すら安全な場所とは言い切れない」

「……赤坂署の田所だろう」

鈴木は観念したように答えた。

「田所は死んだ。だが、やつから甘い汁を吸ってた警官《ポリ》どもは生き残っていて、どでかい不正を隠すのに躍起になってる。シャバも檻《おり》のなかも危険きわまりないってことだ。助かりたければ残らずおれに話せ」

鈴木はときおり口ごもりながらも打ち明け出した。

八田組の倉島と田所による違法薬物の密売は、しばらくの間うまくいっていたという。

しかし、今年度から監察係は人数を拡充。悪徳警官の狩り出しに乗り出すようになった。硬骨の女ともいうべき美貴が指揮を執り、他部署や所轄の動向を厳しく監視しだした。監察係へのガードをこじ開けるため、マル暴から追放された黒滝を抜擢《ばってき》するという奇抜な人事までが実行に移された。田所と倉島の蜜月《みつげつ》関係はその流れの中で露見した。田所は商品をちょろまかして、自分でも使用するなど、すでに破滅の道へと踏み出していた。

覚せい剤中毒者と化していた田所警部補は、自分が監察係に探られているのを察知すると、交番勤務時代の同僚だった羽場に連絡を取った。

「あんたがドッグ・メーカーと呼ばれていたのと同じく、羽場さんはトラブル・シューターと称されていたんだ。ヤクザに弱みを握られたり、不倫で女性警官を孕《はら》ませちまったり、容疑者にひでえセクハラしちまったりと、問題を抱えた警官たちをひそかに助けていたのさ。言わば監察係とは正反対の仕事だ。どんな問題を起こしても、とにかく不正をもみ消しちまうんだ。あるときはカネを使って、またあるときは……」

　鈴木は拳を振り下ろすフリをした。暴力でカタをつけていたと示したのだ。羽場の命令に従う者は不良やヤクザばかりではなく、現職警官も含まれるのだという。鈴木はたとえ話を披露した。

　上司のセクハラを監察に訴えようと決意を固めた女警が、自分のデスクに封筒が置かれているのに気づく。なかを見てみると、女子寮の自室で、ローターを使ってひとり遊びをしている自身の姿を映した画像を収めたＵＳＢメモリーが入っていた。女警は口を噤《つぐ》まざるを得ず、退職の道を選んだ。

　警視庁は巨大な村社会だ。濃密な人間関係のなかでは種々様々な衝突が起こり、必然的に軋轢《あつれき》や怨恨《えんこん》が生まれてゆく。

　後輩へのかわいがりが三度のメシより好きな機動隊員は、酒場の階段から転げ落ちて頭を強打し、病院暮らしを経て内勤部署に異動になった。

　羽場の大学柔道部時代の後輩にあたる鈴木は、彼に近い立場にいただけあり、黒滝の知らない話を握っていた。ポーカーフェイスを維持するのに苦労した。興奮で体温が上がってゆくのを感じる。

黒滝を突き動かしているのは義憤や正義感だけではない。他人の暗い欲望を余さず見つめたいという窃視症《せっししょう》じみた倒錯も原動力となっている。鈴木が語るのは、警察社会が抱える恥部であり、羽場はその中心人物だったのだ。

鈴木は拳を固めつつ言った。

「羽場さんは闇で動いたんだ。大して情報を摑んじゃいない日下を、先手を打って消しやがったのさ。田所と八田組の願いを聞き入れて」

「トラブル・シューターか……」

黒滝は粒ガムを口に放った。

鈴木の告白で熱くなった頭が、口内のミント味によって冷えていく。冷静を保つ必要があった。思わぬ人間の名が出てきたことにより、股間が急に勃起《ぼっき》したことも悟られたくはない。

「願いを聞き入れた羽場が、日下を消すために、あのダガーナイフの殺し屋を、どこかから連れてきたんだな。あいつは何者だ。知っていることをきれいに話せ」

鈴木の喉《のど》がごくりと動いた。

滑らかになりつつあった彼の口がそこで急に停止してしまう。鈴木はあの殺し屋を恐れていた。瞳《ひとみ》に恐怖の色が浮かんでいる。急《せ》かしたいところだが、おとなしく告白を待った。鈴木としても、もはや羽場の存在を打ち明けた以上、すべてを自白するしか生きる道はないとわかっているはずだ。それでも、殺し屋に関しては口を噤んでしまうのだ。

わずかながら同情を覚えた。なにしろ黒滝自身も、あのナイフ使いの殺し屋と遭遇しているのだ。長年、犯罪者やヤクザ者などを相手にしていると、理性や常識をどこかに置き忘れたような獣と出くわすときがある。女子供を殴りながら強姦《ごうかん》する鬼畜や、微笑しつつビジネスライクに人身売買を行う冷血漢、なんのためらいもなく他人の命を消せるナチュラルボーン・キラーたちだ。墓地で出会ったナイフ使いがまさにそうだ。

出入口のドアが開いた。鈴木の身体が跳ね上がる。入ってきたのは井筒だった。両手にコーヒーの紙コップを持っている。

顔を露骨にしかめた。フロアは大量の氷水、鈴木の血や小便で足を取られんばかりに濡れていた。

「ずいぶんときれいに使ってくれだなや」

恨めしそうな目を向けてくる。

井筒は、無遠慮に下着姿の黒滝と半裸の鈴木を眺めまわした。せっかく用意してくれたスウェットだったが、鈴木とじゃれ合ったさいに血がべっとりと付着してしまった。

「掃除して出ればいいだろう」

「当だり前《めえ》だ。一滴残さず拭《ぬぐ》い取れよ」

「ついでに、新しい服を用意してくれ。このままじゃ二人とも風邪を引いちまう」

隅に積まれてあったテーブルを持ちあげ、鈴木の前にセットする。井筒はテーブルのうえに紙コップを置いた。口を割ったと目で伝える。

「やれやれ。ロックアイスにコーヒー、その次は着物と来やがったが。代金は全部あんたに請求すっからな」

「わかってる」

鈴木は紙コップに飛びつくと、プラスチックの蓋《ふた》を剝《は》ぎ取り、湯気の昇るコーヒーに口をつけた。両手で紙コップを愛《いと》おしそうに握りつつ、外へと出て行く井筒の背中に目をやっている。

「何者ですか。あの爺《じい》さん。どっかの県警OBでしょう」

井筒が出て行くと、そう聞いてきた。

バツの悪そうな顔をしている。発した言葉が丁寧語になっている。ついさっきまで黒滝を呼び捨てにし、舐《な》めた口を利いていたものだが、ほんの一年前までは、黒滝と同じ釜《かま》のメシを食っていた仲間だった。私生活こそ多少は乱れていたが、大学柔道部で培《つちか》った体力と根性を武器に、がむしゃらに働く部下だった。はるか遠い昔のことのようにしか思えないが。

「そんなところだ。OBやら民間人を使うのは、なにも羽場の専売特許じゃない」

椅子《いす》に座り直した。

粒ガムを捨てて、鈴木と向き合い、コーヒーを飲んだ。コンビニで買ったものだが、ここ最近飲んだコーヒーのなかではもっとも美味に感じられた。内臓に温《ぬく》もりが染《し》みわたっていく。

鈴木がコーヒーに目を落としながら言った。

「おれが知っているのは……羽場さんが華岡組系を通じて呼んだってことぐらいで」

「うん」

なに食わぬ顔でコーヒーをすする。ナイフ使いの殺し屋についてだ。努めて冷静な態度を保つ。

「八王子か」

「おそらくは……あんな化物を呼べるほどの組織といえば……あそこぐらいですか

ら」

黒滝の顔を上目遣いで見てくる。キレさせたら、裸締めにされるとでも思ったようだ。八王子は組対にとって因縁のある土地だ。

八王子には、華岡組系の武州理心会《ぶしゅうりしんかい》があった。そこには羽場の情報提供者が潜んでおり、長年にわたって羽場に情報を提供していた。情報提供者は内部事情に明るい直系組長クラスの大物のようだった。

羽場は警察の内部情報を渡して信頼関係を築いた。地元八王子署の捜査を妨害し、黒滝の情報提供者を売ったのだ。

武州理心会は、関東進出を目論《もくろ》む華岡組が最初に築いた橋頭堡《きょうとうほ》のひとつだ。何度も多摩川を越えて都心に進出しては、関東系暴力団と衝突を繰り返すなど、武闘派として知られている。

昨年、黒滝の情報提供者だった東堂会の新島が、火災によって命を落としたが、やはり同会から呼ばれた殺し屋が事故に見せかけ、彼を殺害したものと思われた。

貴重な情報提供者を〝事故〟として消され、怒り心頭に発した黒滝はまず鈴木を病院送りにした。部下に私的制裁を加えたことで組対四課から追放された。

マル暴からの追放だけでは終わらなかった。命がけで情報をくれた新島への罪悪感、鈴木の裏切りに対するショックと憤怒《ふんぬ》、刑事畑から追放された無念を引きずり、自己嫌悪《けんお》や自己憐憫《れんびん》に浸《つ》かっているうちに、奇襲をかけられ、大型セダンではねられる羽目となった。

釘《くぎ》のついたバットや赤樫《あかがし》の木刀で袋叩きにされ、ジャックナイフで身を削られ、今度はこちらが病院送りにされた。

「かつて、おれを車ではねて、襲撃したのはお前と米良《めら》たちだろう？」

鈴木は素直にうなずいた。さらに訊《き》く。

「羽場に助けられたと思っていたが、あいつがおれを嵌めた張本人だったわけか」

「そうです」

「そして今回も」

羽場の笑顔を思い出した。

ひとりを好む黒滝と違い、羽場はラテン系のような気質で、多くの人間から慕われていた。二枚目で女にもモテた。たまに酒場へ繰り出せば、そこで女と仲良くなる羽場の姿があった。人の胸襟《きょうきん》を開かせる才能を持ち合わせていた。ヤクザや同僚を使って、人を陥《おとし》れるような男ではなかったはずだった。

鈴木は空を睨んだ。

「ダガーナイフの殺し屋ですが……わかっているのは羽場さんが八王子方面から呼び寄せたってぐらいで。国籍は不明なんですが、日系ではあるようです」

「そいつの名前と年齢、住処《ヤサ》は？」

鈴木は首を横に振った。

「本当に知らないんです。会ったのだって昨日が初めてで。日系人だと教えてくれたのも、八田組の若頭なんです」

「倉島か」

「正体不明ですが、日本語は達者でした。海外で長く暮らしていたようで、電話では流暢《りゅうちょう》な英語を使ってました。年齢は……私見ですが二十代前半から半ばくらいだと思われます」

証言をする鈴木を注意深く見つめた。

この期《ご》に及んで嘘をつくとは思えなかった。

ダガーナイフの男は、たしかにひと言も口を利いていない。また、頭や顔をキャップとマスクで隠していたため、どの系統の人間なのかはわからなかった。

海外で育ったらしいと聞いて納得できた。眉毛も瞳も黒く、肌は黄色人種のそれではあった。まるで少年のように腰回りは細く、無駄な肉はついていない。ほっそりとした体型をしていた。

今になって思う。姿こそそこいらのガキのようだったが、態度は歴戦の強者《つわもの》のように落ち着いており、目にも止まらぬ速さで、ダガーナイフを投げつけてきやがった。日本の悪ガキとは比較にならない。

あの男の動きは、暴力を遊びや趣味ではなく職業として身につけた者のそれだった。人を殺すことになんら躊躇《ちゅうちょ》しない。鈴木や八田組のチンピラとは段違いの危うさを秘めていた。そんな危険人物を呼び寄せる羽場の、常軌を逸した悪徳ぶりを知り、全身の筋肉が強張った。

黒滝は尋ねた。

「昔からだったのか?」

「え?」

「羽場だよ。完全に常軌を逸している。麻薬《ヤク》の密売を隠ぺいするために、殺し屋まで呼び寄せるなんて、狂っているとしか思えない」

鈴木は唇を震わせた。

「かつては……そんなことはなかった。あのとおり、誰からも好かれて、先輩風なんか吹かせたりしない、後輩想《おも》いの人でしたよ。暴力団《マルB》と取引するのだって、自分の情報提供者《エス》を守るためだったり、よりでかい事件《ヤマ》を解決するためだった」

「そうだよな」

鈴木の頬を涙が伝った。紙コップのコーヒーに落ちる。彼は続けた。

「おれたちだって、かなりどうかしてますよ。刑事《デカ》に成り立てのころ、こんな未来が待ってるなんて、想像もしてはいなかった。あんただってそうでしょう？　後輩をこんなわけのわからない部屋に監禁して、氷水ぶっかけたり、首を絞めたりするとは思っちゃいなかったはずだ。死んだ田所にしたって、まさか麻薬《ヤク》の密売なんかにどっぷり関わった挙句、首吊《つ》って死ぬなんて、きっと思っちゃいなかった」

コーヒーを飲みながら、好きに喋らせた。

その告白のなかには、鈴木自身も含まれるのだろう。彼は無念そうに目をつむった。鈴木自身もそれなりの志を抱いて、刑事となったに違いなかった。貴重な情報提供者を死なせ、警察社会から追放されて、悪徳探偵として糊口《ここう》をしのぐことになるとは。それこそ考えてもみなかった未来に生きている。

お前らと一緒にするな。喉元まで文句が出かかったが、鈴木の発言には一理あった。

勤務年数を経るにつれて、純粋だった志にも変化が現れる。ことに組織犯罪対策部の係員は暴力団や半グレ、アウトローたちと直接接しながら生きている。警察権力を利用しようと、悪魔のような輩《やから》が手ぐすね引いて待ち構えている。刑事の欲望をくすぐる甘い罠《わな》を仕掛けるのだ。女やカネはもちろん、手柄さえ与えてくれ、頭痛の種を消してくれる。

ある者は悪党らが提供する美女や諭吉《マンサツ》に敗北し、またある者は自分が持つ権力に溺《おぼ》れて自滅する。

黒滝もまたその瀬戸際《せとぎわ》で生きている。

情報提供者だった東堂会の新島を失い、刑事人生に幕を下ろすことになったが、もとを糾《ただ》せば情報管理の甘さゆえだ。人をスパイにする仕事は、もうごめんだ。路上で叩きのめされ、入院中は新島の死を悼《いた》みながら、そう考えた。

けっきょく甘美な味が忘れられず、田所の部下や妻に首輪をつけ、こうして鈴木を操ろうとしているのだが。

眼前の男の濡れた頰をぴしゃぴしゃ叩いた。

「今さら悔いたところで古き良き時代に戻れるわけじゃない。ダガーナイフで蜂《はち》の巣にされたくなかったら手を貸せ」

「どうするつもりですか」

「引導を渡す。おれが」

27

相馬美貴《そうまみき》は廊下で思わず立ち止まった。

課長の吹越《ふきこし》が占有している小会議室だ。ふたりの男たちが出てくる。ひとりはスーツ姿の中年男で、もうひとりは制服を着用した五十絡《がら》みの男だ。反射的に息を呑《の》む。

ふたりの男たちも美貴の姿に驚いたようだ。制服の男は、親の仇《かたき》にでも遭ったかのように身構えた。犬歯を剝《む》き、憎々しく睨みつけてくる。

組対五課の課長の伴信平《ばんしんぺい》だった。パーマをかけて波打たせた頭髪をオールバックにしている。ゴルフに熱中しすぎるあまり、季節を問わずに肌をまっ黒に焼いている。元力士のような丸顔で、腫《は》れぼったい瞼《まぶた》と三白眼が特徴的の強面《こわもて》だ。今日びの暴力団員よりよほど物騒な顔つきをしている。

美貴の目は課長の伴よりも、スーツ姿の中年男に引き寄せられた。白幡が欲しがっていた男だ。口のなかで小さく呟《つぶや》いた。羽場佑高《ゆうこう》。

狼《おおかみ》のような精悍《せいかん》な面構《つらがま》えの二枚目だ。悪趣味なヘアスタイルの上司と異なり、有名美容院でカットしているのだろう、側頭部をツーブロックのように短く刈り、今風のベリーショートにしている。

激務からメタボに陥る刑事が多いなか、ワークアウトでもしているのか、体脂肪の少なそうな体型を維持していた。高級スーツを隙《すき》なく着こなしている。大学柔道部の猛者《もさ》だったらしく、耳はカリフラワー状に変形している。がっちりとした肩幅の広さは、黒滝に負けず劣らず、スーツの上からでも、丸太のような腕の太さが確認できる。

時間をかけて見つめ合いたかったが、それとなく視線を向けるだけで止《や》め、無関心を装《よそお》って小会議室へと歩んだ。軽く会釈《えしゃく》をして通り過ぎようとする。

伴がうなった。

「いつから監察は、仲間のケツを追っかけるだけじゃなく、縄張《シマ》りまで荒らすようになりやがった」

「なんのことでしょう」

美貴は静かに答えた。

「黒滝みたいなイカれた野郎を野に放ちやがったのは、お前だろうが！　うちへの当てつけか？」

伴は顔をまっ赤にして摑みかかろうとする。

「課長」

羽場が前に立ち、上司の両腕を押さえつつ、美貴に頭を下げた。恐縮したような表情を浮かべながら。

「申し訳ありません」

「なにあやまってんだ。こいつらは捜査本部《チョウバ》を引っ掻き回しただけじゃなく、組対五課《うち》までがちゃがちゃにしようってんだぞ」

伴は唾を飛ばしながら怒鳴った。

羽場は顔に唾をまともに浴びながら両手を広げる。柔らかな笑みを浮かべると、軽く一礼して通り過ぎた。

泥酔《でいすい》して暴れる上司を止める理性的な部下といった仕草だった。

小会議室のドアをノックした。

「誰だ」

億劫《おっくう》そうな声がした。

「相馬です」

しばらく応答がなかった。ややあってから「入れ」との答えが返ってきた。

部屋のなかはだいぶ冷えていた。窓がないため日が差さないうえ、エアコンのスイッチが切られてある。しかし、部屋の主の吹越はワイシャツ姿だった。スキンヘッドに近い頭を大量の汗で濡らしている。

いつものように、きつい湿布薬の臭《にお》いが漂っていたが、自信満々な態度はなりを潜めている。むかっ腹を立てているときに浮かべる、わざとらしい微笑もない。腹痛にでも悩まされているかのように陰鬱《いんうつ》そうに表情を曇らせていた。

午前中から昼過ぎまで、会議やら打ち合わせやらで不在だった。日が傾きかけたころ、吹越が自分の巣に戻ってきたのを察知し、美貴はこの部屋へと向かったのだ。組対五課のふたりが、先客として訪れていたが。

額の汗をハンカチでぬぐった。その額にふだんの脂《あぶら》ぎった輝きはなく、くすんでいるように見えた。尻に火がついているのは、敬愛する我が上司もまた同じだ。彼は大義そうに顎《あご》で椅子を勧めた。

「伴の怒鳴り声がここまで聞こえた」

「そうですか」

椅子に腰かけた。

「鈴木陽平《すずきようへい》。組対四課時代の元刑事で、現在は探偵事務所に勤務している男だよ。組対五課に飼われているらしい。伴が『返せ、返せ』と怒鳴りこんできた」

「それで、課長はなんと」

「そんな男など知らんと答えた。黒滝絡みだろうが、やつもどこにいるのかも把握していない。君らと違ってな」

充血した目で、じっと美貴を見つめている。

「嬉《うれ》しいだろう」

「はい？」

「白幡《しらはた》部長から聞いている。部長だけじゃない、あらゆる情報源から耳に入った。黒滝が、自殺した田所《たどころ》が後生大事にしていたPC、それに鈴木陽平の身柄を押さえている。鈴木こそ、今回の日下殺しの犯人《ホシ》を知るキーマンだとな」

吹越は午前中から姿を消していた。おそらく会議などと称して会っていたのは、第一方面本部の鶴岡《つるおか》や、その取り巻き連中と思われた。

「お察しします。針の莚《むしろ》でしょうね」

「警察大学校《けいだいだい》でも経験がない。これほど多くの人間から叱咤《しった》されるのは」

彼は美貴を恨めしそうに睨んだ。

本件は警視庁内の政治闘争にまで発展している。田所の度を越した悪行を見逃していた赤坂署や第一方面本部の幹部たちが、あの手この手で隠ぺい工作に動いている。

だが、黒滝の追跡は止《とど》まるところを知らなかった。不正の実態解明がいよいよ実を結びつつある。田所梢が証言を翻《ひるがえ》し、黒滝の調査にはなんの問題もなかったと赤坂署に伝え、幹部たちを仰天させたとも聞いた。風下に立たされた鶴岡らが、なりふり構わず吹越を叱《しか》りつける姿は容易に想像できる。

吹越は片頬を歪《ゆが》めた。

「それで？　私を嘲笑《あざわら》いに来たのか」

「そんな暇も余裕もありません」

肩をすくめた。

椅子から立ち上がると吹越に近づき、彼の隣の席に座った。ストレスと激務で身体《からだ》が痛むのか、いつも以上に湿布薬をあちこちに貼《は》っているようだ。目にしみそうなほどの臭いがした。きつい汗混じりの体臭もする。それらをこらえて膝《ひざ》がぶつかるくらいに詰め寄る。

吹越の顔が強張《こわば》る。

「なんだ」

テーブルにすばやく目を走らせた。クリップで留められた書類の束が、手に負えないほどの高さまで山積みになっている。

吹越の目を見すえた。

「針の莛は応《こた》えるでしょう」

彼は眉《まゆ》をひそめた。

意味がわからないといった表情を見せたが、彼女の言葉を理解すると、目を大きく見開いた。視線をそらして、掌《てのひら》で脂まみれの顔をぬぐう。

「バカな」

「つい先日、仰《おっしゃ》ったばかりでしょう？　私たちは組織を動かす側。つまらないセクト主義に陥っている場合ではないのだと」

吹越の頭から粒のような汗が噴き出た。

さらに椅子を動かして距離をつめる。互いの膝がぶつかる。

「シンプルなご提案です。私たちは警務の人間として、本来の職務を粛々とこなせばいい。沈みゆく船のなかに閉じこもって、慌《あわ》てふためく船員たちと運命をともにする必要はないのです。つまらぬしがらみから脱出して、人事一課長というお立場から、警視庁《ホンチョウ》に溜《た》まった膿《うみ》を切除――」

「よせ！」

吹越は声を荒らげた。

唾が頰に飛んでくる。引っぱたかれないだけマシだ。

派閥などさっさと見限れ。美貴はそう吹きこんだのだ。

吹越の父親はキャリアとして警察人生をまっとうし、最後は警察庁の九州管区局長まで務めている。退職後は鹿児島県の民間企業に取締役として天下り、現在もＮＰＯ法人の理事長の座に就いている。その息子の吹越も、父親の薫陶《くんとう》を受けた有能な行政官である。家柄のよさや所属する派閥の力もあり、警務部人事一課長という要職に就くことができた。その彼に向かって、自分の家や仲間をすべて切り捨てろと言っているのだ。声を荒らげるのも無理はない。

警察の体面こそが第一と考えてきた彼にとって、威信を揺るがすような不正が起きた場合、世間に知られぬようにフタをして覆い隠すことこそが掟《おきて》であり、正義であった。彼のみが異常な価値観に捉《とら》われているのではない。警察のなかで長く生きていれば、誰もが染まる思想とも言える。警務の人間として職務を粛々とこなせばいい。青臭い建前を口にしつつ、彼らは卑俗な政争を展開しているに過ぎなかった。自分のやり口にうんざりするが、孤立した黒滝をバックアップするためには、きれい事ばかりも言ってはいられない。

黒滝は鈴木を元居酒屋に拘束しているという。鶴岡の息のかかった警官のいる警視庁本部や所轄署《しょかつしょ》には立ち寄れず、指名手配犯のような孤独な戦いを強いられている。

上司の吹越さえも味方してくれないのだ。

吹越にしばらく睨まれ続けた。青ざめた頬が小刻みに震えている。怒りに満ちた視線を受け止める。

彼はテーブルに手を伸ばした。カテキン緑茶のボトルがあり、五分の四ほどの量が残っていた。喉を鳴らして飲み干すと、空になったボトルを叩きつけるようにテーブルへ置いた。

「お前までドッグ・メーカー気取りか」

「解釈はお好きなように。私はこれから起きることを述べているだけですので」

「出て行け。貴様が女でなければ鉄拳《てっけん》を見舞うところだ」

蠅《はえ》でも払うように手を振った。しかし、話を続けた。

「白幡部長は、すでに次原《つぐはら》刑事部長を引き入れています。捜査一課《ソウイチ》の呉《くれ》課長は、刑事部長の指示を受けて、町田署の捜査本部に対し、多数の捜査員を割いて、田所と八田《はった》組《ぐみ》を改めて洗うように指示を出しています。身内をかばうのは止め、赤坂署の不正を明らかにする気でいるものと」

「なっ――」

彼は息を呑んだ。唇を震わせる。

東京生まれの次原は東大法学部出身者で、鶴岡の同期でもあった。つまり吹越の先輩にあたる。

　この部屋を訪れる前、白幡から電話で知らされた。事実かどうかは美貴にもわからない。お得意のハッタリである可能性もある。しかし重要なのは、吹越自身が言ったとおり、彼の首に鎖をつないで、鶴岡の派閥から引き抜くことだ。

　努めて冷静さを維持した。

「警官の不正をただす人事一課長の立場にありながら、同郷の鶴岡本部長をかばうため、日下に加えて黒滝まで死なせたとなれば、あなたの身もいよいよ危うくなろうというところです。もはやご所属の派閥を気にしている時ではありません」

「待ってくれ」

　吹越は、部屋の隅にある内線電話の受話器を取った。

　押したボタンから、かけたのが白幡のデスクだとわかった。受話器を砕かんばかりに強く握りしめている。

　美貴は椅子から立ち上がった。飛んできた唾をハンカチで拭う。

「部長なら、今はデスクを離れていますよ」

「どこに……」

「警視総監と面会中です」

受話器からは呼び出し音がするだけだ。吹越は力なく受話器を置いた。うなだれながら椅子に腰を下ろす。

白幡が、本当に刑事部長らを口説き落としたかどうかは不明だったが、精力的に動いているのは確かだった。警視総監と面会中なのも嘘《うそ》ではない——総務部企画課に勤務している同期にこっそり訊いたのだ。吹越や白幡とは比べものにならないが、美貴にも少しぐらいはコネはある。

このまま行けば、白幡はおそらく勝利を収めるだろう。警察内部はもちろん、得体の知れない元ＯＢたちを飼いならし、黒滝のような荒馬さえも巧みに操縦している。ヌエとは、まさに白幡のような男を指すのだろう。もうすでに、警視総監を説得し終えたころかもしれない。

「時間をくれないか」

吹越がうつむいたままうなった。その声はか細く、自信に満ち溢《あふ》れていたエリートとは思えない。

さらに畳みかけた。

「悠長に構えている時間はありません。もしも黒滝を失うような事態になれば、あなたには鶴岡とともに沈んでもらいます。脱出するチャンスは今しかない」

「私にどうしろと……誓約書でも書けばいいのか？」

「口頭で結構です」

「人事一課長として、赤坂署の田所の腐敗に関して、徹底的に調査する」

「上から待ったがかかったとしても？」

「二言はない」

「たとえそれが鶴岡本部長からだとしても？」

吹越がメガネのフレームをいじり、上目遣いで睨んできた。一転して怒鳴るように答える。

「ああ、そうだ！　くどいぞ！　悠長に構えている時間はないんじゃなかったのか？」

「たしかに承りました。さっそくですが、お知恵をお借りします。私はなにぶん人事一課では新参者ですから、鶴岡や赤坂署とは縁のない監察係員を十名ほど教えてください。防弾ベストを着用のうえ、拳銃《けんじゅう》を携行するよう伝えます」

「君も行くのか」

「黒滝は私の愛する部下ですから」

吹越は虚空《こくう》を睨んだ。

やがて人事一課監察係の人間十名をすらすらと挙げた。美貴はメモ帳を取り出した。彼女の部下の名もあれば、他の監察官の部下の名も交じっている。すべてメモ帳に書き留めた。

「背中を刺すようなスパイを交ぜないでください。くれぐれも」

吹越は歯ぎしりをする。

「貴様……どこまで人をコケにすれば気がすむ」

「寝首を掻《か》かれるのはごめんですから。私も黒滝も生き延びるのに必死なのをご理解ください」

スーツのポケットから携帯端末を取り出した。

いつもの吹越ならば、おそらく引っかからなかっただろう。葛藤《かっとう》と焦《あせ》りのせいで、美貴のやり口を忘れていたようだった。彼女が携帯端末を暗器《あんき》として使うのを。

携帯端末の画面には録音時間が表示されている。小会議室に入る前から録音機能を作動させていた。すでに同じ手口で、赤坂署署長の長谷川と、第一方面本部の芝浦《しばうら》による、本音丸出しのトークの録音に成功している。

吹越は勢いよく立ち上がり、目と口を大きく開けた。腰かけていた椅子が床に倒れる。

「さきほど仰ったメンバーに、変な混ぜ物があったと判明した場合、課長の決別宣言を、鶴岡本部長やご実家のお父様にお聞かせします。しつこく念を押させていただきますが、後ろから刺してくるような人間はいませんね」

「……ああ、いない。心配せずとも、腹はくくった」

吹越はテーブルに両手をついた。

自らの警察人生が、重大な転機を迎えつつあるのを理解しはじめているようだった。たとえ白幡や美貴側について沈みゆく船から逃れられたとしても、吹越は大きな後ろ盾を失い、少なくない数の警官から裏切り者呼ばわりされて生きることになる。同じ派閥の者を上に引き立てて、派閥に大きな貸しを作る。そんな青写真を描いていたのかもしれない。刺される可能性があるのは、吹越のほうかもしれなかった。

携帯端末をポケットに戻し、小会議室の出入口へと進んだ。

「詳しい指示は、まもなく白幡部長から下るはずです。よろしくお願いいたします」

「わかった」

「後戻りは不可能です」

返事はなかった。

吹越の膝がガクガクと揺れている。テーブルに手をついていなければ、立ってもいられない様子だった。憐《あわれ》みさえ覚えながら小会議室を出た。

近くにある女性トイレへと早足で向かった。ドアを突き飛ばすようにしてなかに入る。

携帯端末の録音機能を停止した。長谷川《はせがわ》や芝浦が漏らした本音の録音データはすでに、ネットのオンラインストレージに保管してある。パスワードは自身と白幡しか知らない。

化粧台に手をついた。身体を支えられないほど疲労困憊《こんぱい》しているのは、美貴も同じだ。

吹越の言うとおり、彼の首を鎖でつなぐために小会議室を訪れた。行く手を阻《はば》むものはすべて排除する。白幡や黒滝に負けじと非情に徹して臨んだが、自分のやり口の汚さに吐き気を覚える瞬間があった。赤坂署の大規模不正が明らかにならなければ、上司として敬意を払い続けることもできただろう。追いつめるような真似《まね》はしたくなかった。

スーツの内ポケットから、消しゴムほどの大きさの物体を取り出す。白幡の手下である井筒から手渡されたものだった。子供などに手渡される防犯ブザーだった。危険が及んでいるのはなにも黒滝だけではないのだと言って渡された。

じっさい、吹越から殴打《おうだ》されたとしてもおかしくはなかった。かりに鉄拳を喰らおうと、投げ飛ばされようと、このブザーを使うつもりはなかった。どれだけ痛めつけられようとも、彼の首に鎖をつけ、いかなる派閥にも左右されない監察係本来の機能を、取り戻す気でいた。

全身の力が抜けた。緊張が解けた途端、鉛の塊にのしかかられたかのように、ずっしりと身体が重くなった。立っていられなくなったのは吹越だけではない。こちらも同じだった。吹越との対決は予想以上に美貴を疲労させた。

「このくらいでへたばってちゃ」

鏡に向かって呟いた。

ハンカチを水で濡《ぬ》らし、顔についた唾を念入りに拭《ぬぐ》い取った。勝負はこれからだ。監察係員を引き連れて、黒滝を救いに向かわなければならない。彼は自分が来るのをじっと待っている。頬を両手で叩いて気合を入れた。

そのときだった。出入口のドアが開き、何者かが侵入してくるのが、鏡を通じてわかった。

息をつまらせた。女子トイレに入ってきたのは女ではない。見覚えのあるスーツ姿の男だった。狼のような精悍な顔つきの二枚目——組対五課の羽場佑高だ。

「どうして——」

問いただそうとする前に、銃口を顔面に突きつけられた。

羽場は自動拳銃を手にしていた。ただし、官給品のシグP230ではない。判別不能の小型拳銃だ。

羽場の表情は奇妙だった。伴といたときのような柔和な笑みはない。目をギラギラと光らせ、侵入者を威嚇《いかく》する犬みたいに歯を剝いていた。ホワイトニングと矯正によって、不自然なほどきれいに並んだ歯を覗《のぞ》かせる。怒っているようにも、笑っているようにも見えた。

ただし、殺意だけは明確に伝わってくる。さきほど廊下ですれ違った人間と同一人物には見えない。

「人を呼ぶわ」

「やってみろ」

羽場はさらに距離をつめた。

自動拳銃の銃口を強調するように近づいてきた。暗い穴が迫ってくる。無意識に顎が震え、尿意を催してしまう。羽場は右手で自動拳銃を握りつつ、左手を伸ばしてきた。掌《てのひら》をうえに向け、防犯ブザーをよこすように無言で要求してきた。防犯ブザーの音と銃声が轟《とどろ》けば、自分の命はなくなるだろうが、いっぺんに事態は解決するだろう。

羽場は表情を変えた。今度は明らかに笑みを見せる。瞳孔《どうこう》が開いている。まるで非合法なドラッグでも摂取したかのような、妖《あや》しい目つきだった。

「バカな真似は止めろ」

「あなたが関わっていたなんて」

防犯ブザーのピンを抜こうとした。ピンにかけた人差し指に力をこめる。引き抜くことはできなかった。人差し指を羽場の左手に摑《つか》みとられた。万力で挟まれたような圧倒的な力で握られ、痛みが指の骨にまで走る。思わず唇を嚙《か》みしめた。人差し指にさらなる激痛が加わり、木の枝が折れるような音がする。

目の前に火花が散る。人差し指の骨が砕かれた。第一関節が反り返っていた。防犯ブザーを奪い取られる。苦痛で動きが取れない。すばやくボディチェックをしてきた。肩から腰を叩かれ、ポケットに手を入れられた。携帯端末も奪われた。彼は出入口のドアを開け、廊下に人気《ひとけ》がないのをすばやく確かめる。

女の指を平然とへし折り、なおかつ無駄のない動きでボディチェックをしてきた。ためらわず暴力を行使してくる姿に背筋が凍りつく。だが、怯《ひる》んでいる場合ではない。

「この……」

憤怒と激痛で視野が狭まった。

屈するわけにはいかなかった。この腐りきった悪党を放置してはならない。人差し指が燃えるように痛む。デスクワークばかりしている女性警官が、現職のマル暴刑事を叩きのめせる可能性はゼロに近かった。パンチやキックはもちろん、柔道の実力者である羽場を投げ飛ばせるはずはない。

羽場の襟首を摑んで飛びかかった。キスでもするかのように顔を近づけた。彼の首筋に嚙みつくために。

しかし、口は届かなかった。新たな痛みが腹部に走った。自動拳銃の銃身で腹を突かれる。胃袋がひしゃげ、喉元《のどもと》まで胃液がこみ上げる。タイルの床に膝をついた。すぐさま反撃に出たかったが、身体がまるで動いてくれない。

頭上で野太い声がした。

「黒滝を呼び寄せた変わり者だと聞いてはいたが」

髪を摑まれた。無理やり引っ張り上げられ、頭皮が悲鳴を上げる。

「来てもらう。お前みたいなはねっ返り女の口にチャックをつけるのがおれの仕事だ。世のなかには葬り去るべき事柄がいくつもある。そいつが漏れて、サクラの威信が揺らげば、世間がむやみに不安がるだろう」

頭に自動拳銃を押しつけられた。歯を噛みしめる。冷たい金属の感触に慄《おのの》きながら、自分自身の無力さをただ呪《のろ》った。

28

「どこに向かってるんですか」

鈴木が声を震わせた。

いちいち答えるまでもない。鈴木もわかっているはずだ。

井筒《いづつ》が運転するサクシードは、信濃町の元居酒屋から南に下り、青山一丁目から国道246号線を東に走っていた。目的地は目と鼻の先だ。

鈴木が叫ぶ。

「ちょっと待ってくれ。引導を渡すどころか、これじゃ返り討ちに遭っちまう。正気なんですか。警官やヤクザだけじゃない。あいつだってやって来る。みすみす死にに行くようなもんです」

「腹をくくれよ、鈴木。老いぼれになるまで刑務所《ムショ》で暮らしたくないだろう。ピンチじゃない。チャンスだと考えろ」

黒滝は、フォールディングナイフを鈴木の首に突きつけた。ナイフはもともとこの男のものだった。

泣き笑いのような表情になる。彼が恐れているのは八田組や警察ではなかった。羽場が呼んだという殺し屋だ。

日系の若者だという。名前も国籍も不明であり、鈴木の証言もあてにはならなかったが、青山墓地での戦いを通じてわかったことがいくつもあった。

鈴木は、突きつけられたナイフに目をやり、落胆のため息をついた。

「そんなおもちゃじゃ、どうにもなりませんよ」

「百も二百も承知だ。あんな死神みたいなやつと、男らしくタイマン勝負をするつもりはない」

サクシードには今、大の男が三人乗っているが、それでもあの人殺しにはまったく勝てる気がしなかった。

鈴木がなおも食い下がった。

「それなら……どうするんですか」

黒滝は弄《もてあそ》ぶだけで答えなかった。

携帯端末が震えた。ポケットから取り出し、液晶画面に目を落とした。白幡の名前が表示されている。即座に通話モードに切り換えた。

「もしもし」

〈黒滝か〉

白幡の声は沈んでいた。嫌な予感がする。そもそも電話は、美貴がよこすはずだった。

「なにかあったんですね」

携帯端末を耳に押しつけた。

〈ちょっとまずいことになった。相馬がさらわれちまったよ〉

思わず大声をあげそうになった。なんとかこらえて平静を取りつくろった。異変を悟られたら、また鈴木がやかましく騒ぎ出す。バックミラーに映る井筒と目が合った。白幡の私兵だけあって、さっそくなにかを悟ったらしい。彼の視線は鋭い。

なにげない口調で尋ねる。

「警視庁《ホンブ》にいると聞いていました」

〈さっきまでいたさ。あのねえちゃんはきっちり自分の役割をこなした。吹越の部屋に乗りこんでいって、野郎の心をへし折ったうえで屈服させた。選《よ》りすぐりの監察係

員を率いて、そっちに向かう予定だった〉

淡々と相槌《あいづち》を打った。

美貴とともに綱渡りじみた作戦を展開している真っ最中だった。どちらがコケても死地に陥る。

美貴が信頼できる監察係員を率いて合流してくれると信じて、敵の巣に乗りこもうとしていたところだ。

「今はどこに――」

白幡はうめくように応じた。

〈急いで警視庁《ホンブ》内の防犯カメラをチェックさせたが、羽場の野郎と外に出て行く姿が映っていた。羽場はロングコートを着用、ポケットに手を突っこんで、相馬の横にぴったりくっつきながら、庁舎を後にしている。拳銃を握っていたに違いない。マッポがマッポをさらいやがった〉

「あいつが」

唇を嚙みしめた。

〈上司の件をとっ捕まえて、居所を問いただしたが、ハトが豆鉄砲食ったような顔してやがった。首に縄をつけてでも連れ戻せと命じちゃいるが……〉

吐気がこみあげてくる。背中やわき腹がぴりぴりと痛みだした。古傷がうずく。

今の羽場は、立ちふさがる邪魔者を奸計《かんけい》で陥《おとし》れるだけではなく、暴力を行使してでも排除する。美貴に暴力を行使してもおかしくはない。

鈴木が不安そうな目を向けてきた。

「も、もしかして羽場さんか。あの人がまたなにかやったのか?」

すがりつこうとした。フォールディングナイフを向けて遠ざける。

〈いずれ羽場の野郎からコンタクトを取ってくるだろう。取引を持ちかけ、こっちが集めた証拠を奪うつもりだ〉

「日下殺しをうやむやにする気ですか」

〈それだけで済むかよ。クリーンで腕利《うでき》きの刑事《デカ》だった田所は、ノイローゼにより自殺を遂げた。そのシナリオを事実に仕立て、全てを葬《ほうむ》り去る気だろう〉

「冗談じゃない」

吐き捨てて、鈴木を見やった。

捨てられた仔犬《こいぬ》のような目で、黒滝を見上げていた。自分の運命がどうなるのかを危ぶみ、なにより羽場という男を恐れている。

白幡が言う〝こっちが集めた〟証拠には、むろん目の前の鈴木も含まれる。羽場にとって鈴木は、大学時代から面倒を見てきた後輩であり、警官時代はもちろん、彼が退職してからも面倒を見続けた手駒《てごま》だ。しかし、子飼いの者であろうと、不要になればためらいなく消すものと思われた。

羽場の行動は破れかぶれと言えたが、彼の背後には事件のもみ消しを図っている高官たちも控えている。

白幡は声のトーンを落とした。

〈そのとおり。冗談じゃねえ。かりに、そっちに羽場が連絡してきたら、すみやかにおれに伝えろ〉

「了解」

〈羽場に、人質でこちらが折れると思ったら大間違いだということを、叩きこんでやるのさ〉

白幡の語気には熱がこもっていた。その言葉の中身に、黒滝の体毛が逆立つ。

「まさか……彼女を見捨てる気じゃないでしょうね」

車内の空気がピンと張りつめた。

サクシードは国道２４６号線を走っていたが、渋滞にハマッていた。井筒が振り向き、鈴木は顔を強張らせた。

〈だったら、お前は受け入れられるのか？〉

白幡から反対に問われ、黒滝は思わず黙りこんだ。白幡の口調が速まる。

〈お前は組織犯罪対策部《ソタイ》で嫌というほど、組織の論理ってもんを味わってきただろう。暴力団《マルB》も警察も同じで、最後に勝った者《もん》が総取りするのさ。今までと違って〝なあなあ〟なんかじゃねえ。こっちはガチンコでケンカを売ったんだ。一歩でも引いちまえば、おれもお前も、それに相馬だって警察《サツ》には残れない。吹越も無事じゃ済まねえだろう。あの羽場が放っておくと思うか、落ち武者と化したおれたちを。無慈悲に狩るだけだ〉

黒滝は沈黙した。素直にうなずきたくはない。

しかし、その言葉には説得力がある。美貴が黒滝を監察係に招いたのは、馴《な》れ合いや〝なあなあ〟を拒否するという意思の表れだ。

白幡がさらに告げた。

〈そもそも、おれたちが妥協するのを、相馬自身が望んでいると思うか？〉

「思っていないでしょうね」

沈黙を続けていたが、その点だけは即答できた。

美貴は炎のような女だ。

巨大派閥のホープである上司に逆らい、その領袖《りょうしゅう》にケンカを売ってまでも、真相を追いかけ続けている。身内に背中を刺されるのも覚悟のうえだ。もし、ここで黒滝らが退くような真似をすれば、死よりもつらい恥辱や傷に生涯苦しむことだろう。容易に想像がつく。

〈黒滝よ。お前もドッグ・メーカーと呼ばれた男だ。あの狂犬には口枷《くちかせ》を嵌《は》めて、檻《おり》のなかにぶちこんでやれ〉

背筋がひやりとした。そのくせ汗が噴き出してくる。携帯端末の液晶画面が汗で濡れる。

白幡は正しい。美貴がもっとも嫌がるのは、自分のせいで、黒滝らが腰砕けになることだ。もっとも、この食えないエリート官僚の心にあるのは、美貴のような志ではない。派閥のトップを蹴落《けお》とすために動いているのだろう。吹越を自陣に寝返らせ、果ては警視総監まで味方につけようとしている。警視庁のトップすらもコントロールする。そんな白幡こそが真のドッグ・メーカーと言えよう。今は美貴や黒滝の力強い味方だが、タイミングや事情によっては敵として向かいあっていた。

あんたは正論を並べ立てているが、もし美貴が死体と化したら、それを踏み台にして上に昇るだけだろう。文句が口まで出かかった。だが、揉めている場合ではない。

この男の力を借りなければ、羽場という狂犬には対抗できない。

〈異論はあるか？　ドッグよ〉

「ありません」

〈それなら――〉

通話中に呼び出し音が割って入る。何者かが電話をかけてきたのだ。白幡に断りを入れる。彼は粘りのある声で言い残した。

〈狂犬を滅ぼせ。それだけを考えろ〉

液晶画面を見た。見知らぬ十一桁《けた》の番号が並んでいた。

「黒滝だ」

〈もしもし……私よ〉

息をつまらせる。美貴だ。憔悴《しょうすい》を感じさせる弱々しい声だった。

「相馬さん。大丈夫ですか」

井筒と鈴木が、黒滝に注目する。車内は依然として張りつめたような空気に包まれていた。井筒はサクシードを路肩に停めた。ハザードランプを点灯させ、こちらの様子をうかがう。

「今はどちらに。ケガは？」

矢継ぎ早に尋ねた。

彼女からの返答はない。ガサガサと音がしたかと思うと、代わりに男の声がした。

〈こういうわけだ。おれに会いに来い〉

声の主はよく知る男だった。興奮し息を弾ませている。美貴のうなり声が同時に耳に入る。やがて彼女の声は遠ざかり、聞こえなくなった。

黒滝は歯を噛みしめる。

「貴様……」

〈一度しか言わんぞ。鈴木を連れているんだろう。鈴木と田所のモバイルＰＣを引き渡すんだ。お前ひとりで来い〉

「いい男になったな、羽場。いつから、そんな外道と化した」

羽場は、まるでしゃっくりのように、気味の悪い声をあげた。黒滝の知る羽場とは違っていた。

かつては明るくスマートな男だった。もうじき四十になろうというのに独身を貫き、多くの女性警官だけでなく、警察回りの女性記者や、銀座や六本木のホステスらと浮き名を流していた。彼のもとに多くの情報が集まるのは、それらの女たちをも情報網として活用していたからだという噂《うわさ》もある。

荒くれ者どもが集まる組対部のなかにあって、柔軟な振る舞いと豊富な知識で、エリートたちからも信頼を得ていた。表向きには理知的な態度を取り、その裏ではヤクザたちをも従わせていた。

不気味な笑い声を耳にし、ようやく羽場の変質を実感した。

〈いいだろう、もう少しトラッシュ・トークにつきあってやる。どうだ。今ごろ古傷が痛んでるころじゃないのか？　車にはねられ、集団リンチに遭った。胸にはヤクザ顔負けの刀傷までこしらえた。そうだったな〉

「お前が絵図を描いた。助けるフリをしながら」

〈ようやく気づいたのか。そんなトロい頭をしてるから、大事な情報提供者《エス》まで焼き殺されちまう。注意深く行動しなければ、同じ轍《てつ》を踏むことになるぜ。かぐわしき女上司殿の胸にも、お前と同じような刀傷が刻まれるかもしれん〉

視界がぐにゃりと曲がり、火酒を含んだように腹が熱くなった。携帯端末を持つ手が震える。美貴の命がかかっているのを思い出し、鼻からゆっくりと呼吸をして頭を冷やす。危うく携帯端末を握りつぶすところだった。

「どこに向かえばいい」

〈もう少し話を続けよう。お前らの後ろにいるのは、白幡一登だよな。東大閥だの鹿児島閥だの、あちこちで顔売っては、人脈作りに余念のない野心家だ。一本気な女監察官やお前のようなハグレ者をうまく使って、さらにステップアップする気だ。さしずめ、『妥協は一切するな』とでも言ってるんだろう〉

羽場の頭はまだ冴《さ》えているようだ。切羽つまった様子はうかがえない。興奮で息を弾ませてはいるが、むしろスリルを楽しんでいるようだ。改めてこの男の怪物性に慄《おのの》く。

「狂犬に口枷を嵌めて、檻のなかに放りこめと命じられている。お前の尻《しり》を蹴飛ばすのに、それほど人手はいらんさ」

〈やけに強気だな。早くも警視庁《ホンチョウ》を牛耳ったつもりか〉

羽場は深々と息を吐いた。芝居がかった様子が神経に触る。

〈もっと気の利いたセリフを吐けないのか。こっちには監察官女史というカードがある。拳銃《チャカ》だけじゃなく、怖《おそ》ろしい〝危険物〟もある。誰かさんの左手を、なんなく串《くし》刺《ざ》しにした男だ〉

左手の傷がうずいた。〝危険物〟にダガーナイフで刺し貫かれた。

「おれだけじゃない。日下も殺しやがった」

〈とにかく、おれは美しきキャリア様の身柄《ガラ》をさらった。非番の警官を狩りだし、へリやら警備艇やらを出動させて早期に検挙すべきところだろう。しかし現実はそうなっていない。おれはのんびりと桜田門を出たし、今じゃコーヒーを飲んでくつろいでいる〉

「相変わらず、お喋《しゃべ》りな男だ」

〈勝ち組きどりの男に、現実ってものをレクチャーしてやっているだけだ。白幡の狸《たぬき》は大口叩いているようだが、それならどうして、おれはこうものうのうとシャバをうろつけるんだろうな。本来ならサブマシンガンや狙撃《そげき》ライフルを突きつけられているはずだというのに。かりに居場所が割れたとしても、警視庁《ホンチョウ》はご自慢の特殊事件捜査係《SIT》や特殊急襲部隊《SAT》を出動させるかな。警視庁《ホンチョウ》の連中は情勢を眺めてる。お前ら監察が勝つか、監察に刃向うおれたちが勝つかを〉

運転席の井筒が、ミネラルウォーターのボトルを差し出した。熱くなるなと目で伝えてくる。掌を向けてボトルを拒んだが、その指示には従った。

羽場が饒舌《じょうぜつ》なのは心理的に揺さぶりをかけるためだ。白幡との信頼関係にヒビを入れ、黒滝に孤立と不信を植えつけようとしている。

この卑劣漢の言葉にも一理はあった。本丸で美貴を拉致《らち》し、行方をくらますことに成功した。白幡が上層部において戦いを有利に進めているのは事実だろうが、鶴岡側も必死に抵抗しているのだ。本来なら緊急配備はもちろん、近隣各県警に警戒要員を依頼する動きがあって然《しか》るべき事態だ。

わかっているのは警視庁の人間たちが、白幡と鶴岡の対決を固唾《かたず》を呑《の》んで見守っていることだけだ。黒滝と羽場の戦いはお偉方たちの代理戦争だ。もはや正義も悪もありはしない。制圧したほうが正義であり、警視庁内の勢力図を塗り替える権利を手にする。

羽場は芝居がかった咳払《せきばら》いをした。

〈今から一時間後に、川崎の大師パーキングエリアに来い。鈴木と例のブツを忘れるなよ〉

29

大師パーキングは混雑していた。

もともと駐車場のスペースが九台しかない、小さなパーキングエリアだった。大型車用の駐車マスは存在すらしていない。

空いているのは、身障者用のスペースのみだった。井筒はサクシードを迷わずそこに停めた。

車から降りて周囲を見渡した。数年前に、なにかの用事で立ち寄ったときはレストランがあったが、現在は自動販売機数台とトイレがあるだけだ。作業服やスーツ姿の男たちが、トイレで用を足したり、車内のシートを倒して休憩を取ったりしている。少ない駐車スペースの一つに、先行して到着していたシルバーのセダンがあった。

車には、ふたりの監察係員が乗っていた。運転席にいるのは、パンツスーツを着た木下鮎子《きのしたあゆこ》だった。美貴を敬愛する堅物だ。上司が同じ警官に拉致されるという異常事態にひどく動揺しているらしく、険しい視線をせわしなく向けている。ウマが合うとは言いかねるが、今は信頼できる人間がひとりでも欲しかった。

鮎子は黒滝を見かけると首を横に振った。羽場や美貴はおろか、周囲には不審な人影も見当たらないようだった。

「そこは障がい者スペースだ。おたく、なに考えてんの」

背後から肩を叩《たた》かれた。

反射的に振り返り、声の主の襟首を摑んだ――いつでも投げ飛ばせる姿勢を取る。何者だ。誰何《すいか》しようとしたが、それには及ばなかった。

モップを手にした清掃員だった。黒滝の胸ほどの身長しかない老人で、顔は干し柿《がき》みたいにシワだらけだ。よほど険しいツラをしていたのか、老清掃員はひっと小さく悲鳴をあげ、泣きだしそうな表情に変わる。襟首から手を離した。代わりに右手をポケットに入れて、警察手帳を取り出す。

「たいへん申し訳ない。緊急事態だ」

身分証とバッジを呈示した。老清掃員は目を丸くする。

「け、警察？　なんで――」

「このへんで、あやしい人物は見かけませんでしたか。あるいは、ずっと駐車場に留まっていたり、便所にこもっていたり」

有無を言わせぬ調子で尋ねた。

まだおびえていた。無理もなかった。信濃町の居酒屋で鈴木とじゃれ合ったため、着用していたスウェットは、血と小便まみれになった。

新たに井筒が用意してくれたのは、居酒屋の近くにあるスポーツ用品店で売っていた安物のジャージだった。おかげでトウの立った部屋住みヤクザみたいにしか見えないだろう。

老清掃員は少しほっとした顔つきになって答えた。

「いやあ、とくに……」

かんばしい返事が得られないとわかったので、彼の横を通り過ぎて施設内へと向かう。

外の喫煙スペースでは、職人風と営業マン風が冴えない顔つきでタバコをくゆらせている。羽場やナイフ使いの姿は見当たらなかった。ヤクザらしい風体の人間もいない。

セダンで待機している鮎子に視線を投げかけた。わずかに顎《あご》を動かして施設内の女子トイレを指す。なかを調べろと無言で命じる。

うなずいた。敬愛する上司が悪党にさらわれ、今にも泣きだしそうに見える。彼女は唇を嚙みしめながらセダンから降りると、女子トイレへと慎重な足取りで歩いていく。拳銃《けんじゅう》を携行しているらしく、いつでも抜き出せるように、スーツのボタンを外していた。

男子トイレに近づくと、トイレ用洗剤と潮の香りが混ざりあい、海に近い施設独特の臭《にお》いが漂ってきた。

パーキングエリアの広さのわりに、スペースはかなり小さかった。小便器が三つと、大便用の個室が二つあるのみだ。清掃を終えたばかりのようだが、小便器の下はさっそく尿の滴《しずく》で汚れている。

人の姿は見当たらず、個室も使われていない。ポケットの携帯端末が震えた。個室に注意を払いつつ、液晶画面に目を落とした。非通知だ。通話モードに切り替える。

「黒滝だ」

〈女上司を殺《や》ったぞ。お前が約束を破ったせいだ〉

羽場だ。一時間前と同じく息を弾ませている。

「約束なら守ってる。鈴木と田所のブツを持ってパーキングに来たんだ。コケ脅しは止《や》めて早くツラを見せろ」

羽場はため息をついた。

〈おれはひとりで来いと言っている。ぬけぬけと騙《たばか》りやがって。ジジイとお仲間を引き連れている姿が丸見えなんだよ。これからは、ひとつでも嘘《うそ》をつきゃ、お前の上司は即二階級特進だ〉

トイレの出入口から外を見やった。駐車スペースにはやはり不審車は見当たらず、あやしげな人物も発見できないが、羽場はなんらかの手段を用いて、パーキングエリアを監視しているらしい。

「こちらからも警告しておく。監察官を殺《や》れば、お前は即ゲームオーバーだ。警官殺しの罪は重いぞ。生きて刑務所《ムショ》から出られると思うな」

しゃっくりのような笑い声が聞こえた。

〈たとえ殺《や》らなくとも、傷物《きずもん》にはできる。親にも見分けがつかないほど、ツラをズタズタに切り裂くこともできれば、ガキを産めねえ身体《からだ》にもできる。語り草になるようなリンチを加えて、寝たきり生活を送らせてやろうか〉

頭が熱くなり視界が歪《ゆが》んだ。同時に肌が粟立《あわだ》つ。

今の羽場ならやるだろう。警察の裏仕事に手を染め、すでに殺しもリンチも実行している。

「教えてくれないか」

〈なにを？　リンチのやり方か〉

「お前のことだ。いつから、そんな化物になった。おれと組んでいたときは……公安にいたときはそうじゃなかったはずだ」

羽場は笑った。昔のような快活な笑い声だ。

〈おかしなことを言う。お前のやり方を学んだだけだぜ〉

「おれの？」

〈警察《サツ》の力をバックに、捜査のためだと称して、人の暮らしやプライバシーを覗き見る。弱点を突いては首輪をつける。金《キン》ほどの価値のある情報《ネタ》がじゃんじゃん飛びこんでくる。お前のやり口に感動して、それを組対五課でやった。お前も同僚の首に輪っかをつけただろう。それを先に実行したまでだ〉

思わず言葉につまる。

〈身に覚えがあるだろう?〉

「ああ」

公安三課時代から、法に抵触するような手口で市民に首輪をつけ、情報提供者に仕立てていた。

〈楽しかったな。食いつめた仁侠《にんきょう》右翼の家に、間男のごとく忍びこんじゃ、盗聴器をじゃんじゃん仕込んだろうが。令状もなしによ。結果さえ出せば、上も文句を言いはしねえ〉

黒滝は押し黙った。

公安三課で行った非合法な捜査は、なにも大日本《だいにほん》義同会《ぎどうかい》の件だけではない。別の事案に取り組むさいには、対象者に身分を偽って近づいた。対象者の家族や恋人まで調べ上げ、犯罪や浮気を見つければ、それをダシに取引をした。黒滝をときにたしなめつつ、その手口を徐々に学んでいったのだ。

〈おかげで五課じゃ、薬物《クスリ》と拳銃《チャカ》を山ほど挙げられた。成績だけじゃない。人もカネ

もたんと集まる。階級こそ警部補《ブケホ》だが、上司はもちろん署長クラスにも、おれには頭が上がらないやつがごろごろいる〉

かつての相棒の言葉に耳を傾けた。羽場は情報に魂を吸い取られたのだ。妖刀《ようとう》に魅せられた剣士のように、目的と手段をいつしか取り違えるようになった。

肉体を殴打するような音が聞こえ、遠くで美貴の悲鳴がした。

黒滝は息を呑む。

「羽場！」

〈おれに首輪をつけられていることを自覚しろ。犬野郎め〉

罵倒語《ばとうご》が喉までこみあげた。

歯を砕けそうになるほど強く噛みしめる。羽場が目の前にいれば、躊躇《ちゅうちょ》せずにリボルバーのトリガーを引くだろう。

「……わかった。約束はひとつ残らず守る。だから、相馬さんには手を触れるな。今後はおれひとりで動く」

湧《わ》き上がる破壊衝動を抑え、冷静な口調で語りかけた。

〈十五分後に海ほたるだ。お仲間の姿をひとりでも見かければ、女上司殿の耳や乳首を削《そ》ぎ落す〉

一方的に通話を打ち切られた。

携帯端末を床に叩きつけたかったが、八つ当たりをしている時間はなさそうだ。腕時計に目を落とす。午後五時を指している。

頭のなかで計算をしながらトイレから出た。大師パーキングから東京湾アクアラインの海ほたるパーキングまでの距離は約十五キロといったところだ。飛ばして行けば十分とかからない。ただし、作戦を練っている時間まではない。

女子トイレの入口へ行き、なかにいる鮎子に声をかけた。手招きして呼び寄せる。鮎子は犯人を警戒しているのか、表情を曇らせたまま、なかなか出てこようとしなかった。

「来てくれ。もうバレてる」

彼女は顔を強張《こわば》らせた。外に出ると、あたりにキツい視線を投げかける。

「か、監察官はどこに。犯人《ホシ》と連絡が取れたのですか？　連中がこの近くに潜んでいるのなら――」

早口でまくしたてた。掌を向けて遮る。

「時間がない。一分でも遅刻したら、羽場は相馬さんの耳や乳首を切り取ると言ってる」

「なっ……」

鮎子の顔から血の気が引いていった。

彼女を従え、駐車場のセダンへと向かう。羽場とかわした約束について伝えた。現職刑事のあまりに常軌を逸したふるまいが受け入れがたいのか、疑わしげな目で見つめてくる。

「それ……本当なんですか」

「泣けてくるな。この土壇場《どたんば》で疑われるとは」

「そんなつもりはありませんけど、どうして、そんなひどいことを」

粒ガムを口に放った。タバコの煙が恋しくなる。十年以上前に禁煙していたが、ニコチンで気分を落ち着かせたかった。

「嘆いている暇はない。相馬さんを慕ってんだろ」

鮎子の背中を叩いた。

同じ班で働いているにもかかわらず、彼女と事にあたるのは初めてかもしれない。ともにセダンの後部座席に乗りこんだ。鮎子に手を差し出す。

「ブツをよこしてくれ。麻薬《ヤク》の売人みたいにこそこそとだ。連中の目はどこにあるかわからん」

「どうなってるんですか」

助手席には、三十代の男性係員が乗っていた。石蔵《いしくら》だ。

石蔵からもまた監察係員特有の臭いがした。組対《ソタイ》の刑事たちとは違い、スーツをパリッと着こなし、短めの頭髪を整髪料で固めた実直そうな男だ。だからといって、信頼できるかどうかはわかりかねたが。

戸惑う石蔵を無視して、鮎子から黒のセカンドバッグを受け取った。すかさずチャックを開ける。

バッグのなかには、特殊な形状のワイヤレスイヤホンマイクと、GPS発信機二台、鮎子らと連絡を取るための携帯端末が入っている。すべてを摑んでジャージのポケットにしまいこむ。黒滝のみで羽場に勝てるとは考えていない。

「黒滝さん」

鮎子は生まじめな顔つきになって、拳銃をホルスターごと渡してきた。ホルスターに入っているのはシグP230。

「ああ」

ホルスターからシグを抜き出した。マガジンリリースを押し、マガジンを抜き出す。弾薬が装塡《そうてん》されているのを確かめると、再びシグにマガジンを押しこんだ。

スライドを引いて薬室に弾薬を送った。金属が嚙みあう音が車内に鳴り響いた。いつでも発砲できるように準備すると、ジャージの腹に差す。

鮎子らは目を剝《む》いた。

「な、なにをしてるんですか」

「この事態を目の前にして、ガタガタ言うなよ」

文句をつけてくるのは予想済みだった。監察係の人間は本来、そうでなくてはならない。

拳銃の取り扱いに関する警察の規則は細かい。射撃するとき以外は、所属長が指示したときを除いて、薬室に弾薬を装塡してはならないといったルールもある。チンピラみたいに、ジャージズボンに差して持ち歩こうとする警官など、こいつらは見たこともないだろう。

「それに……そのリボルバーはなんですか」

鮎子は眉《まゆ》をひそめた。

「予備」

「官給品じゃないですよね」

「やかましいぞ。今は相馬さんを救出することだけを考えろ。お前らはアクアラインのトンネル内の緊急待避所で待機。おれが応援を要請したらすぐ飛んで来い。わかっていると思うが、おれがいいというまで絶対に海ほたるには近づくな」

　ふたりに一方的に告げ、セダンを降りようとした。鮎子が食い下がる。

「もし、黒滝さんと連絡が途絶えたときは」

　サクシードにいる井筒を顎で示した。

「あの爺《じい》さんを頼れ。白幡部長の懐《ふところがたな》刀だ。厄介事に慣れてる。警視庁《うち》の人間じゃないが元警官《ポリ》だ。指示を仰ぐといいさ。ハゲ課長よりよっぽど役に立つ」

　腕時計を見つめた。

　そろそろ危うい時間だ。平日昼間の首都高ほど、ドライバーの予想を裏切る高速道路もない。渋滞や事故に出くわせばそれだけでアウトだ。サクシードへと駆ける。井筒は事態を察したらしく、急いでドアを開けた。

　井筒に外へ出るよう促す。

「ここから先は、おれひとりで向かわなければならない」

「そうみてえだな」

　井筒はあっさり運転席を降りた。鈴木が手錠を鳴らしてうなる。

「お、おれと女上司を交換するつもりか。なんでも喋るから止めてくれ、死にたくねえ」

「当然だ。お前まで、あの世に逃亡させる気はない。羽場の悪行を洗いざらい吐いてもらう」

スライドドアを開け、逃亡できないよう手錠の片方をアシストグリップにかけた。

もはや抵抗はしなかったが、許しを乞《こ》うように涙を流しはじめた。

ドアを閉める前に、サクシードの傍に立つ井筒の肩を叩いた。念のために尋ねる。

「まだ、あの最終兵器は生きてるんだな」

「今んどころは」

「だったら、なんとかなる」

井筒が肩を揉みながら苦笑した。

「白幡さんに特別料金を請求しねえど」

「ふんだくってやれ、どうせ裏金だ」

シートベルトを締め、サクシードのアクセルを踏んだ。

エンジンがうなる。アクセルを踏みこんで、大師パーキングエリアを出た。首都高の走行車線に入る。

鈴木が吠《ほ》えた。

「ちょっと待ってくれ。あの爺さんの最終兵器ってのはなんなんだ。羽場さんに勝てる見込みはあるんだろうな」

「うるせえな。未《いま》だに羽場に敬称をつける臆病者《おくびょうもの》に教えてやる筋合いはない。どれだけ奴隷《どれい》根性が染《し》みついてやがるんだ」

「あの人は手強い」

羽場の名前を耳にするたびに、胸に負った傷が痛みを訴える。

「だが、これで終わりだ」

「ハッタリじゃねえだろうな……」

「おれにからむ暇があったら、怪しい車が前後にいないか確かめろ」

道路上に掲げられている電光掲示板には、首都高の道路状況が表示されていた。

3号渋谷線と都心環状線が事故により、長い渋滞となっているという。幸いにも、6号川崎線の流れはスムーズだった。東京湾アクアラインが混雑しているという情報もない。

片手でハンドルを握りつつ、鮎子から受け取ったワイヤレスイヤホンマイクを耳につける。耳栓タイプの超小型で、さらに肌色でカモフラージュされているため、外からは見えにくい。知らない人間が見れば、ぶつぶつとひとり言をたれ流す危ない人物にしか映らないだろう。

ポケットに入れていたGPS発信機を、鈴木のほうへと投げた。もうひとつはそのままジャージのポケットに入れておく。これで鈴木と黒滝の居場所は、井筒たちにつねに伝達される。

携帯端末を通話モードに切り替え、井筒にかける。

「聞こえるか？」

〈まあまあだな。発信機のほうも順調だ〉

イヤホンマイクを通じて、井筒の声が聞こえた。

後ろから鈴木の嘆きの声も耳に届いた。

「そんなおもちゃが、羽場さ……羽場に通じるわけねえだろう」

「おれたちは囮《おとり》だ。囮に撒《ま》き餌《え》は欠かせないだろう」

「ああ？」

トンネルを抜けて海ほたるパーキングエリアに出た。

すでにあたりは闇《やみ》に包まれている。ハンドルを握り直し、長いカーブが続く道路を走り抜けると、やがて巨大な船のような形の建物が見えてくる。

建物の一階は大型専用の駐車場になっており、観光バスが何台か停まっていた。平日の夕刻だ。それほど混んでいない。

小型車の駐車場は建物内の立体駐車場にあった。川崎側から来た車は三階へと誘導される。急坂をあがり、立体駐車場に入った。

連休や土日などはひどく混雑するが、今は点々と車が停まっているのみだ。腕時計に目をやる。約束の時間より三分早く到着した。

駐車場のなかをゆっくり巡回した。抜け目のないあの連中が、黒滝のサクシードを見逃すとは思えないが、到着を知らせるように徐行する。仲間を連れていないのを示すためでもあった。

軽自動車から営業用ワゴンまで、あらゆる車種の車が停まっていたが、どれもこれもが怪しげに見える。

出口付近の区画に到達したとき、停まっていたブラックのレクサスが移動を始め、後ろからゆっくりと迫ってきた。見覚えのある高級車だ。

鈴木がうなった。

「倉島《くらしま》……」

バックミラーを見やった。

ハンドルを握っているのは、八田組の準構成員である樋《ひ》口仁《ぐちじん》だった。青山墓地で鈴木とともに襲いかかってきた男でもある。黒滝に返り討ちに遭い、スタンガンの高圧電流を浴びている。その後、兄貴分の不興を買ったのか、強面だったツラはだいぶ歪んでいる。フルラウンドを戦い終えた格闘家のように、瞼《まぶた》や唇を派手に腫《は》れあがらせていた。額にもガーゼを貼《は》りつけている。

バックミラーを通して、助手席にいる倉島と目が合った。この男と対峙《たいじ》するのは初めてだった。顎を上げて、見下ろすように睨《にら》みつけてくる。

千葉の富津市で初めて目にしたときには、若頭らしい貫禄《かんろく》と洒落《しゃれ》っ気が備わっているように感じられた。しかし、樋口と同じく雰囲気を一変させている。オールバックの髪型は崩れ、きちんと整えられていたはずの口ヒゲが伸びっ放しだ。精神的に追いつめられているのは明らかだった。

「八田組の暴力団員《マルB》ふたりと接触した。黒のレクサスだ」

イヤホンマイクで井筒らに伝える。

井筒や鮎子らは、海ほたるから五百メートル離れたトンネル内の緊急待避所で待機している。

サクシードを空いている駐車スペースに停めた。レクサスが隣に停車する。

ドアが開き、黒いジャージを着た樋口が飛び出してきた。歯を剝き出しにし、サクシードのドアを開けようと、ノブに手をかける。鈴木が短い悲鳴をあげる。ロックがかかっているとわかると、ドアを蹴飛《けと》ばした。

「さっさとこいつを引き渡せ」

樋口はドアをしきりに叩いた。振動でシートの背もたれが揺れる。

運転席を降りた。シグP230を腹から抜き出し、セーフティレバーを外して、狙《ねら》いを樋口の頭に定める。

「離れろ、チンピラ。今度は電流だけじゃ済まさん」

「てめえ……」

トリガーに指をかけた。

外しようもない距離だ。わずかな力をくわえるだけで、頭を弾《はじ》き飛ばせる。樋口は怒りを募らせているようだが、腹を立てているのはこの男だけではない。

口を歪めた。

「手ぶらでのこのこ現れやがって。どういうつもりだ」

自動拳銃のスライドが引かれるような音がした。音の方向に目をやると、倉島がやはり自動拳銃を構えていた。銃口は黒滝に向けられている。

「あんたこそ、てめえの立場ってもんをわかっちゃいねえ。弾けるもんなら弾いてみろ。生意気な女上司がサイコロみたいに切り刻まれるだけだ」

倉島は耳にワイヤレスイヤホンマイクをつけていた。どこかにいる羽場と、連絡を取り合いながら動いているのだろう。

「羽場はどこだ」

「こんな逃げ場のねえ島にはいねえとだけ言っておく」

倉島の構えは堂に入っていた。

しっかりと自動拳銃を両手で握り、照門と照星を睨んでいる。トリガーが引かれれば、黒滝のほうこそ頭を撃ち抜かれるだろう。

「銃を捨てろ。ここであんたを弾いて、無理やり鈴木とブツをぶん捕ってもかまやしねえんだ」

倉島が持つ自動拳銃は微動だにしなかった。

黒滝はシグP230をゆっくり下ろした。根負けしたように息を吐く。

銃口を向けられていた樋口は、顔を汗まみれにしながらも、ニヤニヤと勝ち誇ったような笑みを浮かべた。

「なにやってんだよ！　やっぱり、おれを売る気なのか！」

鈴木がサクシードのなかで叫んだ。

車体がぐらぐら揺れるほど必死にもがいていた。アシストグリップに手錠でつながれ、右手を掲げたまま身動きができずにいる。手首の皮膚が手錠で擦《こす》れ、金属製の手錠が血で染まっている。

「黙ってろ」

「黙ってられるか！　さんざんカッコつけやがって！　てめえこそくたばりやがれ！」

鈴木の言葉を無視して、シグを地面に置いて両手をあげた。倉島が自動拳銃を構えながらゆっくり近づいてくる。

形勢はこちらが不利だった。ひとまずは悪党たちに従うしかない。羽場たちにとって、唯一《ゆいいつ》の命綱が美貴だったが、連中は無理を通すためなら、彼女を切り刻みかねなかった。駆け引きには慎重を期さなければならない。

樋口に身体を検《あらた》められた。ボディチェックを受け、腹に差していたリボルバーを奪われた。ポケットに手を突っこまれ、手錠のキーも奪い取られる。

そして百円ライターほどの大きさのGPS発信機も。樋口は忌々《いまいま》しそうに顔を歪めると、コンクリートの地面に叩きつけ、スニーカーで踏みつぶした。

倉島は黒滝に自動拳銃を向けながら、イヤホンマイクでぶつぶつと会話をした。樋口に指示する。

「スマホとマイクも取り上げろ。必ず身につけているはずだ」

ホールドアップをしながら口を歪めた。

樋口がヒップポケットの携帯端末を奪い取って電源を切った。黒滝の耳をじっと見ると、目を丸くしながら極小サイズのイヤホンマイクを取り上げる。

「つまんねえ小細工しやがって」

樋口に背中を殴られた。

思わず膝《ひざ》が揺れ、痺《しび》れるような痛みが股間《こかん》から内臓まで走る。ボクシングでは反則のキドニーパンチだ。腎臓《じんぞう》を打たれて、無意識に声が漏れる。

「もたもたやってねえで、早くブツを奪い取れ」

倉島は樋口を叱《しか》り飛ばした。

樋口は、黒滝の身体検査を終えるとサクシードのなかを漁《あさ》りだした。フロアマットをめくり、グローブボックスを調べる。助手席に置いてあったビジネスバッグのジッパーを開け、田所のモバイルPCを見つけると、次に鈴木の手錠を外した。

手錠が外れるのと同時に、鈴木はサクシードから逃げ出すそぶりを見せたが、即座に樋口に膝蹴りを喰らって悶絶《もんぜつ》した。ヨダレを垂らしながら地面のうえを転がっている。既に黒滝にさんざん痛めつけられている。逃亡する力は残されていない。

樋口が右手で鈴木の胸倉を摑《つか》んで引き起こしている。左手にはモバイルPC入りのビジネスバッグを持っている。

「両方ゲットしました」

倉島は首を横に振った。

「鈴木にも身体検査だ」

樋口は鈴木をボディチェックした。

ポンポンと身体を叩いていたが、ポケットに手応《てごた》えを感じたらしく、眉根を寄せた。ジャージのポケットに手を入れ、なかに入れていたGPS発信機を抜き取る。

樋口は舌打ちして、再びGPS発信機を地面に叩きつけた。

発信機は粉々に砕け、プラスチックの欠片《かけら》が飛散した。コードやチップがむき出しになる。

顔をしかめて砕けたGPS発信機を見下ろした。演技ではなかった。これで井筒らとの連絡は完全に断たれた。糸の切れた凧《たこ》だ。

樋口は忌々しそうに黒滝と同じく、ジャージのジッパーを下ろし、下着のシャツを引っ張っては、盗聴器やワイヤレスマイクの有無を検めた。身体を調べられながらも、鈴木にずっと睨みつけられていた。親の仇《かたき》みたいにガンを飛ばしてくる。

「最初からおれを売る気だったんじゃねえか。クソ野郎」

「うるさい。また卒塔婆《そとば》で小突かれたいか」

「この――」

黒滝に殴りかかろうとした。

しかし、足をもつれさせて地面に転がった。

倉島は再び黒滝らを調べるよう樋口に命じた。履いているスニーカーを脱がされ、なかを調べられた。奪い取ったビジネスバッグにも細工がされていないかを確かめている。樋口はビジネスバッグの隅から隅までを調べ、倉島に向かってうなずく。

張りつめた顔をしていたが、黒滝らの仲間割れを目撃し、GPS発信機やイヤホンマイクを発見できたことで少しは安心したらしく、倉島は片頰を歪ませてシニカルな笑みを浮かべた。自動拳銃を向けながら、蔑《さげす》みのこもった視線を投げかけてくる。

「組対《ソタイ》のドッグ・メーカー。多くの情報提供者を飼ってると噂《うわさ》で聞いていたが、てめえの後輩も満足に飼い慣らせねえエテ公《イヌ》じゃねえか」

「今は組対《ソタイ》でもなければ、こいつの先輩でもない」

「どうでもいいさ。あんたがエテ公なのに変わりはねえ。上司のねえちゃんもだ」

倉島は樋口を手招きし、ずらかるように指示を出した。黒滝をからかいつつも、自動拳銃の狙いはぴたりとつけたままだ。

「とっとと来い、コラ！」

樋口がビジネスバッグを片手に鈴木の首根っこを摑みながらレクサスへと向かう。倉島は自動拳銃を構えたまま後ずさった。弾薬が装塡された拳銃は重い。倉島の腕は疲労で徐々に下がりつつあるが、黒滝が動けば即座に弾くつもりでいるのが気配でわかった。鈴木が恨めしげに黒滝を睨みつけている。

倉島に告げた。

「おれを連れていかないのか」

「お前は用済みだ。手足を縛ってサクシードに放りこむ。あとは、指でもくわえて上司が解放されるのを待っとけ」

樋口が鈴木をレクサスの後部座席に押しこんだ。

黒滝は首をひねって関節を鳴らした。

「おれも必要だと思うがな」

「どうしてだ」

「後生大事にデータを、そのちっこいパソコンだけに残しておくと思うか？」

倉島は、鈴木の隣に乗りこもうとしたが足を止めた。樋口はビジネスバッグと黒滝の顔を交互に見やっている。

「なに？」

「こいつ！」

これ見よがしにホールドアップした。

黒滝たちから離れた位置に、若いカップルがいる。のんきに歩いていた彼らが足を止めた。若いチンピラ風が怒声を上げ、ジャージの中年男がバンザイしている。そんな光景に出くわせば、不思議がるのは当然だった。

倉島が小声で樋口を叱る。

「でかい声出すな」

「どうすんだ、若頭《カシラ》」

倉島に問いかける。

イヤホンマイクをつけた倉島はメッセンジャーに過ぎない。どこかでこのやり取りを耳にしているはずの羽場に尋《う》ねていた。

倉島の顔から余裕が消え失せた。懐《ふところ》にしまおうとした自動拳銃を再び抜き、あたりに目を走らせた。

「腕を下げろ、クソ刑事《デカ》が。イラつかせやがって。上司がどうなるかわかってやってんのか」

「わかっているさ。おまえは、警官殺しや覚せい剤《シャブ》の密売、その他もろもろの罪がめくれて、残りの人生を刑務所《ムショ》で終える。十三階段を上る羽目になるかもしれん」

倉島が歯を剝いた。

「データをコピーしたってのか。今思いついたばかりのくだらねえハッタリだろう」

「警視庁《ホンチョウ》を揺るがす重要情報が入っていたんだ。バックアップも取らずに、そのままにしておくほうが不自然だと思うがな」

倉島は沈黙した。

聴覚に集中しているのか、目がわずかに虚《うつ》ろになる。ワイヤレスマイクで羽場から指示されているのだろう。

黒滝らの剣呑《けんのん》な雰囲気を察知したのか、遠くにいるカップルがこちらに目をやった。訝《いぶか》るような顔つきで見ている。一般人の注目を浴びて困るのは倉島たちも同様だ。ここが正念場でもあった。GPS発信機やワイヤレスマイクを奪われるのは計算済みであり、ここからが本当の勝負なのだ。

倉島は唇を舐《な》めた。

「今すぐ女上司殿の乳首を切り落とすってよ。お前のせいだ。ふざけた真似《まね》をした罰だと思え」

表情を消した。ポーカーフェイスを保ったまま、倉島のもとへとずかずか歩む。

倉島が目を剝く。あわてて自動拳銃を腹のあたりで構えた。銃口を腹部に向けられていたが、歩みを止めずに進んだ。

「止まれ。弾かれてえのか」

命令には従わずに歩んだ。息がかかるほどの距離まで間をつめた。

腕を伸ばせば自動拳銃に触れられるほどの近さだ。しかし、倉島は発砲しなかった。心臓を指さす。

「ハッタリだと思うのなら弾いてみろ。腐れヤクザが。ハッタリはお前らのほうだ」

前腕を摑み、自動拳銃の銃口を無理やり額へと向かせる。聞き耳を立てている羽場にも伝える。

「調子に乗るなよ。主導権を握ったと勘違いしたウジ虫どもが。乳首でもツラでも好きに切ればいい。おれの上司は腹くくってんだ。乳首だろうとクリトリスだろうと、そんなもんを切り落とされたところで、病院でさっと治療を終えて、何食わぬ顔で出勤するような狂った女だ。死ぬことを怖がっちゃいない」

「なにやってやがん――」

樋口が割って入ろうとする。殺気をこめて睨みつけると、やつはひるんで足を止める。倉島がうめく。

「来るな」

倉島の前腕をきつく握りしめた。

美貴はむざむざ捕まった自分を責め、今ごろは武士のごとく切腹でもしたいと願っているだろう。生き証人である鈴木や、田所のモバイルPCを敵に渡すなど言語道断だと考えているに違いない。しかし、彼女をここで失うべきではない。警察組織には彼女のようなエリートが必要なのだ。

「お前らが暴発した以上、こっちもキレるしかない。最強のカードを手に入れたつもりだろうがあいにくだったな。あのクソ生意気な女は、今ごろ自分の脇《わき》の甘さにうんざりして、殺してほしいとすら願っている。そんな上司のもとで働いてるせいか、おれの頭もちょっとおかしくなってる。お前らと仲良く心中してやるさ。とっとと、心臓を貫けよ」

自動拳銃のセーフティをかけ、ちらっと後ろに目をやった。カップルがまだ足を止めている。倉島は舌打ちする。

ワイヤレスマイクを通じて、男の声がかすかに耳に届いた。倉島は黒滝の手を振り払う。

「……バックアップも含めて残らずよこせ。すみやかに渡さなければ、あんたのライバルが、上司の目玉をナイフでほじくり出すと言っている。どこにあるんだ」

天を指さした。倉島らは不思議そうに顔を曇らせる。

「なんだ」

「雲《クラウド》のなかだ。ネットの倉庫に保管してる。携帯端末をよこせ。パスワードを入力する」

遠くにいるカップルを見やった。

カップルは遠巻きにこちらを見つめ、なにやらひそひそと話し合っている。他にも土産を抱えた年配の夫婦が同じく、黒滝たちのほうを見やっている。

ジャージを着こんだ怪しげな中年たちとチンピラ風。危険な気配を漂わせたダークスーツの男——手に拳銃に似たものがある。撮影クルーはいない。

「黒滝、てめえが運転しやがれ」

倉島はじれたようにうなり、黒滝を運転席のほうへと突き飛ばした。

運転席に乗りこんだ。倉島が助手席に陣取り、自動拳銃の銃口をわき腹に向ける。

樋口は黒滝の手錠で鈴木の両腕を縛《いまし》め、逃げ出さないようフォールディングナイフを突きつける。

レクサスのアクセルを踏み、駐車場を徐行した。険悪そうにいがみ合っていた男たちがけっきょく一台の車に乗ったのを見て、やじ馬たちは興味を失ったようだ。それぞれの車へと歩きだす。

「どっちだ」

そのまま川崎へと引き返すことも可能だった。眼前に現れた看板は、川崎方面と木更津方面のふたつを指し示していた。

倉島は木更津方面を指さした。三階の駐車場を下り、パーキングから高速道へと出た。

倉島と樋口は、さかんに後ろを振り返っては、尾行の有無を確かめている。

「黒滝、お前もくたばれ。死にやがれ」

鈴木が後ろから呪詛《じゅそ》の言葉を浴びせてくる。

木更津まで続く橋を走りつつ、彼のいちゃもんにつき合うことにした。風速十メートルの海風が吹きつけてくる。

「めでたいやつだ。おれの貴重な情報提供者《エス》を売っただけでなく、警察《サツ》を辞めてからも、チンピラとタッグを組んで襲いかかってきやがった。そんなバカを本気で守ると思ったのか？」

「黒滝ぃ！」

後ろから首を絞められた。ヘッドレストに後頭部をぶつけ、思わずハンドルを切ってしまう。レクサスは路肩へと逸《そ》れ、危うくフェンスに衝突しかける。倉島がうめく。

「バカ野郎！」

樋口が鈴木を殴った。ゴツッという硬い音が鳴り、鈴木の手が首から離れる。あわててハンドルを握り直した。バックミラーに目をやると、樋口が手にしたナイフの柄で鈴木の顔を小突いていた。腫れあがった顔や鼻から血を流している。数発殴られると、シートに身体を横たえてベソを掻《か》いた。洟《はな》をすする音がする。苦しげに咳《せ》きこんでみせた。

「やれやれだ。ちゃんと押さえこんでおけ。こんなところで事故死するのは、お前らにとっても不本意だろう」

倉島が鼻で笑った。

「飼い犬に襲われてたら世話ねえな。なにがドッグ・メーカーだ。やっぱり、てめえはただのエテ公だよ」

木更津金田インターチェンジを出るよう倉島に指示された。バックミラーに目をやった。井筒や監察係の姿はもちろん、警察車両らしき車は一切見当たらない。

「なんとでも言え。鈴木もデータもくれてやるし、二度と逆らわんと誓約書を書いてもいい。ただし、相馬警視は一緒に連れて帰らせてもらう」

倉島はイヤホンマイクを通じて羽場と会話をしている。黒滝は、どこかにいる羽場に向かって語りかけていた。

拳銃《けんじゅう》や携帯端末、それに発信機も奪われた。すっかり丸裸にされた。自分のやっている行為は、狼《おおかみ》の群れに向かって単身ウサギが飛びこんでいくようなものだ。しかし、羽場とはきっちりカタをつける気でいた。

美貴を解放させる。もちろん、羽場やこのヤクザどもをみすみす逃す気もない。

30

目が痛んだ。

汗のせいで眼球がひりひりする。暖房が効いているわけではなく、室内は寒いくらいだったが、額から汗が噴き出て止まらない。

後ろ手に結束バンドで縛められているため、拭《ふ》き取ることもままならなかった。声を上げられないように口をダクトテープでふさがれている。

美貴は赤いカーペットの床に座らされていた。カーペットにはうっすらと埃《ほこり》が積もっており、室内はやけにカビ臭い。制服は埃で茶色く汚れてしまった。

部屋は、バドミントンやバレーボールができそうなほどの広さだが、調度品の類《たぐい》はなにもない。かつてはホワイトだったと思《おぼ》しき壁紙は、日に焼けて茶色く変色している。コンセントカバーも昭和のような古めかしさを感じさせる。すべての窓に木板が打ちつけてあり、外の様子はうかがえない。

廃業したホテルの大広間と思われる。上座《かみざ》にはフローリングのステージがあり、部屋の隅のカーペットには、スピーカーや司会者台が置かれていた痕跡《こんせき》が残っている。

ただし、自分がいる建物の場所はわからなかった。警視庁《ホンブ》から連れ去られ、車に乗せられたが、ずっと目隠しをされていた。逃れるタイミングを探ったものの、両手を縛められたうえに、折られた指の骨がずきずきと痛み、ままならなかった。

室内には指を折った張本人の羽場と、少年のような細い身体《からだ》つきをしたナイフ使いの男が、アンティーク調の椅子《いす》に腰かけている。

指先すら満足に動かせず、口を利《き》くこともできなかった。

黒滝らの足を引っ張りたくはない。そのために自死をも考えた。彼らの重荷になるくらいなら死を選ぶ。

ただし、舌を噛《か》み切っての失血死や窒息死では、失敗する可能性が著しく高い。見張りがいるなかで実行しても、激痛に苛《さいな》まれたうえ、気管に血が入って苦しむのみで、さらに黒滝らを危機に追いやるだけだろう。今はじっと機をうかがうしかない。

椅子に腰かけているナイフ使いの男は、ブラックのジップアップパーカーとカーキ色のワークパンツを着用していた。フードをすっぽりとかぶっているため、髪型はよくわからなかった。贅肉《ぜいにく》のない細い体型をしている。

年齢を特定するのは難しかった。二重瞼で目が大きく、顔の上半分は若々しく見えるものの、ほうれい線が目立ち、頬の筋肉には衰えも見られた。首にはいくつもシワがある。二十代にも四十代にも見える。

褐色の肌をしているが、おそらく日本人か日系人だ。肌を黒く焼いている。ときおり羽場と口を利いていたが、博多訛《なま》りの日本語を話した。

はっきりしているのは、目に独特の荒廃と鋭さがある点だった。世の中の暗部を見尽くしてしまったような昏《くら》さがその瞳《ひとみ》にある。黒滝は肉食獣の目と形容していたが、確かに獰猛《どうもう》な気配を感じた。

男はこの廃墟《はいきょ》にたどり着いてから、アンティーク調の椅子に腰かけながら、まるで一連の事件とは関係ない者のように、ひたすら携帯ゲーム機をプレイしている。

羽場は大広間を出て、廊下で八田組のヤクザたちとひんぱんに連絡を取っていた。その間も他人事《ひとごと》のように、退屈そうにゲームに興じていたが、この男とふたりきりになるのは怖《おそ》ろしくもあった。しんと静まり返った大広間に、ゲームの電子音だけが鳴り響く。異様なまでの居心地の悪さを覚えた。

この男が――美貴は確信を抱いた。日下の腹と背中をナイフでメッタ刺しにしたのだ。黒滝にはダガーナイフを投げつけ、彼の左手を遠くから刺し貫いた。

ワークパンツのベルトに、三つのホルスターをつけていた。ホルスターの大きさはそれぞれ異なっており、大小のナイフがしまわれている。そのうちのひとつは、いつでも抜き出せるようにしており、サバイバルナイフと思しき太い柄が突き出ていた。

羽場が近づいてきた。ヤクザとの通話を終えたらしく、耳のワイヤレスマイクを取って笑みを浮かべた。

「決着《ケリ》がついた。タフなレースだったが、鼻の差でおれの勝ちだ」

そう告げて、美貴の口に貼られたダクトテープを剝《は》がした。

唇の皮膚まで剝がれて痛みが走った。腹の底から大声を出した。建物の外まで届けとばかりに、全身で叫ぶ。

　だが、羽場は笑みを崩さなかった。たじろぎもしなければ、慌《あわ》てもしない。ナイフ使いの男は、鬱陶《うっとう》しそうに彼女にちらっと目をやったが、すぐにゲームの画面に目を戻した。

　殴られるのを覚悟して絶叫したものの、羽場らに動じる様子はなく、余裕すら感じさせた。

　喉《のど》に痛みを感じて咳きこんだ。警官はなにかと声を張り上げる機会の多い仕事だが、どれだけの声量の持ち主であっても、ここから外界にはメッセージを伝えられないだろう。人が入りこめないようなエリアなのだと思い知らされる。井筒から防犯ブザーを手渡されていたが、こんなところで鳴らしても意味はなかっただろう。

　埃やカビ臭さが鼻についたが、一方で潮の香りも漂ってきた。この廃ホテルは海沿いにある。年季の入った内装から都内の湾岸エリアとは考えられない。

　羽場は鼻で笑った。

「好きなだけ叫んだらいいさ」

「なにがレースよ……私の部下を殺し、田所を死に追いやり、さらに殺しを重ねようとしている。多くの人間の人生を狂わせておいて、まだ遊んでるつもり？」

「キャリア殿の発言とは思えないな。あんたらは、おれたち兵隊を、駒扱《こま》いしてナンボだろうに。その年になっても自分の仕事を理解できてないのか。向いてねえんじゃないか」

「あなたほどじゃない。警察手帳《てちょう》を持ち歩いているのが信じられない。どこまで腐ってるの」

羽場は肩をすくめた。聞き分けの悪い生徒に呆《あき》れる教師のようなジェスチャーだ。こちらに完勝した気でいる。

この男は、多くの警官から慕われる組対五課のエースだ。しかし、美貴は知っている。いざとなれば、同じ組織の人間に銃器を平然と向け、ためらいなく暴力を行使することを。美貴から奪った携帯端末や防犯ブザーは羽場が拳銃と一緒にセカンドバッグに入れて持ち歩いている。

羽場はわざとらしくため息をついた。

「おれから見れば、お前のような清廉《せいれん》潔白ぶった女こそ害悪だ。とっとと排除されるべき異物だよ」

羽場は、美貴の胸をナイフで突くフリをした。

「田所を依願退職させて、あとは就職の世話でもしてやれば、ケガ人も死人も出さずに済んだ。あんたの上司の吹越は、お前と違って組織というものがわかっている。いくらでも落としどころは見つけられたはずだった」

「骨の髄までの組織人でいらっしゃるのね」

「この段になって、ご理解願おうとは思っちゃいない。自分を正義の執行者だと信じて疑わない女に、ちっとも笑えないピエロだと伝えておきたいだけだ」

「ご勝手に。どうせ、こちらは耳もふさげやしない」

羽場はゆっくり近づいてくると、しゃがんで美貴の髪の匂《にお》いを嗅《か》いだ。

「お前のような勘違いをした警察官《サツカン》が、たまに現れては職場の調和を乱す。今だって、いっそめちゃくちゃに痛めつけられて、自分を罰したいと願っているだろう。すぐにでも小指《エンコ》を詰めたいと顔に書いてある。目玉をほじくるなり、乳首を切り落とすなり、やり方はいくらでもあるが、お前には自分のしでかした結果を、その目でじっくり見せつけることが一番応えるだろう」

「職場の調和ね」

「お前が監察官になどならなければ、日下《くさ》祐二《かゆうじ》の身体がメッタ刺しにされることもなかった。田所は怯《おび》えきっていたよ。お前が黒滝の野郎まで呼び寄せたからな。追いつめられた挙句、けっきょく自滅にまで追いこまれた。適当に手打ちに持ちこめばいいものを、お前らと来たら……こっちだって後に引けなくなっちまうだろうが。残念ながら、また死体《マンジュウ》をこさえなければならない」

「鈴木のことを言ってるの？」

羽場は胸をなでた。つらそうに顔をしかめてみせる。

「ああ、あのドジで可愛《かわい》い後輩の口を封じなきゃならない。胸が締めつけられるよ。掃除屋の悲しき宿命だが、原因はすべてお前らにある」

忌々しさをこらえきれず唾《つば》を吐いた。

羽場の革靴を狙ったが、外れた。靴先を唾液《だえき》で汚せたものの、気にする様子は見せなかった。勝利を手中に収めかけているので、腹が立つほど上機嫌だった。

「トラブル・シューター、掃除屋、仕事人。いろいろと呼ばれたが、おれ自身は掃除屋という異名がもっとも気に入っている。サクラの代紋をいつもおれはピカピカに磨き上げている。だからこそ、市民はこの組織に信頼を寄せる」

「屁理屈《へりくつ》もそこまで行けば大したものね。そんなに弁が立つのなら、弁護士にでも鞍替《くらが》えしたほうがいい」

「悪くないが、まだ警察《カイシャ》にいるよ。おれは上から下までに厚く信頼される掃除屋だからな」

「さぞや多くの同僚から必要とされてきたんでしょうね。さまざまな排泄物《はいせつぶつ》を違法投棄しては、警官や暴力団《マルB》から信頼を得てきた」

「教えてくれたのは黒滝だ。あいつも手を汚しながら実績を積んできたからな」

首を横に振った。

「私は自分を正義の執行者だなんて思ったことはない。黒滝を監察に招いたときから、行き過ぎた調査を始めるだろうことも、多数の警官を敵に回して、流血を招くような事態を呼びこむだろうことも想像できた。でも、本当の掃除がしたかった。サクラの代紋が本物の光を取り戻せるように。あなたがやってきたのは、クソまみれの代紋を金メッキで覆《おお》い隠しているだけ。一見ピカピカに見えても、臭《にお》いはひどくなるだけよ。私はこの悪臭が我慢ならないの」

「その悪臭をむしろ香《かぐわ》しいと思えるようになってこそ、一流の警察官《サッカン》だというのに」

反論しようとしたとき、ナイフ使いがふいに立ちあがった。思わず口をつぐむ。表情が乏しいため、行動がまるで読めない。

携帯ゲーム機の電源を落とし、黙って大広間を出て行く。すぐに戻ると、淡々と大広間の床にブルーシートを広げた。十メートル四方はありそうな大きなサイズだ。まさにここで人を殺す気なのだと悟る。

羽場は美貴の目に指を突きつけた。

「もうすぐ、ヤクザどもが黒滝、鈴木の身柄と田所のPCを運んでくる。きれいさっぱり消去すれば終わりだ。なにやら黒滝は、悪あがきをしているようだが、ここで秘密を残らず吐かせてやる。あんたはそこで自分の未熟さを痛感すればいい」

唇を噛みしめた。血が口内に入りこんだ、生臭い屈辱の味だ。

「バカげてる。身を粉《こ》にして手に入れた証拠や証人を……黒滝は私ごときのために捨て去ったりはしないわ」

歯がガチガチと鳴った。

「あいつを買いかぶりすぎだ。ドッグ・メーカーなんて笑わせやがる。おれと違って肝心なときにタマナシになる、二流の男でしかない」

黒滝もまた冷酷な男ではある。事件関係者を強引に情報提供者に仕立ててあげてきた。しかし、情報提供者の秘密を厳守し、いざとなれば彼らのために身体を張る。羽場のような真の悪党ではない。非情や冷酷の奥には警官としての熱意がある。だからこそ、周囲の反対を押し切って、彼を監察係へと招いたのだ。羽場に反論したかった。お前のようなつまらぬ腐敗警官とは格が違うのだと。

だが、今回の黒滝の行動には失望を禁じ得なかった。警視庁本部において、むざむざと拉致《らち》されるような間抜けな上司など見捨てて、鈴木だけでなく、ヤクザたちをも一網打尽にすればよかったのだ。私は羽場に膝を屈してまで生き延びたいとは思っていない。

「お仲間をひそかに連れてきたり、耳栓型のイヤホンマイクを仕込んだりしてたがよ。万策尽きたのか、すぐにバレる小細工を弄《ろう》するのみだった」

羽場の口はいくらか軽くなっていた。身体の自由を奪われているだけではなく、骨の折れた指が激痛を訴えている。そのなかで冷静になるように言い聞かせる。

我々の背後には白幡もついている。警察社会のヌエともいうべき白幡は、甘さなど微塵も持ち合わせてはいない。彼の手足となっている警察OBが、黒滝をサポートしている。井筒が無策のまま黒滝を送り出すだろうか。

GPS発信機やイヤホンマイクをつけていたという。警戒心の強いヤクザや刑事の羽場相手に、みすみす見つけてくれと言っているようなものだったが……この状態では答えを見出《みいだ》せるはずもない。

せいぜいできるのは、勝利を確信し油断している男から情報をできる限り引き出すことだけだ。

さらに質問を続けた。

「……黒滝をどうするつもり？」

「おとなしくここで見て、記憶にしっかり刻みこむといい。あんたへの分も含めて痛めつけてやるさ」

羽場は軽くウインクすると、ブルーシートを広げるのを手伝い始めた。花見にでも使われたものなのか、金文字でホテルの名前が大きく記されていた。『木更津《きさらづ》ウィンドホテル』と書かれてある。ようやく現在地が把握できた。

木更津には何度かプライベートで訪れていた。川崎から東京湾アクアラインを経て、海沿いのアウトレットモールで買い物をしたこともある。

ショッピングのついでに、街の中心地といわれたエリアを車で走ってはみたものの、地方都市と同様に一帯はシャッター街と化していた。歩道には人の姿さえろくに見られず、かつての中心街には、巨大ボウリングセンターや映画館、大きなホテルも建っていたが、いずれも営業はしていなかった。

木更津ウィンドホテルもそのうちの一軒と思われた。力いっぱい叫んだというのに、羽場が余裕を見せていたのも、人の耳目を集めない位置にあるからだ。それに、寂《さび》れてはいるものの、建物自体は頑健な造りのようだ。窓には板も打ちつけられている。

ナイフ使いはブルーシートを平らに伸ばした。

「もう来るっちゃろ」

「待ちきれないか」

羽場は廊下からバスタオルをいくつも運んできた。

「ゲームばっかじゃ退屈ばい」

「ウォーミングアップをしたほうがいいだろう。弱っているとはいえ元警察官《サツカン》だ」

「そやな」

羽場がバスタオルをブルーシートの隅に置いた。

「なっ」

そのときだ。美貴はわが目を疑った。男が背後から羽場に組みついたのだ。

羽場の身体を抱えこむような体勢をとると、左手を羽場の顎《あご》の下に回して、スーツの襟を摑んだ。右手を脇の下へと回して反対側の襟を握る。両手でスーツを引き絞り、羽場の首をぎりぎり絞めていく。すばやい送り襟絞めだった。

「な、なんのつもりだ」

不意打ちとはいえ、羽場は大学柔道部出身の猛者だ。腕を振り払おうと抵抗する。

しかし、男は両脚を浮かせて羽場の胴を挟みこんだ。羽場は身体のバランスを崩し、ブルーシートのうえに倒れこむ。スーツの繊維がぶちぶちと音を立てた。送り襟絞めは身体を密着させると、より絞める力が強くなる。羽場の腰に両脚を絡《から》ませ、ぴったりと羽場にくっついた男の絞めは完璧《かんぺき》だった。羽場は手足をバタつかせ、顔をまっ赤にしながら、拘束から逃れようと身体を回転させる。

やがて、仰向けのまま動かなくなった。頸《けい》動脈の血流を止められ、白目を剝《む》いてヨダレを垂らしたまま、ブルーシートのまん中で失神している。

男は肩で息をしつつも、微笑を浮かべながら、バスタオルで汗を拭《ぬぐ》った。

「さすが刑事さん。抵抗力もハンパなか」

予想外の事態に声も出せなかった。

口を必死で動かし、やっと疑問を口にできた。羽場はナイフ使いの雇い主ではなかったのか。仲間同士でなにをやっているのか。

「ど、どうして」

男はベルトホルスターからサバイバルナイフを抜く。ステンレス鋼の黒い刃が見えた。たまらず悲鳴を上げる。

大広間に絶叫が響き渡ったが、男の動きには迷いがなかった。立ち上がろうと試みるも、椅子とともに縛められているため、前のめりになって床に倒れた。受身を取れずに顎を打ちつける。グラグラと視界が揺れる。

それでも、男の行為は目に飛びこんでくる。ナイフ使いは二枚のバスタオルを左手に掴むと、羽場のうえに馬乗りになり、首にサバイバルナイフの刃を走らせた。頸動脈を切断したらしく、羽場の首から大量の血液があふれ出た。バスタオルを当てて血が拡散するのをふせいでいる。分厚いバスタオルが血を吸い、みるみる赤く染まる。

羽場は身体をときおり痙攣《けいれん》させるが、生理的に身体が反応しているだけだ。生気にあふれていた顔色がみるみるうちに青ざめていく。たった数十秒前までは、表彰台に上がる直前の金メダリストのように勝利者然としていたというのに。首を大きく裂かれ、瞳孔《どうこう》を開いたまま、口から血を吐きだしている。

冷静になるよう自分自身に呼びかけたが、それでも叫び声が勝手にあふれ出てしまう。床の埃が口や鼻に入りこむ、鼻水を垂らしながら咳きこんでは、また叫び声をあげる。

ナイフ使いは立ち上がった。羽場の血は二枚のバスタオルを赤く濡《ぬ》らし、さらに彼自身やブルーシートを汚した。ブルーシートのうえに、ヘビのごとく赤い筋を作っていった。彼の特徴だった白すぎる歯が口内からあふれた血で赤く染まる。

男は羽場の手首を取って脈を計り、心臓に手を当てて、絶命したのを医者のように冷静に確認する。羽場の死亡を確かめたのか、再びバスタオルを手に取ると、サバイバルナイフの刃に付着した血を拭いはじめた。

ナイフ使いは、バスタオルを羽場の顔に放ると、椅子とともに倒れている美貴に近寄った。

31

東京湾アクアラインを通過して木更津市へ入った。

たどり着いたのは、街の中心地にある巨大な廃墟だった。『木更津ウィンドホテル』なる元シティホテルで、営業を止《や》めてから時間がかなり経過しているらしく、建物や敷地の傷《いた》みは激しい。壁には蔦《つた》が絡まり、ところどころに下品な落書きがある。倉島は玄関前でレクサスを停めるように指示した。

ホテルの周囲は高い塀で覆われ、外から様子はうかがえない。人を消すにはうってつけの場所といえた。海や工業地帯が傍にあるため、死体を処分するにも好都合だ。

虫の息と化した鈴木が呟《つぶや》いた。

「いやだあ……死にたくねえ」

黒滝はただ目的地だけを見すえた。

あえてあたりを見渡すような真似は控えた。連絡方法は一切途絶えたが、井筒がきっちり仕事をしてくれるだろうと信じている。

「降りろ」

倉島から指示される前にレクサスを降りた。

さんざん殴打《おうだ》された鈴木は抵抗力を失っている。チンピラの樋口が無理やり座席から引きずり下ろして肩に担《かつ》いだ。死人みたいな顔色だ。

「余裕だな。後輩と違って胆力だけは一丁前だ」

倉島は助手席から降りると、自動拳銃を黒滝に向ける。倉島の言葉を無視してホテルの出入口に向かう。

ガラス製の自動ドアがあり、電源が切られた自販機や無人のフロントが見える。ロビー中央には大きな階段が設けられ、矢印とともに、〝大広間・宴会場〟と記された看板がぶら下がっている。

「てめえで開けて、二階の大広間に行け」

倉島はイヤホンマイクを外している。高速道路を走っているときに、羽場との会話は打ち切っている。

自動ドアに近づくと叫び声が聞こえた。美貴だとすぐにわかった。気丈な性格で知られる彼女の声とは思えぬ、恐怖に満ちた絶叫だった。

「どうした！」

胸筋と腕力を使って自動ドアを押し広げ、声のする方向へと走った。ロビーの階段を二階まで駆け上がる。

大広間のドアを開けた。途端に血と排泄物の臭いが鼻を襲う。がらんとした大広間の床には、大きなブルーシートが敷きつめられ、血にまみれた人間がひとり倒れていた。

「これは……なんだ」

心臓の鼓動が速まった。息が切れる。胸が破裂しそうになった。血と排泄物の臭いが鼻に届く。最悪の事態が頭をよぎり、まともに呼吸ができずにいた。

ただし、大広間のブルーシートに倒れているのは、美貴ではなかった。無惨《むざん》に首を掻《か》っ切られた男だ。ひと目で死んでいるのがわかった。頸動脈のあたりを刃物で裂かれたらしく、大きな傷口がはっきりと見えた。仰向けの状態で、スーツと顔はまっ赤に染まっている。死体となった彼の横には、血を大量に吸ったバスタオルが何枚も落ちている。

「黒滝！」

大広間の奥に美貴がいた。大きなダメージは見られない。しかしその顔は涙で濡れ、恐れに表情を凍《い》てつかせている。

彼女の後ろには、黒のジップアップパーカーを着た男がいた。青山墓地で会ったナイフ使いとわかった。

再びブルーシートを見やる。そのうえに横たわっているのは、一連のトラブル処理を引き受けたはずの悪徳警官だった。その羽場が血を流して死んでいた。黒滝は目をみはる。

「警官《ポリ》は、おれたちより、よほどえぐいことをやりやがる」

倉島は鼻をつまみ、冷やかに羽場の死体を見下ろした。

「羽場……」

呟きが漏れた。一瞬だけ、防虫剤とドライクリーニングの臭いがした。

――ケツに鉛玉を喰らうぐらい、なんでもねえさ。

彼が一介の刑事だったころの言葉を思い出した。かつては同じ目的のために街路を走り、苦楽をともにした仲だった。

悲しみに浸る余裕はなく、ジップアップパーカーの男を凝視した。あのときはキャップを深々とかぶっていたが、今もフードをすっぽりとかぶり、顔の上半分がよく見えない。

日下殺しの捜査本部は、二十代前半くらいの男性と見立てていたが、黒滝の目にはそれ以上の年齢に映った。三十代から四十代。肌を黒く焼いて精悍《せいかん》なイメージを与えているが、首には何本もシワがあり、ほうれい線が目立つ。

この男が羽場を殺したのは一目瞭然《いちもくりょうぜん》だ。血に汚れたブラックブレードのサバイバルナイフを手にしている。大広間をすばやく見回して悟った。想像以上の腕を持った死神だったのだと。ブルーシートやホトケと化した羽場は血まみれだが、大広間自体はきれいなものだった——床はうっすらと埃で汚れていたが。

頸動脈を刃物で切断すれば血が噴水のごとく噴き出す。まずは失神に追いこみ、バスタオルをあてがって、血が室内に飛び散らないようにしながら、羽場の首を切り裂いたのだろう。あとは死体をブルーシートに包んで運び、どこかで処理をするだけで済む。

羽場は柔道の猛者であり、ケンカも手慣れていた。しかし、このナイフ使いの男は後の処理まで考えたうえで、羽場をいとも簡単に片づけている。男に負傷した様子はなく、カーキ色のワークパンツに返り血を多少浴びている程度なのだ。

「黒滝……」

美貴は涙を流しながら身体を震わせていた。濡れた目で、逃げてくれと伝えてくる。倉島にすかさず自動拳銃を突きつけられた。黒滝のシグＰ２３０だ。背後に目をやると、手下の樋口はコルトガバメントを握っていた。とても逃走できる状況にはないし、美貴を残して逃げるわけにもいかない。

男は、血のついたサバイバルナイフを持ったまま、椅子に縛められた美貴の背後に回った。目深にかぶったフードのせいで、表情はよくわからない。

黒滝は腹に力をこめ、混乱しかけている頭脳を制御した。倉島に問いかける。

「お前ら、誰の指示で動いている」

倉島は小さく笑うだけだった。死体と化した羽場を冷たく見下ろしている。

「警官《ポリ》もヤクザも似たようなもんだ。これが〝掃除屋〟の末路ってやつさ。汚れ仕事をしているうちに、自分自身もまっ黒に汚れていることに気づかねえ」

「よせ――」

黒滝は叫んだ。

男が止める間もなく美貴に刃先を向けた。血で汚れたサバイバルナイフが、背中のあたりに振り下ろされる。彼女が固く目をつむる。

ブツリと音がすると、縛められた美貴の両腕が自由になった。男が切ったのは彼女の結束バンドだった。

美貴は椅子から転げ落ちて床に倒れた。手首の皮膚は擦《こす》れて傷だらけだ。唇にも血が滲《にじ》んでいる。なにより目を引いたのは、左手の人差し指だった。赤紫色に太く腫《は》れ上がり、奇妙な角度に折れ曲がっている。骨折しているのは明らかだ。

倉島は顎で指した。

「エリートねえちゃんが生きて帰れるかどうかは、お前次第だ」

鈴木が大広間から逃げ出そうとしている。樋口がすかさず彼の襟首を摑《つか》み、コルトのグリップで顔を殴りつける。

鈴木は大広間のまん中へと押し出され、ブルーシートの横に転がった。先輩の惨殺体を間近に目撃し、さらに悲鳴をあげた。樋口がその胃袋を蹴飛《けと》ばす。鈴木は身体をくの字に曲げ、沈黙を強いられた。

死体と化した羽場に改めて目をやった。スラックスの股間《こかん》には小便が滲んでいる。瞳孔クソも漏らしたようで、血の生臭さと混じり合い、大広間に悪臭を放っている。瞳孔の開いた目は、天井を虚《むな》しく見つめていた。

エース捜査官と呼ばれた男の、あまりに突然かつ悲惨な最期《さいご》だった。ナイフ使いの男は、羽場が関西系暴力団を通じて呼び寄せたと聞いていたが、じっさいの依頼者は羽場ではなく、別に存在しているらしい。

田所と赤坂署の不正をもみ消すために〝トラブル・シューター〟、〝掃除屋〟と呼ばれた捜査官が動いた。工作は難航し、黒滝や美貴らは攻勢をかけた。田所の自殺という事態をも乗り越えて鈴木を確保。隠ぺいをもくろんでいた課長の吹越を説得し、不正の全容を明らかにしようと意図した。ただし、警察組織内の闘争のレベルを甘く見積もっていた。

監察係の調査を好まない上層部が、もみ消しの執行人である羽場をも処理するように動いたのだろう。あるいは最初から、この騒動に乗じて葬られる運命にあったのかもしれない。

倉島は腐れ外道だが、彼の言葉には一理あった。〝掃除屋〟がたどる末路は、憐《あわ》れなものだと痛感させられる。羽場の頭のなかには、警視庁内の裏情報が大量につまっていたはずだ。上層部の急所や弱点まで把握していただろう。彼の存在を恐れた者によって、この機会に切り捨てられた。

倉島がビジネスバッグからモバイルPCを取り出した。苦労して手に入れた田所の所有物だ。

「とっとと、バックアップデータを消去しろ。妙な真似《まね》をするようなら、ねえちゃんを輪姦《りんかん》したうえで頭に銃弾を叩《たた》きこむ。こっちも瀬戸際《せとぎわ》だ。怪しいと思ったら、すぐにぶちこんでやる。無駄な殺しをさせるんじゃねえぞ」

「わかった」

床に腰を下ろして、モバイルPCを開けた。スイッチを入れようとしたところで、ナイフ使いの男が近づいてくる。サバイバルナイフを手にしながら。

「待て。スイッチ、入れたらいかんばい」

男の声を初めて耳にした。感情が欠落した殺人マシーンのように思っていただけに、博多弁らしき方言が意外だった。

「バックアップデータをしまっとるサイトのアドレス、それにIDとパスワード、みんな頭に入っとんのやろ」

「ああ」

正直に答えた。嘘《うそ》は命取りになる。また、嘘を言わせない迫力がある。

「そいやったら、こげんもんは不要たい」

男はモバイルPCを拾い上げると、ためらうことなく床に叩きつけた。カーペットが敷かれていたが、衝突したモバイルPCの液晶ディスプレイは砕け、プラスチックの破片が黒滝の顔に当たった。コードが飛び出し、キーボードのキーが散乱した。中身の基盤やチップがむき出しになる。

「お、おい。ちょっと待て」

倉島と樋口が目を丸くした。男はかまわずに踏みつけた。軍用ブーツの靴底によって、モバイルPCは中央からへし折れ、基盤が粉々になる。

「証拠はいち早く消せと言われとるけん。とっとと壊すに限るったい」

男は砕けたモバイルPCに対し、執拗《しつよう》にストンピングを加えた。倉島らを見上げる。

「それとも、あんたらこのおもちゃを取って置く気やったとや？　こいつには警察《サツ》の腐れっぷりが記録されとったらしいが、分《ぶん》をわきまえたほうがよかぞ。あんたらまで首裂かれる羽目になるばい」

倉島らは黙りこくった。

彼らヤクザたちにとっては、田所が遺《のこ》した記録は核爆弾のようなものだ。赤坂署の不正が記されたモバイルPCを抱えておけば、有事のさいの取引の材料になり、警察に対する抑止力にもなる。

しかし、男は倉島に警告した。

男の正体は依然として不明だったが、少なくとも八田組関係者ではないらしい。倉島たちも、男から放たれる妖気《ようき》に気圧《けお》されている。

モバイルＰＣは原形を留めてはいなかった。踏みつけるたびに、プラスチックが砕ける音を立て、電子部品や破片、コード類が散らばった。

男は目を細めた。先ほどまではＰＣだったガラクタを手でいじり、チップや基盤を確かめた。

「なんも仕かけとらんとや」

盗聴器やＧＰＳ発信機を探っていたらしい。

ストンピングを加えたさいに、フードが脱げていた。頭を五厘《りん》刈りにしている。今度は顔の上半分がよく拝めた。二重瞼《まぶた》で目が大きく、若々しく見える。不自然なくらいに。整形で顔をかなりいじっているようだった。

なにか納得がいかないのか、眉間《みけん》にシワを寄せて、長いこと破片をいじっていた。

モバイルＰＣを諦《あきら》めると、もう一度黒滝らのボディチェックをするように命じた。

「とっくにやってるよ」

樋口が口を尖《とが》らせた。

男は彼の言葉を無視した。黒滝の身体を叩いて探りはじめた。男自身の手は、羽場の血で汚れている。黒滝と鈴木はされるがままだった。すでに武器もケータイも残らず奪われている。

「なにもねえったら」

樋口は不満そうに鼻を鳴らした。男が、黒滝の顔を無遠慮に見つめる。

「そいなら、よか」

この場の主導権は、この男が握っていると言ってよかった。倉島は暴力団幹部らしく、横柄《おうへい》な態度を装《よそお》ってはいたが、彼の前では借りてきた猫のようだ。

ナイフ使いは大広間の隅に寄った。隅にはボロボロのリュックが置いてあった。彼自身のものらしくガサガサとなかを漁《あさ》ると、タブレット端末を取り出す。

「こいつを使え」

男からタブレット端末を渡された。電源を入れて起動するのを待った。

「消してはダメ！」

美貴が濡れた声で叫んだ。すかさず樋口が怒鳴る。

「やかましい！　まだ、わかんねえのか！　お前らの負けなんだよ！　死体の臭い嗅ぎながら、ぶち込まれねえとわかんねえのか！」

「潔《いさぎよ》く負けを受け入れろ。死体の数を増やすような真似は慎め」

倉島は勝ち誇ったようにシグを見せつけた。鈴木が、か細くうなる。

「おれはどうなる……」

その問いに対して、答える者はいなかった。

田所のデータは全て消され、鈴木の口は永遠に封じられる。監察係は組織的な不正を追及する証拠を失う。黒滝は美貴と共に解放されるかもしれない。ただし、逆転負けを喫した二人は左遷《させん》や退職を免れないだろう。

タブレット端末にアドレスを入力した。データは大手ポータルサイトの保管庫に保存していた。警察内部の機密情報を私企業の保管庫に預けるなど、通常はありえない選択だが、警視庁内で孤立していた以上、警察組織のサーバーに預けるわけにはいかなかった。

「妙な真似はせんほうがよかぞ」

殺し屋がタブレット端末の画面を覗《のぞ》きこんだ。濃厚な血と汗の臭いが鼻をつく。

「わかってる」

「今だけやなか、永遠にたい。あんたらふたりがどこに住んどるのかも掴んどるばってん、いくら引っ越しをしても無駄ばい。居所はいくらでも警察《サツ》が漏らしてくれる。あんたらに逃げ場なんぞなか」

倉島はうなずいた。

「そういうことだ。ドッグ・メーカー、あんたの元妻と娘は同じ江戸川区に暮らしている。あんたの自宅から一キロと離れていない。そっちのねえちゃんの実家が成城学園にあるのもわかってる。父ちゃんが今も広告代理店の重役として働いてることも知ってる。おれらヤクザと違って、いいとこの嬢ちゃんだって情報《ネタ》もきっちり入っているんだ」

「いったい……どこまで」

美貴が怒りで歯を噛みしめ、拳《こぶし》を握りしめている。倉島は嘲笑《あざわら》った。

「卑劣だ外道だとでも言いたいだろうが、その言葉は警察《サツ》のお偉方に投げつけやがれ。おれたちは連中の手足となって動いているだけだ」

ログイン画面を表示させ、黒滝はIDを入力していた。誤入力をして、改めてIDを打ち直した。倉島が見とがめた。シグを頭に突きつけられる。

「妙な真似はするなと言ったはずだ」

「ビビらせないでくれ。指が震えてうまく打てなくなる。そんなに脅さなくともいいだろう。おれたちの負けだ」

IDとパスワードを入力し終えた。そのときだった。ナイフ使いの男が反応し、聞き耳を立てる。黒滝は言葉をつけ加えた。

「さっきまではな」

一階が騒がしくなった。ガチャガチャと金属同士がいくつも触れ合う音がする。男が顔を強張《こわば》らせた。倉島や樋口があわてたように出入口に目をやる。

「なんだ!」

黒滝への警戒がおろそかになった。

その隙《すき》をついて、シグのスライドを摑んだ。倉島の手首を外側にねじる。手首がみしりと音を立てる。シグを奪い取った。倉島がうめき声をあげる。

すかさず銃口を樋口に向ける。

「銃を捨てろ!」

腹の底から声を張り上げた。

樋口はコルトガバメントをぶら下げたまま動けずにいる。黒滝のみでは、ヤクザやナイフ使いの動きを制止できない。

大広間にヘルメットやプロテクターを身に着けた武装警官が何人もなだれ込んできた。千葉県警の武装警官だ。サブマシンガンのMP5を何挺《ちょう》も突きつけられ、樋口はコルトガバメントをあわてて床に捨て、両手をあげる。

「どうなってやがるんだ」

倉島は途方に暮れたように呟く。

入念に黒滝らの身体《からだ》をチェックし、尾行の有無を確かめたはずなのに。呟きには、そんな疑問がこめられていた。

黒滝らはなにも所持していない。ヤクザどもにきっちり奪い取られた。イヤホンマイクやGPS発信機、実銃だのをジャージのなかに隠し持っていたのは、ヤクザや羽場たちの注意を黒滝に向けさせるためだった。ナイフ使いの男はモバイルPCすらも疑い、粉々に砕いてみせた。

答えは、美貴が羽場に奪われた防犯ブザーにあった。なかにはGPS発信機が仕込まれている。井筒から手渡された品だが、美貴には防犯ブザーとしか伝えていない。美貴には気の毒なことをしたが、彼女に防犯ブザーの正体を秘密にしたのが功を奏したのだ。かりに防犯ブザー内の仕掛けを伝えていたら、男たちの目を欺《あざむ》けたかどうかは疑問だ。

武装警官のひとりが訊《き》いてきた。

「警視庁人事一課の黒滝警部補ですね」

うなずいてみせた。

首魁《しゅかい》と思われた羽場の死体に、突入した武装警官らもたじろいでいる。

「仕方なか」

ナイフ使いが窓へと駆けた。

「動くな！」

黒滝はトリガーを引いた。男の右手に銃弾が命中し、血煙とともに、サバイバルナイフが吹き飛ぶ。

しかし、その勢いは止まらなかった。木板でふさがれた窓に肩からぶつかる。木材がへし折れる乾いた音と、ガラスが砕ける音が同時に轟いた。木板ごと窓ガラスを叩き割り、やつは外へと飛び降りたのだ。

「バカな」

武装警官らが窓に駆け寄り、外を見下ろした。彼らの表情が強張る。

「あの野郎……」

倉島は呆れ顔で割れた窓に目をやった。

「犯人《ホシ》が外に逃げたぞ！」

武装警官のリーダー格が、無線マイクに向けて怒鳴った。警官隊の半数が大広間を出て行く。

驚いている暇はなかった。トリガーから指を離さず、残された倉島らに狙いを定める。

「両手を上げろ！」「床に跪《ひざまず》け！」「抵抗すれば撃つぞ！」

千葉県警の武装警官たちが、倉島と樋口に怒号を浴びせた。

男の逃走によって、警官隊からは怒気があふれ出していた。複数のサブマシンガンを突きつけられ、倉島らはふて腐れたツラで指示に従う。

「相馬さん」

床に倒れている美貴に近づいた。

青い顔をして、歯を食いしばっている。悔しげな表情でブルーシートのうえの羽場を見つめていた。

「もう大丈夫です」

そう声をかけたが、警官たちは拳銃は握ったままでいた。砕けた窓からサイレンと警官隊の怒号が聞こえる。

割れた窓の近くには、血に濡れたサバイバルナイフだけが残されていた。

32

事件現場を訪れるのは初めてだった。

黒滝《くろたき》と美貴《みき》が佇《たたず》んでいるのは、玉川学園の住宅街だ。瀟洒《しょうしゃ》な邸宅が並ぶ住宅街である一方で、若々しい香りのする学生街でもある。洒落《しゃれ》た格好の学生らが道を行き交う。日下がこの場所で刺殺されてから、もう三か月以上の月日が流れている。事件現場の電柱の横に小さな花器が置かれ、白い花がたむけられていた。花びらは茶色く変色しており、すっかり生気を失って萎《しぼ》んでいる。

美貴は、たびたびここを訪れているらしかった。小田急線を降りると、通いなれた様子で足を運んだ。花器に活《い》けられた白い花も、過日彼女がたむけたものと思われた。殺人事件があったことを示す痕跡《こんせき》は、もうこの花以外には残っていない。

美貴は新しい花を捧げた。新宿駅の花屋で購入したクリサンセマムとひな菊だ。周囲が無機的なコンクリートの電柱や舗装路のおかげで、ひときわ色鮮やかに映る。花器にミネラルウォーターをそそいでいる。

電柱の前に並んで手を合わせた。日下は腹と背中をメッタ刺しにされたのち、この電柱にもたれていたという。

「ごめんなさい」

小声で謝罪している。

悲痛な響きがこもっていた。悪党にへし折られた人差し指は、未《いま》だにギプスで固定されており、痛々しく見える。

ダガーナイフで刺し貫かれた黒滝の左手の傷も完治しておらず、傷を負ってから三週間以上が経《た》っているが、現在もクリニックに通院している。

静かに故人を偲《しの》んだ。実行犯と思《おぼ》しきナイフ使いの男は、未だに逃亡中のままだった。木更津の廃ホテルから逃げ出したきり、行方をくらませている。

男の名前は若松次郎《わかまつじろう》。三十八歳の日本人だった。父親は九州ヤクザで、十歳のころ父親とともにフィリピンへ渡ったという。

成人するまでマニラで過ごし、父親の勧めでボクシングの道に進んでプロデビューを果たした。日本でも有名選手と試合をしている。三十歳で引退した後は、再びマニラに戻って犯罪組織のメンバーに加わった。

倉島や樋口の自白により、日下を殺害したのは、若松と判明した。

羽場と倉島らによる美貴の拉致《らち》監禁事件、そして若松による羽場の殺害――。警視庁と千葉県警のふたつの警察本部は、日下殺しから始まる複数の事件が、倉島や若松、田所や羽場らによるものと断定。木更津で逮捕された男たちは町田署へと移送され、若松は警察庁の重要指名手配被疑者に指定された。

捜査一課の呉《くれ》課長は捜査員を増やし、事件の全容を解明すべしと捜査本部に厳命した。当初は現職捜査官による監察係員殺しという事実に慄《おのの》いたものの、警務部の白幡側が政治的にも勝利を収めたことで、一気に捜査を進展させた。

美貴と黒滝は捜査本部の事情聴取に協力し、田所が隠し持っていたデータファイルなどの証拠品を提出している。田所が八田組から受け取り、赤坂署内の人間にいくら賄賂《わいろ》をばら撒《ま》いたのかが詳細に記されていた。捜査本部は、データの内容を裏づけるため、倉島らの証言を得ようとしている。

八田組と麻薬密売に深く関与していた田所は自死。その田所を嗅《か》ぎ回る者を始末して回った〝掃除屋〟も若松によって消されてしまった。

日下殺しに関しては、取り調べの結果、元警官の鈴木や八田組の準構成員が見張り役となり、若松が実行役として彼を刺殺したことが判明している。

一連の事件は、田所が監察係の調査に気づいたところから始まった。悪事の発覚を恐れた彼は、上司である課長の大久保《おおくぼ》に相談。大久保と署長の長谷川は、赤坂署生活安全課の腐敗を隠ぺいするため、羽場に処理を依頼した。

捜査本部や監察係の事情聴取に対し、長谷川らは日下殺しへの関与を強く否定した。羽場にはあくまで監察係の調査妨害を頼んだだけであり、まさか係員である日下を殺すとは思っていなかったと打ち明けた。日下の死に震え上がり、殺人を実行した羽場を責めたものの、もはや後戻りできず、羽場によって首輪をつけられたと告白している。

羽場の野心は止《とど》まることを知らず、日下を殺害して赤坂署を支配下に置き、ゆくゆくは田所に代わって、八田組の覚せい剤の密売を仕切るつもりでいたようだった。

捜査本部と監察係は長谷川らの自供に疑いを持ち、共同で捜査を行ったが、発端である田所が首をくくり、羽場が殺害されたこともあり、彼らが殺人に関与したという証拠は未だ発見されてはいない。

警視庁は、羽場の所有物である携帯端末や自宅のPCを押収《おうしゅう》し、データを詳細に調べ上げたが、長谷川らの自白を裏づける内容のメールや録音データが出てくるのみだった。羽場殺しに関しても否認しており、彼らと若松を結ぶ接点も見つかってはいなかった。

美貴率いる監察係相馬《そうま》班は、赤坂署生活安全課を中心に、田所から賄賂を受け取っていた者の不正を暴き続けた。しかし――。

美貴は長いこと手を合わせていた。その手はわずかに震えていた。路上を行き交う人々が好奇の目を向けて通り過ぎてゆく。

彼女の悲しみが痛いほど伝わってきた。日下殺しの犯人に生きたまま罪を償わせると誓ったものの、羽場や田所といった中心人物を黄泉《よみ》の世界へと逃がしてしまったのだから。

グラスに口をつけた。黄金色の液体をゆっくりと飲みこむ。ひさびさのビールはやけに苦く感じられた。メーカーのロゴが入った小さなグラスだ。いつもなら、ひと息で飲み干せる量ではあったが、半分だけに留める。

「毒見みたいな飲み方だな。やけに慎重じゃねえか」

ビール瓶を持った白幡《しらはた》は、わざとらしく顔をしかめた。

「アルコールは久しぶりですので」

隣には美貴がいる。彼女も同じくグラスのビールを半分だけ空けていた。白幡は口を尖《とが》らせる。

「なんでえ、相馬警視までお毒見役か。せっかくの慰労会だってのに」

彼女は苦笑して左手を掲げた。人差し指のギプスを見せる。

「アルコールを摂《と》ると、じんじんと痛みが走るものですから。私もお酒を口にするのは久しぶりですし」

「なんにしろ、今夜の主役はお前らだ。好きなようにやってくれ」

白幡はグラスを高々と掲げ、なみなみと注がれたビールを、喉《のど》を鳴らしてうまそうに飲んだ。気持ちが晴れない黒滝らとは対照的に、相変わらずの飲みっぷりだった。

白幡が贔屓《ひいき》にしている船橋の割烹《かっぽう》料理店だ。彼らが囲むテーブルには、大皿に盛られた刺身やアンコウの小鍋《こなべ》仕立て、カブの煮物などが所狭しと並んでいる。美貴は白幡のグラスにビールを注いで尋ねた。

「あのOBの方には、まだ、きちんとお礼も言えてなくて」

彼女が挙げたのは、彼の私兵である井筒《いづつ》のことだ。白幡はビールの泡をすすった。

「あいつも誘いたかったんだが、便利屋稼業《かぎょう》ってのは急な仕事が舞いこむらしくてな。今夜は予定が合わなかった」

彼女は残念そうに顔をうつむかせた。

彼とは木更津を最後に会っていない。自分の役割を果たすと煙のように消えた。白幡も、彼をあくまで影に徹する男なのだと匂《にお》わせる。

「それより、こいつだ。もう読んだか？」

白幡はテーブルのうえに折りたたまれた新聞を置いた。今日の全国紙の朝刊だった。

美貴は困惑ぎみに新聞に目を落としている。

「ええ、一応は」

当然ながら、メディアは大々的に警視庁の不祥事を取り上げていた。赤坂署のやり手捜査官が暴力団と癒着《ゆちゃく》していたばかりか、監察係員の調査妨害を図った。それには赤坂署上層部や組対五課の捜査官までが協力し、暴力団を通じて殺人にまで関与した。

木更津での血なまぐさい事件の直後から、連日のように一連の不祥事を取り上げていた。

テレビ画面には警察史上に残る不祥事を起こした赤坂署や、日下殺しの捜査本部が置かれた町田署、美貴が拉致されたホテルの廃墟《はいきょ》が映った。テレビだけではなく、新聞や雑誌の見出しにはデカデカと〝警視庁大不祥事〟の文字が躍った。直接マイクを向けて美貴に取材を試みた記者もいる。

その全国紙は特別チームを組んで、一連の事件を追った連載シリーズを始めたが、警視庁が流す情報にしっかりコントロールされていた。黒滝ら監察係にとっては赤面したくなるような内容だ。

事件はすっかり単純化され、綱紀粛正のために奮闘する人事一課監察係と、暴力団と癒着した悪徳警官たちとの戦いという構図に落としこまれている。

監察係は、悪徳警官の行状を暴き、事件に関係していた殺し屋と暴力団員を炙《あぶ》りだした。警視総監賞に値する仕事と評価されたが、調査対象者である田所と羽場が死亡し、実行犯である若松が未だ逃走中で、全容解明には至っていないことを理由に、それを辞退したという美談までが伝えられていた。

絵図を描いたのは白幡その人であり、警視総監らも黙認している。警視庁が威信を保つには英雄が求められる。

英雄がいれば悪役も必要だ。日下殺しでの起訴は逃れたが、監察係の調査妨害を羽場に依頼した署長の長谷川は懲戒免職、生活安全課長の大久保は八田組から饗応接待を受けたとして、収賄容疑で逮捕された。そして、生活安全課員の半分以上が処分を受けた――そのなかには、黒滝の情報提供者《エス》となった木根《きね》は含まれていない。

事態の隠ぺいに動いた第一方面本部にも罰が下った。本部長で鹿児島閥の領袖《りょうしゅう》である鶴岡《つるおか》は停職三か月――事実上の退職勧告だ。管理官の芝浦《しばうら》は諭旨免職となった。

組対五課で羽場の上司だった伴《ばん》課長も辞表を提出している。一連の不祥事により、警視総監の神宮寺《じんぐうじ》敬之《たかゆき》も辞任している――すぐに大手パチスロ機メーカーの常勤顧問に就任したが。鈴木は日下殺しなど数件で起訴された。

副総監から警視総監の座に昇った織部《おりべ》大志《たいし》は、不正に関与していた警官をさらに洗いだすとして、監察係に特別調査チームを組ませた。前代未聞《ぜんだいみもん》の腐敗を都民に謝罪する一方で、組織内に巣食う闇《やみ》を炙りだせたのは、綱紀粛正の結果だと成果を強調した。神宮寺と織部は、キャリア組の少数派である京大出身者であり、鶴岡の鹿児島閥や東大閥とは対立している。織部は神宮寺になり代わって、鶴岡らを厳罰に処するとともに、粛正の手を緩めずに進めることを都民に約束した。

神宮寺も織部も、美貴が悪党どもに拉致されたさい、白幡に口説き落とされるまで、腐敗した連中とつるみ続けるか、それとも切り捨てるべきか、最後まで形勢を見極めていた蝙蝠《こうもり》だ。

結果として、武装警官が木更津の廃墟に乗りこんだのは、神宮寺が直々に千葉県警に出動を要請したからである。

警官隊の到着が遅れていれば、美貴はもちろん、黒滝の命も危うかっただろう。白幡はこうして美酒にはありつけず、部下を死なせた責任を取らされたはずだ。

彼は大勝負に勝ったのだ。

白幡がビールから芋焼酎《いもじょうちゅう》に変えた。ペースは衰えず、濃い目の湯割りをぐいぐいと飲《や》りはじめた。

「もっと喜んだらどうだ。うまく逃げおおせられるとタカくくってた連中のケツを、思いきり蹴り上げてやったんだ。織部はこれから、おれたち警務の言うことに従うし、鼻もちならねえ吹越《ふきこし》の坊ちゃんにも首輪をつけることができた。おれたちが真のドッグ・メーカーってことだ」

「大胆なご発言ですね」

黒滝は苦笑した。

「お前らに愉快な気持ちになってほしいという親心さ。今夜は無礼講だ。おれたちが組めば怖いものはない。ドッグ、監察係に来てよかっただろう」

白幡は美貴に向かってグラスを掲げた。

「相馬、今回の件でお前の名は全国に轟《とどろ》いた。警察庁《サッチョウ》も高く買ってる。よりでかい仕事にありつけるぞ」

美貴もビールから芋焼酎のロックに変えた。ふだんの彼女らしく、勢いのいい飲みっぷりになったが、やはり表情はすぐれない。

「愉快な気持ちには到底なれません。事件の中心人物には死なれ、実行犯には逃げられたのですから。羽場佑高の殺害を命じたのは誰なのか。彼もまた駒のひとつに過ぎなかった。とても役目を果たせたとは」

「欲張りだな、お前さんは」

白幡は肩をすくめた。

警視庁は、倉島の会社や八田組本部事務所など数カ所を家宅捜索した。彼は自身の安全保障のため、銀行の貸金庫に日下の殺害計画に関する文書を保管していた。田所や羽場とのメールや、会話を保存した音声データも発見されている。

「羽場が生きていたら、それこそ警視庁《カイシャ》は倒産寸前に追い込まれたかもしれねえ。あいつはパンドラの箱さ。開けちまったら収拾不可能な災いが飛び出したに違いない。ベストとは言わねえが、ベストに近い結果にはなった」

美貴は押し黙った。相槌《あいづち》を打とうともしない。

白幡はため息をついた。首を回して関節を鳴らす。

「今夜は無礼講だと言っただろう。どうも奥歯にモノが挟まったような口ぶりじゃないか。おれになにか言いたいことでもあるんだろう。違うか？」

美貴はグラスの芋焼酎を一気に飲み干した。大きく息を吐く。

「あなたも羽場を使ったことがあるんじゃないですか、白幡部長」

黒滝はビールを口に含み、ふたりのやりとりを見守った。

彼女の眼差しは真剣だった。酒に呑まれたのではない。

千葉県警と警視庁は、令状を取って羽場の自宅や職場のロッカーなどを捜索した。パソコンや携帯端末、メモ帳が押収されたが、彼にトラブル処理を依頼した者の名前はなく、〝掃除屋〟として活動した履歴すら残っていなかった。何者かが捜査の手が及ぶ前に、羽場の記録を消した可能性があった。

白幡はとくに驚く様子を見せず、刺身をつまんでいる。

「おもしろい。だが、どうしてそう思う」

「いずれ警視庁はあなたのものになる。羽場のような〝掃除屋〟を生かしておけば、威信も信頼も完全に吹き飛びかねなかった。せっかくの城が、今以上に炎上してしまえば元も子もない」

「たしかに今度の一件で、一番得をするのはおれだ。しかし、言っておこう。羽場がそんな危ない野郎だったなんて、おれはこれっぽっちも知らなかった」

白幡は不敵に笑ってみせた。

「おれを洗ってみるかい」

黒滝は口を開いた。

「中目黒にある羽場の自宅マンションで訊きこみをしたところ、住人から興味深い証言を得ました」

「ほう」

白幡は首を傾げた。まだ笑みは消えていない。

「羽場宅に家宅捜索《ガサ》が入る前日、夜中に部屋のなかへ入る男を見た。紺色のハンチング帽にブルゾン。六十から七十くらいの高齢者だった、と」

「そいつは、まるで誰かさんみたいじゃないか」

白幡は目を見開いた。聞き返してくる。

「で、その高齢者とやらは特定できたのか？」

黒滝は首を横に振った。

ブラフではなく、目撃者は現実にいた。生命保険会社に勤務する中年男だ。酒場をハシゴしたらしく、彼が羽場宅へ何者かが入るのを見かけたのは間違いないが、アルコールがだいぶ入っていたこともあり、顔まではっきり覚えていないと答えている。彼に井筒の写真を見せたものの、かんばしい反応は返ってこなかった。

マンションに設置された防犯カメラの映像データを調べたところ、目撃者の証言を裏づけるように、ブルゾンを着た男がマンションに入る姿をとらえていた。

だが、男は防犯カメラのレンズにレーザーポインターをあて、顔を撮られない策を取っていた。羽場宅で二十分ほど過ごし、マンションを後にしている。この男こそが、羽場の活動履歴を闇に葬った可能性が高いと言わざるを得ない。

白幡は酒臭い息を吐いた。

「つまり、誰かさんをクロと言えるだけの証拠はないわけだ」

美貴は微笑んだ。

「無礼講だからこそ申し上げてみた陰謀論です。あの機に乗じて、羽場の過去を消そうと考える人物はいくらでもいたでしょうから」

「かりに証拠とやらが出てきたら……どうする」

白幡は目を細めた。黒滝はグラスに芋焼酎を注ぐと、喉を鳴らして飲んだ。食道から胃袋までがカッと熱くなる。

「そのときは、誰であろうと檻《おり》に放り込むだけです。たとえお偉い上司であったとしても。せっかく、警視庁《カイシャ》の人間をもイヌにできる部署に来たんですから」

「私も同意見です」

美貴はきっぱりと告げた。白幡の視線が一瞬だけ鋭くなる。黒滝はそれを見逃さなかった。

「その意気だ。今後もなにかと騒がしくなる。しけたツラして、うじうじと悩んでいる暇はない」

鼓動が速まった。焼酎を一気飲みしたからではなさそうだ。隣の美貴もまた背筋を伸ばし、シラフだったときよりも表情を引き締めていた。

それから三十分ほどして慰労会はお開きになった。白幡はタクシーを呼ばなかった。割烹料理店の前には、サクシードが停まっていた。運転席には井筒が座っている。死地を潜《くぐ》り抜けた仲だったが、今は無表情に黒滝らを見つめている。

「これからも期待してるぜ。烈女相馬警視、ドッグ・メーカー」

白幡は美貴と黒滝に手を振った。

粗末な車を気にする様子もなく、サクシードに乗りこむ。井筒とはひさしぶりに顔を合わせたが、とくに挨拶《あいさつ》は交わさなかった。

サクシードが走り去った。赤いテールランプを見つめながら、美貴に語りかける。

「肝が冷えましたよ」

「でも、気合は入ったでしょう?」

「ええ、まあ」

美貴は、ギプスで固定された人差し指を繁華街に向けた。

「もう一軒つきあって」

「慰労会の続き……じゃなさそうですね」

「出陣式よ。戦いはこれからってやつ」

「わかりました」

酒場を探して歩きだした。
また大物相手に戦えるのかと思うと、黒滝の身体の震えは止まらなかった。

解説――日本の警察小説にとって幸せな出会い

村上貴史

■黒滝誠治

昏《くら》く、重く、熱い。
疾《はや》く、悪く、清い。
ゴツゴツしていて、しかも今日《こんにち》的な警察小説。
六百頁《ページ》超ながら一気読み必至の警察小説。
それが深町秋生の『ドッグ・メーカー』だ。

黒滝誠治は木根《きね》郁男《いくお》の家に侵入する。警視庁人事一課監察係に所属するれっきとした警察官が、なぜそんなことをするのか。木根が自宅に隠した〝それ〟を摑《つか》むためだ。黒滝の行為が適法かといえば、決してそうではない。だがそれでも黒滝は侵入する。

〝それ〟を証拠として木根の弱みを握るために。その弱みを利用し、木根という赤坂署生活安全課の警察官を〝ドッグ〟として操るために。そして木根の先にあるはずの真実を得るために。

黒滝は、木根を操ってある人物を探る。ターゲットは、黒滝の同僚が追っていた人物だ。その同僚、日下祐二《くさかゆうじ》巡査部長は、道半ばで斃《たお》れた。真実を暴《あば》く前に、何者かにナイフで腹と背中を十ヶ所刺されて命を失ったのだ。彼に親しみを覚えていた黒滝は、日下の死の真相を懸命に追う。手段を選ばずに追う。

黒滝は、さらに別のドッグを仕込む。梢《こずえ》という女だ。彼女の行動を密《ひそ》かにGPSを使うなどして監視し、盗撮し、弱みを握る。そして操る。

そうやって黒滝は徐々に真実に近付いていくが、ターゲットも必死に抵抗する。奴《やつ》は奴で命懸けなのだ。簡単に尻尾《しっぽ》をつかませたりはしない。それでも黒滝は諦《あきら》めない。さらに様々な手を駆使してターゲットを追い込んでいく……。

キャラクターが濃い小説だ。

主人公であり主な視点人物でもある黒滝誠治が、まずは圧倒的に濃い。四十歳にして警視総監賞だけでも二十七度受賞という輝かしい成績を誇るが、その一方で、暴力団や犯罪者に密に接触して情報を得る手法は、批判の対象となる。単独で動き、情報を独占し、他のメンバーと共有しない点も嫌われているし、なにより必要とあらば身内であり仲間である警察官の私生活さえ探ってドッグにしてしまう姿勢が唾棄《だき》されていた。監察係という、警察の中の警察として身内が起こした出来事を捜査する立場であるが故《ゆえ》に、なおさらだった。

彼がドッグを仕立てる手法は、相当に卑劣だ。黒滝が木根や梢を犬に仕立てる様子には、読者も嫌悪《けんお》感《かん》を覚えるであろう。だが、嫌悪感を催すが故に、心に刺さってくる。こうされたら操られざるを得ないと納得できるのだ。さらに、その操り方もえげつない。嬲《なぶ》ってさえいるように見える。だが、そこまでやらねば真相には近付けないことも、読み手は十分に理解するだろう。あるいは、そこまでやらねばドッグに逆襲されることも理解するだろう。黒滝がギリギリのところで闘っていることを、読者は体感できるのだ。

黒滝の上司である相馬《そうま》美貴《みき》も、実に大したタマだ。三十代前半。長身で小顔。キャリア組。だが彼女は、キャリアとして無難に組織を運営して次のステップに昇格することを重視するのではなく、周囲と摩擦が起ころうとも真実を求める。そのためには、黒滝のような〝危険物〟を使うことに躊躇《ちゅうちょ》しないし、上司との衝突も厭《いと》わない。彼女もまた、自分の部下であった日下の死の真相究明には、並々ならぬ執念を持っているのである。自分の指示に隙《すき》があったせいで日下が命を落としたという想《おも》いがあるのだ。ときには自らも危険物となる彼女のキャリアらしからぬ強さは、黒滝とはまた異なる魅力として読者を捉《とら》えるであろう。

この二人だけではない。美貴の上司である人事一課長の吹越敏郎《ふきこしとしろう》も、そのうえに鎮座する警務部長の白幡一登《しらはたかずと》も、負けず劣らず濃い。さらに、黒滝たち監察係が相手にする面々も曲者揃《くせものぞろ》いだ。警官もいればその妻もいる。元警官もいる。ヤクザもいる。彼等はそれぞれにそれぞれの思惑を抱いて行動する。白とも黒とも明確に区別できず、善とも悪とも単純に分類できない男たち女たちが、支配権を争い、騙《だま》しあい、そのなかで黒滝と美貴が真相を追い求める物語が、『ドッグ・メーカー』なのだ。

黒滝の相棒として白幡があてがった山形（深町秋生の地元だ）訛《なま》りの六十半ばの井筒《いづつ》という登場人物がいる。このくえない爺《じい》さんがまた魅力的なのだが、彼をはじめとする登場人物がどのように個性的なのかをここで逐一紹介することは控えよう。頁を開けば、一人一人がくっきりと輪郭の際立《きわだ》った人物として読者の心に飛び込んでくるからだ。深町秋生は、著者自身の言葉で語るのはその人物の名前と役職程度にとどめ、行動を示し、発言を聴かせ、エピソードを積み重ねることで、その人物の肉体と心を読者の心の中で育《はぐく》んでいく。必要に応じて、適切なタイミングでその人物の過去を読者に示したりもする。そうやって丁寧《ていねい》に語るが故に、その人物の息遣いは生々しいものとなり、その人物の思考にも筋が通ってくる。白を白というのは容易だが、こうした善悪の入り交じった——それ故にリアル極まりない——登場人物たちの心の動きを、読者の心に届けるには、こうした書き方が必要になるのだろう。そして深町秋生は、抜群に達者だ。

そうした個性的な面々が交わり、ひとつの人間関係を編み上げる。共感があれば、反発や嫌悪感もある。利用する者とされる者という関係もあり、関係が反転することもある。信頼がある一方で、嘘《うそ》もあれば裏切りもある。そんな人間関係が、日下の死に代表される奥深い闇《やみ》を形成しており、この物語の推進力の源泉となっている。その人間関係は、入り組んでいて複雑な構図を成しているが、それでも読者の心にすっと入り込んでくる。いかに複雑であっても、個々の人々の繋《つな》がりに不自然さが皆無なのだ。作者の御都合という不格好さを感じさせないのである。故に読者としては心地よく身を任せられる。

その自然さのなかに、深町秋生はいくつかの驚愕《きょうがく》を隠している。徹底的にクレバーに。キャラクターで読ませつつ、ミステリ作家としての仕掛けも冷静に施してあるのだ。その構成力もまた嬉《うれ》しい。

二転三転する物語は、やがて、警視庁を舞台とした大掛かりな闘いへと発展していく。それは、〝正義も悪もありはしない。制圧した方が正義〟（五二五頁）という闘いだ。荒唐無稽《こうとうむけい》といわれかねない設定だが、この文章に触れた時点では、読者はリアリティしか感じないだろう。それまでの黒滝や美貴の行動、あるいは彼等が闘ってきた相手の行動などを通じて、深町秋生は読者を『ドッグ・メーカー』の世界に引きずり込み、その世界の秩序で調教し、そしてそう感じさせるのである。なんという筆力だ。

その筆力は、もちろん闘いの描写でも抜群の冴《さ》えを発揮している。肉体的な闘いでは、痛みがしっかり伝わってくる。肝っ玉の闘いでは、心が折れる音さえ聞こえてくる。知恵を駆使し、政治を利用し、卑怯《ひきょう》な手も使う彼等の闘いは、大きな物語を構成するパーツとしてもちろん有効に機能しているのだが、単品の読み物としても十分に魅力的である。一旦《いったん》読み始めたが最後、頁をめくる手を止められないのは、このあたりにも理由があるのだ。

そして結末――なんという終わり方だ。この長い物語におけるリアリティをきっちり保持した終わり方であり、しかも余韻を残す。疲れと苦みのなかに嬉しさも感じさせてくれる。絶妙だ。確かな満足感を与えてくれる。

■深町秋生

深町秋生は二〇〇四年、第三回『このミステリーがすごい！』大賞の大賞を射止め、翌年刊行された受賞作『果てしなき渇き』でデビューを果たした（それに先だって〇三年に赤城修史名義での共著がある）。

裏社会の住人たちと高校生たちを登場させ、〝孤独と憎悪に耐えかね、疾走する人間達の悲しみを描いた〟（著者の受賞コメントより）というこのデビュー作の時点から、筆力はもう抜群であった。同賞の二次選考委員として応募作を読む機会があったのだが、とにかくその筆力に圧倒された。

その後、学園や裏社会を主な舞台にノワールを年に一冊程度のペースで世に送り出し続けた彼は、二〇一一年、初めての警察小説を発表する。『アウトバーン』だ。サブタイトルに〝組織犯罪対策課 八神瑛子《やがみえいこ》〟と銘打たれたこの作品は、その後の『アウトクラッシュ』（一二年）『アウトサイダー』（一三年）とともに三部作を構成する。警視庁上野署組織犯罪対策課に属する美貌《びぼう》の刑事・八神瑛子が、夫の死の真相を追って闘い続ける物語だ。瑛子は、暴力を振るうことも辞さなければ、警官を金で飼い慣らすことも躊躇《ためら》わない。そう、黒滝の原型とでも呼ぶべき存在なのである（ちなみに本書の連載は三部作が完結した四ヶ月ほど後に始まっており、タイミングとしてもまさに後継といえよう)。

深町秋生は、彼にとって初の警察小説となる『アウトバーン』以降、本書を含めて十二作品を発表してきたが、その半数が警察小説だ。この分野の書き手として完全に覚醒《かくせい》したといってよかろう。ノワールを書き続けて来た経験が、警察小説という器――権力も〝正義〟もあれば裏社会との接点も豊富にあり、内部に腐敗も闘争もあるうえに、暴力も武器も存在する――と出会い、著者ならではの白黒善悪が入り混じった警察小説として開花したのである。

八神瑛子のシリーズは、三部作を貫く彼女の執念が最も強力に読者を魅了しつつ、彼女と上役の署長の長期間のバトルも読みどころとなっていた。そうしたシリアスな物語のなかに、瑛子のボディーガードとして登場する元女子プロレスラーの怪物性や、日本における中国人闇社会を仕切る女傑の全能性など、フィクションならではの作り込みも行われていて、それが八神瑛子三部作ならではの持ち味となっていた。

深町秋生が次に発表した警察小説は、悪徳に沈んで行った五十代の男性刑事の骨を描く『卑怯者《ひきょうもの》の流儀』(一六年)。この作品は、八神瑛子三部作とはまた、まるで異なる警察小説だった。警視庁組対四課所属の米沢英利という主人公のチープな腐り加減を苦笑いしながら愉《たの》しむという読み味がユニークな連作短篇集で、米沢の後輩にして現在は上司という大関芳子警視が巨体と怪力を駆使して米沢のダメさ加減を叱責《しっせき》するユーモアも愉しめる。しかも、骨があるのだ。肩の力を抜きつつ、要所ではさっと戦闘モードに入る。白黒善悪だけでなく、柔と剛の使い分けも巧みな良品だった。

二〇一七年に発表された『PO　警視庁組対三課・片桐美波』は、またもや新鮮な警察小説であった。堅気になった元ヤクザが連続して狙《ねら》われる事件において、組対三課のPO（プロテクションオフィサー）としてターゲットの身辺警護にあたる片桐美波と、彼女の同期で警視庁捜査一課の難波塔子が、過去の強烈な仲違いを引きずりつつも、各自の役割を懸命に果たしていく長篇だ。元ヤクザの人間を物語の中心に置きつつも、八神瑛子三部作や『卑怯者の流儀』とは異なり、二人の主人公は暴力団との距離を一定以上に保ち続ける（塔子がかなり踏み込む場面はあるが、しっかりと互いの立ち位置を理解して接している）。また、首都高湾岸線での銃撃戦など印象的なアクションシーンはあるが、作品に占める割合としては少ない。主役像、暴力団との距離、アクションの比率、いずれもが深町秋生の警察小説として新しいのである（アクションの比率については、一六年に全篇銃撃戦という『ショットガン・ロード』を書いた反動なのかもしれない）。さらに、フィクションとしての誇張が前二作と比べて相当に抑制されている点も特徴といえよう。

　そして本書。警視庁人事一課監察係の物語である。八神瑛子三部作、『卑怯者の流儀』、『ＰＯ』でそれぞれ警察の異なる組織に主人公を所属させてきた深町秋生が、またもや新たな組織に光を当てたのである。人事一課といえば、『アウトクラッシュ』のなかで八神の上役の署長が介入を明示的に排除した部署だ。そんな因縁の組織を描いたこの『ドッグ・メーカー』は、他者の支配という特性は八神瑛子三部作を、そして悪徳警官としての特質は『卑怯者の流儀』を受け継ぎ、フィクションとしての誇張の抑制は『ＰＯ』の延長にある。つまりは、現時点での深町秋生の警察小説の集大成なのだ。しかも監察係という立ち位置も新しければ、美貴を中心とした庁内の権力闘争を描くという点も新しい。まさに深町秋生の警察小説における代表作なのである。

　横山秀夫が『陰の季節』（一九九八年）で警察の人事に着目した警察小説を発表し、日本の警察小説は新たな時代に入った。それまでの刑事偏重という呪縛《じゅばく》から逃れ、今野敏『隠蔽《いんぺい》捜査』などの新たな警察小説が生まれる状況となったのである。深町秋生は、警察小説がそう変化した後で、作家としてデビューした。いってみれば、ネットがあるのが当たり前、携帯やスマホがあるのが当たり前の時代に生まれ育った若者が、郵便と黒電話とせいぜいＴＶの時代に生きてきた者にない発想を持ち得るように、深町秋生は、柔軟に（なおかつそれと意識せずに自然体で）多様な警察小説を生み出し得るのである。そこにおいては、暴力団や悪徳刑事という旧世代から見れば手垢《てあか》の付いた要素でさえ、新発想のシェフが料理する単なる一つの素材として扱われ、結果的に読者に提供される一品は、現代的な味覚を喜ばせる仕上がりとなる。ノワールを得意とし、暴力団や悪徳刑事、あるいは人の心の痛みと弱みを知悉《ちしつ》した深町秋生が警察小説を書き始めたこと。これは日本の警察小説にとって、実に幸せな出会いだったといえよう。

傷口に塩をすり込むように心に響く比喩《ひゆ》。十数文字で完結することも珍しくない短い文章。たいていは一行以内に切り詰められたセリフ。そうした特徴の文体で、深町秋生は登場人物たちを動かし、物語を動かしていく。抜群にリズミカル。とことんグルーヴィー。重い小説でありながら、読書体験は極めて痛快であり、爽快《そうかい》でさえある。そんな小説を、近年の深町秋生は世に送り出し続けているのだ——本書を代表例として。

これまで以上に、彼の活躍から目を離せない。

（二〇一七年六月、ミステリ書評家）

この作品はyomyom pocket二〇一三年十月二日〜一六年十一月十一日連載に全面的な加筆修正を行なったものです。

高村 薫著

マークスの山(上・下)

直木賞受賞

マークス――。運命の名を得た男が開いた扉の先に、血塗られた道が続いていた。合田雄一郎警部補の眼前に立ち塞がる、黒一色の山。

天童荒太著

孤独の歌声

日本推理サスペンス大賞優秀作

さぁ、さぁ、よく見て。ぼくは、次に、どこを刺すと思う？　孤独を抱える男と女のせつない愛と暴力が渦巻く戦慄のサイコホラー。

長崎尚志著

闇の伴走者

―醍醐真司の博覧推理ファイル―

女性探偵と凄腕かつ偏屈な編集者が追いかけるのは、未発表漫画と連続失踪事件の謎。高橋留美子氏絶賛、驚天動地の漫画ミステリ。

長江俊和著

出版禁止

女はなぜ〝心中〟から生還したのか。封印された謎の「ルポ」とは。おぞましい展開と、息を呑むどんでん返し。戦慄のミステリー。

帚木蓬生著

閉鎖病棟

山本周五郎賞受賞

精神科病棟で発生した殺人事件。隠されたその動機とは。優しさに溢れた感動の結末――。現役精神科医が描く、病院内部の人間模様。

早見和真著

イノセント・デイズ

日本推理作家協会賞受賞

放火殺人で死刑を宣告された田中幸乃。彼女が抱え続けた、あまりにも哀しい真実――極限の孤独を描き抜いた慟哭の長篇ミステリー。

船戸与一著

風の払暁
―満州国演義一―

外交官、馬賊、関東軍将校、左翼学生。異なる個性を放つ四兄弟が激動の時代を生きる。満州国と日本の戦争を描き切る大河オデッセイ。

宮部みゆき著

ソロモンの偽証
―第I部 事件―
(上・下)

クリスマス未明に転落死したひとりの中学生。彼の死は、自殺か、殺人か――。作家生活25年の集大成、現代ミステリーの最高峰。

道尾秀介著

貘《ばく》の檻《おり》

離婚した辰男は息子との面会の帰り、32年前に死んだと思っていた女の姿を見かける――。昏い迷宮を彷徨う最驚の長編ミステリー!

湊かなえ著

母性

中庭で倒れていた娘。母は嘆く。「愛能う限り、大切に育ててきたのに」――これは事故か、自殺か。圧倒的に新しい〝母と娘〟の物語《ミステリー》。

横山秀夫著

深追い

地方の所轄に勤務する七人の男たち。彼らの人生を変えた七つの事件。骨太な人間ドラマと魅惑的な謎が織りなす警察小説の最高峰!

米澤穂信著

儚い羊たちの祝宴

優雅な読書サークル「バベルの会」にリンクして起こる、邪悪な5つの事件。恐るべき真相はラストの1行に。衝撃の暗黒ミステリ。

ドッグ・メーカー
警視庁人事一課監察係 黒滝誠治

新潮文庫　ふ－54－1

平成二十九年八月一日発行
平成二十九年九月五日四刷

著者　深《ふか》町《まち》秋《あき》生《お》

発行者　佐藤隆信

発行所　株式会社新潮社

郵便番号　一六二―八七一一
東京都新宿区矢来町七一
電話　編集部(〇三)三二六六―五四四〇
　　　読者係(〇三)三二六六―五一一一
http://www.shinchosha.co.jp

価格はカバーに表示してあります。

乱丁・落丁本は、ご面倒ですが小社読者係宛ご送付ください。送料小社負担にてお取替えいたします。

印刷・錦明印刷株式会社　製本・錦明印刷株式会社

ISBN978-4-10-120971-5　C0193